D1720673

Silvan Aeschlimann

UNGEHÖRT

Roman

NYDEGG
VERLAG

1. Auflage 2013

Alle Rechte vorbehalten
© by Nydegg Verlag Bern, 2013
Umschlaggestaltung: Renata Hubschmied
Grafische Gestaltung: SGD, Bern
Umschlagbild: rolleyes/photocase.de
Autorenfoto: Christen Foto, Langenthal
Satz und Druck: CPI – Ebner & Spiegel, Ulm
ISBN 978-3-905961-10-2

Nydegg Verlag, CH-3015 Bern
www.nydegg-verlag.ch

Verlag und Autor bedanken sich bei folgenden
Institutionen für die Unterstützung unseres Projekts:

Kulturkommission der Stadt Langenthal

stadt**langenthal**

SWISSLOS / Kultur Kanton Bern

Stiftung Lanz-Kohler, Roggwil

für H. R.

Liebe Zoi

Vorwort

Als sie mich fragte, ob ich sie heiraten wolle, wusste ich sofort, dass ich es tun würde. Ich hielt es zwar für egoistisch, verabscheute den Gedanken, war aber trotzdem wie gefangen von der Wärme, von der Lebenskraft, die von ihr ausging. Gebannt blickte sie mir in die Augen, ein Anzeichen einer Entscheidung suchend. Ihr mit einzelnen Sonnensprossen betupftes Gesicht war von der Aufregung ganz rot geworden. Ich überwand den letzten Zweifel und öffnete meine Lippen. Sie erriet die Antwort, schon bevor ich sie ausgesprochen hatte. Mit einem ungestümen Jauchzen umarmte sie mich. Sie erschien mir an diesem Tag schwerer, doch ich wusste, dass der Eindruck täuschte. Ihre Körperwärme, die trotz der dicken Winterjacke bis zu meiner Haut vordrang, gab mir Kraft, sie in den Armen zu halten. Der leichte Duft von Lavendel, der von ihrem schulterlangen braunen Haar ausging, erfüllte mich mit einem Gefühl von Geborgenheit. Ich liess mich an ihren zierlichen Körper drücken. Trotz ihrer geringen Körpergrösse konnte sie gewaltige Kräfte entwickeln. Ich spürte ihre Lippen auf den meinen und wusste, dass es für mich richtig, dass es notwendig war. Ich liess mich küssen. Sie bemerkte nicht, dass ich ihren Kuss nicht erwiderte.

Reglos beäugte er den schwarzen Tintentropfen, der langsam an seiner makellos gekämmten Haarsträhne entlang glitt. Mit jedem Zentimeter, den der glänzende Tropfen zurücklegte, wurde er voller. Langsam, doch unaufhaltsam schien er sich dem Abgrund zu nähern. Gleich ist es so weit, dachte er. Gehemmte Vorfreude. Alle lästigen Fragen der Polizisten waren vergessen, alle Angebote für psychologischen Beistand weit, weit weg von ihm. Ein Jucken meldete sich in seinen Fingern. Sie wollten sich selbständig machen, das Fallen des Tropfens herbeiführen. Hätte er den Friseurbesuch nicht hinaus-gezögert, wäre das Schwarze schon gefallen. Wäre schon auf seinem schneeweissen Seidenhemd aufgeschlagen, wäre schon mit einem leisen Gluckern in den Tiefen des Gewebes verschwunden. Hätte schon einen fingerbee-rengrossen Klecks hinterlassen. Doch für den Friseur hatte er keine Zeit gehabt, aus unterschiedlichsten Grün-den. Der Tropfen verharrte an der Haarspitze, vom winzigen Häkchen zurückgehalten. Warten. Das Jucken in seinen Fingern wurde unerträglich. Die Hände fingen an zu beben: stärker, stärker, stärker. Unterdrückte Wut durchströmte seinen Körper. Die Muskeln verhärteten sich kampfartig. Der Tropfen zitterte, zitterte und fiel nicht. Der Geist wollte nicht nachgeben. Warten!

Mit einem Schrei riss er die sorgsam eingebettete Na-gelschere aus dem Nécessaire und durchtrennte die Strähne. In Zeitlupentempo sah er den Tropfen fallen. Er hörte das Uhrwerk seiner Piaget ticken. Eins. Zwei. Drei. Er zwang sich, nicht auszuweichen. Mit einem gewalti-gen Klatschen, das nur in seinem Kopf zu hören war, fiel der tief schwarze Tintentropfen auf die glatte Oberfläche seines peinlich reinen Seidenhemdes. Aus dem Tropfen wurden zig winzige Tröpfchen, die mit einem würgeartigen Gluckern jede Faser der Seide durchtränkten und nichts weiter hinterliessen als ein strahlend weisses Seidenhemd mit einem schwarzen Tintenklecks in der Brustgegend. Mit einem erleichterten Stöhnen stiess er ans kalte Metall des Duschhahns. Unmengen von rabenschwarzen Tintentropfen prasselten auf ihn nieder. Bis zur letzten Faser wurde sein Hemd von der schwarzen Flut durchtränkt. Die Spannung in seinen Muskeln löste sich. Das Beben in seinen Händen hörte auf. Das Jucken in seinen Fingern verschwand. Alle Verpflichtungen, alle seine Träume hatten sich im Schwarz der Tinte aufgelöst. Er sackte nieder. Erstaunlich geschmeidig für einen Mann seiner Grösse rollte er sich am Boden zusammen, legte seinen Kopf in die Tinte und schloss seine Augen. Ruhe. Entspannung. Geborgenheit.

Montag, 5. September

«Der Zweite Weltkrieg ist eine komplizierte Angelegenheit, die in ihrer Vielschichtigkeit nur von wenigen begriffen wird.» John sass gelangweilt auf seinem Stuhl und musterte die Klasse, während Mr. Wilson verzweifelt versuchte, die Aufmerksamkeit der Schüler auf sich zu ziehen. «Die Eckpunkte des Krieges müssten Ihnen eigentlich bekannt sein. Obwohl Japan schon vorher kriegerische Aktivitäten in China betrieb, bezeichnen wir den Beginn des Zweiten Weltkrieges doch mit dem Angriff Deutschlands auf Polen am 1. September 1939. Am 3. September erklärten Frankreich und Grossbritannien Deutschland als Reaktion auf den Angriff den Krieg.» John lehnte sich in seinem Stuhl zurück und schloss für einen Augenblick die Augen. Sein weisses Hemd liess seinen zierlichen Körper schmaler wirken als er in Wirklichkeit war. Sein rostbraunes Haar brachte ein bisschen Farbe in seine Erscheinung. Die schwarz-grauen Jeans, die er trug, waren nicht zufällig gewählt. Sie fielen nicht im geringsten auf, waren aber auch nicht altmodisch. Sie passten exakt an seinen Körper und liessen keine Frage darüber aufkommen, ob er aus einer gut betuchten Familie stammte. John war jeden Tag ähnlich gekleidet: stilvoll, elegant und unauffällig. Schlicht und einfach makellos, ohne sich aber zu stark von den Schnitten der Schuluniform zu unterscheiden, so dass es niemandem auffiel.

Die Müdigkeit füllte sofort seinen ganzen Körper. Wie ein Schleier legte sie sich auf seine Brust, wollte ihn dazu bringen, seine Augen geschlossen zu halten. John atmete tief ein, stemmte sich gegen den bequemen Wunsch, einfach nur zu sein und riss seine Augen wieder auf. «Hitler hatte einen Pakt mit Stalin geschlossen, deshalb drohte ihm von Osten her keine Gefahr. Russland rang nach langem Kampf am 13. März 1940 Finnland nieder, das seine Selbständigkeit behalten konnte, aber grosse Gebiete an die Russen abtreten musste. Bis in den August 1940 eignete sich Russland praktisch gewaltlos die chancenlosen baltischen Staaten an, wie es mit Deutschland im geheimen Zusatzprotokoll abgemacht worden war. Die beiden Diktatoren Hitler und Stalin hatten sich darin die Ostgebiete Europas aufgeteilt. Deutschland setzte nach der Eroberung Polens den Siegeszug fort und rang Dänemark in einem Tag und Norwegen in zwei Monaten nieder.» John beobachtete, wie Mr. Wilson eine kurze Pause machte, um zu sehen, welche Wirkung seine Worte hinterlassen hatten. Jedem versuchte er unter Druck Sachen beizubringen und kümmerte sich nicht um Probleme, die dabei auftraten. Wie froh war er, nicht sein Sohn zu sein. Mitfühlend betrachtete er den Jungen, der auffällig gerade neben ihm auf seinem Stuhl sass und aufmerksam nach vorne starrte. Tom war für ihn mehr als nur ein Kamerad, er war für ihn ein Freund, einer, mit dem man über alles reden, dem man auch Schwächen unbesorgt anvertrauen konnte. Aber an einem Montagmorgen wie heute, in der ersten Stunde, brachten Tom auch seine besten Freunde nichts. Er war hilflos ausgeliefert. Die Tischplatte, in die sich seine Finger bohrten, konnte ihm keinen Halt geben. Viel zu sehr waren seine Gedanken mit dem Zweiten Weltkrieg beschäftigt. Nicht mit dem, was sein Vater der Klasse einzutrichtern versuchte. Er war schon weiter, viel weiter. Es war seine einzige Möglichkeit. Er musste einen Schritt, einen Augenblick, einen Gedankengang voraus sein, um als erster auf die Lösung einer Fragestellung zu kommen, die noch nicht ausgesprochen war. Was war, nachdem Deutschland Norwegen besiegt hatte? In Toms Gehirn wurde eine mögliche plausible Frage vorbereitet, überarbeitet und beantwortet. Doch letzteres schien nicht zu funktionieren. Norwegen, Norwegen, Deutschland, Dänemark. Es schien sich kein Sinn zu ergeben. Die Länder, die er normalerweise mühelos in den richtigen Zusammenhang, in die richtige zeitliche Abfolge eingegliedert hätte, schwirrten ihm nur so durch den Kopf, liessen sich nicht einfangen und einordnen. Tom spürte, wie ihm der Schweiss durch die winzigen Poren austrat und es ihm noch schwerer machte, seine Gedanken zu sammeln. Er hob in Zeitlupentempo seine Hand und betastete seine Schläfe. Er fühlte Feuchtigkeit, ein glänzendes Rinnsal, das sich seiner Schläfe entlang bis zum Kinn hinunter bildete. Doch das Rinnsal war nur der Anfang des grossen Übels. Deutlich wurden dunkle Ringe um seine Achselhöhlen auf dem weissen Hemd seiner Uniform sichtbar. Tom blickte sich um. Hatte jemand bemerkt, in welch misslicher Lage er sich befand? Seine Stellung in der Klasse, sein Ansehen durfte er auf keinen Fall riskieren. Schwäche machte angreifbar, würde all seine Verbindungen bedrohen, die er bis zum letzten Jahr der Mittelschule vorsichtig aufgebaut hatte.

Verbindungen waren Toms Kapital. Obwohl er, seit er denken konnte, immer zu den körperlich Schwächsten gehört hatte, war er nun eine respektierte Persönlichkeit auf dem Campus. Die Bezeichnung «respektierte Persönlichkeit» wurde seiner Stellung eigentlich in keiner Weise gerecht. Er wurde nicht respektiert. Er wurde entweder angehimmelt oder gefürchtet. Wenn es auf die Fäuste ankam, zog er immer den Kürzeren. Tom hatte schon als Kind gelernt, damit umzugehen. Er hatte sich nie auf Schlägereien eingelassen, sondern stets andere gefunden, die sich für ihn prügeln konnten. Tom war ein Intrigant, der seine Feinde schlug, ohne dass sie bemerkten, dass sie geschlagen wurden. Er interessierte sich nicht für Stärken, sondern für Schwächen. Stärken treiben Menschen an, bringen sie vorwärts, Schwächen holen sie ein, machen sie gefügig.

Ruckartig zog Tom den Ärmel seines Hemdes hoch. Seine rotgoldene Rolex zeigte ihm nicht das, was er hätte sehen wollen. Immer noch eine Viertelstunde. Fünfzehn Minuten in dieser Hölle, eine Qual, die er mit einem Lächeln über sich ergehen lassen musste. Die Rolex gefiel ihm, auch wenn er sie nicht selbst ausgewählt hatte. Sie war für einen Jungen von seiner Grösse eigentlich viel zu protzig, deutlich zu schwer. Tom fühlte das unangenehme Gewicht an seinem linken Handgelenk, würde sich aber trotzdem nie davon befreien. Die Rolex war ein Symbol der Macht, die er auf andere ausübte. Nicht verwunderlich, dass er sie nicht hatte selber kaufen müssen.

Brian hatte sie ihm vor den Ferien geschenkt. Tom musste hämisch grinsen, wenn er daran dachte. Brian hatte ihm die Rolex widerwillig geschenkt. Was war er nur für ein naiver Kerl. Hatte wohl gedacht, das Geld seiner Eltern könnte ihn vor all den Gefahren schützen, die im Leben auf ihn warteten. Hatte gedacht, er könnte an Freitagabenden so richtig auf den Putz hauen, und am nächsten Morgen wären die Erinnerungen an die letzte Nacht nur noch böse Träume, die man problemlos unter der Dusche wegwaschen konnte, so lange das Badezimmer grösser war als das Wohnzimmer einer Familie aus dem Mittelstand. Ja, er hatte ihm gezeigt, wie sich nächtliche Erinnerungen vertreiben liessen, nicht mit Wasser und handgemachter Seife aus einem winzigen italienischen Küstenstädtchen. Nein, so einfach war das nicht. Geldscheine hatte er ihm auf die Hand legen wollen. Bestimmt noch mehr als dieser Prostituierten, die er an dem nebligen Abend in einem der renommiertesten Hotels der Stadt besuchte hatte. Das «Beautiful Dreams» war wirklich eine exquisite Wahl für solch ein schmutziges Geschäft gewesen. Die Eltern auf Geschäftsreise im Nahen Osten, was hatte da schon schief gehen können.

Spöttisch schielte Tom in die zweite Reihe. Eigentlich ein Prachtkerl, Oberarme wie Baumstämme, blondes Haar und doch so hilflos, als er ihm gedroht hatte, seine Eltern über die Freizeitbeschäftigungen ihres Sohnes aufzuklären. Wie kurzsichtig zu glauben, Geld würde ihm genügen. Was sollte er bloss mit Geld, das ihm nichts bedeutete, das ihn nicht weiterbrachte, weil ihm sowieso von seinen Mitschülern alles gekauft wurde, was er zum

Leben brauchte. Tom erinnerte sich genüsslich an jenen Moment, als Brian klar wurde, dass er ein echtes, ein grosses Problem hatte. Ganz ruhig und ohne Scham hatte er ihm in die Augen geschaut und die Verwirrung gesehen. Hilflose Verwirrung. Aber er hatte ihm nicht leid getan. Viel zu sehr war ihm das Bild der Prostituierten nicht mehr aus dem Kopf gegangen, als Brian das Hotelzimmer verlassen hatte. Weinend hatte sie in einer Ecke gesessen, ohne Würde und ohne das Geld, das ihr Brian beim Verlassen des Zimmers wieder aus den Händen gerissen hatte. «Hast du wirklich gedacht, ich verschwende mein Geld an eine billige Nutte wie dich?», hatte Brian sie verhöhnt, «dieses Treffen hat schliesslich gar nie stattgefunden. Warum sollte ich dich für etwas bezahlen, das nicht passiert ist? Wem würde man schon glauben? Dem Sohn erfolgreicher Geschäftsleute oder der Hure, die jeden nimmt?» Tom hatte sich damals geschämt, auch nur in der gleichen Klasse wie Brian zu sein. Er hatte sich hinter die nächste Ecke des Ganges gedrückt und mit der Kamera seines Handys alles aufgenommen, ruhig, bedachtsam, wohl wissend, dass er ihn noch nicht bloss stellen durfte. Noch nicht. Als Brian selbstzufrieden in den Fahrstuhl mit dem goldenen Gitter gestiegen war und seelenruhig angefangen hatte, sich mit dem Liftboy zu unterhalten, war er hinter der Ecke hervorgetreten und hatte sich der noch immer offenen Zimmertür genähert, war hineingeschlüpft und hatte die hellbraune Holztür mit der Nummer 69 sofort hinter sich geschlossen. Die Prostituierte hatte langes schwarzes Haar und war nur mit einem weissen Bademantel des «Beautiful

Dreams» bekleidet gewesen. Traurig hatte er sie angestarrt und gewusst, dass er ihr nicht helfen konnte, aus diesem Milieu auszubrechen. Aber wenigstens konnte er verhindern, dass sie auch noch von ihrem Zuhälter erniedrigt wurde. Ihre Kasse musste stimmen. Kurzerhand hatte er ihr alles Geld in die Hand gedrückt, das sich zu dieser Zeit in seiner Brieftasche fand und hatte sich abgewandt, um nicht zeigen zu müssen, wie sehr ihm ihre Situation nahe gegangen war. Er hatte ihr nicht helfen können, wusste aber, dass Brian büssen würde. Genau wie sie. Geld hatte ihr damals kein Lächeln aufs Gesicht zaubern können. So würde auch kein Geld zur Vergebung beitragen. Brian musste leiden, sollte das nächste Mal wissen, was es hiess, das Letzte zu verlieren, das man besass. Er sollte sich genau so mies fühlen wie die Prostituierte in ihrem Bademantel, genauso ohne Würde.

Heute betrachtete Tom das Geld, das er damals gegeben hatte, als eine kleine Anzahlung für seine Rolex. Er hatte sich lange überlegt, was er Brian nehmen wollte. Sollte er ihm die kleine Schlampe Jessica ausspannen, die auch mit ihm in die Klasse ging? Oder lieber das Video gleich den Eltern mit besten Absichten übergeben? Nein, das wäre beides viel zu einfach gewesen. Er hätte ihm nur einen Gefallen getan, das kleine Luder auszuspannen. Ausserdem würde er vielleicht später noch mal Brians Dienste benötigen. Warum ihn also gleich ganz an den Galgen liefern? Die Idee mit der Rolex war perfekt gewesen. Sie war das Geschenk seiner Eltern zum 18. Geburtstag. Brian hatte sie immer getragen und damit angegeben.

Wie sollte nun Brian seinen Eltern, wenn sie gerade mal nicht auf Geschäftsreise waren, um ihre Hotelkette im Ausland bekannt zu machen, erklären, dass er seine heissgeliebte Uhr von jetzt an nicht mehr tragen wollte? Auch in der Klasse würde er jetzt jeden Tag Fragen beantworten müssen. Das würde ihm hoffentlich eine Lehre sein. Aber es war einfach viel zu dreist gewesen, sich eine Prostituierte ins Hotel der Eltern zu bestellen. Da hätte er es eigentlich mit ihr genauso in deren Ehebett treiben können. Ausgesprochen widerlich, dieser Schnösel.

«Was war Hitlers nächster Plan, nachdem er, um die Maginot-Linie zu umgehen, im Mai 1940 durch die Beneluxstaaten in Frankreich einmarschiert war?» Die Frage riss Tom aus seinen Gedanken. Er hatte nicht aufgepasst, konnte nur hoffen, dass sein Vater zuerst einen der schwächeren Schüler auf die Probe stellen würde. Keiner hob die Hand. Sekunden undankbarer Stille verstrichen. Jessica begann in der ersten Reihe zu kichern. Sie wusste, dass Mr. Wilson kein Mädchen aufrufen würde, um die Frage zu beantworten. Er hielt nicht viel von ihr und ihresgleichen und das war auch gut so.

Niemand wusste es oder war bereit zu zeigen, dass er es wusste. John sah, wie Toms Finger rot anschwollen unter dem Druck, mit dem er sie in die Tischplatte bohrte. «Barbarossa!», flüsterte er ihm zu, «das Unternehmen Barbarossa!» Tom schien ihn nicht zu hören. «Barbarossa! Barbarossa!» Tom schaute ihn an, sein Blick hilflos verwirrt. Gleich würde Mr. Wilson Tom aufrufen und ihn erklären lassen, was niemand zu wissen schien.

«Das Unternehmen Barbarossa.» John sprach es aus,

bevor er wirklich die Hand gehoben hatte. «Im Juni 1941 griff Hitler die Sowjetunion an und brach den Pakt mit Stalin. Die Sowjetunion war überrascht und überfordert und konnte erst Monate darauf mit einer Offensive reagieren. Am 7. Dezember führte Japan einen Blitzangriff auf Pearl Harbour, was den Kriegseintritt der USA zur Folge hatte ...

... Hitler wurde bis zum 30. April 1945 in Berlin eingekesselt und nahm sich an diesem Tag das Leben. Die USA beendete den Zweiten Weltkrieg im August 1945 mit den Atombomben auf Hiroshima und Nagasaki.»

Christopher Wilson starrte ungläubig auf die letzte Reihe. Es war nicht sein Sohn, der soeben geantwortet hatte. Er wäre so stolz gewesen. Er wurde nicht schlau aus den grün-braunen Augen, die herausfordernd warteten. Keinen Stolz, keine Genugtuung konnte er darin erkennen. Nur eine gewisse Erleichterung, die Pflicht erfüllt zu haben. Zögerlich hob er die Hände, schlug sie ein erstes Mal zusammen, danach ein zweites. Der Raum wurde erfüllt von anerkennendem, unglücklichem, enttäuschtem Klatschen, bevor die Schulglocke alle aus ihren Gedanken riss und das Ende der Stunde verkündete.

John stopfte mit hastigen Bewegungen sein Schreibmaterial in den Rucksack. Wie immer war er einer der ersten, die bei der Tür waren. So musste er sich seinen Weg zu seinem Schrank nicht bahnen, um die Mathematiksachen für die nächste Stunde zu holen. «Danke!» John schrak zusammen und entspannte sich sogleich wieder, als er erkannte, dass es Tom war, der ihm eine Hand auf die Schulter gelegt hatte. Ausser seinem besten Freund

Tom wusste niemand, dass seine Hemden aus Seide waren, anders als bei allen anderen. Man musste schon genau hinsehen, um es zu sehen oder eben zu fühlen.

«Ist das jetzt dein Ernst oder willst du mich veräppeln?» Auch wenn er Tom genau kannte, war es manchmal schwierig ihn zu durchschauen. «Würde ich danke sagen, wenn ich Arschloch meinen würde?» Tom grinste ihn an und wurde sogleich wieder ernst. «Nein, im Ernst, danke. Es war das Beste, was du tun konntest. Auch wenn ich dich dafür eigentlich hassen könnte. Es nicht zu wissen, wäre noch schlimmer gewesen, als dass du es schneller wusstest.»

«Keine Ursache. Aber beeil dich! Sonst kommen wir zu spät zur Mathe.»

«Würde das nicht unser gutes Zeitgefühl in Frage stellen, wenn wir mal eine Minute zu früh wären?»

«Klar, aber die Pause dauert noch genau dreissig Sekunden.» John packte Tom am Ärmel und zerrte ihn in Richtung Treppe. Ehre hin oder her, irgendwann war ja auch genug. Nicht, dass er allzu viel Respekt vor Mr. Wykes, ihrem Mathelehrer, hatte. Aber der könnte sich beim Klassenlehrer beschweren. Da hatte Tom schon genug Probleme mit seinem Vater. Disziplin sollte nicht auch noch ein Thema werden. Manchmal musste man Menschen zu ihrem Glück zwingen.

Ich lernte schon früh Verantwortung zu übernehmen. Es war nie mein eigener Wunsch gewesen. Es hatte sich einfach so ergeben. Nicht durch mein Handeln, nicht durch meinen Willen, nicht aufgrund von Dingen, die

Menschen verstehen können. Manchmal wünsche ich mir, es wäre alles anders. Nicht ich, nicht die anderen Menschen, die mich umgeben. Sie sind alle schwer in Ordnung. Aber trotzdem ist oft etwas nicht so, wie es sein sollte, wie es hätte sein sollen. Nicht wie ich es geplant, wie ich es als selbstverständlich betrachtet habe. Das Leben lässt sich nicht planen, will nicht verplant werden. Ich erinnere mich noch genau an meine Mutter, wie sie neben meinem Bett stand und sagte, ich müsste keine Angst haben, sie und der Vater seien immer für mich da. Heute weiss ich, dass das nicht nur so ein Satz war, wie Erwachsene ihn immer benützen, wenn sie ihre weinenden Kinder ins Bett bringen und ihr Gejammer längst nicht mehr hören können. Nein, meine Mutter meinte es ernst, als sie es zu mir sagte. Sie glaubte es so sehr, dass sie abends oft weinend neben meinem Bett stand, wenn sie dachte, ich würde schlafen. Sie malte sich aus, was es bedeuten würde, mich zu verlieren. Ich hatte mich immer gefragt, warum ich so wichtig war, aber nie wirklich eine Antwort darauf gefunden. Für mich war meine Mutter das Wichtigste und alles andere nebensächlich. Rückblickend war es gut, zu dieser Zeit nicht mehr zu wissen, unbeschwert im Sandkasten spielen zu können und zu glauben, dass man der Einzige war.

Meine Mutter hatte etwas vergessen. Ihre schlimmste Vorstellung war immer, mich zu verlieren. Sie hatte sich nie Gedanken darüber gemacht, dass es auch umgekehrt sein könnte, dass ich verlor, was ich am meisten liebte, dass mein Tod unter Umständen nicht mein *schlechtestes Schicksal war. Bis zu meinem fünften Lebensjahr war mein Leben so viel einfacher gewesen. Ich hatte nicht verstanden, dass die meisten Menschen ihre Worte verdrehten, weil sie der Wahrheit nicht gewachsen waren, oder aber jemanden schützen wollten. Im Klartext heisst »für immer» für ein paar Tage, für ein paar Monate, für ein paar Jahre. Andererseits bedeutet «für heute» nie etwas Gutes. Es ist häufig nur eine Ausrede, um etwas nicht aussprechen zu müssen, etwas, was einem mit der Zeit klar wird und schliesslich diskussionslos ad acta gelegt wird. Ein bequemer Weg, um Kindertränen zu vermeiden. Dass Dinge nicht unbedingt meinen, was sie bedeuten, lernte ich an einem schönen Juliabend. Meine Mutter hatte mich zu Tante Sophia gebracht und irgendetwas wegen Vater, Geschäftsessen und wichtigen Kunden gemurmelt. Ich hatte mir nichts dabei gedacht. Ich war gerne bei Sophia. Dass es mein neues Zuhause würde, konnte ich zu diesem Zeitpunkt ja noch nicht wissen. Am späten Abend klingelte dann das Telefon. Oliver, der Mann meiner Tante, nahm den Hörer von der Gabel des altmodischen schwarzen Telefons, das mir immer so gefallen hatte. Wenige Augenblicke später setzte er sich mit bestürztem Blick aufs Sofa und sagte mir, meine Mutter würde mich heute nicht mehr abholen.*

Geschafft! Oder zumindest vorübergehend. Mittagspause. John betrachtete den Stapel mit Tabletts, der vor ihm stand. Mehr schlecht als recht war eines übers andere gestapelt. Krumm, aber gerade noch so, dass der Stapel nicht kippte. Vorsichtig nahm er das oberste und stellte sich in die Reihe. Zum Glück war er früh genug gekommen. Sonst hätten die Leute nun schon zur Tür hinaus und den Gang hinunter Schlange gestanden. Es war so etwas wie ein ungeschriebenes Gesetz. Warst du auch nur eine Minute nach 12 Uhr in der Cafeteria, konnte man eigentlich auch schon wieder gehen und die Zeit für Besseres nützen als anzustehen. Dann machte es keinen Sinn mehr oder man riskierte, zu spät in den Unterricht zu kommen. Eine Option. Aber eine schlechte. John warf einen Blick auf die Uhr über dem Eingang. Der Zeiger stand auf 11.59 Uhr. Massarbeit. Langsam bewegte sich die Schlange vorwärts. John griff zu Gabel, Messer und zögerte einen Augenblick. Löffel? Was würde er heute essen? Würde er einen Löffel benötigen? Eigentlich war John nicht nach Essen zumute. Natürlich hatte er Hunger, aber in dieser Cafeteria … Er beäugte die Gläser, die vor ihm Seite an Seite im Regal standen. Er hob die Hand, glitt über die erste Reihe Gläser hinweg und packte eines aus der zweiten Reihe am Rand. Behutsam hob er es an und zog es über die anderen Gläser. Pech! Das Glas war angelaufen und kleine Brotkrümel klebten daran. John stellte das Glas zurück, nahm eines aus der ersten Reihe und stellte es aufs Tablett. Er holte sich eine Flasche Coca-Cola aus dem Kühlschrank und füllte sein Glas. John mochte kein Cola. Aber so war es ihm möglich, etwas zu trinken, ohne die Brotkrümel zu sehen, die möglicherweise an seinem Glas klebten.

Endlich war er an der Reihe, sein Menu auszuwählen. Eine junge, nicht allzu schlecht aussehende schwarze

Ausländerin sprach ihn mit Akzent an. «Was kann ich Ihnen geben?» Unschlüssig ging John die verschiedenen Möglichkeiten durch, die sich ihm boten. Hamburger, gummige Pommes, diverse Fleischsaucen, die aussahen, als wären sie schon mal verdaut worden und Tortellini. John wusste, dass seine Auswahl nicht wirklich entscheidend war, denn alles, was sie hier kochten, schmeckte wie in Wasser eingelegter Karton. Nach kurzem Überlegen deutete John zuerst auf die Tortellini und danach auf die eklig aussehende Tomatensauce. Zufrieden füllte die schwarze Küchenaushilfe den Teller bis an den Rand, obwohl John anzeigte, dass auch die Hälfte genügt hätte. Denn gegessen wurde in der Cafeteria nur, was auch wirklich zum Leben nötig war.

Tom sass schon am grossen Tisch in der Mitte des Raumes, als John mit seiner Ladung Tortellini ankam. John mochte den Tisch nicht, an dem sie sassen, seit sie in der Mittelschule waren. Ihm fehlte der Sichtschutz. Er setzte sich Tom gegenüber an den Tisch. Als wäre das ein Kommando gewesen, gesellten sich nun auch scharenweise andere Schüler zu ihnen. «Tom! Hey Tom!» Brian und sein Kumpel Jack nahmen auf beiden Seiten von Tom Platz. Jetzt geht das schon wieder los, dachte John. Er konnte die Schleimspur förmlich riechen. Genervt wendete er sich seinen Tortellini zu.

«Tom, hast du das von Amy schon gehört?» Brian versuchte Tom sofort in ein Gespräch zu verwickeln. «Jetzt hat sie sich am Wochenende an so einen Typen rangeschmissen! Das war schon der dritte in drei Wochen! Echt, die ist so etwas von notgeil.» Jack nickte kräftig, um Brians Worte zu unterstreichen. Doch Tom hörte ihnen nur mit halbem Ohr zu. Beunruhigt musterte er John, der stillschweigend in seinen Tortellini stocherte, als wollte er sie hinrichten.

Meine Kindheit. Hinterher fällt es schwer, Geschehnisse zeitlich einzuordnen. Ich weiss noch, dass ich eine der ersten Klassen der Grundschule besuchte und das Mädchen nur wenige Häuser von meinem Zuhause entfernt wohnte. Ihr Name war Jenny und sie war so etwas wie meine kleine Freundin. Es war nichts in der Art, was ich heute als Beziehung bezeichnen würde, aber damals interessierte sich auch noch niemand dafür, wie zwei Personen genau zueinander standen. Sie hatte hellblondes Haar und klare blaue Augen, die mich immer an das Meer erinnerten, das ich viel zu selten sah. Ihre Stupsnase passte zu ihrem unbeschwerten Lächeln, das einen warm ums Herz werden liess. Jenny verstand es, alle Leute zum Lachen zu bringen, egal wie schlecht sie sich gerade fühlten. Sie beurteilte niemanden nach dem Erscheinungsbild, was einen ängstlichen Jungen wie mich von kaum zehn Jahren oft in unangenehme Situationen brachte. An einem Bettler in einer dunklen Nische konnte sie genauso wenig vorbeigehen wie an einem unterhaltsamen Clown auf einem Jahrmarkt, der mit seinen Kunststücken jung und alt verzauberte. Ich weiss bis heute nicht, ob es die blosse Abenteuerlust war, die ihr Interesse an den Menschen weckte oder das Mitleid, das sie denen gegenüber empfand, die weniger besassen als wir. Sie konnte jedem ins Gesicht lächeln und Freude verbreiten, wenn sich ihre Mundwinkel zögerlich gegen oben bewegten, ihre Wangen feuerrot anliefen und sich ihr verschmitztes Lächeln übers ganze Gesicht ausbreitete. Die Unbeschwertheit, mit der sie durchs Leben ging, nahm mir meine Angst vor dem Ungewissen. Ich war froh, jeden Morgen händchenhaltend neben ihr in die Schule laufen zu dürfen und sie immer neben mir zu wissen. So fürchtete ich mich weniger vor den zahlreichen dunklen Gebüschen und den Schatten, die hinter jeder Hausecke nur darauf warteten hervorzuspringen. Ich war froh darum, eine kleine Freundin zu haben, die mir sagte, wo es lang ging und was ich zu tun und unterlassen hatte. Es war so einfach, nur auf sie zu hören, optimistisch zu sein und Neues zu entdecken. Neues entdecken fällt mir schwer, fiel mir schwer und wird mir wohl auch immer schwer fallen. Viel zu sehr klammerte ich mich schon zu dieser Zeit an meinen geregelten Tagesablauf und an die Leute, die ich kannte. Neues brachte immer eine unbestimmte Gefahr mit sich. Früher war es eher die Angst vor dem Ungewissen, heute ist es mehr die Angst davor, jemanden zu treffen, den du mögen könntest, der ungewollt in dein Leben eindringt, etwas verändert, ohne es zu wissen, und geht, ohne zu realisieren, dass er eine Lücke hinterlässt, die nicht einfach gestopft werden kann. Es ist die Angst davor, jemanden zu treffen, der mich verletzen, der mich in meiner sensiblen Art durchschauen und die makellose Fassade zerbröckeln lassen könnte.

John schlief schlecht in dieser Nacht. Er wurde ständig von ein und demselben Alptraum geplagt und erwachte jeweils mit dem erdrückenden Gefühl, keine Luft mehr zu kriegen. Doch sobald er seine Augen öffnete und die gewohnten Konturen seines Zimmers in der Dunkelheit erblickte, war der Druck auf seiner Brust verschwunden. Bald war er schon wieder in einem anderen, vollkommen leeren Raum mit nichts als zwei Stühlen in der Mitte. Tom war an einen der Stühle gefesselt und hatte einen dicken Streifen Klebeband auf dem Mund. John sass auf dem zweiten, war aber weder angebunden noch geknebelt. Sein Stuhl war genauso ausgerichtet, dass er Tom in die Augen sehen musste. «Was war Hitlers nächstes Unterfangen, nachdem er, um die Maginot-Linie zu umgehen, im Mai 1940 durch die Beneluxstaaten in Frankreich einmarschiert war?» Eine raue Stimme meldete sich. Sie kam eindeutig aus dem Raum hinter ihm, so dass er den Fragenden nicht sehen konnte, nur Toms angsterfüllte Augen. «Antworte!» John wollte sich umdrehen, um zu sehen, woher die Stimme gekommen war. Doch ein dumpfes Stöhnen, das durchs Klebeband hindurch aus Toms Mund drang, hielt ihn davon ab. Tom schien unerträgliche Schmerzen zu haben und schüttelte wild den Kopf, um ihn zu warnen, sich nicht umzudrehen. «Antworte, Tom!» Die Stimme wurde böser. Tom riss krampfhaft an seinen Fesseln, schien Antwort geben zu wollen, doch das Klebeband liess es nicht zu. John fühlte sich hin und hergerissen, war nicht sicher, ob er nun an Toms Stelle die Antwort geben sollte. «Barbarossa!» flüsterte er. Augenblicklich verkrampften sich Toms

Finger und gruben sich schmerzverkrampft in die Lehnen seines Stuhles. John entschied sich, nichts weiter zu tun und zu warten, Tom weitere Schmerzen zu ersparen. «Antworte, Tom!» Die raue Stimme begann zu toben und überschlug sich förmlich. «Antworte, Tom! Sonst bist du tot!» Nun fühlte sich auch John wie gefesselt. Antworten, nicht antworten, beides konnte nun fatal sein. Tom würde nicht antworten. Falls er antworten würde, erlitte Tom weitere Schmerzen. John spürte seinen Atem. Er keuchte, versuchte Luft in seine Lungen zu ziehen, doch er hatte nicht genügend Kraft. Der Raum fing an sich zu drehen, wurde dunkler und verschwommener. Das einzige, was er noch sehen konnte, waren Toms schmerzerfüllte Augen.

Mit einem Schrei richtete John sich in seinem Bett auf. Blind tastete er nach seinem Wecker. 4.34 Uhr. Noch immer nicht Zeit, um aufzustehen. Es war zum Verzweifeln. Das war eine dieser typischen Nächte, die nicht vorbeigehen wollten. Eine dieser Nächte, in denen er noch einmal erleben musste, was er schon wusste. Manchmal fragte er sich, ob es anderen eigentlich auch so ging, dass sie nicht mehr los kamen von dem, was sie plagte. Ob er der Einzige war, der rastlos in seinem Bett sass und wenn er schlief, noch träumte, im Bett zu sitzen. Und doch war plötzlich alles vorbei. Auch wenn man das Gefühl gehabt hatte, es würde nie vorbeigehen.

So war es auch an diesem Morgen. Schrill und undankbar piepte ihm sein Funkwecker ins Ohr. Als ob er nur gerade den Moment abgewartet hätte, in dem John endlich zur Ruhe gekommen war. Müde tappte John nach dem Wecker, um dem lästigen Piepen ein Ende zu bereiten. Was war nun heute schon wieder für ein Tag? In solchen Nächten verlor John immer sein Zeitgefühl. Es ging alles viel zu schnell. Morgen-Abend-Morgen-Abend bis einem nur noch schwindlig im Kopf war. John wäre gerne liegen geblieben. Aber das ging nun mal nicht. Ihn würde niemand ein zweites Mal wecken, wenn er sich noch kurz für fünf Minuten in die Kissen lehnen würde und für einen Augenblick die Augen schlösse. Es war schon ziemlich übel, so ganz alleine. Aber alleine war er ja nicht. Seine Tante und sein Onkel waren schliesslich für ihn da, oder immerhin für ihn anwesend. Einen Vorwurf machen wollte John ihnen nicht. Es war nicht ihre Schuld, dass seine Eltern bei einem Autounfall ums Leben gekommen waren. Sie hatten nie Kinder gewollt und hätten sich auch nie mit einem Kind abgeben müssen, wäre es nicht zu diesem Unfall gekommen. Tante Sophia war meistens schon weg, wenn John das Haus verliess. Sie musste früh weg, wie es sich für eine Bäckerin gehörte. Onkel Oliver war das pure Gegenteil: Immer spät aufstehen und dafür oft erst spätabends nach Hause kommen. «Das ist das Los eines Polizisten.», hatte er immer zu ihm gesagt, als John noch jünger war und nicht verstehen konnte, warum Onkel Oliver abends nicht zu Hause war, um mit ihm zu spielen und Sophia schon viel zu früh ins Bett musste, um ihm ein Gutnachtlied zu singen. «Verbrecher gehen auch nicht um 8 Uhr ins Bett und wir haben die gleichen Arbeitszeiten.» Das hatte John anfangs nicht so genau verstanden. «Schau du mal, dass du gute Noten nach Hause bringst, damit du später mehr verdienst als wir und dir deine Arbeitszeiten aussuchen kannst.»

Gute Noten schrieb John seither, auch heute wieder. Auch wenn es ihm weniger um spätere Arbeitszeiten und ein höheres Einkommen ging. Seine Eltern hatten ihm Unmengen Geld hinterlassen und das Haus, in dem er jetzt mit Sophia und Oliver wohnte. John fühlte sich einfach nur verpflichtet.

Das Klassenzimmer war schon voll, als John keuchend zur Tür hereinstürzte. Lässig, um nicht gestresst zu wirken, verlangsamte er sofort seinen Schritt, wohl wissend, noch dreissig Sekunden bis zum Läuten zu haben. Der letzte freie Platz im Zimmer war logischerweise der neben Tom, der ihm in der hintersten Reihe immer einen freihielt. «Na, etwas ausser Atem?», fragte Tom, ohne wirklich eine Antwort zu erwarten. «Keineswegs, auch wenn ich eine halbe Minute zu spät aus dem Bett gestiegen bin und das meinen Zeitplan ziemlich durcheinander gewirbelt hat.» John konnte sich eine dumme Antwort nicht verkneifen. «Ruhe in der hintersten Reihe!» Wie gewohnt hatte Mr. Slater wenig Verständnis für Gespräche, die nichts mit Chemie zu tun hatten. «Ich möchte heute mit Ihnen die Prüfung besprechen, die Sie vor den Ferien geschrieben haben. Zuerst muss ich sagen, dass ich von ihnen enttäuscht bin.» John grinste Tom an, hielt sich aber gleichzeitig die Hand vor den Mund, damit es niemand ausser ihm sehen konnte. «Der muss wirklich furchtbar enttäuscht von uns sein. Da haben wir wahrscheinlich die maximale Punktzahl wieder haarscharf verfehlt.» Tom musste nun ebenfalls grinsen, obwohl ihm überhaupt nicht nach Grinsen war. Dafür war das hier alles viel zu wichtig, aber eigentlich unwichtig, obwohl es wichtig war. «Ja, ja. Schau nur mal, wie sehr er rot angelaufen ist, da muss wirklich der Weltuntergang in der Chemieprüfung angedeutet worden sein.» Tom hatte sich nun ebenfalls von seinem ungewöhnlichen Unwohlsein befreit, das schon fast alltäglich war. Er las Mr. Slater förmlich von den Lippen ab, welcher Standardsatz jetzt kommen würde. «Ich bin natürlich nicht von wirklich jedem Einzelnen von euch schrecklich enttäuscht. Wie immer haben zwei ihre Sache ausgezeichnet gemacht. Wer es ist, muss ich nicht mehr sagen. Ihr wisst es ja alle.»

John und Tom versuchten, sich nichts anmerken zu lassen, als hätten sie den letzten Satz von Mr. Slater gar nicht gehört. Verstohlen schielten sie zur Decke, damit ihre Blicke keinem der anderen Schüler begegneten, die nun alle nach hinten starrten. Es war nicht in allen Blicken dasselbe zu sehen. Bei den meisten Mädchen war so etwas wie Bewunderung, gemischt mit Hilflosigkeit. Bei den Jungen praktisch ausnahmslos Neid. Der Unterschied zwischen ihnen war nur, dass die einen den Neid mit Bewunderung überspielten, weil sie genau wussten, vielleicht mal später von ihnen beiden profitieren zu können, profitieren zu müssen.

John fühlte sich unwohl. Er wusste genau, dass er sich später wieder vor den anderen schlecht machen und erzählen würde, es sei alles nur Glück gewesen, auch wenn er selber wusste, dass das überhaupt nicht stimmte. Aber es war die einzige Möglichkeit, auf ein und derselben

Ebene mit ihnen zu sprechen. Sonst würde wieder einer kommen und ihm vorwerfen, er sei arrogant oder ein Streber. Aber John war kein Streber. Er machte nicht viel für die Schule, aber was er machte, das machte er richtig. Entweder John machte etwas zu hundert Prozent oder er liess es gleich bleiben. John strebte nicht danach, der Beste zu sein. Es war gar nicht sein Wunsch, es war nur seine Pflicht. Manchmal wünschte John sich, er wäre nur so knapp genügend. Dann wäre alles viel einfacher. Er könnte zu Bett gehen, wann er wollte und auch mal gar nichts machen. Aber er war nun einmal einfach der, welcher in der Schule die Kohlen aus dem Feuer holte, zusammen mit Tom. Und warum sollte er versuchen, schlechter zu sein als er war, nur damit ihn die anderen als einen der ihren wahrnahmen? Es war eine verdammte Zwickmühle. Er war gerne der Beste, aber er war eigenartigerweise der Einzige, der merkte, dass er nicht ein Besserer war als andere. Und doch wurde ihm genau das vorgeworfen, er würde sich für etwas Besseres halten, nur weil er es verstand, in Lücken die richtige Lösung einzufüllen. Aber was soll es, dachte John. Wir haben schliesslich alle unsere Fehler und mein grosser Fehler ist es wahrscheinlich, in der Schule wenig Fehler zu machen. Es ist das, was eigentlich alle wollen. Weil aber nun nicht jeder das Glück hat, schnell zu lernen, verteufelt man es, um nicht sagen zu müssen, dass man es eigentlich gerne auch so gemacht hätte. Ist doch alles egal.

Mr. Slater war mit dem Verteilen der Prüfungen nun schon in die zweitletzte Reihe vorgedrungen. Unbeteiligt warf er jedem Schüler seine Prüfung auf den Tisch, ohne ein weiteres Wort über die jeweiligen Leistungen zu verlieren. Dann waren aber endlich auch John und Tom an der Reihe. Das wussten die beiden sofort, auch wenn sich Mr. Slater noch nicht in ihre Richtung bewegte. Sein Gesichtsausdruck hatte sich nämlich deutlich aufgehellt. Sein Kopf ähnelte nun nicht mehr einer reifen Tomate, sondern hatte wieder die für Menschen übliche Farbe. John wurde unruhig, auch wenn er wusste, nichts befürchten zu müssen. So belanglos war es nun auch wieder nicht. Es stand immerhin seine Ehre auf dem Spiel. Wenn man einmal super war, durfte nicht plötzlich eine Note kommen, die nur gut war. Das war dann so etwas wie ein Versagen auf höherem Niveau. Versagt war versagt, ein gefundenes Fressen für Neider, eine gute Gelegenheit, auf seiner weissen Weste herum zu trampeln. «Gut gemacht, Bestnote.» John war viel zu sehr mit sich beschäftigt gewesen, als dass er bemerkt hätte, dass Mr. Slater ihm die Prüfung auf den Tisch gelegt hatte. Erleichtert atmete John auf. So selbstverständlich war es schliesslich nicht. Tom interessierte sich natürlich auch mehr für Johns Prüfung als für seine eigene. «Was hast du, sicher wieder ein A?» Tom lehnte sich hinüber, um die genaue Punktzahl erkennen zu können. «Du weisst schon, das gleiche wie du.» John hatte es sich abgewöhnt, den anderen immer auf die Prüfung zu blinzeln. Darauf war mit 99,9 prozentiger Sicherheit das zu finden, was man schon wusste. Der Versuch, Tom zu übertrumpfen, war natürlich auch sinnlos. Nicht, dass er es sich nicht zugetraut hätte, aber für ihre Freundschaft wäre es in keiner Weise förderlich.

«Da hast du mal wieder recht, wie ungewöhnlich!» Tom versuchte es wie das Fazit eines James Bond Filmes aus Roger Moores Zeiten klingen zu lassen. Aber schon der Versuch war eine Blamage. Er war noch nicht mal in der Hälfte des Satzes angekommen, als es ihm schon vor Lachen die Sprache verschlug. «Du hast das Witzereissen echt voll drauf. Es ist schon der reinste Witz, dir zuzuschauen, wenn du einen Witz erzählen willst.» John musste sich an der Tischkante festhalten, um nicht vor Lachen mit dem Stuhl nach hinten zu kippen. Tom machte immer so ein Gesicht, wenn er ausnahmsweise einmal richtig lachte. Dann straffte sich die Haut über seinen kantigen Backenknochen und liess eine Fratze entstehen, die einem Hamster glich.

«Was weisst denn du schon vom Witzereissen?»

«Nun, ich weiss, dass es ein Witz ist, wenn man lacht, bevor der, dem man einen Witz erzählen wollte, überhaupt kapiert hat, dass es sich um einen Witz handelt.»

«Diese Definition ist mir aber ganz neu!»

«Das ist keine Definition, das ist so etwas wie ein Gesetz, wenn es darum geht, Witze zu machen.»

«Und du bist dann natürlich der Richter!» Tom wusste, dass er mit diesem Argument die Diskussion wohl für sich entschieden hatte. «Kommt nichts mehr nach?» Damit musste er John nun ein bisschen feiern. Es war logischerweise nicht böse gemeint, das war einfach ihre Art. John hätte an seiner Stelle genau das Gleiche getan.

«Doch, doch! Es kommt noch was, es ist mir nur noch nicht eingefallen.» John wollte auf keinen Fall klein beigeben. Aber vielleicht war es aus seiner Position heraus die beste Idee, nur noch auf ein Unentschieden anzuspielen, wie es normalerweise auch zustande kam. «Ich würde abschliessend sagen, dass es ganz einfach ist, einen Witz zu definieren. Das Wichtigste ist doch schlussendlich, dass jemand lacht. Ob das nun am Anfang oder am Ende der Fall ist, ist eigentlich irrelevant.»

«Damit kann ich mich zufrieden geben.»

Das Thema war erledigt und Tom und John konnten sich wieder wichtigeren Dingen zuwenden.

Als Tom an diesem Abend nach Hause kam, sass sein Vater schon in seinen Unterlagen versunken am Tisch in der Küche. Das Essen war wie immer noch nicht zubereitet. So musste sich Tom vorerst überlegen, ob er für beide etwas kochen wollte oder es lieber gleich bleiben liess. Für ihn war es mühsam geworden, seit seine Mutter nicht mehr bei ihnen wohnte. Er konnte es ihr aber nicht verübeln. An ihrer Stelle hätte er womöglich dasselbe getan, wenn er nur die Möglichkeit gehabt hätte, irgendwie wegzukommen. Seinen Vater kümmerte es wenig, dass seine Frau ihm nicht mehr allen Dreck wegputzte. Für solch eine Arbeit hatte er schliesslich noch einen Sohn, der genügend gut war, um das bisschen Hausarbeit im Handumdrehen zu bewältigen.

Sauber musste nämlich alles sein. Eigentlich war sauber dafür nicht der richtige Ausdruck. Manchmal fragte sich Tom, ob sein Vater den Staub nur erfand, den er in jeder Ecke zu sehen glaubte. Offensichtlich war es ein krankhafter Wahn, auch wenn Tom nie gewagt hätte, ihm das so zu sagen.

Heute schien er sich aber um kein Stäublein auf dem Küchentisch kümmern zu wollen. Das ist doch mal ein guter Start in einen ruhigen Abend, dachte Tom. In solchen Momenten war er sofort wieder dankbar, einen Vater zu haben und vergass die Wut, die er bei den letzten geringschätzigen Bemerkungen über die Sauberkeit des Hauses verspürt hatte. Er war doch irgendwie ein armer Kerl mit nichts als seinen Geschichtsbüchern. Ein Mann, der hauptsächlich in Erinnerungen an bessere, spannendere Zeiten lebte.

«Hey Dad, willst du auch etwas essen?» Bei solch einer guten Stimmung machte es Tom nichts aus zu kochen.

Christopher Wilson sah genervt von seinen Unterlagen auf, um zu sehen, was ihn bei seiner Arbeit störte. Tom war nicht mehr sicher, ob sein Vorschlag eine gute Idee gewesen war. «Ich habe an etwas Schnelles wie Spaghetti Bolognese gedacht.» Wenn er schon damit angefangen hatte, durfte er jetzt keinen Rückzieher machen.

«Spaghetti Bolognese ist schon okay.» Sein Vater hatte ihm wahrscheinlich gar nicht richtig zugehört. Wenn es ums Essen ging, war immer alles okay, Hauptsache es ging schnell und die Geschichtsbücher mussten nicht warten. Tom wollte gerade den Topf für die Spaghetti unter dem Herd hervor holen, als sich Christopher doch noch entschloss, eine Unterhaltung zu beginnen. «Du, Tom?» Tom mochte den ernsten Blick nicht, den sein Vater aufsetzte. Das hatte normalerweise nichts Gutes zu bedeuten. «Wie ging es heute in der Schule?» Komm auf den Punkt, dachte Tom und rede nicht um den heissen

Brei herum. Das war mit Sicherheit nicht das, was seinem Vater wirklich auf dem Herzen lag. «Gut, gut, etwa so wie immer.» Christopher suchte den Blickkontakt zu seinem Sohn, fand ihn aber nicht. «Hattest du nicht heute Chemie bei Mr. Slater?»

«Klar, warum?» Tom hatte nun verstanden, worauf sein Vater hinaus wollte, aber auf die leichte Tour würde er es nicht erfahren.

Christopher starrte verlegen auf seine Schuhspitzen und fragte sich im selben Moment, warum er sich vor seinem Sohn genierte. Es war schliesslich sein Recht als Vater, es zu erfahren. «Hattest du nicht vor den Ferien eine Chemieprüfung, die du heute zurückbekommen hast?»

«Ja?»

«Und wie ist sie ausgefallen?»

«Bestnote.» Tom wusste, dass er gar nicht mehr dazu zu sagen brauchte. Seinen Vater interessierte so oder so nur, was am Ende auf dem Blatt stand ausser …

«Bestnote.»

«Ja, ja, schon gut, ich habe verstanden.»

«Das war keine Wiederholung. Das war die Antwort auf deine nächste Frage. Oder hast du etwa nicht fragen wollen, wie John White bei der Prüfung abgeschnitten hat?» Tom wusste aus Erfahrung, dass es seinen Vater nicht wirklich interessierte, wie gut er effektiv in Chemie abgeschnitten hatte. Hauptsache er war besser als alle anderen, oder kurz gesagt: besser als John.

«Dann hat es also wieder nicht ganz gereicht.»

Tom hätte den Kessel mit siedendem Wasser am liebsten auf den nicht ganz sterilen Boden geschmissen. Es war eigentlich nichts Neues, aber seinem Vater war nun wirklich nicht mehr zu helfen. Anderen Eltern hätte man mit solch einer Nachricht eine riesige Freude gemacht. Aber für seinen Vater war nur das Beste gut genug. Und das war ja im Prinzip auch gut so. Doch perfekt zu sein war dummerweise sehr schwierig und nervenaufreibend.

«Ich wollte mit dir auch noch über etwas anderes sprechen.» Christopher hatte von dem, was in seinem Sohn vorging, nichts mitbekommen. Ihn interessierte, wie es in Zukunft mit seinem Sohn, seinem einzigen Sohn, weitergehen sollte. Er wollte ihm die Zukunft ermöglichen, die ihm verwehrt worden war, die ganz grosse Karriere.

«Ich denke, wir sollten den Zweiten Weltkrieg noch einmal zusammen durchgehen. Du weisst schon, als Vater habe ich eine gewisse Verantwortung.»

«Das müssen wir nicht, ich weiss alles, was es darüber zu wissen gibt.» Tom konnte es nicht leiden, wenn sein Vater versuchte, ihm einen Vorteil gegenüber den anderen zu verschaffen. Er war selbst gut genug, der Beste zu sein.

«Da hatte ich aber gestern einen ganz anderen Eindruck. Meiner Meinung nach ist der Einzige, der nichts Neues mehr zu lernen braucht, John.»

Tom überhörte den neidischen Unterton, der in der Stimme seines Vaters mitschwang. Er wollte ihn nicht hören. Beste Freunde beneidet man nicht, selbst wenn es etwas zu beneiden gäbe und das war hier nicht der Fall. Ihm fehlten nur im Moment die Ruhe und Überlegenheit, um sein Wissen auf den Punkt zu bringen. Aber Tom mochte es nicht zu jammern. Allen anderen ging es nämlich genauso oder gar noch schlimmer. Er hatte nur ein klitzekleines Problem im Vergleich zu jenen, mit denen sich andere Schüler herumschlagen mussten. Sein Problem war ein Luxusproblem. Sich etwas vorzumachen würde es nur verschlimmern. Es war schlicht nicht fair, es überhaupt als Problem zu bezeichnen. Also würde er sich heute Abend noch einen endlosen Vortrag über diesen verschissenen Weltkrieg anhören. Dann ab und zu «oh» oder «aha» stammeln, dann wäre auch für seinen Vater die Welt wieder in Ordnung. Nicht dass man ihm noch Faulheit vorwerfen würde.

«Vielleicht ist es gar nicht so unnütz, wenn wir die Sache noch einmal repetieren.» Tom versuchte ein Lächeln aufs Gesicht zu zwingen. Mundwinkel hoch und durch. Er war sicher, was John gesagt hätte, wäre er dabei gewesen. «Weisst du, das Lachen ist ein Mysterium, das man von verschiedenen Seiten betrachten kann. Eigentlich ist es nur das Anspannen der richtigen Gesichtsmuskeln. Man zieht die Lippen hoch, damit man zeigen kann, welch schöne Zähne man hat, aber damit ist es leider nicht getan. Man kann das perfekte Lächeln analysieren und rekonstruieren. Aber dann ist es nicht mehr dasselbe. Die Seele des Lachens geht buchstäblich verloren und niemand kann sie einem zurückgeben. Ausser man lacht von Herzen und lässt dem Lachen seinen freien, natürlichen Lauf. Dann wird es sich über das Gesicht entfalten wie ein junger Schmetterling, der aus seinem Kokon schlüpft, seine zarten, noch etwas unbeweglichen

Flügel ausbreitet und den ersten Flugversuch startet. Auch wenn der Schmetterling schwarze Flügel hätte, sein Anblick würde dein Herz erwärmen. So ist es doch auch bei den Menschen mit den hässlichsten Zähnen. Ihr Lachen, das von Herzen kommt und nicht nur aus reiner Berechnung stammt, würde deine makellosen Zähne problemlos in den Schatten stellen.»

Tom brach den Versuch eines Lächelns ab, wich dem zufriedenen Blick seines Vaters aus und kippte die Spaghetti in das siedende Wasser, das er fast vergessen hatte.

John rannte. Die dunkle Strasse, die weisslichen Gebäude nahm er nur verschwommen wahr. Waren es Reihenhäuser? Oder doch ein einziger Wohnblock? John wusste es nicht. Es interessierte ihn nicht. Er fühlte seinen Atem. Er fühlte sein Herz, das in der Brust raste. John hatte keine Angst. Er war schnell. Aber noch nicht schnell genug. Schneller! Schneller! Schneller! Die Strassenlaternen waren nur noch leuchtende weisse Bälle hinter einem Schleier von Bewusstlosigkeit. John fühlte, wie seine Lunge anfing zu brennen. Ein Gefühl der Zufriedenheit überkam ihn. Ein irrsinniges Lächeln breitete sich unter dem Schein der nächsten Strassenlaterne auf seinem schmalen, knochigen Gesicht aus. Er lebte! Er lebte und nichts konnte ihn aufhalten. Seine Sorgen waren nur noch Schatten seiner Vergangenheit. Keiner, der von ihm das Unmögliche erwartete. Nun war er nicht mehr John. Nun war er John der Unbezwingbare. Niemand konnte ihn schlagen, nicht einmal er sich selbst. Er war hier, in diesem Moment und schon wieder eine Häuserreihe weiter. John schossen Tränen in die Augen. Es tat weh, aber noch nicht weh genug. Schneller! Schneller! Schneller! John fühlte nicht mehr, ob es Teer oder Kieselsteinboden war, auf dem er lief. Kein Knarren war zu hören, aber auch nicht das dumpfe Aufprallen seiner Nike-Laufschuhe auf dem harten Teerboden. Es war still, aber noch nicht still genug. Schneller! Schneller! Schneller! Das war es. Das war er. John kam jetzt. John fühlte, wie sein Körper zu rebellieren begann. Nun war es mehr als die Lunge, die brannte. Johns Beine fühlten sich an, als würden sie nicht mehr zu seinem Körper gehören. Sie hörten nicht mehr auf sein Kommando, gehorchten nicht mehr seinem Willen. Ein erbarmungsloses Brennen durchströmte seine Beine, machte sie schwer, kettete sie am Boden fest. Ich muss weiterlaufen, unbedingt, dachte John. Das durfte nicht sein. Das war sein Leben, seine Freiheit, sein erkämpftes Glück! Niemand würde ihm das nehmen, nicht einmal er selbst. Weiter! Weiter! Weiter! Er war unbezwingbar, er war unbezwingbar. Niemand war da, um ihm das Gegenteil zu beweisen. Weiter! Weiter! Weiter! Noch eine Sekunde, noch eine Minute, noch eine Stunde dieses unglaublich befreiende Gefühl empfinden. Es war fantastisch. Es war einmalig. Es war anders.

Wo sind denn nun die leuchtenden weissen Bälle geblieben? John konnte sie nirgends sehen. John drehte seinen Kopf gegen links. Nichts. John drehte seinen Kopf gegen rechts. Nichts. John drehte seinen Kopf gegen oben. Auch nichts, das konnte gar nicht sein oder …

John drehte seinen Kopf gegen unten. Da schimmerte

doch etwas. Er musste fliegen! Genau! Das war die einzige plausible Erklärung. Ich kann fliegen, als erster im Hier und Jetzt, jubelte es in John. Er war es, der fliegen konnte. John flog. Schwarz.

Eines Tages, als ich nach der Schule mit Jenny nach Hause kam, liess sie meine Hand nicht los, als wir vor ihrer Haustür angekommen waren. Mit einem verschmitzten Lächeln, das immer auf ihrem Gesicht auftauchte, wenn sie sich etwas in den Kopf gesetzt hatte, zog sie mich in den Garten. Um die farbenfrohe Blumenwiese und die verschlungenen Efeubögen zu betrachten, die ihre Eltern im Garten angelegt hatten, blieb mir fast keine Zeit. Immer wenn ich mich über eine Blume beugen wollte, um sie genauer zu betrachten, zerrte Jenny ungeduldig an meinem Handgelenk. «Später, später», flüsterte sie und versuchte meine Aufmerksamkeit von den Blumen abzulenken. Schnurstracks steuerte sie auf eine Hecke im hinteren Teil des Gartens zu, der mich an Dornröschen erinnerte, obwohl keine der Pflanzen auch nur eine Ähnlichkeit mit einer Rose zu haben schien. Ich dachte nicht mehr weiter darüber nach, weil Jenny nun auch schon mit ihrer freien Hand an meinem Ärmel zupfte. Ich wandte meinen Blick von dem Farbenmeer ab und widmete mich nun voll und ganz den Wünschen Jennys, die ich auch dann nicht hätte ablehnen können, wenn ich es gewollt hätte. Sie rollte erleichtert ihre Augen und schien innerlich glücklich darüber, dass nun auch ich begriffen hatte, wohin sie wollte. Hinter der Hecke erschien mir nun alles so still um mich herum. Obwohl wir nur wenige Meter vom Haus entfernt waren, konnte ich durch die Hecke nicht einmal im Ansatz etwas erkennen, was einer Hausmauer geglichen hätte. Da wurde mir klar, dass Jenny diesen Ort nicht rein zufällig ausgewählt hatte. Sie schien etwas von mir zu wollen, was mich ein bisschen verwirrte, denn ich konnte mir beim besten Willen nicht vorstellen, was ich hinter dieser Hecke mit bestem Sichtschutz hätte tun sollen. Jahre später fiel es mir wie Schuppen von den Augen, was mir damals ihre Körperhaltung nicht zu übermitteln vermochte. Mit etwas Abstand von der Sache und ein paar Jahren mehr Reife ist es nicht mehr schwer zu erraten, warum sie mich damals schon fast peinlich berührt angrinste und auf etwas wartete, das nicht kam. Ungeduldig rollte sie ihre Augen, da es ihr langsam dämmerte, dass sie die Sache selbst in die Hand nehmen musste. Mit einem Seufzer legte sie mir ihre Arme auf die Schultern und sprach meinen Namen in einer belehrenden, fast vorwurfsvollen Weise aus, sodass mir ganz mulmig ums Herz wurde. Einerseits mochte ich ihre Nähe, das Gefühl von Wärme, das von ihr ausging, andererseits reichte das wohl noch nicht aus. Sie rutschte auf ihren Knien herum, bevor sie tief einatmete und ihren Mund öffnete. Sie möchte heute etwas Neues erfahren, wovon sie noch nicht genau wüsste, warum es die Erwachsenen taten und wie es sich anfühlte. Sie habe ihren Bruder mit seiner Freundin nun schon ein paar Mal dabei beobachtet und es schien ihnen Spass zu machen. Sie möchte einen Kuss.

Rot, nein schwarz, oder doch weiss? John konnte sich nicht entscheiden. Was war passiert, wo war er, wieso all diese Farben? Tausend Fragen jagten John durch den Kopf. Er befand sich nicht in seinem Bett, so viel stand fest, dann war es auch nicht Morgen. Das Letzte, woran er sich erinnern konnte, war sein Laufen. Die Strassenlaternen, die plötzlich verschwunden waren. Hatte er nicht das Gefühl gehabt zu fliegen?

«Hey, hallo, ist mit dir alles in Ordnung?»

John spürte einen stechenden Schmerz durch seine Schulter zucken. Jemand hatte ihn berührt, nur ganz vorsichtig, aber das brachte seine ganze Schmerzwahrnehmung wieder in Gang.

«Aua! Meine Schulter! Aufhören!»

«Ganz ruhig, entspann dich!» Erst jetzt erkannte John, wie ruhig und hell die Stimme war, die zu ihm sprach. Sie war ein richtiger Wohlklang im Ohr. Solch eine Stimme würde ihn niemals anlügen. Dann hatte sie wahrscheinlich auch recht mit dem Entspannen. John schloss seine Augen und versuchte sich nur auf seinen Körper zu konzentrieren. Er fühlte, wie etwas seine Stirn hinunter lief. Oh nein, John hatte eine böse Vorahnung, was es sein konnte. Wenn ihm schon die Schulter wehtat, war der Gedanke naheliegend, dass es sich bei der Flüssigkeit auf seiner Stirn um Blut handelte. Nicht aufregen, nicht aufregen. Das war jetzt das Wichtigste. John atmete ruhig durch die Nase ein und durch den Mund wieder aus. Eins. Zwei. Drei. Ein zweites Mal öffnete er seine Augen und konnte nun auch erkennen, woher die drei Farben gekommen waren. Moment mal.

Schwarz und weiss sind doch eigentlich gar keine Farben. John stellte mit Erleichterung fest, dass sein Gehirn noch funktionierte. Er beschäftigte sich schon wieder mit ganz unwichtigen Sachen. Nicht umsonst hatte er manchmal das Gefühl, er könne sein Gehirn vor dem Einschlafen nicht mehr ausschalten und einschlafen. Es arbeitete einfach viel zu selbständig. John schüttelte vorsichtig seinen Kopf, als würde er versuchen, böse Träume zu verscheuchen. Ein dumpfer Schmerz durchzuckte seinen Schädel, als würde sein Gehirn gleich platzen. Somit stand fest, dass es sich wirklich um die Realität handelte.

Vor ihm stand die schlankste junge Frau, die er je gesehen hatte. Sie trug ein feuerrotes, langärmliges Sportshirt und hatte schwarze Haare, die sie zu einem Pferdeschwanz zusammen gebunden hatte. Die Farben eines Marienkäfers, das war der erste Gedanke, der John dazu einfiel. Ihre Haut war auffallend hell, darum hatte er wohl vorher auch an die Farbe Weiss gedacht. Aber da war noch etwas anderes, das ihm an ihr auffiel. Obwohl die Haut hell erschien, war sie alles andere als blass. Sie machte einfach einen makellosen Eindruck, auch wenn das Gesicht vereinzelte Hautunreinheiten aufwies. Aber vielleicht täuschte er sich auch nur. Schliesslich wusste er nicht einmal mit Sicherheit, warum er Schmerzen an Schulter und Kopf verspürte und irgendwo auf dem Boden lag.

«Alles in Ordnung?» Die junge Frau bewegte so geschmeidig ihre zierlichen Lippen, wenn sie sprach. John hatte Mühe sich darauf zu konzentrieren, was sie zu ihm sagte. Sie sah einfach viel zu engelsgleich aus. «Entschuldigung, was hast du gerade gefragt?»

«Ich habe gefragt, ob alles in Ordnung sei.»

«Ich denke schon, doch.» John rappelte sich auf.

«So siehst du aber nicht gerade aus.» Sie grinste ihn leicht spöttisch an. Jetzt bemerkte auch John, dass er alles andere als frisch geduscht aussah. Seine Trainerhosen starrten vor Schmutz und er spürte, dass seine Knie aufgeschürft waren. Was ihn aber am meisten wunderte, war der Ort, wo er sich befand. Er musste von seiner Laufroute abgekommen sein. Das war nicht sein Stadtviertel und auch nicht eines dieser, die man gesehen haben musste. «Kannst du mir sagen, was mit mir passiert ist? Ich kann mich an überhaupt nichts mehr erinnern.» John hatte sich ihr wieder zugewandt und fragte sich, ob er sie nicht vielleicht schon irgendwo gesehen hatte. Sie kam ihm so bekannt vor. Diese grossen braunen Augen, das schwarze Haar ... Augenblick, ihre Haare waren ja gar nicht schwarz. In diesem Moment fiel John ein, woher er sie kannte. Die Haare waren ihm schon früher einmal schwarz vorgekommen, weil sie erst bei Sonnenschein ihre natürliche kastanienbraune Farbe preisgaben. Sie hatte die gleiche Mittelschule wie er besucht, bevor sie ihren Abschluss gemacht hatte. Sie musste etwa zwei Jahre älter sein als er, also um die zwanzig. Und wie war noch mal ihr Name gewesen?

Zoi, genau Zoi, das war es. Sie war ihm auf dem Schulcampus wegen ihres aussergewöhnlichen Kleidungsstils aufgefallen. Sie hatte immer so etwas wie einen schwarzen Zylinder getragen, der ein bisschen an

Charlie und die Schokoladenfabrik erinnerte. Nicht, dass Zoi Ähnlichkeiten mit dem bleichgesichtigen Johnny Depp aus der Filmrolle hatte, aber der Zylinder war schon ein Stück weit aus derselben Modeschublade gewesen. John wusste natürlich, dass man Zois Zylinder auch gar nicht Zylinder nannte, aber was wussten Männer schon von Kleiderbezeichnungen.

«Was mit dir geschehen ist, musst du schon selber wissen. Ich war gerade eben auf meiner Joggingrunde und wäre fast über dich gestolpert.» Zois Stimme holte John zurück aus seinen Gedanken. Sie war einfach zu schön, um sie ignorieren zu können.

«Gehst du oft spät abends noch laufen und legst dich danach als Hindernis aufs Trottoir?» Zoi betrachtete misstrauisch den Jungen vor ihr, der noch immer leicht schwankte. Sie war nicht sicher, ob mit ihm alles in bester Ordnung war, wie er behauptete. Aber ein kleiner Witz würde in diesem Fall nicht schaden. Das hatte sie schliesslich in ihrem Medizinstudium gelernt. Im Notfall nicht dramatisieren, wenn Leute sich verletzen, sonst reagieren sie nur panisch darauf.

«Nein, nein. Das habe ich nur heute so gemacht. Ich dachte, wenn ich so am Boden liege, würde sich sicher bald eine hübsche Frau um mich kümmern.» John schmunzelte. Es war so einfach, direkte Komplimente zu machen, die ernst gemeint waren. Man musste sie nur schelmisch genug anbringen, so dass das Gegenüber gar nicht auf die Idee kam, es könnte ernst gemeint sein.

«Dann hast du heute grosses Glück gehabt. Normalerweise benutze ich die vielen menschlichen Hindernisse als Hürden, um mich aufzuwärmen.» Was der kann, kann ich schon lange, dachte Zoi. Aber glücklicherweise war er wohl wirklich nicht verletzt, sonst würde er nicht schon über sein eigenes Befinden Witze reissen. Zoi runzelte die Stirn. Sie kannte diesen Jungen. Er war auf die gleiche Schule gegangen wie sie und ging es wahrscheinlich immer noch, wenn er nicht aus irgendeinem Grund hinausgeflogen war. Soviel sie wusste, war er etwa zwei Jahre jünger als sie. Aber man merkte es ihm nicht an. Auch wenn er nicht gerade das Sinnbild eines Muskelpakets war. Er war deutlich reifer als andere junge Männer seines Alters. Wie war noch mal sein Name? Zoi konnte sich nicht mehr daran erinnern. Dann musste sie halt den berühmten Meistertrick anwenden, ohne dabei zu zeigen, dass sie ihn vergessen hatte. «Erinnerst du dich noch an mich? Ich bin Zoi, wir sind früher mal an die gleiche Schule gegangen.» Jetzt war er fast gezwungen, ebenfalls seinen Namen zu nennen.

John war froh, dass Zoi den ersten Schritt gemacht hatte. Das war das, wovor er sich fürchtete. Alte Bekanntschaftsverhältnisse auszugraben und unter Umständen zugeben zu müssen, dass man sich schlechter erinnerte als die anderen. Eigentlich eine sinnlose und unhöfliche Sitte. Man hätte auch ehrlich sein können und zugeben, dass beide es nicht mehr so genau wussten.

«Ich bin John, es freut mich, dich wiederzusehen. Warst du nicht die mit dem speziellen Hut?»

«Doch das war ich. Aber ich kann dir versichern, den würde ich heute auch nicht mehr tragen.» Zoi strich sich verlegen eine Haarsträhne aus dem Gesicht. Warum mussten sich alle an ihren Florentinerhut erinnern?

«Das ist vielleicht besser so, aber wer will nicht mal so einen Hut getragen haben?» John meinte es ernst, auch wenn Zoi es wie einen Witz verstand. Wären da nicht all die Leute, die lachen könnten, John hätte schon lange einen extravaganteren Kleidungsstil ausprobiert.

«Ja, da habe ich dir eine Lebenserfahrung voraus. Die solltest du nachholen, bevor du zu arbeiten beginnst. Manche Arbeitgeber haben nämlich wenig Verständnis für nachpubertäre Selbstverwirklichung.» Zoi musste lachen, als sie ihre Stimme hörte. Nachpubertäre Selbstverwirklichung, da hatte sie aber tief in ihrem Wortschatz herumgestöbert.

«Ich werde es zuoberst auf meine Prioritätenliste setzen.» John lächelte verlegen. Es war befreiend, mit Zoi zu plaudern. Normalerweise lächelte er nie, auch wenn er wusste, dass es ein gutes Gefühl war, einfach zu lächeln und seinen Gefühlen freien Lauf zu lassen. Aber es war unkontrollierbar. Man vergass nur einen kurzen Augenblick, sich auf das Wesentliche zu konzentrieren, und schon war die ganze Selbstkontrolle verloren und etwas gesagt, das man gar nicht hatte sagen wollen. Aber auch wenn er Zoi eigentlich gar nicht kannte und sie undurchschaubar wirkte, hatte John nicht das Gefühl, dass sie ihm etwas übelnehmen könnte, was er spontan sagte.

«Kannst du mir sagen, wie spät es ist? Um ehrlich zu sein, bin ich nämlich nicht absichtlich auf dem Trottoir eingeschlafen.» Es war jetzt schon stockdunkel und John hatte keine Ahnung, wie spät es war. Natürlich trug er eine Polarsportuhr, aber er wollte das Gespräch nicht mit einem unnötigen Blick auf die Uhr vorzeitig beenden.

«Das habe ich mir schon gedacht, ich trainiere ehrlicherweise auch nicht mit menschlichen Hindernissen.» Zoi schob den Ärmel ihres Sportshirts ein Stück weit nach oben, um einen Blick auf ihre Uhr zu erhaschen. Ihr Handgelenk war schmal und zierlich. John sah es nur per Zufall, weil er ihren Bewegungen mit dem Blick folgte. Aber welche junge Frau hat schon Handgelenke wie ein Profiboxer?

«Halb neun. Möchtest du vielleicht Tag und Jahr auch noch wissen, damit du sicher sein kannst, wie lange du schon da gelegen hast? Also wir hätten heute Donnerstag …»

«Nein, nein, schon gut. Nach ein paar Tagen hätte ich bestimmt zu stinken begonnen. Dann hätte garantiert jemand die Müllabfuhr auf mich aufmerksam gemacht.»

Ein Lächeln breitete sich auf Zois Gesicht aus. John hatte es geschafft. Er hätte sich am liebsten auf die eigenen Schultern geklopft, aber das hätte in dieser Situation bestimmt machohaft gewirkt. Zoi zeigte schöne Zähne, als sie lächelte. Ihre Schaufeln waren nicht so hasenhaft wie seine eigenen, sondern zierlicher, wohlgeformter. John fiel erst jetzt auf, dass Zoi unheimlich hübsch war. Hübsch war eigentlich gar nicht der richtige Ausdruck dafür. John kam nur ein einziges Wort in den Sinn, das ihrer Schönheit gerecht wurde. Er musste sich eingestehen, dass dieser Begriff doch noch nicht derart veraltet war, wie er immer dachte, wenn er ein Werk aus dem vorletzten Jahrhundert lesen musste. Vielleicht hatte man aber auch nur nicht die Möglichkeit, sich so etwas vorzustellen, wenn man es noch nie gesehen hatte. Denn Zoi war es. Da gab es für ihn keinen Zweifel. Sie war anmutig. Bis vorhin war sie ihm einfach wie von einem anderen Stern vorgekommen. Nicht unbedingt hübsch, denn Zoi war nicht das, was dem heutigen Schönheitsideal entsprach. Dafür war sie zu klein. Nein, sie war ihm leichtfüssig und unverbraucht vorgekommen. Aber das war jetzt alles egal. Sie hatte ihren Mund einen Spalt breit geöffnet und zu einem Lächeln geformt. Da war es John wie Schuppen von den Augen gefallen. Sie war anmutig. Da konnte Schönheitsideale schaffen, wer wollte. John war es egal. Er hatte jetzt seine eigenen. Nicht fehlerlos, nicht dünn und Masse wie 90-60-90. Einfach so wie Zoi. Das war hübsch, das war es. Da konnten die Models und Möchtegernmodels noch so manche Stunde vor dem Spiegel stehen oder sich einer Schönheitsoperation unterziehen und überlegen, ob sie nun zu leicht oder zu schwer waren. Es war sinnlos. Da würde ihnen auch eine Waage nicht weiterhelfen. So etwas gab es nicht. 53kg, bravo, jetzt bist du anmutig. Das würde niemals auf der digitalen oder analogen Anzeige einer Waage stehen. So viel stand fest. Auch wenn jemand auf die Idee kam, solch eine Waage zu erfinden, zu produzieren, zu verkaufen. Die Waage würde fast immer falsche Angaben machen. Weil sie nicht sah, wer auf ihr stand. Das war der springende Punkt, den niemand zu verstehen schien. Die wahre Schönheit lag im Auge des Betrachters, vielfach gehört, selten geglaubt.

«Du musst beginnen zu glauben.»

«Was hast du gerade gesagt?» Zoi war nicht sicher, ob sie sich verhört hatte. John hatte für einen Augenblick wie an ihr vorbei gestarrt und danach etwas wie «Du musst beginnen zu glauben» in die Luft gehaucht, als wäre er gerade aus einem Traum aufgewacht. «Nichts, nichts, ich habe nur kurz laut gedacht.» Das war wieder einer dieser zahlreichen Momente, in denen John sich hätte ohrfeigen können. Die viel zitierte Unaufmerksamkeit, in der man Sachen preisgab, die man eigentlich für sich behalten wollte.

«Bist du sicher, dass da wirklich nichts war, das du mir hast sagen wollen? Ich hatte fast den Eindruck, dass dir etwas am Herzen lag.» Zoi wusste selbst nicht, warum sie in die Offensive ging. Das war sonst nicht ihr Stil.

«Absolut! Absolut!» John sagte es lauter, als er es hätte sagen müssen. Als müsste er sich beweisen, dass es stimmte. Er log und das wusste er. John mochte es gar nicht zu lügen. Aber das war ja auch nicht wirklich eine Lüge, vielmehr etwas in Richtung Notlüge. Er konnte Zoi auf keinen Fall alles erzählen, was ihm in der letzten Minute durch den Kopf gegangen war. Das wäre Selbstmord. Zwischenmenschlicher Selbstmord. Sie wüsste alles und er wüsste nichts. Nicht einmal das, was er glaubte über sich zu wissen. Denn das hatte er soeben erfolgreich widerlegt. Er musste sich jetzt unbedingt bemühen, ein anderes Thema anzusprechen, um das Gespräch wieder auf ungefährlichere Bahnen zu leiten.

«Wohnst du weit von hier? Wir könnten, also ich meine, wenn du möchtest, könnten wir doch noch ein Stück gemeinsam laufen.» John wusste, dass ihm mit diesem

Gestotter der Themenwechsel eindeutig misslungen war, aber Zoi schien seine Unsicherheit nicht bemerkt zu haben.

«Nein, nein, nur etwa zehn Minuten von hier, etwas ausserhalb des Stadtzentrums. Aber eigentlich hätte ich dich fragen müssen, ob du weit von hier wohnst. Wer weiss, wo du das nächste Mal am Boden liegen bleibst.» John starrte verlegen auf seine Schuhe. Danach war es wieder Zoi, die den ersten Schritt machte und sich explizit in Bewegung setzte. John hatte keine Mühe Schritt zu halten und mahnte sich sogleich, nicht einen halben Schritt vor ihr zu laufen. Das war meistens das Todesurteil für ein lockeres gemeinsames Laufen. John wollte dies um jeden Preis verhindern.

«Was machst du eigentlich beruflich oder was studierst du, seit du nicht mehr zur Schule gehst?» John hatte das komische Gefühl, dass Zoi durchaus gewillt war, mit ihm zu sprechen. Man musste ihr jedoch einen Anstoss geben, damit sie zu reden begann.

«Ich studiere Medizin und du?», fragte Zoi sogleich zurück. Für John war diese Situation alles andere als angenehm. Um etwas mehr über sie zu erfahren, musste er sie zum Plaudern bringen, ein Thema ansprechen, dem sie total verfallen war. Er entschied sich, die Gegenfrage zu ignorieren und an das soeben Gehörte anzuknüpfen. «Medizin, ein anspruchsvolles und zeitaufwändiges Studium. War das schon immer dein Ziel, also ich meine, als Kind hat man ja seine Träume, die man irgendwann aus den Augen verliert?»

«Ich habe meine Träume nicht verloren.» Zoi sagte es

mit einer Überzeugung, die sie selbst überraschte. «Ich hatte immer den Traum zu retten. Menschen, deren Leben schon fast verloren scheint, eine zweite Chance zu geben.»

«Und was hat dich dazu bewogen?»

«Ich hätte auch gerne meine zweite.»

«Was meinst du damit?»

«Ich hätte auch gerne meine zweite Chance, falls sich herausstellt, dass ich die erste nicht nutzen kann.»

«Inwiefern sollte sich das herausstellen? Wie kannst du herausfinden, ob du die erste genutzt hast oder nicht? Liegt das überhaupt in deiner Verantwortung?» Zoi spürte seinen Blick und wandte sich ihm zu. Die nächsten Minuten waren von Schweigen geprägt. John warf sich vor, dass er an ihrem Traum herum gepfuscht hatte und Zoi war nicht sicher, ob sie John eine Antwort schuldig war, obwohl er auf so eine Frage gar keine schlaue Antwort erwarten konnte. An der nächsten Strassenkreuzung blieb Zoi schliesslich stehen. Im Schatten der Strassenlaterne, unter der sie angehalten hatten, stand ein älteres Haus mit Erker und einem Giebel, der quer aus dem Dach hervorstand. Es war aus rotem Backstein gebaut. Aber John hatte in der Dunkelheit den Eindruck, als sei alles nur grau. «Wir wären nun da», sagte Zoi und wippte unschlüssig mit ihren Schultern.

John und Zoi standen da, nur einen Schritt voneinander entfernt und doch zu weit, um sich anständig voneinander zu verabschieden. John war sich bewusst, dass er reagieren musste: ihr die Hand reichen oder sie kurz umarmen. Aber welche dieser Möglichkeiten war der Situation angemessen? Um ihr einen Kuss auf die Wange zu geben, kannte er sie zu wenig. Ihr einfach die Hand zu drücken, wäre dagegen zu förmlich. Gab ihm Zoi denn wenigstens ein Zeichen, was sie von ihm erwartete? Frauen behaupteten doch ständig, irgendwelche Sachen zu signalisieren. John konnte aber beim besten Willen nichts erkennen. Zoi hatte ihre Schultern leicht verlegen hochgezogen und wartete noch immer. Irgendwann wurde ihr das Warten unangenehm. Sie trat einen Schritt auf John zu, um ihn zu umarmen. John fühlte die Wärme, die von Zoi ausging. Er fühlte sich so behaglich, dass er sie am liebsten nicht mehr losgelassen hätte. Aber er würde sie loslassen müssen und der Moment der Wärme würde vorbei sein. Wenn er noch etwas sagen wollte, musste er es jetzt tun. Obwohl er wusste, dass es möglicherweise ein Fehler war, näherte er sich ihrem Ohr und flüsterte: «Ich hoffe, dass du deine zweite Chance erhältst.»

Jessica betrachtete angeekelt das Schweineherz, das fein säuberlich in einer Wachsschale vor ihr auf dem Tisch lag. Der penetrante Geruch von totem Fleisch stieg ihr in die Nase. Eigentlich war es gar nicht der Geruch von totem Fleisch, denn das Herz war noch ganz frisch. Es musste direkt vom Schlachthof stammen. Aus der Aorta lief noch Blut und sammelte sich in den vielen kleinen Ritzen, welche die Skalpelle künftiger Ärzte und Professoren im gelbbraunen Wachs hinterlassen hatten. Jessica kannte den Geruch von Blut. Eigentlich war es der Gestank von Eisen. Sie hatte oft die Frage gehört, ob man denn Blut überhaupt riechen könne. Sie musste zugeben, sie wusste es bis heute nicht. Aber wenn sie Blut sah, erinnerte sie sich daran, wie sie sich als kleines Mädchen mit einem Blatt Papier in den Finger geschnitten hatte und diesen in den Mund genommen hatte, um das Blut zu stillen. Es war ihr vorgekommen, als hätte sie aus einer rostigen Büchse getrunken, irgendwie säuerlich und doch nicht wirklich unangenehm. Damals hatte sie noch nicht gewusst, dass es sich bei dem Geschmack um Eisen handelte.

«Versuchen Sie doch bitte, das Herz der Mitte entlang aufzuschneiden. Dann sollten Sie problemlos die beiden Herzkammern erkennen können.» Mrs. Fletcher huschte zwischen den Labortischen hindurch und betrachtete aufmerksam die Arbeitsschritte ihrer Schüler. «Ein bisschen Ruhe bitte, wir sind ja hier nicht im Kindergarten.»

John ärgerte sich über die abfällige Bemerkung. Schliesslich war es im Raum ruhiger, als wenn am Sonntagmorgen die Vögel vor seinem Fenster zwitscherten.

«Sie können nun der Aorta entlang einen Glasstab ins Herz einführen. Dort, wo er dann in der linken Herzkammer wieder zum Vorschein kommt, befinden sich die Taschenklappen, welche die Aorta von der Herzkammer abtrennen. Sie hindern das Blut daran, aus der Aorta zurück in die Kammer zu fliessen.»

John wollte sich zurücklehnen und erinnerte sich im letzten Moment daran, dass die Hocker in den Praktikumsräumen keine Lehnen hatten. Das war eigentlich schade, da man doch immer so viel Zeit hatte sich auszuruhen. Die Praktikumsarbeiten wurden stets zu zweit ausgeführt. Für John und Tom bedeutete das, dass ständig einer von beiden Zeit hatte, die anderen beim Arbeiten zu beobachten. Jessica war nicht viel weiter als zu Beginn. Sie schien sich noch nicht entschieden zu haben, ob sie es wagen sollte, das Herz zu berühren. Amy war ihr auch nicht gerade eine Hilfe.

«Igitt, tu es nicht!» Jessica hatte sich mit ihrem Zeigefinger, über den sie immer einen klobigen goldenen Zweifingerring trug, bis auf wenige Zentimeter ans Herz herangewagt, ehe ihr Amy mit ihrem Zwischenruf einen kalten Schauer über den Rücken jagte. «Jetzt erschrecke mich nicht andauernd, sonst kannst du diese Drecksarbeit allein machen.» Amy warf ihr schwarzes Haar beleidigt über die Schulter und signalisierte mit einem imaginären Schlüssel, mit dem sie ihren Mund verschloss und über die Schulter wegwarf, dass sie von nun an still sein würde. Jessica ärgerte sich darüber, dass sie im Unterricht keine Lollipops lutschen durfte, das hätte sie bestimmt etwas beruhigt. Entschlossen griff sie wieder nach dem Schweineherz und packte es mit der Hand. Es war gar kein schlechtes Gefühl, ein Herz in der Hand zu halten. Es war glatt und flutschte zwischen den Fingern, aber es war durchaus angenehm. John registrierte mit ungläubigem Gesichtsausdruck, dass Jessica tatsächlich Gefallen an dem blutigen Objekt gefunden hatte. Wie in Ekstase stocherte sie in dem fleischigen Haufen herum, der seine Ähnlichkeit mit einem Herzen verloren hatte. «Stopp! Stopp! Stopp, du ruinierst mir noch die Bluse.» Amy hatte ihre Einstellung gegenüber dem Herz in keiner Weise geändert. Sie war mit ihrem Stuhl bis an die

Wand zurückgerückt und musste mit versteinerter Miene festellen, dass sich Jessica völlig daneben benahm.

«Was haben Sie mit Ihrem Herz angestellt!» Mrs. Fletcher trat mit entsetzter Miene an den Tisch der beiden heran. «So können Sie es vergessen, die Taschenklappen zu Gesicht zu bekommen.»

«Nein, nein, ich hab es gleich.» Jessica erkannte, dass sie mit Skalpell und Glassttab nicht mehr weiter voran kam. In ihrem Eifer steckte sie ihre Finger in die Aorta und versuchte die Taschenklappen wenigstens zu fühlen. John betrachtete nachdenklich Jessicas missglückten Versuch, irgendeinen Eindruck von den Taschenklappen zu erhalten. Waren wohl alle jungen Frauen so, dass sie sich entweder wie Amy vor unangenehmen Arbeiten fürchteten und in keiner Weise mit Blut in Berührung kommen wollten oder wie Jessica regelrecht in sadistische Ekstase gerieten, wenn sie einmal damit begonnen hatten? John konnte es sich nicht vorstellen. Da musste es doch noch eine andere Art Frau geben, die sich nicht so hilflos, aber auch nicht so teuflisch benahm. Unwillkürlich musste John an Zoi denken. Wie hatte sie sich wohl beim Sezieren eines Herzens angestellt? John hatte Mühe, sich Zoi überhaupt in einem Praktikumsraum vorzustellen. Für ihn war sie noch immer die engelsgleiche Retterin, die rot- weiss-schwarz aus der verschwommenen Dunkelheit auftauchte, wie Schwester Evelyn im Film «Pearl Harbor». Urplötzlich schoss John der entscheidende Gedanke durch den Kopf und er sah förmlich, wie Zoi auf genau so einem Hocker sass und ein Schweineherz sezierte. Zoi scherte sich weder um das

Blut noch um den Geruch, der ihr in die Nase stieg. Entschieden und exakt führte sie die feine Klinge. Ohne Zögern lenkte sie jeden Schnitt des Skalpells. Das einzige, was sie interessierte, war ihre Aufgabe. Die Patienten, die dadurch eine zweite Chance erhalten würden.

«Und du hast sie nicht einmal nach ihrer Nummer gefragt?» Tom konnte es nicht fassen. Aber zum Glück befanden sie sich im Facebookzeitalter. Jede Person konnte nun problemlos erreicht und gefunden werden, auch wenn man nur ihren Vornamen kannte. Wie jeden Freitagabend sassen John und Tom in einem kleinen malerischen Pub etwas ausserhalb des Stadtzentrums. Der Pub hatte einen kleinen, dreieckigen Garten mit ein paar runden Tischchen. Die beiden wählten jeweils den hintersten Tisch in der Ecke. Es störte sie auch nicht, dass sich direkt hinter dem Zaun eine Mülltonne befand, die ab und zu zweifelhafte Gerüche freisetzte. So hatten sie ihre Ruhe und konnten die vergangene Woche noch einmal Revue passieren lassen, ohne dass andere Gäste mithörten. John und Tom diskutierten niemals oberflächliche Themen. Meistens beschäftigten sie sich mit den Machtverhältnissen innerhalb der Schule. Für Tom war dieses Thema essentiell. Er musste über allfällige Kontrahenten, die ihm seinen Rang streitig machen wollten, genauestens Bescheid wissen. John waren diese Gespräche stets ein wenig unangenehm. Für ihn waren Intrigen und Machtspiele etwas, das er innerlich verurteilte, ohne sich dabei auch nur das Geringste anmerken zu lassen. John appellierte jeweils an die Ehrlichkeit, sprach am liebsten mit den betreffenden Menschen und räumte Spannungen so schnell als möglich aus dem Weg. Aber Ehrlichkeit war, wie es Tom formulierte, oftmals undiplomatisch und ein Zeichen von Schwäche. Da konnte jeder den anderen als stur oder als gottverdammtes Arschloch bezeichnen. Offen über Probleme mit Gegnern zu sprechen war ein Ankriechen, ein Kapitulieren. Da hatte Tom recht, das wusste John. Auch wenn John Intrigen nicht ausstehen konnte, war er Tom in diesem Sinne ebenbürtig, nur war er der, der sie nicht anwendete. Er sah sie voraus und schützte Leute, die ihm wichtig waren, dass sie hinein gerieten. So hatten die Gespräche darüber auch für ihn seine Vorteile. Er konnte schützen, auch wenn niemand davon wusste, beschützt worden zu sein.

Heute war aber einer der seltenen Tage, an denen das Thema Macht nicht im Vordergrund stand. John hatte Tom gerade erzählt, wie er Zoi ein zweites Mal kennen gelernt hatte. Das waren Momente, in denen Tom seinen inneren Schweinehund überwinden musste. Gefühle waren ihm unangenehm. Objektiv betrachtet war die Frage nach der Handynummer immer einer der ersten Schritte.

«Ich weiss ja nicht einmal, warum Zoi mir nicht mehr aus dem Kopf geht.» John warf sich entnervt in seinem Stuhl zurück. «Ich hatte sie jahrelang vor meiner Nase und auch nie das Bedürfnis, sie näher kennenzulernen.»

«Vielleicht gibt es ja so etwas wie die Liebe auf den zweiten Blick: ein wenig wie eine Sprengstoffladung mit verlängerter Zündschnur. Es tut sich nichts, es tut sich nichts und plötzlich Kabuff!» Tom schnippte mit seinem Finger. Er wusste genauso wenig wie John, ob es so etwas gab. Und so richtig wollte er auch nicht daran glauben.

«Nein, jetzt im Ernst. Ich fühle mich richtig bescheuert und höre mich wahrscheinlich auch so an. Das letzte, was ich im Moment gebrauchen könnte, wäre eine Freundin. Und ausserdem ist sie zwei Jahre älter als ich.»

«Was sind schon zwei Jahre auf ein ganzes Leben.» Tom konnte sich den Witz nicht verkneifen. Vermutlich auch, weil es ihm Angst machte, genauer über seine Einstellung zur Liebe nachzudenken.

John verstummte augenblicklich. Aus diesem Blickwinkel hatte er die Angelegenheit noch gar nie betrachtet. Es konnte doch wirklich nicht sein, dass er mit achtzehn die Liebe seines Lebens fand, falls es die überhaupt gab. Natürlich gab es sie, wofür war er sonst überhaupt hier. Das war einer der Punkte, worüber John mit sich im Klaren war. Es war altmodisch, romantisch und alles andere als typisch männlich, so zu denken. Aber irgendwie war es doch nicht richtig, dass Frauen, die reihenweise sexuelle Beziehungen hatten, als Schlampen abgestempelt wurden und Männer, die genau das gleiche taten, als Sinnbild der Männlichkeit, als Vorbild, als Held verehrt wurden, obwohl sie nur schwanzgesteuerte Verräter aller Ehren waren. Nein, es musste die wahre Liebe geben. Sonst hätte er sofort mit der Nächstbesten ins Bett hüpfen können, was er natürlich nicht tun würde. Auch wenn die Verlockung gross war und die Gelegenheit nicht fehlte. Es gab immer jemand, der etwas wollte und es musste auch nicht sein Geld sein, das lockte. Manchmal gab es auch Mädchen, die alles dafür gaben, ihren Abschluss zu schaffen. Das einzige, was John nicht verstand, war die Tatsache, dass es so einfach war, Mädchen ins Bett zu kriegen und so schwierig, sie dazu zu bringen, ihn zu mögen.

«Hallo? Bist du noch da? Also physisch bin ich sicher, aber geistig wäre mir auch noch wichtig.» Toms Frage holte John zurück aus seinen Gedanken.

«Klar schon, ich bin nur ein bisschen müde.» Tom war sicher, dass John alles andere als müde war, aber er wollte ihn nicht darauf ansprechen. «Weisst du was, ich besorge dir einfach ihre Nummer. Dann rufst du sie an und musst nicht zuerst am Computer den Kontakt suchen. Das ist persönlicher und zeugt von Reife. Bei meinen Connections ist das sowieso nur eine Frage von Sekunden.»

«Nun übertreib es nicht gerade. Aber das Angebot nehme ich gerne an.» John wusste, dass man Tom nicht immer ganz beim Wort neben musste. Das nicht ernst gemeinte Prahlen verstanden leider nicht alle als Spass. John wunderte sich, wie Tom trotz seiner Abneigung gegen Gefühle sein Dilemma so schnell begriffen hatte. Er war ein guter Freund, der es verstand, heikle Fragen wegzulassen, die andere gestellt hätten.

Feucht war es, aber nicht nass und auch nicht kalt. Was vorher geschehen war und wer schliesslich den ersten Schritt gemacht hatte, weiss ich nicht mehr. Es war irgendwie viel zu schnell gegangen, um später noch Rückschlüsse zu ermöglichen. Schokolade. Mein zweiter Gedanke. Hatte Jenny wieder einmal den ganzen Tag nur

Süssigkeiten gegessen? Es musste so sein. Anders konnte ich mir den Geschmack nicht erklären, den ihre Lippen hatten. Feuchte, warme Schokolade. Irgendwie widerlich. Aber ich getraute mich nicht, es ihr zu sagen, auch nur die Augen zu öffnen. Warum waren meine Augen geschlossen? Ich wusste es nicht. Ich musste es wohl intuitiv getan haben oder hatten wir es so abgemacht? Schokolade. Immer noch Schokolade. Ich musste an den Schrank voller Süssigkeiten denken, den sie zu Hause hatte. Zehn, zwanzig kleine Schubladen, jede mit einer anderen Sorte Bonbons, Lollipops oder Schokoriegel gefüllt. Was hatte ich nun bloss alles an meinen Lippen? Ich entschied mich, nicht weiter darüber nachzudenken. Das hätte mir nur den Tag verdorben, der bis zu diesem Schokoladengedanken eigentlich ganz gut verlaufen war.

Waren wir nun endlich fertig? Ich wagte es, meine Augen einen Spalt breit zu öffnen und durch die Wimpern hindurch zu blinzeln. Alles in Ordnung. Jenny hatte ihre Augen auch geschlossen und wusste wohl auch nicht, welches der nächste Schritt war, den wir tun mussten. Sie hatte ihre Augen so zusammen gekniffen, dass sich auf ihrer Stirn Fältchen gebildet hatten. Sie schien sich zu konzentrieren, sich genau an das erinnern zu wollen, was sie bei ihrem Bruder gesehen hatte. Sie rutschte auf ihren Knien hin und her und machte sich dabei grüne Flecken auf ihr Kleid. Da wird ihre Mutter aber Freude haben, dachte ich. Irgendwann kam dann auch Jenny zur Erkenntnis, dass es nun an der Zeit war, den Kuss zu beenden. Sie öffnete ihre Augen und schien *ein bisschen beleidigt, dass ich sie schon vor ihr geöffnet hatte. Ob wir noch mal wollten, fragte sie unsicher. Was sollte ich sagen? Nein, ich will nicht, weil du irgendwie noch Schokolade stinkst? Definitiv nicht. Das war keine Lösung. Nicht weil ich die Frage nicht verstanden hatte, sondern einfach, weil mir keine geeignete Antwort dazu in den Sinn kam, schwieg ich und zuckte mit den Schultern. Ob sie noch wollte, fragte ich.*

Nein, sie habe für heute genug, gab sie mir zur Antwort.

Montag, 12. September

Hat er sie oder hat er sie nicht? Hoffentlich hat er sie. Er hat sie, er hat sie, er hat sie, versuchte sich John zu beruhigen. Unruhig trommelte er mit seinen Fingern auf der Tischplatte. Alles in Ordnung, er hat sie ganz bestimmt. Unsicher schielte er zu Tom hinüber, der wie immer beklemmend konzentriert dem Geschichtsunterricht folgte.

«Viele Geschichtslehrer würden Ihnen zahlreiche Daten und strategische Züge erläutern, die den Zweiten Weltkrieg geprägt haben. Ich könnte das natürlich auch tun, aber ich denke nicht, dass Sie ihn dann besser verstehen würden.» Christopher Wilson blickte Anerkennung heischend in die Klasse. Es gefiel ihm, sich von anderen Lehrkräften abzuheben. Dafür sollten ihm die Schüler aber auch den nötigen Respekt zollen. «Wissen Sie, was Sie fragen müssen, wenn Sie ein geschichtliches Ereignis in seinem vollen Ausmass verstehen wollen? Es ist eine kleine, simple, fast schon verschwindend kurze Frage.» Christopher Wilson legte eine Pause ein, um seinen Blick noch einmal durch die Klasse schweifen zu lassen. Nicht weil er eine Antwort erwartete. Nein, das war eine rhetorische Frage. Er wollte noch einmal die verständnislosen Gesichter sehen. Danach würde er seine Frage genüsslich beantworten. Sie würden sich alle an den Kopf greifen und denken, dass sie es doch hätten wissen müssen oder vielleicht sogar gewusst hatten. Nur der Mut hatte gefehlt, es laut auszusprechen.

Jetzt mach schon! Jetzt mach schon!! Jetzt mach schon!!! Komm endlich auf den gottverdammten Punkt und sprich es aus, Buchstabe für Buchstabe. Betone von mir aus auch zuerst das W, dann das A, das R, das U, das M, und was du sonst noch alles sagen willst, aber mach es mit einem angemessenen Tempo! John hielt es kaum mehr aus auf seinem Stuhl. Am liebsten wäre er nach vorne gegangen und hätte Mr. Wilson eine geknallt und die Lektion selber beendet. Dann hätte er wenigstens in den nächsten fünf Minuten erfahren, ob Tom nun Zois Nummer hatte oder nicht. Aber der war natürlich im Moment viel zu sehr in Gedanken, um zu merken, wie sehr es ihn drängte. Dafür hatte John auch alles Verständnis der Welt, bei diesem Vater. Es war eigentlich auch besser für ihn, wenn Tom es ihm von sich aus sagen würde, ohne darauf aufmerksam gemacht zu werden. Dann würde er wenigstens nicht bemerken, wie wichtig John die ganze Sache war.

«WARUM! So einfach ist es. Warum. Das ist die Frage, die Sie stellen müssen, wenn Sie den Zweiten Weltkrieg oder ein anderes geschichtliches Ereignis verstehen wollen. Warum ist es zu einem Krieg gekommen? Warum hat Hitler den Krieg verloren? Er war doch anfangs so überlegen. Sobald Sie verstehen, warum geschichtliche Ereignisse stattfinden, sind Sie gute Historiker. Das ist es, was einen guten Historiker ausmacht. Sie müssen Hintergründe verstehen. Das machen Sie nicht einfach zum Spass. Das hat alles seinen Sinn. Sie müssen Hintergründe verstehen, um Ereignisse vorherzusehen. Sobald Sie die Hintergründe verstanden haben, sind Sie gewarnt. Sie können nicht mehr überrumpelt werden. Dann sind Sie der Geschichte einen Schritt voraus und können einen Eklat im Voraus abwenden. Eines kann ich Ihnen im Vornherein verraten: Hitler war kein Historiker. Er war ein miserabler Historiker. Er hat nicht aus den Fehlern früherer Herrscher gelernt und ist in dieselben Fallen getappt. Darum ist der Zweite Weltkrieg zu seinen Ungunsten ausgegangen. Mit den genauen Gründen werden wir uns das nächste Semester auseinander setzen.»

John scherte es einen feuchten Dreck, womit sich Mr. Wilson im nächsten Semester auseinander setzen wollte. Hauptsache, er bestand am Ende die Prüfung mit Bestnote. Unruhig rutschte er auf seinem Stuhl herum. Es schien auch anderen so zu gehen. Die meisten in der Klasse pfiffen darauf, was ihnen Mr. Wilson in seiner selbstgefälligen Art zu verklickern versuchte. Nur dass sie nicht alle seine Ambitionen hatten, an der Semesterprüfung Bestnote zu schreiben. Allen voran Benedict, der in der Klasse den Übernahmen «Säufer» trug. Ungestört döste er am Tisch direkt neben dem Fenster in der ersten Reihe, ob es nun still im Zimmer war oder ob ihm die Lehrer Kreidestückchen an den Kopf warfen, auf Grund des fehlenden Respekts, den er ihnen entgegenbrachte. Wenn John ihn betrachtete, wie er friedlich in der Ecke schlummerte, beneidete er Benedict richtiggehend. Nicht für das, was er hatte oder machte. Vielmehr dafür, dass er mit sich im Reinen war und es ihn nicht

kümmerte, was die anderen von ihm dachten. Normalerweise wäre ein Typ wie Benedict schon lange von der
Schule geflogen, aber John hatte munkeln gehört, dass
sein Vater ein enger Freund von Rektor King war. Benedict war für John die Verkörperung des Säufers. Er hatte
langes filziges Haar, das er nie bürstete und das man
wahrscheinlich schon von weitem hätte riechen können,
wäre da nicht der Alkoholgeruch gewesen, der alles do-
minierte. Benedict war der Typ Mensch, dem man nicht
in einer dunklen Gasse begegnen wollte. Er war eine
massige Erscheinung, knapp zwei Meter gross. Wer ihn
aber kannte, wusste, dass er eigentlich ein liebenswürdi-
ger Kerl war, der sich jedoch in seiner virtuellen Compu-
terwelt besser zurechtfand als im wirklichen Leben.

Der Stuhl neben ihm war immer frei. Niemand setzte
sich freiwillig dem fauligen Geruch aus, der von ihm ausging. Mr. Wilson hatte es schon lange aufgegeben, ihn
zur Mitarbeit zu bewegen. Für ihn war nur wichtig, dass
er und sein Sohn glänzen konnten, auch wenn er eigentlich hätte wissen müssen, wie sehr er ihn damit unter
Druck setzte. Schliesslich war Tom sein Sohn. Jedenfalls
stellte sich John vor, dass ein guter Vater so etwas hätte
wissen müssen, aber er konnte es ja schlecht bewerten,
da er keinen hatte. Und hätte er einen gehabt, hätte er ihn
bestimmt auch nicht angeschwärzt für die fehlende seeli-
sche Aufmerksamkeit. Als Sohn war man wahrscheinlich
verpflichtet, die Eltern so zu lieben, wie sie waren.

«Mr. White, könnten Sie uns bitte erläutern, warum
die Deutschen so erpicht darauf waren, Krieg zu führen?» John schrak aus seinen Gedanken auf. Er hatte nur

mit halbem Ohr zugehört und nun versuchte Mr. Wilson, ihn vor der Klasse blosszustellen. Aber das war nicht weiter tragisch, denn er wusste die Antwort. «Nun ja, der Faschismus kommt aus übersteigertem Nationalismus ...» John wurde sich schlagartig bewusst, dass er im Begriff war, einen riesigen Fehler zu begehen. Wenn er jetzt die Frage problemlos beantwortete, nahm er wiederum Tom die Möglichkeit sich auszuzeichnen. John rang mit seinem inneren Schweinehund. Sein Herz wusste zwar, was für seinen besten Freund richtig war, aber der Kopf gab es ihm nicht zu, eine Chance verstreichen zu lassen, um selbst gross dazustehen. John schielte hoffnungsvoll auf das Zifferblatt seiner Piaget. Vielleicht gab es über die Zeit eine Möglichkeit, sich unbeschadet aus der Affäre zu retten. Scheisse! Immer noch zehn Minuten. Der Zeiger bewegte sich so langsam über das schwarze Zifferblatt. Das konnten unmöglich Minuten sein. Das waren Stunden der Grausamkeit, die ihn zu einer ungewollten Entscheidung drängten. So lange konnte er unmöglich das Beantworten der Frage hinauszögern.

«Mr. White, haben Sie meine Frage nicht richtig verstanden?» Mr. Wilson wurde langsam ungeduldig. John musste sich entscheiden. Jetzt. Sofort. Auf der Stelle.

«Ich weiss es nicht.» John konnte es nicht fassen, dass er es wirklich getan hatte. Tom war aus seiner verkrampften Totenstarre erwacht und starrte ihn fragend an. Auch Mr. Wilson war für einen Augenblick wie gelähmt, weil er nach dem Anfang der richtigen Antwort schon gar nicht mehr daran geglaubt hatte, er könnte die Frage an Tom weiterleiten.

«Ich weiss es nicht, keine Ahnung.» John musste seine Lüge mit einem kräftigen Nicken bestätigen, weil er es sonst selbst nicht geglaubt hätte, was er soeben getan hatte. Mr. Wilson rührte sich noch immer nicht. John wusste nicht genau warum, aber wahrscheinlich konnte er sein Glück noch gar nicht fassen. Er starrte ihn einfach fassungslos an.

«Haben Sie mich nicht verstanden? Ich weiss es nicht, Mr. Wilson. Ist es denn eine Schande, etwas nicht zu wissen?»

«Nein, nein, garantiert nicht.» Mit dem dritten Mal war die Botschaft auch bei Mr. Wilson angekommen. Normalerweise hätte Christopher jeden anderen Schüler ermahnt, aufmerksamer dem Unterricht zu folgen und mit dem Tagträumen aufzuhören. Bei John White kam er aber gar nicht auf die Idee, nur daran zu denken. Es war ein Geschenk Gottes, dass er ihn einmal erwischt hatte. Wenn Tom es nun nur nicht verpatzte, die richtige Antwort zu geben. «Weiss jemand anderer die Antwort auf meine Frage?» Christopher Wilson liess seinen Blick durch die Klasse schweifen. Er wollte niemandem die Möglichkeit geben, später zu sagen, er würde seinen Sohn bevorteilen. «Niemand?» Natürlich hatte er schon im Voraus gewusst, dass niemand die Hand heben würde. So konnte Tom noch viel stolzer sein, wenn er gleich die Antwort wüsste. «Mr. Wilson, wissen Sie die Antwort nicht?» Auch seinen Sohn sprach er mit dem Nachnamen an. Er wollte niemanden privilegieren.

Tom hatte gewusst, dass es so kommen würde, aber heute war er auf die Frage vorbereitet und wusste die

Antwort. Das war gar nicht das Problem. Aber er konnte unmöglich John blossstellen, er hatte schon viel zu viel für ihn getan. Warum hatte John die Frage nicht selbst beantwortet? Tom verstand nicht, was das ganze Theater sollte. Unsicher hastete sein Blick zwischen seinem Vater und John hin und her. Beide nickten ihm aufmunternd zu. Wahrscheinlich hatte es John so gewollt. Hatte ihm ein Opfer gebracht, um die Situation gegenüber seinem Vater aufzubessern. John war der selbstloseste Mensch, den er kannte, trotz all seiner Ecken und Kanten. So einen Freund konnte sich jeder nur wünschen. Tom sträubte sich gegen das, was er gleich tun musste. Es war einfach nicht richtig. Der Ruhm stand eigentlich John zu, aber der hatte die Situation provoziert, ihn in eine Lage gebracht, die er nicht mehr steuern konnte. Würde er jetzt auch sagen, er wüsste es nicht, wäre er nicht nur dem Gelächter der ganzen Klasse ausgesetzt, sondern auch noch ein nichtsnutziger Sohn aus der Sicht seines Vaters. Er konnte nur noch den Schienen entlang gehen, die John für ihn gelegt hatte. Er fühlte sich feige und hatte schon ein schlechtes Gewissen, als er nur den Mund öffnete. «Der Faschismus ist eine Form von übersteigertem Nationalismus, im Sinne von übersteigertem Nationalstolz und Grössenwahn. Nach der grossen Weltwirtschaftskrise Ende der zwanziger und Anfangs der dreissiger Jahre versprach Hitler den Menschen Arbeitsplätze und vermittelte das erste Mal wieder ein Gefühl von Gemeinschaft und Nationalstolz. Der gemeinsame Feind, die Juden, schweisste das deutsche Volk enger zusammen. Die Deutschen wollten nun die neu gewonnene Kraft in Handlung umsetzen. Ein Krieg war da ein geeignetes Mittel, um die neue Stärke zu demonstrieren.» Tom lehnte sich in seinem Stuhl zurück. Er war froh, das Soll des heutigen Tages erfüllt zu haben. Ein Seitenblick auf John gab ihm das Gefühl, wenigstens aus seiner Sicht nicht alles falsch gemacht zu haben. John bezeugte ihm mit erhobenem Daumen seine Anerkennung. Das «Gut gemacht», das ihm John ausserdem zuflüsterte, war unmissverständlich ehrlich gemeint. Mit dem schlechten Gewissen und seinen moralischen Zweifeln musste er nun selbst fertig werden.

«Bravo, das ist absolut richtig.» Dieses Mal liess Christopher Wilson das Applaudieren bleiben. Das würde nur Diskussionen über die Bevorzugung seines Sohnes hervorrufen. Er konnte ihn am Abend immer noch gebührend rühmen.

Die Schulglocke war für John eine Erlösung. Hastig wie immer stopfte er sein Schreibmaterial in den Rucksack. Eigentlich wäre er am liebsten so schnell wie möglich dieser Hölle entronnen. Doch er widerstand seinem Fluchtinstinkt und wartete, bis Tom seine Sachen im Rucksack verstaut hatte. Die Nummer, die Nummer. Das war alles, was Johns Gedanken beherrschte. Über den Geschichtsunterricht würden sie später reden, wenn Toms Vater nicht mehr im Zimmer war. Jetzt rück schon die verdammte Nummer raus. Aber freiwillig, ich will dich nicht danach fragen. Er konnte es nicht unterdrücken, mit den Fingern auf der Tischplatte zu trommeln.

Tom wunderte sich darüber, dass John auf ihn wartete. Normalerweise verschwand er wie ein Blitz zur Tür hinaus, sobald es klingelte. Seit er dieses Mädchen kennen gelernt hatte, war er irgendwie anders, irgendwie ruhiger, soweit man das bei einem hyperaktiven Typen wie John überhaupt behaupten konnte. Er bewies Nerven, gerade vorhin im Geschichtsunterricht. Es war Zeit, ihm die Nummer zu geben, er wartete bestimmt darauf, auch wenn er es nie zugegeben hätte. Das Beste war, sie ihm wortlos zu überreichen. Es ging ihn nichts an und er wollte sich nicht schon wieder über Gefühle unterhalten. Tom nestelte an der Brusttasche seines Hemdes herum und zog einen fein säuberlich gefalteten Zettel hervor.

Gib schon! Gib schon!! Gib schon!!! Nur noch wenige Sekunden trennten ihn von der Nummer, von der er nicht wusste, warum sie ihm so wichtig war. Es kam ihm vor, als würde ihm Tom den Zettel in Zeitlupentempo reichen. Der Zettel kam näher, näher und näher, war aber noch immer nicht in seiner ausgestreckten Hand angelangt. Endlich! Eine Last fiel ihm von den Schultern. John hatte sich noch nie so darüber gefreut, ein Papier in der Hand zu halten. Er würde den Zettel jetzt noch nicht auseinander falten. Zoi war im Moment bestimmt an der Uni und würde nicht an ihr Handy gehen. Er würde also mit dem Auffalten des Zettels warten, wie bei einem Weihnachtsgeschenk, das mit der Vorfreude immer schöner wurde.

John betrachtete nachdenklich den Fitnessteller, den er sich soeben gekauft hatte. Eigentlich mochte er den Salat gar nicht, den sie in der Cafeteria anboten. Er hatte eine ganz andere Farbe, als man sie von einem frischen Salat erwartete. Die Blätter des grünen Salates waren eindeutig eher braun als grün, und der Mais und die Karotten waren auch nicht gerade das Mass aller Dinge. Warum, um Himmels Willen hatte er sich den nur gekauft? Er war doch schon am Morgen sicher gewesen, dass er heute ein Schinkensandwich essen würde. Warum um alles in der Welt hatte er sich dann plötzlich entschieden, diesen Haufen angefaultes Gemüse zu essen, als er an der Essensausgabe gestanden hatte? Und dann hatte er sein Glas auch noch mit Mineralwasser gefüllt. Absolut abscheulich. So konnte er all die Krümel sehen, die daran klebten. John konnte sich beim besten Willen nicht helfen. Er hatte plötzlich das Gefühl gehabt, sich gesünder ernähren zu müssen. Als ob er sich jemals um seine Ernährung gekümmert hätte. Was war nur mit ihm los? Zuerst das selbstlose Verhalten in der Geschichtsstunde und jetzt das. Welcher Vogel hatte ihm eigentlich ins Hirn geschissen? Heute hatte er immensen Hunger und dazu noch das kalorienärmste Menu ausgewählt, das er sich vorstellen konnte. Natürlich hätte er das Geld gehabt, ein neues Menu zu holen und den Fitnessteller unbemerkt im Tablettwagen verschwinden zu lassen. Aber erstens wäre er sich dabei verschwenderisch vorgekommen und hätte an all die Menschen denken müssen, die nichts zu essen haben, und zweitens war es jetzt genau 12.05 Uhr. Das bedeutete, dass Schneefall in der nächsten halben Stunde wahrscheinlicher war, als noch rechtzeitig ein Schinkensandwich zu erhalten, um den Beginn der nächsten Stunde nicht zu verpassen.

«Hey John, seit wann bist du auf dem grünen Trip?»

Brian bemerkte immer als Erster die Möglichkeit, sich über jemanden lustig zu machen. John reagierte nicht auf die abfällige Bemerkung. Man hätte sie auch als Spass unter Kollegen verstehen können, aber John wusste, dass Brian nur auf eine unüberlegte Antwort wartete, um ihn vor Tom und den anderen lächerlich zu machen. Brian hatte noch viel zu lernen. Er meinte immer noch, Tom wäre der, der alle Fäden zog und über die Hierarchie in der Klasse entschied. John lächelte innerlich über die klägliche Art, mit der Brian versuchte, ihm seine Stellung an Toms Seite streitig zu machen. Er hatte keine Stellung an Toms Seite. Für Tom und ihn gab es nur die Ebenbürtigkeit und das unbegrenzte Vertrauen, das damit verbunden war. Hätte auch nur einer von ihnen beiden ein Fünkchen Macht über den andern, würde ihre Freundschaft nicht mehr bestehen.

«Hey John, willst du deinen Kompost nicht essen, wird aus dir noch ein zweiter Mahatma Gandhi?»

«Macht dir das Angst? Hast du Angst zu verlieren?» John blickte Jack fragend an. Diese Wurst wagte immer nur zu spotten, wenn es schon ein anderer vor ihm getan hatte.

«Man sollte nicht den Namen Gandhis in den Mund nehmen, wenn man nicht weiss, was dieser gesagt und geleistet hat. Zuerst ignorieren sie dich, dann lachen sie über dich, dann bekämpfen sie dich und dann gewinnst du? Hast du das noch nie gehört? Das ist Mahatma Gandhi. Dahinter steckt mehr als Hungerstreik und gewaltloser Widerstand.» John stupfte Tom seitlich in die Magengrube. «Kommst du? Ich habe von diesen Typen für heute genug.» John schob seinen Stuhl demonstrativ zurück und signalisierte Tom, wie ernst es ihm dabei war. Es war einfach nicht auszuhalten in dieser verlogenen Runde. Benedict war ja noch ganz in Ordnung und schlief oder spielte die meiste Zeit während der Mittagspause. Jessica war zum Glück nicht jeden Tag da, und Amy hockte jedes Mal auf dem Schoss eines anderen. Aber Brian und Jack mussten immer Unfrieden stiften. Das wäre eigentlich auch egal gewesen, wenn Tom nicht andauernd das Gefühl gehabt hätte, er müsse sich ständig mit unwichtigen Leuten umgeben, die er beherrschen konnte, um sich dabei gross zu fühlen. Irgendwie hatte jeder das Gefühl, einen Untertan zu brauchen, um sein Selbstwertgefühl aufzubessern. Tom hatte Brian und dieser wiederum Jack. Es war zum Kotzen. Man holte sein Selbstwertgefühl nicht auf Kosten von anderen.

«Ich gehe jetzt.» John packte seinen Rucksack und wollte die Cafeteria alleine verlassen.

«Warte einen Augenblick. Ich komme auch.» Tom war sich im Klaren darüber, dass er es John schuldig war, zu ihm zu stehen, gerade nach dem heutigen Morgen. Sein Herz sagte ihm, was das Richtige war, er konnte sich nur meistens nicht dazu durchringen. Er brauchte das Ansehen, er brauchte die Macht, er wusste nur nicht den Grund.

Entgegen meiner ersten Hoffnungen hatte sich für Jenny leider das Thema Küssen mit dem ersten Kuss noch nicht erledigt. Auch wenn die Wochen danach für mich sehr erfolgreich, das heisst, ohne Küssen verliefen. Heute kommt mir immer der gleiche Traum in den Sinn, wenn ich an Jenny und Schokolade denke. Ich weiss nicht einmal mehr, ob er aus der Zeit mit Jenny stammt oder ob ich ihn später geträumt habe. Vermutlich ist er ein Zeugnis der Erinnerungen, die mich plagten, als Jenny plötzlich unvermutet wegzog. Da ist mir das erste Mal bewusst geworden, was ich an ihr besass. Aber es war zu spät, die Zeit zurückzudrehen. Der Umzugswagen stand bestimmt schon vor ihrem neuen Zuhause, und ihr Vater machte sich Gedanken über seine neue Stelle. Vorher hatte ich mich gar nie mit den Spitzfindigkeiten des Lebens auseinandergesetzt. Da war mir egal, wie man die Schokolade an ihren Lippen noch hätte bildlich darstellen können. Ich lebte mein Leben und machte mir keine Gedanken darüber, was ich gern hatte und was nicht. Das war in einem Fall Schokolade und im anderen Fall Schokolade, die schon vor mir jemand gekostet hatte. Der Traum hat mir klarer gezeigt, was mein eigener Wille war und was ich nur ihr zuliebe getan hatte.

Ich sehe all die kleinen und grösseren Verkaufsstände, auf denen Menschen ihre Erinnerungen an frühere Zeiten anbieten. Ich mag den Geruch des Alten, Mystischen und Unerforschten, der darin schlummert. Ein Flohmarkt ist eine spannende Angelegenheit und eine Möglichkeit, ein wertvolles Schnäppchen zu ergattern. Ich schleiche zwischen den Tischen hindurch, immer auf der Hut, den anderen zuvorzukommen. Dieser Bärtige hat es bestimmt auf das Gleiche abgesehen wie ich, auch wenn ich noch nicht weiss, was es sein wird. Aus der prüfenden Hocke, in der ich die verschiedenen Gegenstände mustere, richte ich mich wieder auf und schlendere die nächste Reihe entlang. Hoffentlich hat der Bärtige nicht gesehen, was da Interessantes auf dem Tisch gelegen hat. Eine schöne alte Münze. Er ist sicherlich im Stande, deutlich mehr zu bieten als ich. Der Verkäufer hat zwar nicht allzu geldgierig auf mich gewirkt. Der kann doch einem Kind nichts abschlagen. Aber wer will das schon mit Sicherheit wissen. Plötzlich zieht ein Verkaufsstand aus der letzten Reihe mich in seinen Bann. Ich kann nicht genau sagen wieso. Warum ist er mir überhaupt aufgefallen? Liegt es am Verkäufer mit seinem vollen, schweinchenhaften Gesicht, der ausgetragenen Latzhose und seiner laubgrünen Mütze? Wie ein Magnet zieht es mich zu seinem Stand. Der Mann hinter dem Tresen wirkt, als stamme er gar nicht aus unserer Zeit. Er hat etwas Bäurisches, ein vertrauenswürdiges Lächeln, aber er ist mir trotzdem nicht ganz geheuer. Wäre doch Jenny nur bei mir, dann würde ich mich sicherer fühlen. «Na Kleiner, willst du etwas kaufen?» Das Schweinchengesicht hat eine Stimme, die ganz verstaubt wirkt im Gegensatz zu seinem fleischigen Gesicht. «Nein, nein. Ich will mich nur mal umschauen.» Ich habe mich noch gar nicht mit seiner Ware beschäftigt. Der Tisch ist über und über mit staubigen Kaffeesäckchen belegt. In der linken hinteren Ecke stehen drei verschieden grosse Kaffeemühlen. Ich lege meine Hand an die Kurbel der grössten und drehe vorsichtig um. Das morsche Holz der alten Mühle knarrt und das verbeulte Blech quietscht unheimlich. «Na, Kleiner. So was hast du noch nie gesehen.»

«Von wegen noch nie gesehen. So eine Kaffeemühle hatte meine Grossmutter auch.»

«Kaffeemühle ... Kannst du noch nicht lesen?»

In diesem Moment fällt mir das immense Schild über dem Stand auf und mir wird augenblicklich übel. In dem Fall sind die Säckchen auch nicht mit staubigem Kaffee gefüllt. Und all die anderen Dinge, die sonst noch herumstehen. Das hat mit Kaffee nichts zu tun. Das ist Second-hand Schokolade!

Schreiend erwachte ich und tastete verzweifelt nach dem Lichtschalter. Sobald das Licht brannte, war die Angst verschwunden. Der Schmerz, dass Jenny nicht mehr da war, überlagerte alle anderen Gefühle. Sie war nur eine Autostunde entfernt, aber trotzdem zu weit, um sie häufig zu sehen. Sie hatte mir ins Ohr geflüstert, dass ich sie jederzeit besuchen könnte. Doch ich hatte von Anfang an gewusst, dass Tante und Onkel dies nicht erlauben würden. Irgendwann hatte Jenny mich wohl auch vergessen. Zuerst schrieben wir uns aus den Ferien noch Postkarten. Doch mit der Zeit endete auch das. So sind die Postkarten, unsere kleinen Liebesbriefe und Erinnerungen an die Zeit mit Jenny das Einzige, was mir von ihr geblieben ist. Und dann noch ein Traum, der bis heute der Grund ist, warum ich lieber eine Tafel Schokolade esse, als ein Mädchen mit Schokoladenge-schmack zu küssen.

Komm schon! Komm schon!! Komm schon!!! Es konnte doch nicht so schwierig sein, einen Zettel aufzufalten. John versuchte seinen Finger zwischen die verschiedenen

Lagen Papier zu schieben. Seine Hände zitterten. Es dauerte nicht mehr lange, bis er die Nummer zu Gesicht bekäme. Er fühlte dieses Kribbeln, den Adrenalinkick, den er sonst nur verspürte, wenn er etwas Verrücktes tat. Ständig rutschten seine Finger an den Papierkanten ab. Jetzt reiss dich endlich mal zusammen und benimm dich nicht wie der allerletzte Tolpatsch! Es war nur ein Stück Papier, ein verdammtes Stück Papier mit einer Zahlenreihe drauf. Wie viele Male hatte er in seinem Leben schon einen Zettel aufgefaltet. Es konnte doch nicht sein, dass er sich ausgerechnet heute wie ein Junkie auf Entzug anstellte, der nicht mehr die gesamte Kontrolle über seinen Körper hatte. Ruhig. Ruhig. Ruhig. Tief durchatmen. John konnte seinen Puls spüren, als ob er gerade vom Laufen zurückgekommen wäre. Er hämmerte förmlich in seiner Brust, obwohl er im Moment stillstand. Also noch einmal ganz langsam von vorne, sagte sich John. Zettel. Öffnen. Jetzt. Noch immer glitten seine Finger vom Papier ab und bekamen keine Schicht zu fassen. Also, neuer Plan. Es musste einen anderen Weg geben, den Zettel zu öffnen. Bis jetzt war John davon ausgegangen, den Zettel möglichst nicht zu beschädigen. Aber das musste er, wollte er ihn noch in absehbarer Zeit öffnen. John gab sich einen Ruck und zerknüllte den Zettel zu einem kleinen Papierball. Jetzt waren die Papierschichten nicht mehr so glatt und er konnte sie problemlos auseinanderziehen.

Swan. Zoi Swan. John betrachtete ehrfürchtig den aufgefalteten Zettel, den Tom ihm geschrieben hatte. Er hatte nicht nur die Nummer notiert, sondern auch noch Zois ganzen Namen. Danach hätte ich sie eigentlich auch schon beim ersten Treffen fragen können, sagte sich John. Tom hatte eine erstaunlich elegante Handschrift. Nicht so ein unleserliches Gekrakel, wie er es von Brian oder Jack kannte. Es war fast schade, dass er den Zettel dermassen zerknittert hatte. Toms Handschrift war schwungvoll und trotzdem nicht allzu breit. Sie glich in der Tat seiner eigenen, nur dass er das grosse Z weiter ausschwang. Jetzt beschäftigst du dich mit Toms Handschrift, du Idiot, fuhr sich John an. Er hatte sich nicht wegen der Schriftanalyse ein stilles Plätzchen nicht weit von seinem Haus gesucht. Er war zum Telefonieren hier und er wollte auf keinen Fall gestört werden, wenn er mit Zoi sprach. Jetzt sei kein Feigling, wähl endlich ihre Nummer! John konnte es nicht glauben, dass er sich davor zu drücken schien. Er hatte noch nicht einmal sein Handy hervorgeholt, und nun hatte ihn schon fast der Mut verlassen. Ich rufe sie jetzt an wie jede andere. Ich nehme jetzt mein Handy aus der Hosentasche, tippe ihre Nummer ein, drücke auf «anrufen» und frage sie wie jede andere, ob sie Lust hätte, heute oder morgen Abend mit mir joggen zu gehen. Ich bin kein Feigling. Ich schaffe das, versuchte sich John zu ermutigen. Entschlossen zog er sein I-Phone aus der Hosentasche und tippte die Nummer vom Zettel ab. Du wirst dich immer dafür hassen, wenn du es nicht tust. John trieb sich an, endlich die Taste zu drücken. Er wusste, dass er es tun würde, das war genau der Punkt. Er würde sich dafür hassen, wenn er es nicht täte. Was hatte er eigentlich für Probleme? Er war ja nicht verliebt oder so etwas. Er wollte nur eine junge Frau fragen, ob sie mit ihm joggen gehe. Unschlüssig hielt er das I-Phone in seinen Händen. Zweifel überkamen ihn. Was würde er ihr sagen, wenn sie abnehmen würde? Hallo, hier ist John. Weisst du noch, der verwirrte Jogger vom letzten Donnerstag, der häufiger herumliegt als rennt. Das war absolut bescheuert. So konnte er das Gespräch auf keinen Fall beginnen. John löschte seine Eingabe und schob das I-Phone zurück in seine Hosentasche. Jetzt benehme ich mich schon wieder wie ein Feigling. Das kann doch wohl nicht wahr sein. Erbost über sein Verhalten zog John sein I-Phone aus der Hosentasche, wählte die Nummer, die er vom langen Anstarren schon auswendig kannte und drückte, ohne noch einmal über die Konsequenzen seiner Handlung nachzudenken, auf «anrufen». Der Piepston in seinem Ohr zeigte ihm, dass die Leitung frei war. Scheisse! Scheisse!! Scheisse!!! John wurde erst jetzt bewusst, was er gerade tat. Er war nun wirklich im Begriffe Zoi anzurufen. Jetzt gab es kein Zurück mehr. Würde er auflegen, bevor sie abnahm, hätte sie seine Nummer trotzdem als unbeantworteten Anruf auf ihrem Handy. Nimm bitte nicht ab. Nimm bitte nicht ab. Nimm bitte nicht ab. Er war noch nicht bereit dafür. Das Freizeichen ertönte nun schon zum fünften Mal. Lass es klingeln, Zoi, lass es klingeln, flehte John innerlich. Es knackte in der Leitung. John hatte dieses Knacken noch nie so fürchterlich und ohrenbetäubend empfunden. Jetzt hatte die Stunde der Wahrheit geschlagen. Zoi nahm den Anruf entgegen.

«Hallo?»

«Hallo. Hier ist John. Erinnerst du dich?» John legte

eine kurze Pause ein. Er hatte sich schon fast beim ersten Satz verschluckt. Seine Kehle war wie zugeschnürt. Jedes Wort verlangte vom ihm einen Kraftakt, um ausgesprochen zu werden.

«Ah, John. Klar erinnere ich mich. Bist du noch gut nach Hause gekommen?»

«Doch, doch. Besser als ich erwartet hätte. Ich wurde nur noch drei weitere Male von der Strasse aufgehoben. Nein, im Ernst. Ich bin ohne Probleme nach Hause gekommen.» Mit jedem Wort, das er sagte, entspannte sich John ein wenig. Nun fühlte sich das Telefonat schon nicht mehr so beklemmend an, nur noch wie ein Geschäftsgespräch.

«Da bin ich aber beruhigt.»

John verunsicherte es, dass er ihr während des Sprechens nicht in die Augen sehen konnte. So konnte er nicht erraten, was Zoi gerade dachte und was sie mit dem «Da bin ich aber beruhigt» meinte. Hatte sie sich wirklich um ihn Sorgen gemacht, oder hatte sie seinen Witz nicht lustig gefunden und gedacht, sie müsse darauf etwas sagen? Eine kurze Stille trat ein. John wusste, dass es nun an ihm war, Zoi zu sagen, warum er eigentlich angerufen hatte. «Ich dachte mir, du joggst alleine und ich laufe alleine. Vielleicht könnten wir einmal zusammen laufen?» Jetzt war es draussen. Nun war es an ihr zu entscheiden. John hätte in diesem Moment alles dafür gegeben, ihr in die Augen sehen zu dürfen. Dann hätte er sofort gewusst, ob sie ja oder nein sagen würde. Sag schon ja! Sag schon ja!! Sag schon ja!!! John war sich bewusst, dass noch keine fünf Sekunden vergangen waren, seit er Zoi gefragt hatte.

Aber wieder schienen die Sekunden Stunden zu dauern. John hielt es nicht mehr aus. Er liess seinen Blick kurz über den Boden um ihn herum gleiten, damit er nicht andauernd seine Schuhe anstarrte. Wie immer, wenn er nervös war, war er während des Telefonierens gelaufen. Er stand schon lange nicht mehr an der Stelle, wo er «anrufen» gedrückt hatte.

«Gerne. Wann hättest du denn Zeit?»

Das war es! John hätte sich am liebsten die Kleider vom Leib gerissen und wäre schreiend durch die Gegend gerannt, wie wenn die *Three Lions* gerade ein Tor geschossen hätten. Er fühlte sich so befreit, dass er am liebsten die ganze Welt umarmt hätte. Stattdessen stotterte er nur und brachte keinen ganzen Satz heraus. «Eh ...nun ja ...» John hatte sich gar nicht überlegt, wann er eigentlich Zeit hatte und was er überhaupt tun würde, wenn sie ja sagte. Irgendwie hatte in ihm unbemerkt die Angst überwogen, sie könnte ablehnen. Mit allen anderen Folgen hatte er sich gar nicht auseinandergesetzt.

«Entschuldigung, ich habe dich nicht verstanden. Wann hättest du Zeit?»

Zoi hatte zum Glück nicht bemerkt, dass er sich verhaspelte, oder sie war so höflich, darüber hinweg zu sehen. John atmete tief durch und nahm noch einmal Anlauf. «Nun ja, ich kann es mir fast immer einrichten.» John versuchte nicht allzu drängend zu wirken. Das machte niemals einen guten Eindruck. «Diese Woche könnte ich jeden Abend. Heute. Morgen. Wann immer du willst.»

«Mir geht es eigentlich auch immer, ausser heute, da bin ich noch bis spät an der Uni.»

«Was würde dir für ein Tag vorschweben?» John wollte nicht der sein, der entschied.

«Sag du es mir.»

Es war immer das Gleiche. Man gab jemandem den Vortritt und der gab ihn zurück. Genauso hätte man jetzt noch Stunden lang diskutieren können, wer entschied. Nur in diesem Fall wollte John Zoi den Vortritt bedingungslos lassen. «Mir ist es egal, ich möchte, dass du entscheidest.» John konnte Zoi am anderen Ende der Leitung stöhnen hören. Oder war es ein Kichern? Sie dachte bestimmt dasselbe wie er.

«Also morgen. Ist das in Ordnung?»

«Klar. Um welche Zeit? So gegen halb sieben?»

«Halb sieben ist perfekt. Wo treffen wir uns?»

«Ich hole dich ab. Ich weiss ja schon, wo du wohnst.» John wusste nicht, warum ihm viel daran lag, Zoi abzuholen. Er wollte ihr Haus einfach mal bei Tag sehen. Vielleicht bekäme er ihre Eltern zu Gesicht. Daraus könnte er schon viel über das Umfeld erfahren, in dem sie lebte.

«Dann sehen wir uns morgen um halb sieben bei mir?»

«Genau. Vorausgesetzt ich finde dein Haus bei Tag.»

«Das wird nicht allzu schwierig sein, sonst rufst du mich an.»

«Also bis morgen.»

John hatte sich schon lange nicht mehr so entspannt gefühlt. Die ganze Aufregung, das beklemmende Gefühl war auf einmal verschwunden. John hielt das I-Phone

noch immer am Ohr. Er wollte nicht der sein, der auf-
legte. Es knackste in der Leitung. Ein schneller Piepston
ertönte. Zoi hatte aufgelegt.

Warten. So hätte John seinen Dienstag beschrieben.
Warten darauf, dass der Minutenzeiger seiner Piaget
wieder einen Schritt in Richtung 18.30 Uhr machte.
Warten darauf, dass die Schulglocke das Ende der Lektion verkündete. Warten darauf, dass es weiterging, die
kargen Zimmer des Crossroad Gymnasiums sich mit
lernwilligen und demotivierten Schülern füllten. Warten
darauf, dass die Zeit verging.

John war ein geduldiger Mensch. Aber an diesem Tag
war er anders. Er sass lässig auf seinem Stuhl. Seine Finger, die sonst ununterbrochen auf dem Tisch trommel-
ten, waren entspannt. Sein Blick, der sonst pausenlos
durchs Klassenzimmer schweifte, weil der Unterricht zu
langweilig war, ruhte gelassen auf dem unterrichtenden
Lehrer. John folgte gespannt dem Unterricht. Nicht weil
er spannender oder anforderungsreicher war als an anderen Tagen. Aber John empfand ihn nicht als langweilig.
Nicht der Unterricht war anders. John war anders. Er
fragte sich nicht andauernd, ob das, was er gerade lernte,
einen Sinn hatte. Ob er es einmal in seinem Leben brauchen würde. John freute sich darüber, dass Mr. Slater
ihnen erläuterte, welche Eigenschaften Säuren und Basen
hatten. Es war toll, etwas Neues zu lernen, wozu viele
andere gar nicht die Möglichkeit hatten. Auch wenn ihn
in seiner beruflichen Laufbahn nie mehr jemand fragen
würde, welche Eigenschaften Säuren und Basen besas-

sen. Allgemeinbildung war wichtig. Es war in Ordnung, dass er sich in seiner Schulzeit nicht eingehender mit Themen beschäftigte, die auf seinem weiteren Lebensweg unumgänglich waren. Was war im Leben schon unumgänglich? Man hatte immer eine Wahl, auch wenn sie auf den ersten Blick oft im Verborgenen lag und die verschiedenen Optionen nicht befriedigend waren. Es war schon ein grosses Mass an Freiheit, über verschiedene Möglichkeiten verfügen zu können, einen Weg einzuschlagen und auf halbem zu entscheiden, dass ein anderer der richtige war, dass man nicht umkehren musste, sondern die Möglichkeit besass, auf die andere Spur zu wechseln und sanft auf einem neuen Weg dahin geführt zu werden, wo man glaubte, das Glück zu finden.

Auch im Sportunterricht empfand John sein eigenes Verhalten als merkwürdig. Normalerweise mass er sich immer insgeheim mit den Athleten aus dem Trackteam des Crossroads. Es war ein gutes Team, wenn auch kein überragendes. Man hatte ihn schon mehrfach gebeten, ins Team einzusteigen. John war als hochtalentierter Läufer bekannt, auch wenn er wusste, dass das nicht wirklich stimmte. Er hatte nicht den idealen Körper zum Laufen, dafür war er viel zu wenig robust in den Gelenken. John war ein Kämpfer und Laufen war Kopfsache. Darum war er schneller als viele andere, die schneller hätten sein müssen. Weil er kämpfte, niemals aufgab, da Aufgeben in seinen Augen etwas für Weicheier, für Schwächlinge war. Für die meisten Schüler des Crossroads wäre es eine Ehre gewesen, ins Team gebeten zu werden. Doch John hatte abgelehnt. Er wollte sich nicht mit anderen in der Öffentlichkeit messen. Auch noch im Sport der Beste zu sein, hätte ihm weitere Neider verschafft, was er unbedingt vermeiden wollte. Als Beneideter war man immer in der Rolle des Gejagten. John war lieber Jäger. Als Gejagter hatte man die Pflicht, nicht erwischt, in seinem Fall nicht geschlagen zu werden. Als Jäger hingegen konnte man für Überraschungen sorgen. Eine Pflicht zu erfüllen, bedeutete für John nur Befreiung. Eine Überraschung zu vollbringen, brachte ihn an sein Ziel, zu seinem Glück. Dazu musste John auch niemanden aus dem Trackteam auf irgendeiner Laufstrecke bezwingen. Wenn er am Abend, von nichts als seinem Keuchen und seinen Schmerzen umgeben, seine Bahnrunden hinter sich brachte, war es zweitrangig, schneller zu laufen als die anderen Athleten. Erst mit dem Schmerz, der ihm seine persönlichen Grenzen aufzeigte, kam er ans Ziel. Erst das Brennen in den Beinen, das ihn trotzdem nicht aufhalten konnte, gab ihm das Gefühl zu leben. John brauchte nur eine einzige Person zu besiegen, um zu seinem Glück zu kommen. Er musste nur die Person schlagen, die er gleichzeitig am meisten liebte und hasste. Das war er selbst. Und dennoch verspürte John normalerweise das Verlangen, die Athleten des Trackteams zu schlagen, ihre Leistungen zu übertrumpfen, sei es im Geheimen mit dem Messen ihrer Zeiten oder im Regelunterricht bei belanglosen Spielen.

An diesem Tag spielte John Fussball. Er stand vor dem Torwart, Brian als letzter Verteidiger war zu weit entfernt, um ihm den Ball noch mit fairen Mitteln streitig zu machen. «Mach es, mach es!», hörte er seine Mitspieler im Rücken rufen. Normalerweise hätte John der Druck, keinen Fehler zu machen, nahezu überwältigt, denn er wusste, was nun kommen würde. Brian war es stets egal, wie er ihn stoppen konnte. Ob mit oder ohne Foul, mit oder ohne gebrochenen Fuss. Trotzdem war John bis jetzt jedes Mal auf Teufel komm raus in den Zweikampf gegangen. Verlieren und sich mit Rücksicht auf die Gesundheit freiwillig geschlagen geben, war tabu. Verlieren war etwas für Weicheier. Er wollte keines sein. Um keinen Preis. Nicht so heute. Heute war jeder Preis zu hoch. John war es gleichgültig, ob er den Ball verlor oder nicht. Es ging nur um ein einziges Tor. Das würde, auch wenn er es versiebte, nicht die Welt verändern. Die Probleme wären die gleichen und an seiner Verabredung mit Zoi konnte es auch nichts ändern, ob es nun klappte oder nicht. John spürte Brians Atem in seinem Nacken, die ganze Situation spielte sich in seinem Kopf wie in Zeitlupe ab. Es war egal. Er musste nichts riskieren, Risiko war dumm und zwecklos. Er würde den Ball nur sanft mit der Fussspitze anheben und selbst über Brians ausgestreckte Beine springen, um der Blutgrätsche zu entgehen. Es war so einfach. Lupfen. Springen. Lupfen. Springen. John musste gar nicht hinsehen, um zu wissen, wann er aufspringen musste. Es konnte gar nichts schiefgehen. Schon bevor John den Ball auch nur berührt hatte, wusste er, dass Brian Geschichte war. Genauso Geschichte wie damals, als Brian beim Ruderwettbewerb seiner Privatschule betrunken erschienen war. Geschichte. Die Welt verzeiht nicht. Sein Direktor verzieh nicht. Deshalb war er nun hier. Die Blutgrätsche ging mit hundertprozentiger

Sicherheit ins Leere. Da hätte das stärkste Erdbeben die Halle drei des Crossroads durchschütteln können, John hätte das Tor trotzdem geschossen. Es war keine Frage mehr, ob John die Fähigkeiten und das Glück hatte, Brian auseinander zu nehmen und das Tor zu schiessen. John wusste, dass es gelingen würde. Er hatte den Ball schon einmal im Tor liegen sehen. Es war nicht mehr er, der spielte. Es war nur noch ein Film, der in seinem Kopf ablief und dessen Ende schon vorprogrammiert war. John musste nicht mehr denken, alles war bestimmt, er wusste, was geschehen würde. Leichtfüssig hob John den Ball an, lupfte ihn über die ausgestreckten Beine des heranstürmenden Brian, sprang über ihn hinweg, verwirrte mit einer einfachen Körpertäuschung den Torwart und schob ihm den Ball zwischen den Beinen durch. Wie er es vorausgesehen hatte.

Jenny hatte nach dem ersten Kuss eine ganz perfide Methode entwickelt, um weitere Küsse zu kriegen. In den Wochen zwischen dem ersten und dem zweiten hatte sie sich etwas einfallen lassen, was mir heute alles andere als kindlich und unreif erscheint. Jenny war schon viel erwachsener als ich und wahrscheinlich auch, als sie es sich selbst bewusst war. Ehrlich und doch eigennützig hatte sie das Erpressen erlernt. Erpressen ist eigentlich ein viel zu hartes Wort dafür. Hätte ich als Teenager eine solche Idee gehabt, um ein interessantes Mädchen rumzukriegen, hätte ich mich wohl als Genie bezeichnet. Ich wäre herumstolziert und hätte mir gesagt, dass ich der Beste sei, obwohl ich gewusst hätte, dass ich die

Idee nie anwenden würde. Es wäre schon etwas Beson-
deres gewesen, die Idee meine eigene nennen zu dürfen.
Jennys Methode Küsse zu kriegen, war genauso simpel
wie einfach durchzuführen. Wir spielten einfach nur ein
Spiel. Oder um der Wahrheit gerecht zu werden, muss
ich wohl sagen, dass Jenny mit mir ein Spiel spielte. Und
schief gehen konnte aus ihrer Sicht auch nichts, weil es
für sie nichts zu verlieren gab. Sie musste höchstens eine
Frage ehrlich beantworten, die mir peinlicher war als
ihr. Das Ganze funktionierte so: Wie ich es schon vom
ersten Kuss her kannte, wurde ich an der Hand wider-
willig über die Blumenwiese hinter die Hecke gezogen.
Dort angelangt musste ich dieses Mal zum Glück nichts
erraten oder ausprobieren. Wir spielten einfach nur ein
Spiel, das ich schon bestens aus der Schule kannte und
bei dessen blossem Namen es mir die Schamröte ins Ge-
sicht trieb. Das Spiel hiess «Wahrheit oder Pflicht». Da-
bei fragten wir einander abwechslungsweise Wahrheit
oder Pflicht. Bei Wahrheit musste man eine pikante Fra-
ge wahrheitsgetreu beantworten. Wenn man Pflicht
wählte, musste man einfach tun, was der andere ver-
langte. Ich wählte natürlich Wahrheit, als mir Jenny das
erste Mal verschmitzt die pikante Frage stellte. Augen-
blicklich konnte ich an ihrer Miene erkennen, dass sie
mit meiner Entscheidung nicht zufrieden war. Sie be-
lehrte mich, dass ich nicht schon zu Beginn ein Angstha-
se sein sollte. Das kann ja heiter werden, dachte ich und
liess mir schnellstmöglich eine gute Ausrede einfallen.
Ich entschuldigte mich und log, dass ich mir noch nicht
ganz bewusst gewesen sei, wie das Spiel funktionierte.

Ich gab mich ganz unterwürfig und korrigierte meine Wahl. Jennys Gesichtsausdruck hellte sich schlagartig auf und liess mich für wenige Sekunden glauben, ich hätte richtig gehandelt. Doch schon einen Moment später musste ich erfahren, dass ich mich offensichtlich getäuscht hatte. Jenny überlegte laut, was sie mich tun lassen könnte. Heute weiss ich natürlich, dass sie darauf gar keine Antwort wollte. Aber damals schlug ich hoffnungsvoll vor, ich könnte dreimal ums Haus laufen. Tadelnd meinte sie, dass ihr schon etwas Gutes eingefallen sei. Sie möchte einen Kuss. So ging das dann immer. Ich musste immer Pflicht wählen, um Jenny nicht zu verärgern, und dieser Zwang hatte immer einen Kuss zur Folge, der von Mal zu Mal länger wurde. Jenny selbst wählte anfangs auch immer Pflicht. Das wurde ihr aber mit der Zeit zu blöde, denn ich liess sie stets die drei Runden ums Haus laufen. Von da an nahm Jenny nur noch Wahrheit und musste eine belanglose Frage wie «Wie heissen deine Eltern?» beantworten, was ich selbstverständlich wusste. Mit der Zeit wagte ich sogar, sie danach zu fragen, ob sie schon einmal verliebt gewesen sei, was sie dankbar mit einem langgezogenen «Ja» beantwortete und mir einen Kuss auf die Lippen drückte, ohne vorher nach Wahrheit oder Pflicht zu fragen. Auch das habe ich ihr schon bald verziehen. Sie war ja gleichzeitig meine Freundin und meine Beschützerin.

Swan. Das Schild unter der Klingel sah ein bisschen vergilbt aus, so wie das ganze Haus. Swan. Der Name passte irgendwie gar nicht zu dem Haus, in dem Zoi wohnte und irgendwie doch. Es war alles andere als schneeweiss, vielmehr von einem lehmigen Rotbraun, das durch eine dünne Schmutzschicht im Laufe der Jahre einen Graustich bekommen hatte. Es war herrschaftlich, aber so verwildert wie der Garten. Doch gefielen John das Haus und der Garten. Der Name jedoch passte nicht in sein Schema, aber was hatte in der letzten Zeit schon in sein Schema gepasst? Swan war jedenfalls der richtige Name für Zoi. Reiner als ein Schwan konnte ein Tier nicht sein. Ein Schwan war praktisch die Versinnbildlichung für Zois Reinheit. Was der Zufall nicht alles für Überraschungen bereithielt. Oder war es überhaupt Zufall? Gab es einen Zufall, gab es einen Gott, oder war schlicht und einfach alles vorbestimmt? John wusste es nicht. Er wollte es nicht wissen. Was wäre das Leben schon ohne die Fragen, ohne Antworten?

Er war zu früh gekommen wie jedes Mal, wenn er eine Verabredung hatte. Er war nicht zu früh gekommen, weil er hatte zu früh kommen wollen und sich dabei gedacht hatte, er könnte vielleicht noch ein wenig die Türklingel bewundern. Wen interessierte schon die Türklingel? John wusste haargenau, warum er zu früh gekommen war. Er machte niemals etwas zufällig. John handelte nicht zufällig, er plante seine Taten. Ihn interessierten Zois Eltern und die Einrichtung des Hauses, in dem sie wohnten. Die Einrichtung eines Hauses sagte eine Menge über die Menschen aus, die darin lebten. John war zu früh gekommen, weil er sich vorgenommen hatte, zu früh zu kommen. Er hatte sich vorgenommen, zu früh zu kommen, um zu früh zu klingeln. Er hatte sich vorge-

97

nommen, zu früh zu klingeln, um Zoi bei ihren Vorbereitungen zu überraschen. Er hatte sich vorgenommen, Zoi bei ihren Vorbereitungen zu überraschen, um ins Haus gebeten zu werden. Man liess niemanden vor der Tür stehen, schlug sie zu und sagte: Ich bin noch nicht so weit, ich komme in fünf Minuten. So etwas gab es nicht. Zoi würde ihn ins Haus bitten müssen, und er hätte die Möglichkeit, sich einen Eindruck zu verschaffen. Der Plan hätte geklappt, hätte gepasst, wenn nicht ... Nein, so etwas gab es nicht. Er machte keine Fehler. Diese waren etwas für diejenigen, die es nicht störte, Fehler zu machen. John blickte nervös auf seine Polarsportuhr. Er musste handeln. Es gab auch Fehler, die daraus bestanden nichts zu tun, einfach nur die Zeit verrinnen zu lassen. Es war genau 18.25 Uhr und siebzehn Sekunden. Keine Sekunde früher und keine Sekunde später. Er hatte bei einem durchschnittlichen Mädchen, die im Durchschnitt pünktlicher waren als ihre männlichen Kollegen, noch genau drei Minuten Zeit, um zu früh zu klingeln. Ein durchschnittliches Mädchen war schon gut zwei Minuten vor der Zeit bereit, wartete aber danach noch weitere fünf Minuten, um trotzdem zu spät zu kommen und sich interessant zu machen. Jemanden warten zu lassen, hatte immer den Reiz, als wichtig empfunden zu werden. Welches Mädchen wollte nicht die Schönste und die Wichtigste sein? Wenn er aber nun zur Zeit klingelte und Zoi kein gewöhnliches Mädchen war, was John durchaus plausibel erschien, da er sich sonst gar nicht für sie interessiert hätte, hatte es Zoi nicht nötig, ihn warten zu lassen. Das würde bedeuten, dass er nicht die Chance bekäme, das Haus von innen zu sehen. Einen anderen Plan hatte er nicht, ein neuer würde sich nicht in der kurzen Zeit austüfteln lassen. Er musste handeln. John befühlte mit seiner Hand die Türklingel. Sie war aus Messing gefertigt und fühlte sich unter den Fingern kalt an. Es wäre so leicht gewesen, einfach den Knopf in die dafür vorgesehene Höhle zu drücken. John hielt einen Moment inne. Er warf einen kurzen Blick auf seine Sportuhr. 18.26 Uhr und vier Sekunden. Er wollte Zoi eigentlich nicht ausspionieren, nur Schlüsse ziehen, die sie ihn freiwillig ziehen liess. John wollte, aber er konnte nicht. Ohne dass sein Kopf dem Finger wirklich den Befehl gegeben hatte, drückte er auf den Knopf.

Die Sekunden kamen ihm ewig vor. Als endlich jemand von innen die Türfalle herunterdrückte, blieb die Tür verschlossen. Neben der Tür hatte es ein längliches Fenster, durch das John einzelne Bewegungen von Armen und Beinen sehen konnte. Jemand irrte gestresst vor der Tür herum und fand anscheinend den Schlüssel nicht. Irgendwann stampfte es dann hinter der Tür empört auf. Der Schlüssel war gefunden und drehte sich einen Augenblick später auch schon im Schloss.

Im Gegensatz zum verwilderten Haus war Zoi beim zweiten Anblick noch hübscher als beim ersten. Der Ärger darüber, dass der Schüssel nicht wie gewöhnlich an seinem Platz gehangen hatte, zauberte ihr niedliche Fältchen auf die Stirn und brachte einen Hauch von Blassrosa auf ihre farblosen Wangen.

«Hallo.» Etwas Besseres fiel John nicht ein. Er war zu gefangen von Zois Anblick.

«Hallo.» Zoi lächelte nervös. Es verunsicherte sie offensichtlich, dass er nicht mehr als Hallo sagte. John hätte sich ohrfeigen können. Natürlich war es an ihm gewesen, ein wenig mehr als nur Hallo zu sagen. Natürlich wartete Zoi nun und wusste auch nicht, was sie sagen sollte. Natürlich war das jetzt eine dämliche Situation, aber was hätte er schon sagen sollen? Denn Zoi sah nun einmal wie ein Engel aus. Wem wäre es anders ergangen, wenn er seinen persönlichen Engel entdeckt hätte? Da musste es einem einfach die Sprache verschlagen. Und ausserdem war das nur der Anfang. Er würde schon noch die Möglichkeit bekommen, etwas Einfallsreicheres als Hallo von sich zu geben.

John versuchte sich krampfhaft daran zu erinnern, über welche Themen sie beim letzten Mal gesprochen hatten. Er musste eines dieser Themen wieder aufgreifen, um das Gespräch zu eröffnen.

«Wollen wir?» Erst als Zoi ihn fragend anblickte, erinnerte John sich daran, dass er eigentlich zum Laufen gekommen war. Ihm war bis anhin noch gar nicht aufgefallen, dass Zoi schon von Kopf bis Fuss Sportkleider trug, auch das feuerrote langärmlige Sportshirt, das ihm gleich beim ersten Mal aufgefallen war. Also war Zoi wirklich nicht so wie alle anderen Mädchen. Seine Vermutung hatte sich bewahrheitet, die Realität seine Berechnungen über den Haufen geworfen. Aber was wollte er mit seinen Berechnungen und Schlüssen? Das war reiner Selbstschutz. Jetzt startete er bei null. Das war das richtige Leben. Nun hiess es auf das eigene Gefühl, die Intuition vertrauen. Einfach einmal ein Risiko eingehen und ehrlich sein, ohne sich davor doppelt und dreifach abzusichern.

«Klar, gehen wir. Welche Runde hast du dir vorgestellt?» John merkte augenblicklich, dass er eine gute Frage gestellt hatte. Zoi war offensichtlich genauso unsicher wie er. Also musste er Fragen stellen, die sie nicht mit «ja» und «nein» beantworten konnte. Sie brauchte einen Anstoss, um ins Gespräch zu finden, genauso wie ein Auto eine Batterie brauchte, um den Benzinmotor zu starten.

«Ich weiss nicht, wir könnten durch den Park gehen oder auch den Weg nehmen, auf dem ich dich das letzte Mal am Boden liegend gefunden habe.»

«In dem Fall wäre mir der Park deutlich lieber. Dann klappe ich wenigstens nicht noch einmal an derselben Stelle zusammen.»

«Na in dem Fall. Auf geht's!»

John konnte sich nicht erklären, wie es Zoi innerhalb von einer Minute schaffte, einen solchen Wandel zu vollführen. Vorhin war sie noch die scheue, ernsthafte Zoi gewesen, die die Tür geöffnet hatte. Nun war sie eine wilde, ausgelassene Zoi, die sich sofort in Bewegung setzte. John kam es vor, als hätte sich Zoi in ein junges Reh verwandelt. Bambi. Das war es. Das passte zur ihr. Ihr Gang, ihre Bewegungen. Bambi. Nicht stürzen, Bambi, dachte John intuitiv, als er sah, wie unbeschwert Zoi losrannte. Unmöglich ein solches Tempo auf eine längere Dauer durchzuhalten. Aber das war egal. John las es aus ihren Bewegungen. Sie fühlte nun dieselbe Freiheit, die er immer fühlte, wenn er nichts als nur noch Schmerzen empfand. John faszinierte die Art, wie Zoi losrannte. So etwas kannte er nicht. Er wollte auch schmerzfreie Freiheit fühlen.

«Komm schon! Komm schon!» Zoi hatte kurz über ihre Schulter geschaut und gesehen, dass er wie angewurzelt stehen geblieben war.

«Willst du nun doch nicht laufen?» Aus Zois Gesichtsausdruck liess sich schliessen, dass sie nicht wirklich mit einer negativen Antwort rechnete. Sie wollte ihm nur ein bisschen Beine machen, ihm auf die Sprünge helfen, weil er in seinem Faszinationszustand nicht zu handeln vermochte. Zois Worte hinterliessen in John ihre Spuren. Ohne wirklich darüber nachzudenken, was er tat, stürmte er ihr hinterher. Die Angst, die Verabredung schon von Beginn weg zu vermasseln, bewirkte in John Wunder. Er wollte Zoi nicht warten lassen. Wegen ihm sollte niemand warten müssen. Er liess seine anfänglichen Zweifel fallen. Und nicht nur das. John liess alles fallen, was mit seinen Zweifeln zu tun hatte. Er liess seine Pläne fallen. Er liess seine Selbstkontrolle fallen. Er wollte nur noch leben und rennen. «Oh doch! Ich komme.» Schon nach wenigen Sekunden hatte John zu Zoi aufgeschlossen. Er hatte ein inneres Feuer, eine neue Energie in sich. Er wusste nicht, was es war. Es machte ihm keine Angst. Er liess es zu, dass sich die Energie in ihm entwickelte und entfaltete, ein neuer Wind in seinem Leben.

John stürmte neben Zoi her. Als ob ein unsichtbares Band sie beide verbinden würde, war nie einer einen Schritt voraus. Es war ein gemeinsames Stürmen, ein völlig anderes Erlebnis, als John von dem Treffen erwartet hatte. Keine Suche nach den richtigen Fragen und Antworten. Fragen und Antworten waren unbedeutend, standen in keinem Zusammenhang mit dem Raum und der Zeit, in der sie sich bewegten. John hätte nie geglaubt, dass es einen solchen Raum überhaupt geben würde. Er war leer und voll zugleich. Er war leer, weil er nicht zu fragen brauchte, und er war voll, weil er die Antworten schon kannte. Er wusste mehr, als er jemals durch Fragen erfahren hätte. Er sah, wie Zoi der Schweiss über die Stirn und die Wangen runter lief und wusste, dass sie es nicht spüren konnte. Er sah die kleinen flaumigen Härchen über ihren Lippen, in denen sich die Schweisströpfchen verfingen und wusste, dass sie Zoi noch nicht aufgefallen waren. Er sah dieses verschmitzte Lächeln auf Zois Lippen und wusste, dass es Glück bedeutete. John brauchte nicht zu fragen, wie sich Zoi fühlte, er wusste es. Er brauchte nicht zu fragen, ob sie etwas benötigte. Er wusste, dass sie im Moment wunschlos glücklich war. Das Einzige, was John nicht wusste: wie lange ihr Glück anhalten würde. Aber auch das konnte ihn nicht beunruhigen. Er wusste noch etwas viel Wichtigeres, etwas, was ihm niemand nehmen konnte. Er hatte die absolute Gewissheit, dass es gut enden würde. John erfasste eine innere Ruhe. Diese Begegnung hier war nicht sinnlos. Es hatte alles seinen Sinn. Den Sinn, dass es gut endete.

Der Gedanke zu wissen, dass es gut endete, gefiel John. Normalerweise war er nicht ein Fan von Happy Ends. In Filmen, in Büchern bevorzugte er das Drama, den Märtyrertod. John konnte sich nicht erklären, warum er gerade in einem Moment, in dem er so glücklich war, an den Märtyrertod dachte. Es würde gut enden, für Zoi. John erschrak über seinen eigenen Gedanken. Es würde gut enden, für Zoi. Bis jetzt hatte er das Gefühl, das alles gut enden würde, alles einen Sinn hatte, nur im Zusammenhang mit sich gesehen. Er hatte gedacht, dass alles für ihn gut enden würde, so wie er es sich vorstellte. Aber dem war nicht so. Es würde alles so enden, wie es für Zoi gut war. Er, John, hatte soeben an den Märtyrertod gedacht. War er von allen guten Geistern verlassen? John konnte sich die Antwort auf die einfache Frage nicht geben. Er musste sich zuerst darüber klar werden, was seine Gedanken um den Märtyrertod zu bedeuten hatten. Eigentlich musste er sich darüber gar nicht klar werden, er wusste es schon lange. John wollte sich nur nicht eingestehen, was er sich sehnlichst wünschte. Er hatte etwas gegen Gewinnertypen, denen das Glück nur so in die Wiege gelegt wurde. Die Welt liebte Helden, die ihr eigenes Glück zu Gunsten anderer in den Hintergrund stellten. Hätte Leonardo di Caprio am Ende von *Titanic* überlebt, wäre der Film kein Kassenschlager geworden, weil ihm der Märtyrer gefehlt hätte. Der Film wäre nicht einmal ein mittlerer Erfolg geworden. *Titanic* wäre nur in kleinen, hässlichen, halbleeren Kinosälen gespielt worden. Helden wurden erst zu richtigen Helden, wenn sie starben, ihre Selbstlosigkeit mit sich ins Grab nahmen, zu einem Mythos wurden. Perfekt waren auch Helden nicht, aber der Mut, freiwillig zu Gunsten anderer ins Ungewisse zu gehen, machte aus ihnen einen Mythos. Der Tod verwischte die Spuren der Fehler in einem Leben. Er liess die Persönlichkeit bis auf ein Wort zusammenschrumpfen, das schlussendlich rein und unverwüstlich als Mythos überlebte. Der Held. Der Unantastbare, der Selbstlose, der Fehlerlose. John wollte auch ein Held sein, er liebte sich selbst viel zu wenig, um ein Gewinner zu werden. Ein Gewinner musste von sich selbst überzeugt sein, musste sich mehr lieben als alles andere auf der Welt, um kein Mitleid gegenüber denen zu empfinden, die weniger Glück hatten. Gewinner wurden verehrt, beklatscht und bejubelt, aber auch beneidet. Nur der Held war der, der mit sich selbst und allen anderen ins Reine kam, war der, der geliebt wurde. John wollte geliebt werden. Der Preis dafür war egal. Er würde vielleicht dafür sein Leben geben müssen, aber auch das erschien John wenig im Vergleich zu der Liebe, die er dafür erhalten würde.

Sein Tod sollte jemandem, den er liebte, das Leben retten. Bis jetzt hatte sich John nur nicht vorstellen können, wer ihm genug bedeuten würde, um furchtlos und ohne Zweifel in den Tod zu gehen. Für Tom wäre er bestimmt gestorben, wie es sich für einen richtig guten Freund gehörte, aber er wäre bestimmt auch im Grabe nie alle Zweifel losgeworden, dass da noch jemand war, der es mehr verdient hätte. Die Gedanken schwirrten John nur so durch den Kopf. Zoi. Held. Zoi.

«Entschuldigung, ich muss mal.» Zoi trug John mit ihrer sanften Stimme zurück in die Wirklichkeit. Sie hatten ihr Tempo auf ein normales Joggingtempo reduziert und den Park schon fast erreicht. John hatte nicht wirklich mitbekommen, was Zoi zu ihm gesagt hatte. Irgendetwas von «ich muss mal». Wahrscheinlich musste sie mal aufs Klo und verschwand kurz hinter den Bäumen. «Mach nur, mach nur.» John versuchte mit einem Lächeln davon abzulenken, dass er den Rest nicht verstanden hatte.

«Jaaahhhhhh!» Mit einem langgezogenen Schrei breitete Zoi ihre Arme zu Flügeln aus, beschleunigte und rannte so schnell sie konnte die Allee hinunter. John blieb verblüfft hinter ihr zurück. Mit einer solchen Aktion hatte er nicht im Geringsten gerechnet. Hier war sie wieder, die junge, ausgelassene Zoi. Nicht stürzen, Bambi, nicht stürzen! John hatte das Gefühl, als müsse er hinterher rennen, Zoi vor den Gefahren des unebenen Bodens beschützen, sie auffangen, falls sie stürzen würde. Sich für sie auf den Boden werfen, die Knie, die Ellbogen aufschlagen, sich für Zoi aufopfern, alle Gefahren beseitigen, die ihr Leben bedrohen könnten. John wurde schlagartig bewusst, warum er vorhin so über seine eigenen Gedanken erschrocken war. Er wusste jetzt, für wen es sich wirklich lohnte zu sterben, wem er alles geben wollte, was er hatte, sein Leben inbegriffen. Zoi. Er würde für Zoi sterben, falls es sein müsste, er würde für sie alle Qualen auf sich nehmen, nur damit es ihr gut ging. War das der magische Moment, von dem alle erzählten? John fühlte keine Schmetterlinge in seinem Bauch, nur ein undankbares Drängen. War er wirklich verliebt, war ihm passiert, was er immer geglaubt hatte, planen zu können? Es musste so sein. John wollte doch gar keine Freundin. Er wollte keine Beziehung. Er hatte für so etwas keine Zeit. Das war etwas für später, nach seiner

Ausbildung, aber doch nicht jetzt. Das liesse sich gar nicht einrichten. John überkam augenblicklich der Fluchtinstinkt. Er musste weg von hier, er musste weg von Zoi. Andererseits zog es ihn noch viel stärker zu ihr hin. Er wollte bei ihr sein, musste sie beschützen. Ohne dass er selbst wirklich wusste, was er tat, beschleunigten Johns Beine und brachten ihn mit jedem Schritt näher zu Zoi.

Jennys 11. Geburtstag war ein Tag, an den ich mich bis heute erschreckend gut erinnern kann. Es war ein Samstag Ende Juli, das genaue Datum weiss ich nicht mehr. Der Wetterbericht hatte für die Nacht Regen vorausgesagt, und Jenny hatte zum Geburtstag gewünscht, mit mir im Garten zu zelten. So sehr ihre Eltern und ihr grosser Bruder versuchten, sie auf ein späteres Datum zu vertrösten, Jenny wollte sich nicht umstimmen lassen. So kam es, dass wir trotz Regenrisiko am Abend im Zelt lagen und ich hoffte, der Regen würde bis zum nächsten Morgen warten. Jenny schien sich darüber wie immer gar nicht erst Gedanken zu machen. Sie hatte ihren Kopf durchgesetzt und somit war ihre Welt in Ordnung. Für den Notfall hatten ihre Eltern auch die Gartentür unverschlossen gelassen, damit wir im Haus weiterschlafen konnten.

Im Zelt war es drückend heiss, und der Schweiss lief mir nicht nur wegen Dutzenden von Runden Wahrheit oder Pflicht, die wir gespielt hatten, die Stirn herunter. Ich weiss nicht, wie spät es war, jedenfalls war es draussen dunkel geworden, und das Innere des Zelts wurde nur noch vom Licht des Mondes erhellt. Auch Jenny schwitzte. Sie war müde und wollte schlafen, konnte es aber nicht, weil sie das enge schweissnasse Pyjama störte. Sie reckte sich immer wieder und zupfte an ihrem Oberteil herum, wo es an ihrer Haut klebte. Irgendwann wurde es Jenny dann zu blöde und ohne auch nur ein Wort zu verlieren, zog sie ihr Pyjamaoberteil aus. Da war absolut nichts, ausser ihrer nackten, bleichen Haut. Ich hatte noch nie zuvor Brüste gesehen, ausser die meiner Tante, wenn sie gerade vom Duschen kam, aber das war auch etwas ganz anderes. Jenny hatte noch gar keine richtigen Brüste, vielmehr zwei puddingartige Wölbungen auf ihrem Brustkorb, die sich eigentlich nicht gross von meiner Brust unterschieden. Nur dass es einfach so aussah, als wäre ihre Haut um die Brustwarzen angeschwollen. Die Brüste sahen irgendwie einfach wie Wackelpudding aus. Mich überkam bei ihrem Anblick ein undefinierbares Schaudern. Ich hätte sie gerne mit dem Zeigefinger angestupst, um zu sehen, ob sie sich auch wie Pudding anfühlten. Natürlich hatte ich den Mut dazu nicht und es war mir auch lieber, dass ich ihn nicht hatte. Es war das gleiche Gefühl, wie wenn man Lust hatte, eine Katze ans Näschen zu stupsen und den Finger sogleich zurückzog, in der Angst, sie könnte beissen. Jenny hatte bemerkt, wie erstaunt und unschlüssig ich sie und ihre ersten Anzeichen von Brüsten anglotzte. Es war mir peinlich und ich drehte mich sofort auf die andere Seite, um ihrem Blick zu entkommen. Es sei doch nichts dabei, wir seien ja Freunde, flüsterte sie mir zu. Ich drehte mich zurück und versuchte mich auf ihr Ge-

sicht zu konzentrieren, auch wenn es nicht einfach war. Jenny warf mir einen verständnisvollen Blick zu, und ich nickte unwillkürlich, als würde ich ihren Worten recht geben. Und ich gab ihr recht. Jenny hatte immer recht. Sie hatte mich noch nie im Stich gelassen. Aber da war noch etwas anderes, was eine angenehme Körperwahrnehmung nicht zuliess. Ich fühlte mich, als würde ich gleichzeitig an mehreren Stellen des Körpers gekitzelt. Ich hatte das Gefühl, etwas tun zu müssen, aber ich wusste nicht, was anders als sonst war. Das einzige Störende, das ich klar definieren konnte, war das Glied, das sich in meiner Hose aufgebäumt hatte. Ich hasste dieses Gefühl. Mir war es viel lieber, wenn es entspannt und biegsam war, dann hatte man auch nie Probleme damit, den Knopf beim Anziehen der Hose zu schliessen. Mein Onkel hatte mir einmal gesagt, das habe etwas mit dem Erwachsenwerden zu tun. Wenn das wahr war und in Zukunft noch häufiger vorkommen sollte, wollte ich nicht erwachsen werden. Das schwor ich in dieser Nacht.

Es war kühl in den alten Mauern des Crossroad Gymnasiums. John horchte in die Stille hinein. Es beruhigte ihn, nichts als die gedämpften Stimmen zu hören, die aus den unteren Stockwerken drangen. Zu dieser Zeit weilte nie jemand im obersten Stockwerk des Seitenflügels, in dem sich das Zimmer von Mr. Harvey, dem Englischlehrer, befand. Es war Mittag, genau 12.00 Uhr. Eigentlich hätte er in der Cafeteria sein müssen. Dazu war es nun zu spät. Bis in die Cafeteria hätte er zwei Minuten und fünfzehn Sekunden benötigt, wenn er sich beeilte. Um

12.02 Uhr wäre die Schlange an der Essensausgabe schon deutlich zu lang, um noch rechtzeitig in die nächste Lektion zu Mr. Harvey zu kommen. Mr. Harvey war zwar einer der wenigen Lehrer, die einen Ansatz von Verständnis zeigten, wenn Schüler nach dem Mittag zu spät in den Unterricht kamen. Aber John war es eigentlich ganz recht, nicht in die Cafeteria zu den anderen gehen zu müssen. Er wusste selbst nicht genau, warum er in das oberste Stockwerk gegangen war. Klar, am Nachmittag hatte er Englisch. Aber das war kein Grund, schon jetzt nach oben zu gehen. Da er nun aber schon oben war, beschloss John, in die kleine Nische mit dem Tisch zu gehen, um ein bisschen zu lesen. Die kleine Nische war so etwas wie sein Eigentum. John bezeichnete sie jedenfalls so, weil zu den Randzeiten, in denen er dort war und Hausaufgaben machte, sonst nie jemand zu sehen war. Als John um die Ecke zur Nische bog, zuckte er plötzlich zusammen. Er hatte nicht erwartet, dass sonst noch jemand da war und hatte auch nichts dergleichen gehört. Zum Glück hatte er nicht wie üblich, wenn er allein war, vor sich hin gesungen. Es wäre ihm peinlich gewesen, hätte ihn jemand gehört. Er sang nie Lieder, wie es sich für einen Jungen in seinem Alter gehörte. Singen gehörte sich für einen Jungen so oder so nicht, aber hätte ihn jemand mit Kopfstimme Mariah Careys «Without you» singen gehört, wäre das definitiv das Aus gewesen.

Das Mädchen, das in der Nische sass, hatte seine Anwesenheit nicht bemerkt. Sie hatte ihren Kopf gesenkt, so dass John ihr Gesicht nicht sehen konnte. Sie hatte schulterlanges dunkelbraunes Haar und auffallend helle Haut, wie er an ihren schmalen Handgelenken sehen konnte. Zoi, fuhr es John schlagartig durch den Kopf. Nein, das konnte nicht sein. Das war nicht möglich. Zoi wusste nicht, dass die kleine Nische sein Lieblingsplatz, sein Rückzugsgebiet war. Es gab so viele Plätze auf dem Campus, wo er hätte sein können. John trat einen Schritt auf das Mädchen zu, machte aber sogleich wieder einen Schritt zurück. Er wollte das Mädchen nicht stören. Andererseits wollte John unbedingt das Gesicht sehen. Er wollte wissen, was sich unter den schulterlangen, dunkelbraunen Haaren verbarg, ob ihm seine Vorstellungskraft wieder einen Streich spielte. Es konnte nicht Zoi sein. John wunderte sich darüber, wie sehnlichst er sich wünschte, es wäre Zoi, die da vor ihm am Tisch sass. Einerseits machten ihm die Begegnungen mit ihr Angst. Er liess sich dabei auf unbekanntes Terrain ein, empfand Gefühle, die er nicht mehr kontrollieren konnte. Andererseits gab sie ihm etwas, das er nicht beschreiben konnte. Zoi war wie eine Droge. Wenn er sie am Dienstag sehen konnte, war Dienstag wie Wochenende, Erlösung, Freiheit.

John ging langsam auf das Mädchen zu. Es war nicht Zoi, sein Verstand hatte ihm nur einen Streich gespielt. Zoi beschäftigte sich nicht mit Grundlagenphysik, wie auf dem Einband eines der Bücher zu lesen war. Das Mädchen hatte seine Schritte gehört, da war John sicher. Sie war kurz zusammengezuckt, hatte aber den Kopf nicht gehoben, um zu sehen, wer gekommen war. John zog ruhig den zweiten Stuhl unter dem Tisch hervor und setzte sich gegenüber. Er konnte nun ihr Gesicht sehen. Es war doch nicht Zoi, er hatte sich getäuscht. Obwohl das Mädchen definitiv nicht Zoi war, wies es viele Ähnlichkeiten auf: die gleichen dunkelbraunen Augen, die niedlichen Flaumhärchen über den Lippen und dieselbe unschuldige Ausstrahlung. Das Einzige, was das Mädchen deutlich von Zoi unterschied, war das Alter. Natürlich war John bewusst, dass Frauen mit Make-up ihr natürliches Alter immer bis zu einem gewissen Grad verschleiern konnten. Aber genauso wie Zoi war auch dieses Mädchen nicht übermässig geschminkt, wenn überhaupt. Ausserdem hatte er es noch nie vorher am Crossroad Gymnasium gesehen, ein eindeutiges Indiz dafür, dass es jünger war als er. Es musste aus dem jüngsten Jahrgang stammen. Das würde auch erklären, warum es Mr. Slaters Chemieskript vor sich hatte, das er schon von seinen Anfängen am Gymnasium her kannte. «Na, auch bei Mr. Slater im Chemie-Unterricht?» Das Mädchen hob seinen Kopf und warf sich die Haare über die Schulter. Ein leichter Duft von Lavendel stieg John in die Nase.

«Ja, genau.» Das Mädchen versuchte zu lächeln. Es war offensichtlich sehr unsicher, aber nicht abgeneigt, sich mit ihm zu unterhalten. Dieses schüchterne Lächeln. Es wartete darauf, dass er noch etwas sagte, hatte den Mund halb geöffnet und starrte ihm ins Gesicht, als hätte es die Welt um sich herum vergessen.

Tom war zu früh gekommen. 19.50 Uhr. Wie immer hatten sie um 20 Uhr abgemacht. Der hinterste Tisch im dreieckigen Garten war noch leer. Weit und breit kein

John zu sehen. Normalerweise war John derjenige, der zu früh war. Sie kamen immer beide zu früh. Der eine gute fünf, der andere zwei Minuten. Tom setzte sich an den gewohnten Tisch. Er war froh darüber, dass die Mülltonne direkt hinter dem Zaun heute keine zweifelhaften Düfte in die Welt setzte. Das hätte ihm gerade noch gefehlt. Er musste unbedingt mit John sprechen. Unruhig rutschte er auf seinem Stuhl hin und her. Die ganze Sache war ihm nicht geheuer und ausserdem wusste er nicht, wie er auf John zugehen sollte. Er verdankte ihm viel. Aber so konnte es nicht weitergehen. John hatte immer nur mit halbem Ohr zugehört, wenn sie miteinander gesprochen hatten. Das war jetzt eine dieser dummen Angelegenheiten, die er nicht mit Druck, Macht und Strategie lösen konnte: etwas Dämliches, Zwischenmenschliches. Hoffentlich würde John es ihm nicht schwer machen. Er war ja schliesslich ein Befürworter dieser ehrlichen und ungezwungenen Aussprachen. 19.51 Uhr. Die Rolex an seinem Handgelenk blitzte ihn höhnisch an in ihrem unverwüstlichen Gold. Auch ihr Minutenzeiger rückte nicht schneller vorwärts als der anderer Armbanduhren. Noch dreissig ..., noch fünfundzwanzig ..., noch zwanzig ..., noch fünfzehn ..., noch zehn ..., noch fünf Sekunden ... Gleich war es so weit, machte der Minutenzeiger wieder einen Schritt vorwärts. 19.52 Uhr. John war noch immer nirgends zu sehen. Mach schon, mach schon, spann mich nicht auf die Folter. Sonst bist du auch immer zu früh. Natürlich war es erst 19.52 Uhr. Drei Minuten zu früh für John, um zu früh zu sein. Nicht mehr lange, nicht mehr lange.

19.53 Uhr. Noch gute zwei Minuten, bis John erscheinen würde. Wie sollte er das Gespräch beginnen? Mit den üblichen kleinen Witzen und Sprüchen, die sie immer austauschten, bevor sie auf den springenden Punkt kamen? Oder doch besser von Beginn weg ganz ehrlich sein? Er könnte auch die Verantwortung für das Gespräch ganz John überlassen. So lange schweigen, bis er einfach fragen musste, was nicht in Ordnung war. Nein, das war feige. 19.54 Uhr. Nur noch eine einzige, miese kleine Minute. So genau konnte auch John nicht zu früh kommen. War es nicht möglich, dass er einmal sechs, vielleicht sechseinhalb Minuten zu früh war? Tom hoffte es. Er wünschte es. Noch dreissig Sekunden. Dreissig Sekunden waren nichts, ein Wimpernschlag auf sein Leben. Aber im Vergleich mit dem Sekundentakt, in dem der kleinste Zeiger seiner Rolex Sprünge in Richtung Ziel, in Richtung 19.55 Uhr machte, war es eine Weile, eine lange Weile, eine Unendlichkeit. Noch zehn Sekunden, das musste auszuhalten sein. Noch neun, noch acht. Lauf, kleiner Zeiger! Lauf! Tom drehte sich um, richtete seinen Blick zur Tür, die in seinem Rücken lag. Er hatte sich absichtlich so hingesetzt, dass er sie nicht die ganze Zeit in seinem Blickfeld hatte. Das hätte ihn nur noch unruhiger gemacht. John musste jetzt jeden Moment im Türrahmen erscheinen. Es dauerte nur noch wenige Sekunden. Noch fünf, noch vier, noch drei. Wo war John? Er hätte eigentlich schon im Türrahmen erscheinen müssen. In den verbleibenden drei Sekunden konnte er die wenigen Meter von der Tür bis zu ihrem Tisch unmöglich schaffen. Und jetzt waren es nur noch zwei Sekunden.

John war nie zu spät gekommen. Er musste kommen. Eins, null. Tom hätte sich nie träumen lassen, dass ihn eine nicht eingehaltene Verfrühung so hätte treffen können. Im ersten Augenblick fühlte er sich ganz leer. Im zweiten Augenblick kamen seine Lebensgeister zurück, die Vernunft siegte über die Gewohnheit, die Disziplin, die sich Tom selber auferlegte. John war nicht zu spät. Er war nur nicht zu früh. Das konnte viele Gründe haben. Vielleicht hatte er seine Uhr verloren. Nein, das konnte nicht sein. John hätte sich sofort eine neue gekauft. Vielleicht war sie noch nicht auf die Sekunde genau eingestellt gewesen. Nein, das konnte nicht sein. John besass einen Radiowecker, der auf die Sekunde genau funktionierte. Vielleicht hatte John einfach, wie es jedem anderen Mensch passierte, einmal die Zeit vergessen. Aber John war nicht wie jeder andere Mensch. Er vergass nicht einfach so wie jeder andere Mensch die Zeit. Er war anders, er war gescheiter, er war so wie er. Ihm passierte so etwas auch nicht. Tom vergass nicht einfach die Zeit. Alles hatte seine Gründe, dem Zufall wurde nichts überlassen. So etwas wie die Zeit konnte man kontrollieren. Wer das nicht konnte, dem war so oder so nicht mehr zu helfen.

John durfte nicht einfach die Zeit vergessen. Das zerstörte alles, wofür sie beide einstanden. Tom schloss die Augen. Jetzt war es wichtig, ganz ruhig zu bleiben. Er durfte sich nicht gehen lassen. Er musste versuchen, die Lage noch einmal objektiv zu überblicken. Er durfte nicht hysterisch werden. Dies wäre nur ein weiterer Fehler in einem fehlgelaufenen Spiel. Ruhig! Ruhig!! Ruhig!!! Luft. Er brauchte Luft! Verdammt noch mal, er war hysterisch und nicht nur ein bisschen. Tom versuchte so viel Luft wie möglich in seine Lunge zu ziehen. Es kam ihm vor, als würde ihm jemand ein Kissen auf Nase und Mund drücken. Er zog, er zog, aber er brachte keine Luft herein. Johns nicht eingehaltene Verfrühung war ihm nun egal. Konnte er doch machen, was er wollte, dieser John. Verdammt noch mal, er benötigte Luft! Konzentrier dich auf dein Inneres, atme einfach nur. Atmen. Atmen. Atmen. Es hatte keinen Sinn. Er schaffte es nicht. Er würde es nicht schaffen. Er würde sterben mit der Gewissheit, eines sinnlosen Todes gestorben zu sein. Er konnte schon die Todesanzeige in der Zeitung vor sich sehen. John würde eine für ihn schreiben. Eine faire. Eine richtige. Eine, die seinem Leben gerecht wurde. In tiefer Trauer teilen wir Ihnen den Tod von Tom Wilson, dem geliebten Sohn und Freund mit. Zu seinen Lebenszeiten versuchte er, seinen Eltern, seinen Freunden und seinen Pflichten gerecht zu werden. Am Freitag, dem 16. September, ist er leider dieser Verantwortung erlegen. Gott möge ihm auf seinem weiteren Weg beistehen. Bitte, keine Blumen und Geschenke an die Trauerfamilie.

Zu seinen Lebzeiten hielt Tom nicht viel von materiellen Werten. Oh ja, John wäre fair. Auch wenn das mit den materiellen Werten nicht wirklich stimmte. Das war eine Idealvorstellung, die er selbst nicht einhalten konnte. Aber über Tote lästerte man nicht. Über ihre kleinen Fehler sah man dankbar hinweg. Geblendet durch den Schleier schlechten Gewissens und tiefer Trauer. Wie würden sie alle in ihrem schlechten Gewissen und Selbstmitleid ersticken, wenn er gestorben wäre. Er würde es ihnen gönnen. Sein Vater würde endlich erkennen, dass sein Sohn aus mehr als nur blanker Leistung bestanden hatte. Er würde weinen, zu Gott beten. Könnte er nur die Zeit zurückdrehen und ein richtiger, ein guter, ein liebevoller Vater sein. Er würde winseln, auf die Knie gehen, sich winden in den Fesseln verdienter Selbstvorwürfe, die ihm niemand abnehmen konnte. Er, Tom, wäre nicht mehr da, um es zu tun. Sein Vater hätte es auch nicht verdient. Aber damit müsste er sich nicht mehr beschäftigen. Das unterstand einer höheren Macht, Gott oder wie man sie auch immer nennen wollte. Damit hätte er nichts mehr zu tun. Sterben war so einfach. Man war nicht mehr da, um irgendeine Verantwortung zu übernehmen. Das hatten die meisten Menschen noch nicht begriffen. Nicht die, die starben, waren die Geschädigten, sondern die Lebenden waren die Leidtragenden, denn sie mussten sich mit ihren Selbstvorwürfen oder mindestens mit ihrer Trauer auseinander setzen. Sterben war einfach.

«Hallo, Tom, entschuldige die Verspätung.»

Tom wäre beinahe vom Stuhl gefallen. Er hatte John gar nicht mehr erwartet. Hatte auf den Tod gewartet. Die Wirklichkeit hatte ihn wieder eingeholt. Ein gesunder Mensch konnte nicht einfach so ersticken. Sterben war nicht einfach. Die Atemnot war nur Einbildung gewesen. Oder doch nicht? Tom konnte die Frage nicht beantworten. Die anderen Stühle im Garten waren noch leer. Niemand da, der ihm eine eindeutige Antwort hätte geben können. Niemand da, der ihm hätte sagen können, dass alles nur ein böser Traum gewesen war, seine

Rolex auf 19.55 Uhr stand und John pünktlich zu früh zum Tisch kommen würde. Es war kein böser Traum, John war da, der Minutenzeiger seiner Rolex stand auf 20.02 Uhr, sieben Striche von dem Ort entfernt, wo er hätte stehen sollen. Er würde heute mit John nicht mehr über die vergangene Woche diskutieren. Dazu war er zu müde, dazu war John nicht genügend einsichtig. Er schien gar nicht zu bemerken, dass etwas nicht in Ordnung war. Das hatte bestimmt wieder etwas mit dieser Zoi zu tun, deren Nummer er hatte besorgen sollen. Tom bereute schon jetzt, dass er es getan hatte. John hatte eine Freundin verdient. Aber nicht zu diesem Preis. Es konnte nicht sein, dass er nun seinen besten Freund vernachlässigte. Er brauchte John. Zum ersten Mal in seinem Leben beneidete Tom eine Frau, ein Mädchen, eine Person, die er gar nicht kannte.

An einem Sonntag Ende der Sommerferien war ich wieder mit Jenny hinter der Hecke in ihrem Garten. Eigentlich hätte ich gar nicht bei ihr sein dürfen, denn erstens war es Sonntag und zweitens hatten ihre Eltern Besuch. Beides war für ihre Eltern ein Grund, um ihr zu verbieten, laut schreiend und lachend im Garten spielen zu dürfen. Deshalb waren wir hinter der Hecke, dem einzigen Ort im Garten, den man von der Terrasse aus, wo ihre Eltern mit dem Besuch ein Schwätzchen hielten, nicht sehen konnte. Zuerst spielten wir Eichhörnchen. Das Spiel bestand einzig daraus, Haselnüsse zu knacken und zu essen, die am Haselstrauch direkt hinter der Hecke wuchsen. Beim Knacken hatten wir beide unsere eigenen Techniken. Ich suchte mir immer einen flachen Stein, auf den ich die Nuss legen konnte und trampte danach unbarmherzig darauf herum, bis die Nuss aufsprang. Doch wenn die Schale brach, zerbröselte meistens auch die Nuss, so dass ich einen weiteren Versuch mit einer neuen Nuss starten musste. Jenny hatte eine sichere und einfachere Methode, Nüsse zu knacken, die mir aber jeweils einen kalten Schauer über den Rücken jagte. Sie nahm die Nüsse einfach zwischen ihre Backenzähne und biss zu. Das Knacken, das dadurch erzeugt wurde, tat mir jeweils selbst in den Zähnen weh, da ich nie genau wusste, ob nun die Schale oder der Zahn gebrochen war. Logischerweise knackte Jenny mit ihrer Methode ein Vielfaches an Nüssen, die ich mühsam zwischen den Trümmern der Schale heraus klaubte. So kam es, dass wir zum Schluss zusammen an den Nüssen knabberten, die Jenny aufgebrochen hatte. Es widerte mich ein bisschen an, denn schliesslich hatte Jenny sie schon einmal in ihrem Mund gehabt und sie waren vom Speichel ein wenig feucht, was ich mir vermutlich aber nur einbildete. Nachdem wir alle Nüsse gegessen hatten, rutschte Jenny wieder so auf ihren Knien herum, wie sie es vor dem ersten Kuss gemacht hatte. Ich sagte zu ihr, dass ich nach Hause gehen müsste. Ich wollte lieber gar nicht wissen, was sie dieses Mal im Schild führte. Jenny erklärte mir mit vorwurfsvollem Gesicht, dass ich ihr heute noch keinen Kuss gegeben hätte. Sie grinste mich auffordernd an und ich wusste, dass ich so oder so keine Wahl hatte. Ich wollte sie nicht kränken. Heute würden wir aber mal etwas Neues machen, flüs-

terte Jenny in einem geheimnisvollen Ton, der nichts Gutes bedeuten konnte. Sie habe ihren Bruder mit seiner Freundin beobachtet. Die würden dabei riesigen Spass haben und sich «ich liebe dich» zuflüstern, worauf sie meistens gemeinsam im Zimmer ihres Bruders verschwinden und die Tür abschliessen würden.

Was sie dabei genau machen würden, fragte ich unsicher. Ich war sicher, dass die Sache einen Haken haben musste. Meine Tante hatte mir einmal erzählt, dass jeder Mann ein Auto und jede Frau eine Garage hatte. Wenn eine Frau ein Kind gebar, war das die Folge davon, dass eben das Auto in der Garage der Frau parkierte. Das geschah meistens im Bett und hinter verschlossenen Türen. Mit elf Jahren wusste ich natürlich, dass mit dem Auto der Penis und mit der Garage der Schlitz der Frau gemeint war. Nun erzählte mir meine Tante auch nicht mehr von Garagen und Autos, sondern nannte es unverhohlen »Liebe machen». Aber das machte mir die Sache nicht sympathischer. Es war sicher genauso feucht und warm wie Küssen. Eine dämliche Erwachsenensache halt. Falls Jenny genau das vorhätte, würde ich mich strikt dagegen zur Wehr setzen. Aber Jenny meinte nur, dass sie sich gegenseitig die Zunge in den Mund strecken würden und dass ihr Bruder ihr verraten habe, dass das ein tolles Gefühl sei. Jenny blinzelte mir aufmunternd zu, als hätte sie meine innere Unruhe gespürt. Ich war nicht sicher, ob das nun besser oder schlimmer als Küssen war. Aber auf jeden Fall war es einen Versuch wert, etwas zu finden, was Jenny mehr mochte als zu küssen.

Anders als beim ersten Kuss kann ich mich noch genau daran erinnern, wie sich unsere Gesichter langsam näher kamen. Das ist ja auch logisch, denn beim Küssen hatten wir beide die Augen geschlossen, und nun mussten wir uns konzentrieren, mit der Zunge den Mund des anderen zu treffen. Das ging nun schlicht und einfach nicht ohne hinzusehen. Als unsere Zungen dann endlich den Platz im Mund des anderen gefunden hatten, war mir ziemlich unwohl zu Mute. Ich schwitzte und hatte Mühe zu atmen, weil ich mich konzentrieren musste, mit meiner Zunge die von Jenny nicht zu berühren. Nur ein paar Jahre später fand ich heraus, dass dies eigentlich der Sinn der ganzen Sache war, aber damals wusste zum Glück auch Jenny nicht genau, wie ein Zungenkuss funktionierte, und es ekelte uns gegenseitig vor der Zunge des anderen. Also knieten wir einander gegenüber, und ich zuckte jedes Mal zusammen, wenn ich versehentlich Jennys Zunge oder Wange berührte. Spass haben war auf jeden Fall etwas anderes. Ausserdem bäumte sich beim Berühren auch wieder mein Penis in der Hose auf und hinterliess dieses unangenehme kitzelnde Gefühl. Erwachsen werden war wohl das Dümmste, was einem passieren konnte.

Montag, 19. September

«Antisemitismus.» Christopher Wilson liess das Wort förmlich auf der Zunge zergehen. «Anti-semit-ismus: Was fällt euch auf? Das Entscheidendste habe ich bis jetzt weggelassen. Kommt jemand darauf? Wer nicht genau hinhört, findet es nicht heraus. Ich werde es Ihnen sagen. Der Unterton. Der Unterton ist es, was den Begriff zu dem macht, was er ist. Er hat etwas Bedrohliches. Eigentlich müsste der Unterton gleich alt sein wie der Begriff. Ist er aber nicht. Erst durch Hitler hat der Begriff Antisemitismus seinen bedrohlichen Unterton bekommen, der daran erinnert, dass kranke Ideen weiter führen können, als nur zu einem müden Lächeln in der breiten Bevölkerung. Der Begriff war da aber schon viel, viel älter.»

Christopher Wilson liebte diese Momente. Wenn die Schüler ihn verwirrt anstarrten und keinen blassen Schimmer hatten, worauf er hinaus wollte. Woher hätten sie es auch wissen sollen. Sie hatten nicht das gleiche Format wie er. Wie hätten sie seinen hochstehenden Geschichtsunterricht verstehen sollen. Das war gar nicht möglich. Wichtig war einzig und allein, dass der beste Schüler im Zimmer etwas lernte, dass Tom etwas lernte und die Grundlage für eine berufliche Karriere schuf. Er sollte nicht so enden wie viele dieser demotivierten Jugendlichen, die später nichts mehr als Alkohol, Gewalt und Drogen im Kopf hatten. Er sollte etwas aus sich machen. Vielleicht bekam auch John White noch etwas mit. Aber wer war schon John White. Der war keine Konkurrenz für seinen Tom. Tom war der Beste. Er war die Verzichte auf mehr Ansehen wert, die ihn sein Beruf kostete. Er hätte seine Familie im Stich lassen können, um voll auf Karriere zu setzen. Aber er hatte es nicht getan, war aus Liebe zu seiner Familie am Crossroad Gymnasium geblieben, als die Stelle an seiner bevorzugten Privatschule frei wurde, wo er das Doppelte verdient hätte. Was hatte er nicht alles getan? Und zum Dank hatte ihn seine Frau verlassen. Sie hatte ihm keine Achtung gezollt für all das Geld, das er nach Hause gebracht hatte. Aber was sollten all die Gedanken schon wieder. Er hatte den Schülern eine genügend lange Denkpause gegönnt, wobei er die eigentliche Frage, die er hatte stellen wollen, noch gar nicht formuliert hatte. Es war Zeit, den Unterricht fortzusetzen. «Noch heute wird der Begriff Antisemitismus fast überall auf der Welt mit Judenfeindlichkeit gleichgesetzt. Aber dennoch ist es falsch, Juden einfach mit Semiten gleichzusetzen. Hat überhaupt irgendjemand in diesem Raum eine Ahnung, was Semiten sind, Semiten sein könnten? Niemand?» Dieses Mal liess Christopher Wilson seinen Schülern weniger Zeit zum Nachdenken. Es hatte auch keinen Sinn, ihnen mehr zu geben. Am Ende wusste so oder so nur Tom die richtige Antwort. Oder vielleicht doch noch dieser John White. Mit dieser Möglichkeit wollte sich Christopher lieber nicht beschäftigen. Er durfte es nicht wissen. Und wenn er es wissen sollte, dann würde er selbst die nächste Frage so stellen, dass nur noch Tom im Stande wäre sie zu beantworten.

John sass entspannt auf seinem Stuhl. Er spürte den stechenden Blick, der auf ihm lastete. Er wusste auch ohne hinzusehen, wem die Augen gehörten, die Löcher in sein Hemd bohrten. Eigentlich hätte es ein unangenehmes Gefühl sein müssen, so angestarrt zu werden. Aber was sollte er sich unnötig unwohl fühlen. Er hatte ja nichts zu befürchten. Natürlich war da Mr. Wilson, der irgendetwas über Semiten gefragt hatte und nun befürchtete, er könnte Tom die Show stehlen. Warum sollte er Tom die Show stehlen, wofür sollte er solche Fragen beantworten? Er wusste, dass zu den Semiten auch noch Araber und Äthiopier gehörten, wem musste er das schon beweisen. Semiten gingen ihn überhaupt nichts an. Die waren viel zu weit weg von seinem wirklichen Leben. Viel zu weit weg von allem, was ihn beschäftigte. Viel zu weit weg von Zoi. Zoi. Er brachte keinen einzigen schlauen Gedanken mehr in seinen Kopf. Da war alles gefüllt mit einem einzigen Namen. Zoi. Zoi. Zoi ... Eigentlich hätte er nun mit sich selbst hart ins Gericht gehen müssen. Schliesslich war er immer einer von denen gewesen, die hinter vorgehaltener Hand die Mädchen ausgelacht hatten, welche in der Grundschule ihre Hefte nur mit dem einen Namen eines Jungen gefüllt und noch kringelnde Herzen darum gemalt hatten. Zwar war er kein Mädchen, malte keine Herzchen und füllte keine Hefte, dafür war sein Hirn vollgestopft mit dem Namen eines Mädchens: Zoi. Zoi. Zoi.

«Mr. White. Würden Sie meinem Unterricht die Ehre erweisen zu folgen? Auch Sie dürfte es interessieren, dass Hitler die Rassenlehre nicht erfunden, sondern in seiner Jugendzeit in der von Doktor Lanz veröffentlichten Zeitschrift Ostara aufgeschnappt hat. Oder wollen Sie mir vielleicht sagen, Sie hätten das alles schon gewusst?»

Dass ihn dieser Tyrann nicht ein einziges Mal in Ruhe lassen konnte. Die Wahrheit zu sagen würde ihn jetzt bestimmt auch nicht weiter bringen. Das würde die Angelegenheit nur in einen grösseren Schlamassel verwandeln. Natürlich erwartete Mr. Wilson nicht wirklich eine Antwort, er hatte ihn nur vor der ganzen Klasse blossstellen wollen. Er würde nur noch kurz den Augenblick des Triumphes geniessen und sich danach wieder der Klasse zuwenden. John warf Tom seitlich einen Blick zu. Es war nicht schwer zu erraten, dass dieser sich für seinen Vater schämte. Eigentlich war Tom der Leidtragende der ganzen Angelegenheit, auch wenn Mr. Wilson ihn als Sündenbock ausgesucht hatte. Aber er konnte nichts für ihn tun. Im Moment war alles falsch, was er tat, nur weil er einfach John White hiess und ebenfalls gute Noten schrieb. Folgte er aufmerksam dem Unterricht und beantwortete alle Fragen, setzte er Tom noch mehr unter Leistungsdruck. Schwelgte er in Gedanken und benahm sich einfach nur wie jeder durchschnittliche Schüler, war er schon wieder der John White, der die bodenlose Frechheit besass, Lehrer und Unterricht zu ignorieren. Eigentlich eine Farce, eine hinterhältige Gemeinheit. Aber was sollte er sich schon über Mr. Wilson aufregen. Solange dieser von Tom abliess und nur ihn tyrannisierte, war alles in bester Ordnung. Er würde sich nicht von ihm die gute Laune verderben lassen. Was hatte Mr. Wilson schon gegen ihn in der Hand? Und wenn schon. Dann hätte er immer noch seine Gedanken, in die niemand eindringen konnte. Und in denen stand schliesslich, was ihm im Leben etwas bedeutete: Zoi. Zoi. Zoi ... Was sollte da noch schiefgehen? Das Leben war so viel einfacher, als er immer gedacht hatte. Es gab nicht nur Menschen, die einem Steine in den Weg legten. Es gab auch die Netten, die Liebevollen, die einen aus den Fettnäpfchen hinauszogen, in denen man herum stampfte. Zoi hätte die Möglichkeit gehabt, ihn so bloss zu stellen, dass er sich nie mehr einem weiblichen Wesen genähert hätte. Letzten Dienstag, als er sie so unge-schickt und unbeholfen gefragt hatte, ob sie mit ihm ein Eis essen gehen möchte. Eis essen. Eigentlich nur eine Floskel, die erstbeste Idee, weil ihm die Zeit zum Nach-denken gefehlt hatte und er sie unbedingt wieder sehen wollte. Er hatte bestimmt nicht gerade sonderlich attrak-tiv gewirkt in seinen verschwitzten Joggingsachen. Aber dennoch hatte sie ihn ernst genommen, zugesagt und darüber hinweggesehen, dass er es hätte erwachsener, geschickter anstellen können. Er hätte sich wohl so dumm anstellen können, wie er gewollt hätte. Es war nicht um die Perfektion gegangen, sondern einzig und allein um die Tatsache, dass er es natürlich und spontan getan hatte. So natürlich und spontan, wie sie dann auch am Samstag in der Gelateria angefangen hatte zu singen, als Katy Perrys Hot N Cold aus den Lautsprecherboxen ertönt war. Er würde die ersten Zeilen dieses Songs bestimmt nie mehr vergessen. Sie waren unauslöschlich mit ihrem ausgelassenen Gesichtsausdruck verbunden, wie sie ein kleines Mädchen imitierte.

You change your mind
Like a girl changes clothes
Yeah you, PMS
Like a bitch, I would know

Sie hatte so glücklich ausgesehen, so jung, wie das kleine Mädchen, das er im obersten Stock in der Nische vor dem Englischzimmer getroffen hatte. Als wäre aller Kummer dieser Welt vom einen auf den anderen Augenblick von ihren Schultern genommen worden. Zoi hatte jedes Wort unbeschwert mit ihren Lippen geformt und sich keine Gedanken darüber gemacht, was all die Wörter bedeuteten. Eigentlich passte der Songtext gar nicht zu ihr und noch weniger zu ihm, und doch ergaben die Wörter, die Zoi ihm zugeflüstert hatte, einen Sinn. Er änderte selten seine Meinung. Er hatte kein prämenstruelles Syndrom, er war keine Zicke und noch weniger konnte er sich vorstellen, dass Zoi dieses Syndrom kannte. Aber dann waren auch schon die nächsten Worte über Zois Lippen gekommen und sie hatte ausgesprochen, was ihm schon bei ihrer ersten Verabredung durch den Kopf gegangen war.

And you over think
Always speak

127

Cryptically
I should know
That you're no good for me

John hatte nicht das Gefühl, dass er zu viel nachdachte oder ständig in Rätseln sprach. Aber das war auch gar nicht der Punkt, der ihn nun beim genaueren Überdenken des Textes beunruhigte. Sie hatte ihm, ohne sich darüber Gedanken zu machen, was sie sang, zugeflüstert, dass er nicht gut für sie war. Nicht gut. Das war unglücklicherweise noch eine deutliche Untertreibung. Er war nicht nur einfach nicht gut für sie. Er war eine Gefahr. Da konnte Zoi danach noch so schön weitersingen.

Cause you're hot then you're cold
You're yes then you're no
You're in then you're out
You're up then you're down

Das änderte nichts mehr. Es konnte noch kommen, was wollte. Ob er nun heiss oder kalt war, spielte gar keine Rolle mehr. Nicht gut war nicht gut. Und nicht gut war für sie eine Gefahr. Sie wusste es und er musste sich erst recht nichts vormachen. Er hatte es ja schon lange gewusst. John fühlte sich augenblicklich bedrängt im Schulzimmer. Es hatte nichts zu tun mit dem Raum. Darin hatte sich nichts verändert. Aber er hatte sich verändert. Trotzdem spürte er Blicke, die auf ihm lasteten. John blickte nach vorne um zu sehen, ob Mr. Wilson etwas mit der Sache zu tun hatte. Der war vertieft in

Hitlers Rassenlehre, lange Reden über grosse, blonde, blauäugige Arier und warum Hitler dennoch nicht anders gekonnt hatte, als Norwegen anzugreifen, wegen der Vorkommen an Eisenerz. Was war das eigentlich? Das hatte nichts mehr zu tun mit gymnasialem Geschichtsunterricht. Das ging weiter, viel weiter. Universitätsstufe, wenn überhaupt. Für interessierte Schüler war das zwar in Ordnung, davon konnten sie profitieren. Aber wenn sie nicht profitieren wollten? Wenn sie wie Tom froh gewesen wären, nicht noch mehr wissen zu müssen? Einfach nur mit ihrem Basiswissen, wie es sich für Jugendliche dieses Alters gehörte, zu genügen? Jemand musste Mr. Wilson stoppen. Das war für Tom wie ein Penaltyschiessen mit drei Bällen. Schon einen Ball zu halten war schwierig, aber wenn gleich drei kamen, gab es auch für den besten Torhüter nichts mehr zu halten. Da half es auch nicht, dass alle anderen Schüler im Schulzimmer noch weniger wussten. Auf sie wurde schliesslich nicht geschossen. Torhüter sein in einem Spiel ohne Bälle war nicht schwierig, auch wenn drei Stürmer vor einem standen. John ertappte sich dabei, wie er wild auf seinem Stuhl hin und her rutschte. Er war voller Tatendrang, wollte Tom helfen, auch wenn es für ihn nur darum ging, Zoi für einen Augenblick zu vergessen. Seine eigenen Gedanken hallten in seinem Kopf wieder mit einem unbarmherzigen Echo. Zoi vergessen. Zoi vergessen. Jetzt war aber genug! Er durfte sich nicht vom Thema ablenken lassen. Er musste Tom helfen. Tom war sein bester Freund. Es würde nicht einfach werden. Mr. Wilson war nicht nur Toms Vater, sondern auch sein Klassenlehrer und zudem ein enger Freund von Rektor King. Was konnte er tun? Mit dem Klassenlehrer wie üblich über das Problem reden, ging nicht, zum Rektor gehen eine Möglichkeit, die wenig Erfolg versprach. Rektor King würde das Problem gar nicht ernst nehmen. Der vertrauenswürdige Klassenlehrer Christopher Wilson tyrannisiert seinen Sohn, der Klassenbester in seinem Fach ist, indem er ihn Fragen beantworten lässt, die nur er beantworten kann. Muss ja schlimm sein, Klassenbester zu sein. So würde sich das für Rektor King in etwa anhören. Wer war denn da das Opfer? Der arme, arme Tom, der alle Antworten wusste? Nein, garantiert nicht. Wenn es schon ein Opfer gab, wären das für Rektor King die Mitschüler, die nicht mehr folgen konnten, aber sicher nicht der Sohn, der sozusagen Privatunterricht erhielt. Aber so weit würde es bei einer Diskussion gar nie kommen. King würde seinem Freund Christopher so etwas gar nie zutrauen und ihn höchstens mal bei einer Flasche Wein darauf ansprechen. Und wer wäre dann das Arschloch? Der andere Vorzeigeschüler der Klasse, der die Verleumdung angerissen hatte. Er. John schauderte. Auf solch ein Kräftemessen durfte er sich nie und nimmer einlassen. Da würde er mit hundertprozentiger Sicherheit den Kürzeren ziehen. Aber vielleicht gab es ja andere Wege. Nicht ganz so ehrlich und korrekt, dafür in manchen Situationen wirkungsvoller. Schliesslich hatte jeder Mensch seine Schwächen, man musste sie nur kennen.

Das war eigentlich Toms Stil, Schwächen auszunutzen, aber bei übermächtigen Gegnern gar keine zu verachtende Option. King damit hänseln, dass er korpulent war?

Warum überhaupt so diplomatisch bleiben? Er könnte ihm auch gleich ins Gesicht schreien, dass er ein fettes Rhinozeros war und grössere Ähnlichkeiten mit einer Dampflokomotive hatte als mit einem Mensch. Ruhig bleiben. Solche Gefühlsausbrüche verschlimmerten nur noch die ganze Situation. Sie verhinderten logisches Denken. Wo war die verdammte Schwäche? Wo war der wunde Punkt, an dem er Wilson und King erwischen konnte? John konnte ihn nicht finden. Mach schon! Mach schon!! Mach schon!!! Tom hat nicht das ganze Jahr Zeit. Er musste ihm bald unter die Arme greifen. Bevor es für ihn zu spät war und ihn der Druck brach. Er musste schnell denken. Doch warum so viel nachdenken? Es gab ja auch noch radikale Methoden. In John baute sich die ganze Wut auf, die er die letzten zwei Wochen aufgestaut hatte. Wie konnte Mr. Wilson es wagen, so selbstzufrieden vor der Klasse zu stehen und ihm dennoch nicht die kleinste Angriffsfläche bieten? So etwas durfte nicht passieren. Nicht ihm. Am liebsten wäre John nach vorne gegangen und hätte Mr. Wilson einfach mal die Faust ins Gesicht geschlagen. Ohne Erklärung. Ohne Vorwarnung. Einfach so. Doch das hätte nicht gereicht. Damit wäre das Problem noch immer nicht gelöst gewesen. Mr. Wilson durfte nicht nur für einen Augenblick am Boden liegen und dann wieder aufstehen. Er musste für immer liegen bleiben. Einmal zuschlagen. Zweimal zuschlagen. Dreimal zuschlagen. Bis er sich nicht mehr regte. Es würde nicht reichen. Es ginge nicht schnell genug. Jemand würde ihm zu Hilfe eilen. Es musste schneller gehen. Auf einen Schlag, auf einen Schuss. Die Dienstwaffe.

Es war doch so einfach. Die Dienstwaffe seines Onkels. Er musste nur die Dienstwaffe seines Onkels in die Schule mitnehmen und Mr. Wilson kaltblütig über den Haufen schiessen. Alle selbstdarstellerischen Reden würden verstummen. Er müsste nicht mehr zuhören. Alle Probleme wären auf einen Schlag aus der Welt geschafft. Mr. Wilson würde fallen wie ein nasser Sack, richtiggehend James Bond-reif. Nur wäre kein Pierce Brosnan anwesend, der ganz lässig behaupten könnte, das Einschussloch sei nur eine Fleischwunde. Mr. Wilson war nicht M. Fleischwunden gäbe es nicht, es wäre kein virtuelles Training für einen Superagenten. Opfer würden nicht diskutiert. Es gäbe nur eines und das wäre tot. Tot. Tot. Tot. Nicht wiederzubeleben. Ob Mr. Wilson dann noch immer so selbstzufrieden grinsen würde? Das wäre dann auch egal. Von ihm aus konnte Mr. Wilson sein Grinsen mit ins Grab nehmen. Hauptsache ein Stockwerk tiefer, unter netter brauner Erde. Schwierig war es ja nun wirklich nicht, so halbpatzig wie Oliver seine Pistole im Schrank einschloss und dann trotzdem den Schlüssel zu all den anderen Schlüsseln neben der Tür hängte. Es war so einfach. Er müsste dann nur noch die Pistole entsichern, einmal gut zielen und …

Das schrille Läuten der Schulglocke riss John auf seinen Gedanken. Die Vorstellung, er hätte eine Pistole in der Hand, verblasste wie ein böser Traum. An dessen Stelle trat das Schleifen von Stühlen, die zurückgezogen wurden. Wie hatte er sich nur so in etwas hineinsteigern können? Wie hatte er es nur in Erwägung ziehen können, einen ungeliebten Menschen einfach so aus dem Weg zu räumen? So etwas durfte er nicht einmal denken! Ruhig. Ruhig. Ruhig. Jetzt nur nicht den Kopf verlieren. Nicht auch noch auf sich selbst Wut entwickeln. Das war nun das Wichtigste. John achtete darauf, konzentriert zu atmen. Einatmen. Ausatmen. Einatmen. Ausatmen. Und schon ging es ihm besser. Nur noch ein Atemzug und dann noch einer und schon war wieder derselbe, der alte, der neue John, der keiner Fliege etwas zu leide tun konnte. Die Geschichte war vergessen, vom Tisch. Niemand würde sich je daran erinnern oder sie erwähnen, weil zum Glück nur er selbst bei seinem kurzen gedanklichen Aussetzer dabei gewesen war. Das war zum Glück noch einmal gut gegangen. John zog seinen Stuhl zurück. Der Raum hatte sich geleert, während er noch mit sich beschäftigt gewesen war. Zu seinem Erstaunen war auch Tom verschwunden, obwohl er doch sonst immer auf ihn wartete.

Niemals erwachsen werden. Hatte ich mir das nicht vorgenommen, als ich mir nach einem ekligen Zungenkuss mit Jenny einredete, ich müsste so etwas nie wieder erleben? Es war irgendwie schief gegangen. Nicht die Sache mit dem Zungenkuss, die ging bis auf weiteres in Ordnung, schliesslich hatte ich mich bis anhin nie mehr dazu verpflichtet gefühlt. Nein, was wirklich schief gegangen war, war das mit dem Erwachsenwerden. Ich war erwachsen geworden, auch wenn ich es nicht bewusst gewollt hatte. Es war einfach passiert, nicht nur rein körperlich, indem ich in die Höhe geschossen war.

Das war nur eine offensichtliche Nebenerscheinung. Warum ich mich wirklich erwachsen fühlte, bewies die Tatsache, dass ich es nicht sein wollte und mich wieder danach zurücksehnte, ein Kind zu sein. Welchen Grund hätte ich gehabt, mich danach zu sehnen, ein Kind zu sein, wenn ich nicht bereits erwachsen geworden wäre? Sonst wäre ich einfach zu Jennys Haus gelaufen, hätte an ihrer Tür geklingelt und wäre wartend von einem Fuss auf den anderen getreten. Jenny hätte mir geöffnet, wir wären Hand in Hand in den Garten gegangen und das Einzige, was mich beunruhigt hätte, wäre die Angst davor gewesen, ich müsste sie zum Abschied küssen. Aber dem war nicht so. Die Möglichkeit, einfach so bei Jenny zu klingeln, gab es schon seit Jahren nicht mehr und die Zeiten, in denen wir uns noch Postkarten aus den Ferien schickten, waren auch schon lange vorbei. Eine Jenny gab es nicht mehr, jedenfalls nicht mehr in meinem Leben. Und wenn sie jemand nach John gefragt hätte, hätte die Antwort gelautet: «Welcher John? Ich kenne jetzt schon so viele.» Wahrscheinlich war es wirklich so, dass man alles erst von dem Punkt an nicht mehr wollte, an dem man es hatte. In diesem Fall war ich schon mit Jenny hinter der Hecke ein Stück weit erwachsen geworden, auch wenn mir das damals noch nicht klar war.

Er war besetzt. John konnte es nicht fassen. Sein Platz Tom gegenüber war besetzt und nicht irgendwie besetzt. Brian hatte auf seinem Stuhl Platz genommen und machte keine Anstalten, ihn wieder zu verlassen. Warum hatte Tom ihm nicht gesagt, dass er sich auf dem Stuhl nicht niederlassen durfte, weil er schon besetzt war? Das war sein Platz. Vielleicht hatte Tom es einfach nur vergessen? Nein, das konnte nicht sein. Tom vergass nicht einfach so, Brian darauf hinzuweisen, dass er sich nicht auf seinen Stuhl setzen durfte. Brian wagte es nicht einfach, ohne Toms Erlaubnis auf seinem Stuhl Platz zu nehmen. Es war etwas faul an der ganzen Sache. Oberfaul. Und es hatte Prinzip. Es war nicht einfach nur so, dass gerade sein Stuhl besetzt war. Auch dort, wo gewöhnlich Brian hätte sitzen müssen, sass nun ein Neuer. Neu war übertrieben. Jack hatte schon immer mit ihnen an einem Tisch gegessen, aber noch nie an Toms rechter Seite. Dafür döste nun auf der linken, wo immer Jack gesessen hatte, Benedict friedlich vor sich hin. Gerade so, als hätte man ihn in einem abgekarteten Spiel genau dort positioniert, wie einen Statisten in einem Film, unauffällig und doch von grosser Bedeutung. Doch was war seine Bedeutung? Wieso sassen alle verkehrt? Was wurde hier gespielt? John beschlich das beklemmende Gefühl, dass er genau wusste, was hier gespielt wurde. Das war nicht nur so ein kleiner Scherz. Hier versuchte Tom ihm eins auszuwischen. Die Frage war nur, warum und wozu? Hatte er sich im Geschichtsunterricht unfair verhalten? Er hatte ja nicht einmal auf die Provokation von Mr. Wilson geantwortet. Er hatte Tom nicht die Show gestohlen. Er hatte sich auch noch darüber Gedanken gemacht, wie er Tom aus den Klauen seines Vaters befreien könnte. War das nun der Dank? Ignoranz? Es war nicht nur einfach die Tatsache, dass er sich auf einen anderen Stuhl hätte setzen müssen. Das war nicht die Hauptstrafe für ein Delikt, das er gar nicht kannte. Das Schlimmste war, dass Tom einfach so tat, als hätte es ihn nie gegeben. Wenn jemand verschwindet, rückt ein anderer nach. Ganz wie in der Tierwelt, nur dass er noch am Leben war und zusehen musste, wie er in Vergessenheit geriet. Das durfte er nicht erlauben. Tom hatte eine Grenze überschritten. Darüber musste gesprochen werden, oder es war als Kriegserklärung zu deuten.

John näherte sich dem Tisch in der Mitte der Cafeteria. Bis jetzt hatte noch niemand bemerkt, dass er anwesend war. Wie sollte er die Sache angehen? Wie sollte er seine Wut auf Tom unter Kontrolle halten? Das würde er noch früh genug sehen. Dieses Risiko musste er eingehen, um den Konflikt zu lösen, solange er ihm noch nicht über den Kopf gewachsen war. Vielleicht stellte sich alles als dummes Missverständnis dar. Vielleicht gab es keinen Konflikt. Vielleicht musste er es nur wagen, Tom in die Augen zu sehen. John hatte seine Schritte verlangsamt, doch nun beschleunigte er sie wieder. Er war nun sicher, welcher Weg der richtige war, er kostete ihn nur ein wenig Überwindung.

«Na John, hast du gut ausgeschlafen im Geschichtsunterricht?» Das war wieder typisch. Brian hatte ihn zuerst gesehen und konnte gleich nicht anders, als mit dummen Sprüchen aufzutrumpfen. Muskelprotz mit Spatzenhirn. Einfach nur ruhig bleiben. Brian hatte mit der Sache gar nichts zu tun. Er war nur Toms Mittel zum Zweck. Aber trotzdem musste er seine Klappe halten. «Halt deine Fresse und kümmere dich um deinen eigenen Kram!»

«So, so? Will da schon jemand aggressiv werden?» Ruhig. Ruhig. Ruhig. Nicht auf Provokationen eingehen. Brian hatte nichts mit der Sache zu tun. Nicht aufregen. Das war nur eine Sache zwischen Tom und ihm. John spürte seine Hände zittern. Am liebsten hätte er Brian eine gehauen. Und dann waren da noch all die Blicke. Jessicas Kichern, Jacks Grinsen hinter vorgehaltener Hand. Nur Tom tat so, als ob ihn die Sache nichts anginge. Er hatte ihn noch nicht einmal gegrüsst, ihm nicht einmal das Gesicht zugewandt. Wahrscheinlich konnte er ihm gar nicht in die Augen sehen. «Nein, ich will nicht aggressiv werden. Und ich würde dir raten, jetzt den Mund zu halten, sonst überlege ich es mir noch anders.» Gut gemacht, John. Lass dich nur nicht provozieren. Er ist es nicht wert. Auch wenn er ein gottverdammter Hurensohn ist. Konzentrier dich nur auf Tom. Von ihm willst du etwas. Alle anderen existieren gar nicht. John krallte sich kurz an Toms Stuhllehne fest. Er musste seine Energie, die aufgestaute Wut loswerden. Brian trieb ihn noch in den Wahnsinn. Aber er durfte sich nichts anmerken lassen.

«Ach so? War das gerade eine Drohung? Da muss ich jetzt aber Angst haben. In welcher Gewichtsklasse kämpfst du nun schon wieder? Im Fliegen- oder im Federgewicht?»

«Der war gut! Der war gut!» Jack klopfte mit der Faust bei Brian ab.

«Für dich sollte man eigentlich eine neue Gewichtsklasse einführen. «Das Dumpfbackengewicht.» Am Tisch blieb es still. Niemand lachte. Jack hatte versucht, mit Brians Rückendeckung noch einen obendrauf zu setzen, doch nicht einmal Brian, der sonst immer alles lustig fand, gefiel der Witz.

Pistole. Pistole. Am liebsten möchte er sie alle erschiessen. John schaffte es nicht, die Provokationen wie Regentropfen abklatschen zu lassen. Eigentlich hätte es ein Leichtes sein müssen. Aber dennoch gingen sie ihm nahe, zehrten an ihm. Jeder Einzelne, wie eine Ratte, die an einem grossen Käse nagte und immer nur ein kleines Stückchen abbrechen konnte. Ein kleines Stückchen hier und ein kleines Stückchen da. Bis vom Käse nichts mehr übrig blieb. An diesen Punkt durfte er nie gelangen. Er musste endlich tun, was er schon vor einer Minute hätte tun müssen.

«Komm mit! Ich muss mit dir sprechen.» John hatte sich ein Herz gefasst und Tom auf die Schulter getippt.

«Ich habe jetzt keine Zeit.» Die Kälte in Toms Stimme erschreckte John.

«Ich habe dich nicht gefragt, ob du Zeit hättest, mit mir zu sprechen. Ich habe dir gesagt, dass du mitkommen sollst!» John war an dem Punkt angelangt, an dem er nicht mehr sagen konnte, was passieren würde. Seine Nerven waren bis zum Zerreissen gespannt. Nur keine dumme Antwort jetzt. Er wollte nicht vor all den Leuten in der Cafeteria ausrasten. Er hatte sonst immer alles unter Kontrolle. Doch nun schien Tom gerade das Gegenteil von dem zu tun, was er hätte tun müssen, um einen Eklat zu verhindern. Böse funkelte er ihn aus seinen braunen Augen an. John wollte ihn nicht schlagen. Aber er hatte seine Wut nicht mehr unter Kontrolle.

«Und ich habe dir gesagt, ich habe keine Zeit!» Tom sagte es nicht. Er schrie es. John konnte sich nicht mehr halten. Ohne wirklich zu wissen, was er tat, hatte er mit seiner Hand ausgeholt. Wie in Zeitlupentempo sah er sie auf Toms Gesicht zurasen. Er konnte sich gerade noch beherrschen, nur mit der flachen Hand zuzuschlagen. Es war zu spät, um noch irgendetwas verhindern zu können. Mit voller Wucht traf er Tom an Wange und Nase. Tom hatte gar nicht erst versucht auszuweichen und machte nun auch keine Anstalten zurückzuschlagen. Verblüfft starrte er ihn aus leeren Augenhöhlen an, während um den Tisch herum alle Schüler verstummten. Wortlos zog Tom seinen Stuhl zurück und stand auf. Mit der rechten Hand glättete er seine Haare, die durch den Schlag in Unordnung geraten waren, mit der linken griff er nach seinem Rucksack. «Komm, John», sagte er, «ich glaube, wir müssen reden.»

Widerstandslos liess sich John mitziehen. Seine aggressive Körperhaltung war verschwunden. Seine Arme hingen schlaff am Körper hinunter, und auch sonst machte er keinen besseren Eindruck als ein Häufchen Elend. Er hatte verloren. So was durfte nicht passieren, so was war ihm noch nie passiert. Er war sonst immer Herr der Lage gewesen. Und was war er nun? Er war noch nicht einmal ein richtiger Schläger. Sein Zuschlagen war keine Machtdemonstration gewesen, hatte keinen Konflikt beendet, wie es ein richtiger Faustschlag getan hätte. Er hatte nur ein Zeichen gesetzt, aber kein glorreiches. Was er getan hatte, war nichts als ein Zeichen der Hilflosigkeit gewesen. Genauso wie ein potentieller Selbstmörder, der eine zu kleine Menge Gift nahm, um sich wirklich umzubringen. Nun kam erst der richtige Konflikt. Aber dieser wurde nicht mit Fäusten ausgetragen. Körperlich würde ihm nichts zustossen. Gefährdet waren sein Ansehen, seine Ehre und das Wichtigste: seine Freundschaft zu Tom.

Freundschaft. Ich hatte sie immer mit Wärme verbunden. Doch als mich nun Tom hinter sich her in den Gang vor der Cafeteria zog, empfand ich nur Kälte. Was ich verspürte, war aber nicht nur rein seelisch. Auch meine Umgebung war irgendwie kälter und trostloser als sonst. Normalerweise wäre mir nicht aufgefallen, dass dem Männlein an der Tür zur Herrentoilette der Kopf fehlte. Aber an diesem Tag war das anders. Da musste ich mir auch gar nichts vormachen. Dem Männlein fehlte der Kopf, und auch das Schild zur Damentoilette sah nur unwesentlich besser aus. Die beiden Türen hatten nicht die gleiche Farbe. Die der Herrentoilette war heller, offenbar hatte sie wegen Vandalismus ersetzt werden müssen. Warum sah ich das heute alles? Dumme Frage. Ich wusste es, wollte es mir nur nicht zugestehen. Es hatte nichts mit dem Regenwetter zu tun, so dass nur wenig Licht einen Weg in den Flur fand und den Raum düster und bedrohlich erscheinen liess. Auch die Regentropfen erzeugten nicht das gleiche Geräusch wie an anderen Tagen. Natürlich war es noch immer dasselbe platschende Geräusch. Nur dass es sich heute weniger wie ein Platschen, sondern wie das Klatschen flacher Hände auf nackter Haut anhörte. Was war eigentlich los? In welche Situation hatte ich mich hineinmanövriert? Ich hatte einen Klassenkameraden geschlagen. Und Tom war nicht irgendein Klassenkamerad. Er war Tom, der nicht die Fassung verlor, wenn ihm sein bester Freund eine saftige Ohrfeige ins Gesicht knallte. War ich noch sein bester Freund? Ich fragte es mich, obwohl ich eigentlich wusste, was hier gespielt wurde. Er hätte einfach zurückschlagen können. Er hätte es getan, wäre ich nicht sein bester Freund gewesen. Er hätte es tun müssen, auch wenn er gewusst hätte, dass er in einer Prügelei gegen mich den Kürzeren ziehen musste. Aber er hatte es nicht getan und erwartete nun im Gegenzug von mir, dass ich ihm in die Augen sah. Ein Freund ... der Freund ... ich musste ihm in die Augen sehen. Ich war es, der mit der Ohrfeige eine unsichtbare Grenze überschritten hatte, was ihn dazu zwang, alle Machtspiele aufzugeben. Ich sah ihn an. Einen kurzen Augenblick hatte ich Angst, aber nur, bis ich seine Augen gefunden hatte. Sie funkelten nicht mehr so böse wie in der Cafeteria, als er geschrien hatte. Sie hatten etwas Fragendes enthalten, etwas Verwundertes, etwas, das nicht mehr weiter wusste. Wie nach dem perfekten Zug, der noch nie von einem Schachgrossmeister getätigt worden war. Und dann kam es, das erste Wort: Warum? Laut und deutlich. Es war eine Erlösung, endlich antworten zu dürfen. Ich fackelte nicht lange und antworte ihm ehrlich, dass er meinen Platz am Tisch jemand anderem über-

lassen hatte. Damit war das Wortgefecht eröffnet. Es folgte Frage auf Frage, Gegenfrage auf Gegenfrage. Warum er das getan habe? Eifersucht? Ob das schlimm wäre? Eifersucht sei menschlich. So menschlich wie eine Ohrfeige? Ich verlor langsam die Nerven. Ich unterbrach den Schlagabtausch für einen Augenblick. Das war unser ewiges Spiel. Keiner sprach an, worüber wir wirklich sprechen wollten. Aber dennoch war es für uns beide offensichtlich, was damit gemeint war. Da konnte ich es gerade so gut beim Namen nennen.

Das Mädchen. Welches Mädchen? Das Mädchen. Tom kannte keine Gnade. Er wollte nicht mehr spielen, er nannte das Problem beim Namen, obwohl er Zois Namen gar nicht erst erwähnte. Er demonstrierte mir auf eine überlegene Weise, dass ich gar nicht versuchen musste, mich mithilfe von Dummstellen aus dem Gespräch zu flüchten. Es blieb mir nichts anderes übrig, als ohne Zögern zu antworten, was mir zu meiner Verteidigung einfiel. Kleinlaut gab ich schon fast entschuldigend zu, dass ich sie kaum kennen würde, um nicht weiter über Zoi sprechen zu müssen. Ich lasse ihn warten, sprach Tom im Klartext den nächsten Punkt an, was zur Folge hatte, dass ich immer kleiner wurde. Ich wusste genau, was er damit meinte, aber das konnte er doch nicht wirklich von mir verlangen. Das passierte jedem einmal. Ich versuchte noch zu entgegnen, dass ein paar Minuten Verspätung normal seien. Aber ich sah in seinen Augen, dass meine Rechtfertigung nichts fruchtete. Er sprach nur noch drei Wörter aus, auf die ich nichts mehr zu sagen wusste: Nicht für dich.

Grün, gelb, rot. Fast wie bei einer Ampel, nur in umgekehrter Reihenfolge. John starrte angespannt auf die Klingel mit den drei Lämpchen, die neben der Tür zu Rektor Kings Arbeitszimmer angebracht war. Grün, gelb oder rot. Eines der drei Lämpchen würde sogleich aufleuchten, sobald er die Klingel gedrückt hätte. Wenn es das rote war, das gleich aufleuchten würde, hätte er gar nicht kommen müssen. Dann wäre der Direktor nicht in seinem Büro, und er müsste sich gar keine Sorgen darüber machen, was er ihm alles hatte sagen wollen. Eine angenehme Vorstellung, dem Problem einfach aus dem Weg gehen zu können. Aber das war nicht die Lösung, so viel war er Tom zumindest schuldig nach der Aktion mit der Ohrfeige. Er müsste am nächsten Tag noch einmal kommen und es erneut versuchen. Und wenn es dann auch nicht klappte: wiederum am nächsten Tag oder dem darauf folgenden. Er würde das Problem weiter hinausschieben und es mit jedem Tag, den er länger wartete, verschlimmern. Es blieb also zu hoffen, dass mindestens das gelbe Lämpchen aufleuchten würde, sobald er die Klingel gedrückt hätte. Damit gäbe ihm die Sekretärin zu verstehen, dass der Direktor zwar im Haus, aber gerade noch beschäftigt war. Er könnte ins Vorzimmer eintreten und solange warten, bis King das Telefonat oder womit er auch immer gerade beschäftigt war, beendet hätte. Er sässe in einem bequemen Sessel, den er nicht geniessen könnte, weil er nie genau wissen würde, wann sich die Tür zum Arbeitszimmer des Direktors öffnen und er in die Höhle des Löwen treten würde. Eine unangenehme Vorstellung. Es war besser genau zu wissen, was ihm bevorstand und wann es ihm bevorstand. Dann hatte er wenigstens ein Stück weit die Kontrolle über die eigene Situation.

Johns Hand zitterte, als er sie in Richtung der Klingel ausstreckte. Es gab eigentlich nur eine Farbe, die nach dem Klingeln aufleuchten durfte. Das Grün. Grün in seiner wahrsten Bedeutung, als Zeichen des Wachstums und Neubeginns. Es würde ein ungeliebter Lebensabschnitt geschlossen und ein neuer beginnen. Es durfte nicht anders sein. Rektor King musste anwesend und unbeschäftigt sein. Einen Augenblick des Wartens und Zögerns, der in ihm Zweifel hervorrufen konnte, durfte es nicht geben. Das würde ihn nur verrückt machen. John zog seine Hand noch einmal zurück. War es wirklich das Richtige, was er im Begriff war zu tun? Brachte es wirklich die erwünschte Wirkung? Verdammt noch mal. Er hatte es schon getan. Es war schon zu spät. Da war es schon, das erste Zögern, das erste Zweifeln. War er der Lösung nahe oder goss er nur zusätzliches Öl ins Feuer? Helfen. Helfen. Helfen.

Es konnte so schwierig sein. Helfen kostete Überwindung. Das war der Punkt, der Helfen so schwierig machte und viele davon abhielt, überhaupt damit zu beginnen. Die Überwindung. Sie liess einem die Nackenhaare zu Berge stehen, auch wenn gar keine Gefahr drohte. Oder man hatte wenigstens den Eindruck, dass man sich nicht wirklich in Gefahr brachte. Dabei war John nicht wirklich sicher. Wer konnte schon bestimmt sagen, was tatsächlich geschehen würde? Vielleicht würde Rektor King nicht nur sein Anliegen ins Lächerliche ziehen, sondern auch noch mit Folgen für seine berufliche Laufbahn drohen. Unmöglich war nichts. Die Frage war nur, wie wahrscheinlich das Schreckensszenario in Tat und Wahrheit war und wie er damit umgehen sollte. Gab es wirklich eine Gefahr in der Person von Rektor King, auch wenn er der Dampflokomotive eine solche Boshaftigkeit nicht zutraute, dann war die einzige Frage: War Tom es wert, das Risiko auf sich zu nehmen? Ein Risiko, eine Gefahr führte nicht mit Sicherheit zum Untergang. Aber es blieb immer ein unkalkulierbares Restrisiko. Verhindern liess sich dies nicht. Es gab keine absolute Sicherheit. Die Frage war nur, ob er fähig war, mit allfälligen Konsequenzen zu leben. Wollen oder nicht wollen stand gar nicht zur Diskussion. Er würde sich auch nicht fragen, ob er sterben möchte, wenn er jemanden ertrinken sähe. Damit würde er sich nicht auseinandersetzen, mögliche katastrophale Konsequenzen würden ausgeblendet, da sonst Schuldgefühle nach einem Nichteingreifen lebenslang an ihm haften würden. Lebenslang ein Feigling. Nicht die Leute, die ihn als Feigling ansehen würden, wären die Strafe. Was andere dachten, war egal. Das Einzige, was zählte, war seine eigene Meinung über sich selbst. Und dieser Zeiger stand im Moment auf Feigling. Daran konnte auch der hilflose John vor dem Arbeitszimmer des Direktors nichts ändern.

«Feigling! Feigling!! Feigling!!!» Zu seinem Erschrecken war es nicht seine eigene Stimme, die John in seinem Kopf hörte. «Du bist ein Feigling, John, das hätte ich gar nicht von dir gedacht.» Sie war so hell, so sanft, und dennoch tat ihm jedes Wort, das sie aussprach, bis ins Innerste weh. Sie sollte bleiben. Es war ein Geschenk, sie in seinem Kopf zu wissen. So hatte er sie immer bei sich. Aber nicht mit solchen Worten. Jedes tat weh, war Grund genug, von einer Brücke zu springen. Er hätte alles getan, was Zois Stimme von ihm verlangte. «Ein Feigling! Auch John White ist ein Feigling! Ich hatte schon fast gedacht, du seist anders, du seist reifer trotz der Tatsache, dass du jünger bist als ich. Aber da habe ich mich wohl getäuscht. Auch du bist wie alle anderen Männer. Ein nichtsnutziger Feigling! Sobald es ein bisschen brenzlig wird, macht er einen Rückzieher.» Nein, das durfte nicht sein. Das war genau das, was er niemals hatte sein wollen: so wie alle anderen. Und nun warf sie ihn in den gleichen Topf. Nicht in irgendeinen Topf. In den der Männer.

«Feigling!» John streckte seine Hand in Richtung Klingel aus. Er würde alles tun, was Zoi von ihm erwartete. Egal, was es ihn kostete. Er wäre auch von einer Klippe gesprungen, wenn sie es von ihm gewollt hätte. Er war kein Feigling. Er war nicht wie alle Männer. John fühlte die Klingel unter seinem Zeigefinger. Die Stimme in seinem Kopf verstummte. «Nicht weggehen!» Zois Stimme musste bleiben. Sie war so hell, so sanft. Sie konnte nicht einfach so verschwinden, ohne ein gutes Wort, ohne sich zu verabschieden.

Was machte er hier eigentlich? John gab sich einen Ruck. Nun unterhielt er sich schon mit inneren Stimmen. Das war doch nicht mehr normal. Unsicher schielte er den Flur entlang. Hatte jemand bemerkt, dass er soeben «nicht weggehen!» gerufen hatte? Die würden ihn gleich in die Klapsmühle stecken. Wie musste so etwas aussehen? Ein leerer Gang und ein achtzehnjähriger Teenager, der seinem Ich zuruft, es solle nicht weggehen. Wenn nur die Sekretärin oder Rektor King nichts gehört hatten. So dick waren die Wände nun auch wieder nicht.

Es war eine weise Entscheidung gewesen, über den Mittag herzukommen. Schon am Morgen hatte er kurz vor der Tür zu Kings Büro gestanden, hatte dann aber ein schlechtes Gefühl gehabt. Ein Glücksfall. Oder Schicksal. Nicht das seine. Toms Schicksal. Er, John, hätte zwar seine Glaubwürdigkeit verloren, aber das wäre wiederum zu Lasten Toms gefallen. Die Chance bei King wäre schon vernichtet gewesen, bevor sie wirklich existiert hätte. Rektor King. Deshalb war er ja gekommen. Er hätte so gern noch einmal Zois Stimme gehört. Nur ein einziges Wort ihrer hellen, sanften Stimme. Vielleicht gab es eine Möglichkeit? Keine schöne, keine galante, aber dennoch die Möglichkeit, ihre Stimme zu hören, auch wenn sie nur eine Einbildung, ein Hirngespinst war. John zog seinen Finger von der Klingel zurück. Vielleicht musste er nur etwas tun, was nicht ihren Grundwerten entsprach.

«Feigling! Feigling!! Feigling!!!» Da war sie wieder. Noch wütender und noch gehässiger als beim ersten Mal. Aber immer noch traumhaft hell und sanft. John schloss für einen kurzen Augenblick die Augen. Wie konnte etwas sanft sein, das gehässig war? Das entsprach nicht den Regeln. Vielleicht war sie wirklich ein Engel. Ein Wesen, das über allem stand. Genug. Er durfte Zois Stimme nicht für sein Wohlergehen missbrauchen. Auch wenn ihr selbst das nicht weh tat. John riss seine Augen auf. Die Klingel hatte er gedrückt, bevor er sich wirklich bewusst war, dass er es tun würde. Jetzt gab es kein Zurück mehr. Er konnte nicht mehr davonlaufen. Jeden Moment würde ein Lämpchen aufleuchten. Nun kam das Warten. Ein vergeblich ersehnter Nadelstich. Stich zu! Stich zu!! Stich zu!!! Es soll vorbei sein. Kein unkontrollierbares Zucken mehr durch den ganzen Körper. Kein Winseln mehr um Gnade, die nur er sich geben konnte. Das war es. Er allein konnte sie sich geben. Es gab keine Folter, es gab keine Gnade, das alles war nur ein Winden in Fesseln, die gar nicht existierten. Das hier war die Realität, die Tür zum Arbeitszimmer des Direktors. Niemand wollte ihm etwas zu leide tun. Es gab kein unkontrollierbares Zucken, keine imaginäre Fessel. Alles nur Einbildung. Er musste zurück, einen Weg zurück finden aus seiner Gedankenwelt, in die reale Welt, in der nur ein leerer Gang existierte. Keine Erwartungen. Keine Hoffnungen. Keine Pflichten. Es konnte ihm nichts passieren. Dazu musste er nur ruhig atmen.

Wenn er doch nur hätte ruhig atmen können. Ein und aus, ein und aus. Und schon ginge es ihm besser. John versuchte zu atmen. Dazu brauchte es ein Mindestmass an Geduld, die er im Moment nicht besass. Es konnte doch nicht so schwierig sein. Der menschliche Körper war darauf angelegt, dass er nicht unablässig ans Einatmen und Ausatmen denken musste, um nicht zu ersticken. John schossen die Tränen in die Augen.

Das hier war nicht fair. Andere hatten Familien, Eltern, Freunde, die in solchen Momenten ihre Hand schützend über sie gelegt hätten. Wo war seine Familie? Wo waren seine Eltern? Es gab sie nicht mehr, es gab nur noch ihn. Einsam und allein auf weiter Flur. Onkel und Tante waren zwar physisch präsent, aber was nützten ihm schon mitleidige Blicke. Mitleid brauchte er nicht, Mitleid wollte er nicht, Mitleid holte ihn auch nicht aus einer Krise. Über seine Freunde konnte er sich zwar nicht beklagen, auch wenn es nicht allzu viele waren, die er dazu zählte. Eigentlich gab es nur einen richtigen und das war Tom. Aber selbst ihn konnte er nicht zu seinen Stützen zählen. Er musste ja gerade selbst über ihn eine schützende Hand halten, obwohl er nicht einmal genug Kraft für sich selbst besass. Er wollte geben, nur war da nichts mehr, was er hätte geben können. Sein letztes Hemd hatte er weggegeben, leider ohne zu überlegen, dass er am nächsten Tag noch eines brauchen würde. Nun bekam er die Quittung. Er konnte sein Hemd nicht einfach zurückholen. Dazu brauchte es jemanden, der eines zu vergeben hatte. Nur war da in seinem Fall niemand. Er konnte Tom nicht gleichzeitig etwas geben und von ihm nehmen. Selbst wenn er es gewollt hätte. Dabei hätte sich die Wirkung des Helfens gegenseitig aufgelöst. Eine aussichtslose Situation. Fuck the whole Universe, würde Eminem dazu sagen. Not afraid, ein toller Song. Er passte zu seiner Situation, auch wenn er eigentlich von Drogenentzug handelte. Er durfte jetzt nicht Angst haben. Er musste optimistisch bleiben.

I'm not afraid to take a stand
Everybody come take my Hand
We'll walk this road together, through the storm
Whatever weather, cold or warm
Just let you know that your're not alone
Holla if you feel that you've been the same road

«Ich habe keine Angst.» Entweder ein kommerzieller Scheiss, der nur produziert worden war, um unsicheren Menschen wie ihm vorzugaukeln, dass sie verstanden wurden. Jungen Menschen konnte man leicht etwas vormachen, ihnen dank ihrer Naivität Geld abknöpfen. Aber warum sollte er gleich das Schlechteste erwarten? Vielleicht hatte Eminem wirklich etwas zu sagen, war die Botschaft von einem gemeinsamen Durchstehen schwieriger Situationen nicht blosser Idealismus. Er, John, wurde nicht gezwungen, dass halbleere Glas zu sehen. Vielleicht war das halbvolle Glas, der richtige Weg schon die ganze Zeit vor seinen Augen, und er ignorierte ihn nur aus purem Misstrauen heraus. Die Welt konnte nicht grundsätzlich böse sein, da sonst sein Leben, seine Bemühungen und Sorgen auf einen Schlag ihren Sinn verloren hätte. Er müsste nicht mehr essen und schlafen, er könnte verhungern, und auch das wäre nicht einmal tragisch. Das konnte nicht sein. Das durfte nicht sein. Sein Leben musste einen Sinn haben, auch wenn dieser im Moment noch nicht zu sehen war. Wofür gäbe es sonst den leeren Gang und das Rektorzimmer? Die Tür mit der Klingel und dem grün leuchtenden Lämpchen?

Moment einmal. Das Lämpchen! Wie lange leuchtete

es schon grün? Seit einer Minute oder bloss seit wenigen Sekunden? John hatte gar nicht bemerkt, wann es aufgeleuchtet war, so sehr hatten seine Gedanken mit ihm Karussell gespielt. In seinem Kopf befand sich ein riesiges Durcheinander, eigentlich genau das Gegenteil davon, was er vor dem Eintreten hatte erreichen wollen. Es war zu spät, die Gedanken noch einmal zu ordnen. Jetzt hatte er genau die eine Möglichkeit. Er musste sich auf das verlassen, was er hatte. Ein grünes Lämpchen. Grün wie das Wachstum und wie der Neuanfang.

Sobald ich über die Schwelle zu Rektor Kings Arbeitszimmer trat, änderte sich meine Einstellung zur Farbe Grün grundlegend. Verloren war die Hoffnung, noch einmal von vorne beginnen zu können und an dem Erlebten zu wachsen, zwar noch nicht, aber dennoch setzte sich das erste Bild von Kings Arbeitszimmer wie ein schwerer Klumpen in meinem Magen fest. Eigentlich hätten mir auch seine schweissnasse Stirn oder sein roter Hals, der in einem fast zu engen Hemdkragen steckte, zuerst auffallen und die Farbe Rot mit einem negativen Touch belasten können. Aber was mir zuerst auffiel, als ich ins Zimmer trat, war ein kleiner Bonsai, der in einer Ecke von Kings übergrossem Schreibtisch stand und mir sofort das Gefühl des Gefangenseins einflösste. Seine filigranen Ästchen waren von Drähten umwickelt, die dicker waren als die Ästchen, so dass diese schon zum Zeitpunkt des Spriessens der Knospen in vorgegebene Bahnen gelenkt wurden. Sie hatten keine Chance auf freies Wachsen, auf Entdecken, auf Entscheiden, wohin sie ihr Weg einmal führen sollte. Die Ästchen mussten einem Idealbild gehorchen, so wie ein erwachsener Baum im besten Fall auszusehen hatte. Obwohl der Bonsai nur eine Pflanze war, hatte ich das Gefühl, dass es falsch war, ihn so zu behandeln. Wer konnte mir schon garantieren, dass Pflanzen keine Seele hatten und der Bonsai nicht gerne selbst entschieden hätte, wie er wachsen wollte. Vielleicht war er von seiner Form her geeignet, ein Bonsai zu werden, aber woher nahm King das Recht, ihm vorzuschreiben, dass er auch ein Bonsai werden musste? Natürlich hätte er als Baum in einem Wald viel weniger Beachtung geschenkt bekommen. Aber woher wollte King wissen, dass es dem Bonsai auch wirklich um Beachtung ging? Ich war so sehr mit dem Bonsai in der Ecke des gewaltigen Mahagonischreibtisches beschäftigt, dass mir vollkommen entging, wie King hinter dem Tisch langsam unruhig wurde. Wahrscheinlich wollten Schüler, die zu ihm kamen, meistens etwas von ihm oder schenkten ihm wenigstens ähnlich viel Beachtung wie seinem Schreibtisch.

Ob mir sein Bonsai gefalle? King fragte mich wie ein Vater, dessen Sohn gerade von seinen illegalen Machenschaften erfahren hatte. Freundlich, verständnisvoll, aber dennoch so, dass mir die Nackenhaare zu Berge standen. Das wollte er nicht wirklich wissen. Das war nur vorgetäuschtes Einfühlungsvermögen, das mich zu einem Kind werden lassen sollte. Er wollte mir nur das Vaterimage verkaufen, mir das Gefühl geben, er wolle das Beste für mich, damit ich ihm blind vertrauen und allfällige Entscheidungen, die mir nicht passten, nicht hinterfragen würde. Ich bemühte mich, King in die Augen zu sehen, obwohl ich nicht vorhatte, ihm die Wahrheit zu sagen. Ohne auch nur einmal dabei zu zwinkern, sagte ich ihm, dass ich schon denke, dass mir der Bonsai gefalle. «Ich denke schon» war eine gute Antwort. So musste ich nicht wirklich lügen. Ich sagte ihm indirekt, dass ich nicht vollkommen sicher war, war aber auch nicht unhöflich. Wieder folgte ein Moment des Schweigens, der Rektor King nicht geheuer zu sein schien, jedenfalls bemühte er sich wieder um ein Gespräch. Welches Anliegen ich hätte, warum ich hergekommen sei und wie noch mal mein voller Name sei. Das war eigentlich genau die falsche Reihenfolge. Das war nicht der Weg, wie ein Direktor normalerweise auftrat. Es verwirrte ihn offensichtlich, dass ich nicht so recht damit herausrückte, warum ich gekommen war. Mir gefiel der Gedanke, dass ich unbewusst ein Mittel gefunden hatte, King zu verunsichern. Aber ich gestand mir zu, dass das nicht der eigentliche Grund war, weswegen ich gekommen war. Ich wollte keine Spiele spielen. Das war nicht meine Art. Ich sagte ihm, dass ich John White heissen würde, dass der Grund, weswegen ich gekommen sei, nichts mit mir zu tun hatte. Ich versuchte dabei den Bonsai zu vergessen und ganz ohne Vorurteil auf Rektor King einzugehen. Nur weil er einen Bonsai hatte, war er noch lange kein schlechter Mensch und besass noch die Möglichkeit, Tom zu helfen.

Doch schon bei den ersten Wortwechseln, nachdem ich ihm die Situation ausführlich, vielleicht sogar zu ausführlich geschildert hatte, fiel es mir wie Schuppen von den Augen. Ich würde keine Chance haben. Er würde mich in den Boden argumentieren. King war nicht involviert in die ganze Situation. Ihm ging sie nicht nahe. Beste Voraussetzungen für ihn, mich kalt und trocken abblitzen zu lassen. Seine Fragen prasselten wie Hagelkörner auf mich herab. Ob ich nicht auch der Meinung sei, Tom wäre von selbst zu ihm gekommen, wenn er unter seinem Vater als Lehrer leiden würde. Ob ich nicht auch denke, dass das eher ein Problem sei, das zwischen Vater und Sohn ausdiskutiert werden müsse. Ob ich nicht finde, Familienprobleme gingen über den Einflussbereich eines Direktors hinaus. Aber wenn es mir so am Herzen läge, werde er sich mal mit Christopher darüber unterhalten. Ich wurde mit Fragen bombardiert und stand plötzlich nicht mehr im Arbeitszimmer des Direktors, sondern vor der Tür mit der Klingel und den farbigen Lämpchen und hatte keine Ahnung, wie ich aus dem Zimmer herausgekommen war. Ich hatte noch nicht alles gesagt, was ich hatte sagen wollen. Ich hatte noch nicht alle Facetten des Problems angesprochen und das Schlimmste: Ich hatte noch gar keine Lösung für Toms Problem gefunden. Ich hatte mich von den Fragen Kings einlullen lassen, war unsanft abgetrocknet worden und hatte es nicht einmal bemerkt, wie er mich aus dem Zimmer komplimentiert hatte. Aber die Diskussion war noch nicht beendet. So leicht liess ich mich nicht abspeisen. Ich war für meine Beharrlichkeit bekannt. Ohne auch nur noch eine weitere Sekunde zu warten, drückte ich die Klingel an der Tür noch einmal. King bekam nun etwas zu hören. Das war nicht

fair, wie er mit mir umgesprungen war. Ich wollte zu-
mindest ernst genommen werden, wollte ein Nein hö-
ren, wenn ein Nein gemeint war und nicht so lange an-
gequasselt werden, bis ich nicht mehr wusste, wo ich
mich befand. King sollte seinen Mann stehen. Ich wollte
eine Antwort, eine richtige. Was dauerte da eigentlich
so lange? Ich war gerade erst aus dem Zimmer gekom-
men, King konnte noch gar nicht wieder beschäftigt
sein. Die verdammte Sekretärin sollte mich endlich wie-
der hineinlassen, das Lämpchen musste aufleuchten.
Was war daran denn so schwierig? Sie tat es dann auch
sofort, just nachdem ich daran gedacht hatte. Nur
leuchtete da zu meinem Erstaunen ein anderes Lämp-
chen, eine Farbe, die mir die Zornröte ins Gesicht stei-
gen liess. Dieses gottverdammte, hinterlistige, feige
Arschloch! Es wagte nicht einmal, mir nochmals in die
Augen zu sehen. Das Lämpchen leuchtete Rot.

Bis bald. Bis bald. Bis bald. Wie lange konnte ein «Bis
bald» dauern. Es war schon wieder Donnerstag, und
noch immer war das «Bis bald» nicht eingetroffen. John
sass in der kleinen Nische vor Mr. Harveys Englischzimmer und wartete darauf, dass die Mittagspause so schnell
wie möglich vorbei gehen würde. Er hätte gerne mit Tom
und den anderen am Tisch gesessen und ihren Diskussionen über irrelevante Themen zugehört. Nur hielt er das
nicht mehr aus. Gesellschaft konnte er nicht mehr ertragen, viel zu lange hatte er schon nichts mehr von Zoi
gehört.

Hatte sie ihn angelogen, als sie sich nach ihrem Treffen

in der Gelateria kurz umarmt und Zoi ihm zum Abschied ein sanftes «Bis bald» in Ohr geflüstert hatte? Hatte sie damit ein unverbindliches «Bis bald» gemeint, so nach dem Motto: Irgendwann wird man sich in einer Stadt schon mal wieder über den Weg laufen, also bis bald? Nein, das konnte er sich nicht vorstellen. So etwas tat Zoi nicht. Das war nicht ihre Art. Wenn sie ihn nicht mehr hätte sehen wollen, hätte sie ihm das auch gesagt. Nicht gleich ein «scher dich zum Teufel», aber sie hätte ihm unmissverständlich zu verstehen gegeben, dass sie momentan zu wenig Zeit hatte, sich mit ihm zu treffen. So wäre das Nein auch bei ihm angekommen. Er wollte sich schliesslich nichts vormachen. Aber Zoi hatte ihm keine negativen Signale gesendet, oder er hatte sie zumindest nicht als das aufgefasst, im Gegenteil. Zoi hatte in ihm nicht ein einziges Mal den Verdacht geweckt, es könnte ihr unangenehm sein, mit ihm an einem Tisch, in einer romantischen Gelateria zu sitzen, wo sie alle Verwandten und Bekannten hätten sehen können. Nicht ein einziges Mal. Ausserdem hatte sie sich gleich am Anfang zugänglich gezeigt und war am Schluss förmlich aufgeblüht, hatte mit ihm über Themen gesprochen, die er mit Kollegen nie im Leben angeschnitten hätte. Er wusste nun von ihr, welche Kosenamen sie als Kleinkind gehabt hatte, dass sie von ihrer Mutter immer Käfer genannt wurde, mit Anlehnung an einen Marienkäfer. Das schönste Tier, das es für ihn auf dem Planeten gab. Was für ein Zufall oder vielleicht Bestimmung, diese Gemeinsamkeit. Zoi hatte schliesslich nicht wissen können, dass er zu seinem ersten Geburtstag einen riesigen Stoffmarienkäfer erhalten hatte, der sein Lieblingstier geblieben war. Und dann das Gespräch über ihre Leibspeisen. Zoi hatte ihm erzählt, dass sie am liebsten ganz leichtes Essen wie Asiatisches mochte, oder ihr kulinarisches Highlight Muscheln waren, die ihr Vater so ausgezeichnet zubereiten konnte.

Muscheln. Ein grösseres Pech konnte er nicht haben. Muscheln, so etwas Hässliches, doch trotzdem irgendwie Gediegenes. Nicht einmal im Traum wäre es John eingefallen, eine Muschel auch nur anzufassen, aber für Zoi? Für Zoi, das war gar keine Frage, warum dachte er überhaupt darüber nach? Für sie hätte er sie nicht nur angefasst, sondern gleich gegessen, hätte den Brechreiz unterdrückt und dazu auch noch gelächelt. Komisch. Welchen Sinn hätte es gehabt, für Zoi Muscheln zu essen, die er selbst so verabscheute? War es nicht der Grundsatz einer gesunden Beziehung, zueinander ehrlich zu sein, zuzugeben, dass er Muscheln nicht leiden konnte und stattdessen etwas zu essen, was er mochte? Der Muschelheld. Der einzigartige Muschelheld, der es über sich bringt, die verhassten Muscheln zu verschlingen. So etwas gab es nicht. Natürlich hätte er gerne für sie gelitten, den Märtyrer gespielt. Er wollte sie beschützen, so seltsam das auch klingen mochte. Einfach nur beschützen. Zu wissen, dass es ihr gut ging, war Nahrung genug für sein Leben. Doch warum liess Zoi es ihn nicht wissen? Warum meldete sie sich nicht? Warum hatte sie ihm nicht einmal den kleinsten Hinweis gegeben, dass es an ihm wäre, sich bei ihr zu melden? Sie hatte sich doch mit ihm so gut unterhalten, und es hatte ihr auch noch Spass gemacht. Dafür sprach doch, dass sie so ausgelassen

«Hot'n'cold» mitgesungen hatte. Aber warum meldete sie sich nicht bei ihm? Warum konnte sie auf ein «Bis bald» nicht ein oder zwei Tage später einen Anruf oder eine SMS folgen lassen, wie das alle unwichtigen Menschen auf der Welt getan hätten? Warum nur sie nicht? Warum war es immer an ihm, den Kontakt sicherzustellen? Es wäre so viel einfacher gewesen, wenn sie ihm mit einer SMS bewiesen hätte, dass ihr an ihm auch etwas lag, dass sie ihn wiedersehen wollte. Natürlich gab es da die ewige, gottverdammte Grundregel, dass man Leute warten lassen musste, um sich interessanter zu machen. Aber das hatte doch Zoi gar nicht nötig, sie war schon lange interessant genug. Zoi war förmlich ein Mysterium mit zwei Gesichtern, die sie unerwartet austauschen konnte. Das eine, das verantwortungsbewusste, kontrollierte Gesicht, das sie schon fast alt, mit der lächelnden Weisheit des Dalai Lama erscheinen liess, und das junge, ausgelassene, vergnügte Gesicht, das schon fast mehr an Bambi als an eine erwachsene Frau erinnerte. Ihr jugendlicher Übermut war noch nicht von der Verantwortung des Erwachsenseins zerstört worden. Sie besass beides. Sie stand mit beiden Beinen im Leben und war dennoch fähig, sich vom Boden zu lösen, zu fliegen. Aber warum musste er sich gottverdammt derart anstrengen, um sie überhaupt sehen zu dürfen?

Nicht den Kopf verlieren. Gott zu verfluchen, brachte ihn in seiner Situation nicht weiter. Ausserdem konnte der genauso wenig wie Zoi etwas dafür, dass er sich mies fühlte. Wenn sie sich nicht bei ihm melden wollte, war das einzig und allein sein Fehler. Dann hatte er irgendetwas verbockt, eine Bemerkung fallen gelassen, die sie jetzt davon abhielt, sich bei ihm zu melden. Doch was hätte das sein können? Er hatte versucht, alles richtig zu machen, und es war dennoch irgendwie schiefgelaufen.

Das durfte nicht wahr sein! War Zoi ihm denn so viel wichtiger als er ihr? Hatte sie eine ganze Liste von Verehrern, die nur darauf warteten, einmal mit ihr ausgehen zu dürfen? Das konnte doch nicht der Realität entsprechen. So viel Pech hätte für ein ganzes Leben gereicht. Er hatte es doch nicht gewollt, dass dieses anmutige Mädchen eine solche Anziehungskraft auf ihn ausübte. Er hatte sich dagegen gewehrt, sich gegen dieses Gefühl der Abhängigkeit gestemmt und dennoch verloren. Chancenlos verloren, ohne auch einmal die kleinste Hoffnung zu haben, wenigstens ein Remi rausholen zu können. Etwa so musste es sich anfühlen, gegen den Tod anzukämpfen. Man wurde verführt vom schönsten Bild, das man kannte, so wie all die tapferen Seeleute von den Meerjungfrauen im vierten Fluch der Karibik. Sie hatten auch gewusst, dass sie die Meerjungfrauen nicht küssen durften, dass sie tödlich waren, sobald sie sich zu nahe an sie heranwagten. Aber dennoch hatten sie es getan, waren für einen noch so kurzen Augenblick der Stillung ihrer Begierde bereit gewesen, ihr Leben zu lassen. Ein ganzes Leben.

Zoi machte abhängig. Zoi machte ihn süchtig. Er konnte nicht mehr ohne sie leben. Da half es auch nichts zu wissen, dass er eigentlich nicht gut genug für sie war. Wen interessierte das noch? Er hatte ja dazu selbst nichts mehr zu sagen. Das unterstand nicht mehr seinem Willen, seiner Entscheidungsgewalt. Das andere, das Undefinierbare war zu stark, die Anziehungskraft, die auf ihn ausgeübt wurde. Da hätte er genauso gut versuchen können, die Erde aus ihrer Umlaufbahn zu reissen. Es wäre genauso aussichtslos gewesen. Das Schlimme daran war nur, dass er Zoi Schaden zufügte. Er war ihrer nicht würdig, und trotzdem konnte er nicht von ihr lassen. Was war er nur für ein Beschützer? Was war er nur für ein Mann? Tiefer konnte er nun wirklich nicht mehr sinken. Er schaffte es nicht einmal, die Gefahr, die er am leichtesten unter Kontrolle haben konnte, vor ihr fern zu halten. Pinguine mussten ihre Eier vor überlegenen fliegenden Gegnern schützen und erfüllten diese Aufgabe mit Bravour. Wenn er ein Pinguin gewesen wäre, wäre seine Art ausgestorben. Er hätte die Eier schon zerstört, wenn er sich nur zum Brüten darauf gesetzt hätte. Was war er nur für ein Versager. So konnte er unter keinen Umständen fortfahren. Er nahm Zoi die Möglichkeit, glücklich zu werden.

John fühlte, wie Hass in ihm aufstieg. Er war nicht nur ein Versager, er war ein boshafter Mistkerl, der es nicht ertragen konnte, wenn andere glücklicher waren als er. Wie konnte er es nur wagen, nach Zois Glück zu trachten. Das gehörte bestraft, nur war da niemand, der ihn hätte bestrafen können. John konnte nicht mehr ruhig sitzen bleiben. Er befand sich im Körper eines gemeingefährlichen Mannes, der nur darauf wartete, seinem nächsten Opfer das Glück zu entziehen. Du Schwein! Du Schwein!! Du Schwein!!! Er konnte sich noch so winden. Das Böse fiel nicht von ihm ab. Mit einem Ruck, der seinen Stuhl rückwärts auf den Boden knallen liess, sprang John auf. Er musste sich stoppen. Er sollte büssen für alles, was er schon getan hatte. Er sollte Schmerzen erleiden, Schmerzen wie Zoi sie hatte, wenn das Glück wegen ihm aus ihrem Körper verschwand. Es sollte ihm leid tun, dass er es überhaupt gewagt hatte, mit Zoi Kontakt aufzunehmen, ihre Nummer zu wählen, an ihrer Haustür zu klingeln, so dass sie gar nicht die Chance erhalten hatte, sich gegen seine Anwesenheit zu wehren. Was war er nur für ein heimtückisches Wesen. Wie eine fleischfressende Pflanze, die Insekten mit ihrem Geruch anlockte, sie einfing und danach verschlang. Wie hätte Zoi nur wissen sollen, dass sich hinter dem hageren Jungen mit guten Manieren ein dreckiger Mann wie jeder andere befand. Was nützten ihr schon oberflächlich gute Manieren, wenn sich in seinem Kopf das ganze Unheil zusammenbraute.

Johns Finger zitterten. Er spürte das Verlangen zu zerstören, etwas an die Wand zu werfen, das ihm wichtig war, um sich für sein nicht tolerierbares Verhalten zu bestrafen. Das Etui. Es war der einzige Gegenstand, der momentan in seiner Reichweite lag. Es war zwar nicht besonders wertvoll, aber fürs erste reichte es aus. Ohne lange zu zögern, packte er es mit beiden Händen und schmetterte es gegen die Wand. Ein dumpfer Laut war zu hören, als das weiche, hellbraune Leder an der Wand aufschlug. Ein angenehmer Laut. Er hätte hölzerner klingen dürfen, so dass er auch wirklich die Sicherheit gehabt hätte, dass ein paar Stifte zerbrochen waren. Aber immerhin war dies ein gelungener Anfang.

«Tu es nicht! Tu es nicht!! Tu es nicht!!!» Da war sie wieder, die schönste und sanfteste Stimme, die es für ihn auf der Erde gab. Nur dieses Mal hatte er es nicht verdient, sie zu hören. Geh weg! Das war nichts für sie. Das war seine Bestrafung, nicht ihre. Sie sollte verschwinden, damit er es vollenden konnte. Das Etui war nur der Anfang gewesen. War der nächste Schritt schon unbewusst vorausgeplant gewesen, bevor er sich zur Ausführung entschlossen hatte? War Zois Stimme nur eine Einbildung oder doch ein Schutzengel, der ihn davon abhalten wollte, sich weh zu tun?

Das stand nun gar nicht mehr zur Diskussion. Das einzige, was ihn nun zu beschäftigen hatte, war seine Bestrafung. Sie musste ausgeführt werden. Danach ginge es ihm besser. Auf die Sünde folgte die Sühne und am Ende die Vergebung.

«Nein, John, tu das nicht, das hast du nicht nötig, das bringt dich auch nicht weiter, ich vergebe dir auch so!» Das brauchte er nicht zu hören. Er hatte Zoi schon viel zu sehr beeinflusst. Sie wusste schon selbst nicht mehr, was für sie das Richtige war. Er würde diesen Weg weitergehen, so wie er für ihn vorbestimmt war.

«Nein, John, dass musst du nicht, du hast immer eine Wahl! Hörst du?! Hörst du mich?!» Zois Stimme ging in ein Schreien über. Ihre Stimme überschlug sich förmlich und dennoch war sie noch immer die sanfteste, die er sich vorstellen konnte. Zu sanft für ihn. Das hatte er nicht verdient. Er musste ein Ende bereiten, durfte die Stimme nicht noch mehr ausbeuten. Er hätte ihr so gerne nachgegeben, so gerne alles getan, was sie von ihm verlangte. Er war Zois Stimme wichtig. Er bedeutete ihr etwas. Wenn es doch nur ihre wahre Stimme gewesen wäre, nicht bloss ein Hirngespinst seinerseits. Er hätte ihr sofort willenlos gehorcht, hätte sich nur noch vom Klang ihrer Stimme leiten lassen, hätte nicht mehr hinterfragt, was nun richtig oder falsch war. Es wäre auch nicht darauf angekommen, ob sie nun recht gehabt hätte oder nicht. Zoi wäre bei ihm gewesen. Er wäre nicht mehr so allein in seinem Leben gewesen. Das war alles, was zählte.

«Hör, John, ich bin es, ich bin es! Ich bin kein Hirngespinst, das du dir ausgedacht hast. Ich bin nicht nur eine Stimme. Ich bin es, Zoi!» Nun überschlug sich seine Einbildungskraft richtiggehend. John konnte sich ein verächtliches Grinsen nicht verkneifen. Das war surreal. Sein Verstand zog alle Register, um dem Unausweichlichen zu entgehen. Doch dazu war es zu spät. Die Würfel waren gefallen. Es hatte sich schon zu stark in seinem Kopf festgesetzt. Er wusste, dass er da durch musste. Nur so konnte er sich vergeben. Gnade dafür gab es keine. Auf die Sühne folgte die Vergebung. Nur noch ein einziger Augenblick. Danach war es soweit.

Obwohl er wusste, was ihn erwartete, spürte John keine Angst, schon eher etwas wie Vorfreude. Langsam, wie ein Roboter, dessen Bewegungen schon vor der Handlung einprogrammiert worden waren, steuerte John auf die Wand zu. Auge um Auge. Zahn um Zahn. Das hatte er nun davon, dass er einem Engel zu nahe gekommen war. Hilfe brauchte er nicht. Er erlangte gleich seine Vergebung.

«Das musst du nicht!» Sie wollte einfach keine Ruhe

geben, diese Einbildung von Zois Stimme. Es war eine Schande, sie noch länger zu missbrauchen. John war der Wand so nah gerückt, dass er jede Struktur des Steins sehen konnte. Gleich würde sie auch auf seiner Stirn ersichtlich sein, ein komischer Gedanke. John lehnte sich so weit zurück, dass er seine Füsse gerade noch an der Wand stehen lassen konnte. Wenn er es schon tat, wollte er auch das bestmögliche Resultat erreichen. Jeder Muskel seines Körpers war angespannt und wartete auf den Aufprall. Noch einen Moment. Noch einen Augenblick. Ohne wirklich zu wissen, warum er es tat, zögerte John die Bestrafung heraus.

«Stopp! Stopp!! Stopp!!! Mach das bloss nicht, du zertrümmerst dir noch deinen Schädel!» Wie laut und deutlich nun Zois Stimme in seinen Ohren klang. Es war wirklich interessant, wie real eine Sinnestäuschung sein konnte. Leider hatte die Stimme etwas von ihrer Sanftheit eingebüsst. Aber darauf kam es jetzt auch nicht mehr an. Mit voller Wucht schlug John seine Stirn gegen die Wand. Augenblicklich fühlte er, wie etwas Warmes von seiner Stirn weg über die Wangen hinunterfloss. So fühlte sich Vergebung an. So fühlte sich Freiheit an. Von dem neuen Glücksgefühl überwältigt, liess sich John zu Boden sinken. Genauso hätte er einschlafen können.

«Oh mein Gott, was hast du nur getan, hast du noch alle Tassen im Schrank?!» Warum wollte Zois Stimme nicht verschwinden? Das war nicht geplant gewesen. Und warum hatte sie plötzlich ihre Sanftheit verloren? Das war überhaupt nicht mehr Zois Stimme. Augenblicklich stieg Panik in John auf. Wenn ihn jemand beobachtet hatte, wie er seinen Kopf gegen die Wand geschlagen hatte, konnte das fatal sein. Wer schlug denn schon seinen Kopf gegen eine Wand. Da musste sofort der Gedanke auftauchen, er könnte verrückt sein. Und wenn sich so etwas herumsprach? In seinem Alter hatten alle für Klatsch und Tratsch offene Ohren. Da musste nur ein kleines Gerücht in Umlauf gebracht werden, und schon war sein Ansehen ruiniert.

Langsam versuchte John, seine Augen wieder zu öffnen. Doch das war einfacher gesagt als getan, da das Blut über sein Gesicht rann. Ausserdem war nun das Glücksgefühl verschwunden. Es war verdrängt worden durch ein gewaltiges Brummen in seinem Schädel.

«Beweg dich nicht! Ich mache das weg!» John konnte noch immer nicht sehen, woher die Stimme kam, die auf ihn einredete, aber sie schien es gut mit ihm zu meinen. Sie kam ihm vertraut vor, aber er konnte das passende Gesicht nicht zuordnen.

«Es wird gleich ein bisschen brennen.» John zuckte zusammen. Seine Stirn fühlte sich an, als hätte sie Feuer gefangen. Jemand hatte etwas auf die Wunde gedrückt, um die Blutung zu stillen. John versuchte vergeblich ein Stöhnen zu unterdrücken.

«Das kommt davon, wenn man seinen Kopf gegen die Wand schlägt.» Die Bemerkung war gerechtfertigt, aber irgendetwas irritierte John. Irgendetwas passte nicht zu seiner Situation. Doch was war es?

Der Unterton. Die Bemerkung hatte trotz der abwegigen Situation keinen sarkastischen Unterton gehabt. Die Stimme war von Anfang an ernst geblieben und kein bisschen hämisch gewesen, obwohl sie allen Grund dazu gehabt hätte. Wer schlug schon seinen Kopf gegen eine Wand? Aber daran hatte die Person mit dieser Stimme gar nicht gedacht, sondern jedes Vorurteil abgelegt und ihm einfach nur geholfen. Wer tut so etwas, ist gleichzeitig so naiv und blind, jeden seiner Fehler zu übersehen? John fiel dazu nur eine einzige Person ein, die diese Bezeichnung verdient hätte. Ihren Namen kannte er nicht. Er musste sie bei Gelegenheit danach fragen. Sie kniete vor ihm und tupfte seine Stirn ab. John konnte jede ihrer Bewegungen förmlich fühlen, obwohl er seine Augen noch immer geschlossen hielt. Er hatte gar nicht mehr das Bedürfnis sie zu öffnen. Er fühlte sich wohl, wie er an der Wand lehnte und sie ihm das Blut von der Stirn tupfte, ihm mit jeder Regung ihres Körpers der Duft von Lavendel in die Nase strömte. Er konnte sich gehen lassen und musste sich um nichts mehr kümmern. Sie hatte sicher bemerkt, dass sein Hemd nicht war wie alle anderen Hemden, dass der Stoff weicher und zarter war. Aber selbst das war nicht von Bedeutung. Sie würde ihm nichts antun. Sie war ein unschuldiges Wesen, er fühlte sich in ihrer Nähe geborgen.

Normalität. Ich wusste gar nicht, wann genau sie wieder eingekehrt war, als ich am Abend auf meinem Bett sass. Wie immer, wenn ich etwas Ungewöhnliches erlebt hatte, dauerte es ein wenig, bis ich realisierte, was wirklich geschehen war. Ich war wieder in meinen vier Wänden. Ein Gefühl der Erleichterung. Sie sahen genauso aus wie an anderen Tagen. Das Bett war noch immer kuschelig weich und das Bild eines dreimastigen Segelschiffes, das dem Horizont entgegen segelte, hing noch immer an der Wand. Es erschien mir, als wäre alles nur ein böser Traum gewesen, aus dem man am Morgen erwachte und froh war, wieder in die Schule gehen zu dürfen, zurück in die Normalität. Doch zu meinem Schrecken konnte auch mein Radiowecker nicht dementieren, dass es Abend war, punkt 20.34 Uhr, und die Zeit der Alpträume erst noch kommen würde. Es war alles so surreal. Ich konnte mir nicht vorstellen, dass ich an diesem Tag meinen Kopf gegen eine Wand gerammt hatte und in den Armen eines jüngeren Mädchens, das ich gar nicht kannte, gelegen hatte. Unmöglich, aber es musste wohl so geschehen sein. Anders konnte ich mir das grosse Pflaster mitten auf meiner Stirn nicht erklären. Die Wunde darunter brannte noch immer ein bisschen, ein eindeutiger Beweis dafür, dass sie frisch war und ich mir den Kopf nicht irgendwo am Dienstag beim Sport angestossen hatte. Und dann war da noch ein Wort, eine Aneinanderreihung von Buchstaben, die für mich vor diesem Tag bedeutungslos gewesen und jetzt untrennbar mit den Erinnerungen vom Mittag verbunden war. Joy, ein wunderschöner Name. Aber dennoch wünschte ich mir, ich hätte ihn bei einer anderen Gelegenheit erfahren, das Treffen hätte nie stattgefunden. Was hatte ich nur getan. Ich hatte meinen Verstand verloren, die Kontrolle über meinen Körper abgegeben und mit einer imaginären Stimme kommuniziert. Wenn ich das alles Tom erzählen würde, würde er mich wahrscheinlich auslachen. Oder nein, das würde er bestimmt nicht tun nach

der Nummer, die ich am Montag geliefert hatte. Tom
kannte ihn nun auch schon, den unberechenbaren John.

«Ich war heute beim Direktor.»

«Wo warst du heute?» Tom starrte John verständnis-
los an. Er hatte keine Ahnung, was er ihm damit sagen
wollte.

«Ich war heute bei Direktor King, du weisst schon,
wegen dieser Sache im Geschichtsunterricht. Irgendjemand musste es ja mal tun, und so viele kommen dafür
nun wirklich nicht in Frage. »

«Kommen wofür in Frage?» Tom verlor langsam die
Geduld. Solche Ratespielchen konnte er nicht ertragen,
schon gar nicht nach dieser Woche. Sonst waren die Frei-
tags-Gespräche immer offen und unkompliziert, aber
dieses war mühsam und verklemmt.

«Jetzt mach aber nicht auf ahnungslos, du weisst doch
genauso gut wie ich, dass das mit deinem Vater so nicht
weitergehen kann.» Was war nur los mit John in dieser
Woche? Angefangen hatte es zwar schon am letzten Freitag, aber nun wurde es langsam zu einer psychischen Belastung. Zuerst hatte er ihn einfach nur versetzt oder war
zumindest zu spät gekommen wegen diesem Mädchen.
Dann hatte er ihm vor versammelter Mannschaft eine
runtergehauen. Natürlich hatte er ihn ein bisschen provoziert, weil er nicht auf ihn gewartet hatte. Aber ein
Schlag ins Gesicht ging als Vergeltung über das gesunde
Mass hinaus. Schwamm drüber, das hatten sie ja geklärt.
Aber was sollte nun das wirre Gerede von seinem Vater
und dem Direktor? Er hätte ihm genauso gut sagen kön-

nen, was er wissen musste, anstatt zusammenhanglose Sätze in den Raum zu stellen. «Also noch einmal von vorne. Ich habe keinen blassen Schimmer, was du mir sagen willst, aber wie es scheint, hat es etwas mit dem Direktor und dem Geschichtsunterricht meines Vaters zu tun.»

«Hörst du mir überhaupt einmal zu? Ich bin heute zum Direktor gegangen und habe ihm erklärt, dass dein Vater unter keinen Umständen so fortfahren darf.» John lehnte sich vor, als möchte er noch etwas anfügen, blieb aber trotzdem stumm.

«Wie fortfahren?» Es war nun wirklich mühsam, dass er John jedes Wort aus der Nase ziehen musste. Aber er wollte nachsichtig sein. Die Woche war für sie beide alles andere als einfach gewesen. Etwas Geduld konnte nicht schaden.

«Hast du eigentlich Tomaten auf den Augen oder willst du es bloss nicht sehen?! Dein Vater setzt dich pausenlos unter Druck, und du machst nicht wirklich den Eindruck, als könntest du dich dagegen wehren, wenn wir mal ehrlich sein wollen. Irgendjemand muss dich ja vor ihm schützen. Natürlich fördert er dich. Aber er beutet dich seelisch aus. Mach doch endlich mal die Augen auf.» Zur Bekräftigung seiner Worte schlug John seine Faust auf den Tisch. Dieser war weniger stabil, als er gedacht hatte. Bedrohlich wankten die Trinkgläser, blieben zum Glück aber stehen.

«Du willst mir allen Ernstes erzählen, mein Vater gefährde mein seelisches Wohlbefinden?» Tom konnte es nicht fassen, was John ihm gerade an den Kopf geworfen hatte. Das war der Gipfel. Zuerst schlug er ihn, und dann machte er sich auch noch über seinen Vater her. Ihm musste mal klar gezeigt werden, wo die Grenzen waren. Er würde ihn schon zur Vernunft bringen. «Wie wagst du es eigentlich, derart von meinem Vater zu sprechen? Er will nur das Beste für mich, aber das wüsstest du vielleicht, wenn du auch noch einen Vater hättest.» Schon bevor er den Satz beendet hatte, wusste Tom, dass er einen unverzeihlichen Fehler begangen hatte. John war keine Mimose und konnte vieles ertragen. Aber hier hatte er einen wunden Punkt getroffen, der nicht in dieses Gespräch gehörte. John entgegnete nichts. Er starrte ihn mit leerem Blick an, als wären seine Eltern gerade in diesem Augenblick gestorben.

«Entschuldigung, John. Das habe ich nicht so gemeint.» Er musste versuchen zu retten, was noch zu retten war. Aber John machte nicht den Eindruck, als hätte er seine Worte überhaupt gehört. Wie versteinert sass er auf seinem Stuhl und blickte durch ihn hindurch. «Scheisse, John. Das habe ich doch nicht so gemeint.» Tom packte die Angst. John reagierte nicht mehr auf seine Worte. Wie ein Roboter griff er nach den Armlehnen und zog sich aus dem Stuhl hoch. Die Kraft schien seinen Körper verlassen zu haben. John konnte sich kaum auf den Beinen halten. Ohne ein einziges Wort zu sagen, griff er nach seiner Jacke und wandte sich der Tür zu. «Warte, John, das können wir nicht so stehen lassen!» John drehte Tom noch einmal sein Gesicht zu. Sein Blick zeugte von Enttäuschung und Verachtung.

«Ich glaube, es ist alles gesagt.» Mit diesen Worten setzte John sich in Bewegung und verliess den Garten.

Montag, 26. September

«Falsche Freunde. Haben wir das nicht alle? Nicht einfach nur Freunde, die uns Böses zufügen wollen, sondern auch jene, die zu schwach sind, um uns zu helfen und sogar noch selbst Hilfe benötigen, von uns abhängig werden und uns Kraft entziehen. Auch Hitler hatte solche Freunde.» Christopher Wilson legte eine Kunstpause ein. Das hatte er sich gut ausgedacht, John White würde die Botschaft erhalten, während alle anderen davon gar nichts mitbekämen. Es war eine Frechheit, eine Zumutung, dass er es gewagt hatte, seine Kompetenzen als Vater und Lehrer in Frage zu stellen. Und dann nicht einmal ihm persönlich gegenüber. Zum Direktor war er gegangen, weil er den Mut nicht gehabt hatte, ihm ins Gesicht zu sagen, was er von ihm dachte. Feigling. Ein eierloser Feigling war er, aber er würde ihn schon noch lehren, was es hiess, sich mit Christopher Wilson über einen Vermittler anzulegen. Im direkten Gespräch hätte sich die Sache schnell erledigt. Er hätte ihn darauf hingewiesen, dass es nicht Johns Angelegenheit war, wie er seinen Sohn erzog und Geschichte unterrichtete. Aber wenn er sich verstecken wollte, ein Spiel vorzog, konnte er sein Spiel haben. Dem würde er nicht im Wege stehen. John White, der mit der weissen Weste, den konnte er sich in Zukunft abschminken, auch wenn er noch so gut im Geschichtsunterricht aufpasste. Dafür würde er mit seinem guten Draht zum Direktor sorgen. Wie naiv war dieser John White eigentlich, wenn er glaubte, er könnte gegen ihn eine Chance haben? Aber er würde es kurz und schmerzlos machen, ihm eine Lektion fürs Leben erteilen, so dass die nervige Sache am Schluss doch noch ihren didaktischen Zweck erreichte. «Aber dann gab es auch noch die andere Sorte falscher Freunde. Freunde, die einfach immer zur falschen Zeit am falschen Ort waren. So genannte Eigenbrötler, die ihre Verbündeten nicht darüber aufklärten, was sie im Begriff waren zu tun und so den Krieg gefährdeten. Können Sie sich vorstellen, wen ich damit meine?»

John konnte sich noch so gut vorstellen, wen Wilson damit meinte. Das hatte nichts mehr mit dem Zweiten Weltkrieg zu tun. Die Beschreibung war viel zu diffus, als dass von einem Land die Rede hätte sein können. Mr. Wilson benutzte den Zweiten Weltkrieg als Vorwand, um ihn zu beschimpfen und ihm klar zu machen, dass er sich nicht in seine Angelegenheiten einzumischen hatte. Aber so schnell würde er nicht locker lassen und Tom seinem Schicksal überlassen. Auch nicht nach allem, was ihm Tom am letzten Freitag an den Kopf geworfen hatte. So schnell liess sich ihre Freundschaft nicht bezwingen. Sie hatte schon seine Ohrfeige überlebt, also würde sie auch eine taktlose Bemerkung bewältigen. Natürlich hatte es zuerst bis ins Innerste geschmerzt. Da musste sich John nichts vormachen. Aber was geschehen war, war geschehen und liess sich nicht mehr ändern. Es ging jetzt darum, die Sache so gut wie möglich zu verarbeiten und so schnell es ging zu vergessen. Tom hatte ihm schon am Freitag nachgerufen, dass es ihm leid tat. Es war aber alles noch zu frisch gewesen und zu früh, um sogleich verzeihen zu können und so weiterzufahren, als wäre nie etwas geschehen. Aber nachdem er erst einmal darüber geschlafen und ein bisschen Abstand gewonnen hatte, erschien ihm die Beleidigung auch nicht mehr so gravierend, wie sie im ersten Moment auf ihn gewirkt hatte. Es war alles nur eine Frage der Zeit. Bestimmt drehte John seinen Kopf in Richtung Tom. Er wollte die Sache nun aus der Welt geschafft haben. Zwei Tage lang schmollen, ohne sich zu melden, reichte völlig dazu aus, Tom klar zu machen, wie sehr die Bemerkung ihn geschmerzt hatte. Tom schien es genau gleich zu ergehen. Jedenfalls trafen sich ihre Blicke, sobald sich John in seine Richtung gedreht hatte. Hatte er wohl schon lange so dagesessen? John war nicht sicher. Hatte er nach dem Vorfall am Freitag nur nicht zu aufdringlich sein wollen? Gut möglich. Das reichte vollends für Vergebung. Tom besass das nötige Taktgefühl, ihn nicht gerade mit entschuldigenden Reden zu überhäufen, sondern auf den Moment zu warten, wo er bereit war, ihm zu vergeben. «Es tut mir ja so leid.»

«Ist schon gut.» Sie hatten es sich just im gleichen Moment zugeflüstert. John konnte nicht anders als Tom anzugrinsen. «Hast du geglaubt, ich werde dir auf ewig böse sein?» Nun waren sie schon wieder die alten. Die ganze Aufregung war verflogen, und die Zeichen standen auf Neuanfang. «Möglich wäre es bei dir ja allemal.»

«Da hast du wohl recht.» John vergass für einen Augenblick Mr. Wilson, der vorne noch immer auf die Antwort auf seine Frage wartete.

«Mr. White ... falsche Freunde ... klingelt da bei Ihnen etwas?» John hätte sich ohrfeigen können. Nur einen Moment nicht aufgepasst und schon war er Wilson in die Falle gegangen. Das war genau das, worauf dieser gewartet hatte, dass er ein Gespräch mit Tom begann und Mr. Wilson ihn wieder explizit darauf hinweisen konnte, dass er ihn nicht als geeigneten Freund für seinen Sohn betrachtete. Raffiniert ausgedacht, aber er konnte die Anspielung auch einfach überhören. So musste Tom sich nicht auf die eine oder die andere Seite schlagen, denn er hatte – nach seinem gequälten Gesichtsausdruck zu schliessen – auch schon lange durchschaut, was hier gespielt wurde. «Der falsche Freund, den Sie zuerst erwähnt haben, müsste Mussolini als Führer Italiens gewesen sein. Er war zu schwach, um im Balkan kurzen Prozess zu machen. So war er auf Hitlers Hilfe angewiesen, was diesen möglicherweise entscheidend schwächte. Der falsche Freund, den Sie als Eigenbrötler betitelt haben, müsste wohl Japan mit seinem unerwarteten Angriff auf Pearl Harbour gewesen sein, was den Kriegseintritt der Vereinigten Staaten zur Folge hatte und Hitlers Untergang in absehbarer Zeit. Denn die beiden Grossmächte Vereinigte Staaten und Russland respektive die Sowjetunion gegen sich zu haben, war auch für Hitler zu viel. Aber in welcher Sparte Ihrer Liste falscher Freunde haben Sie Stalin vorgesehen? Es war ja schliesslich Hitler, der den Pakt mit Stalin brach, Russland angriff und sich in einen Zweifrontenkrieg hineinmanövrierte.» John lehnte sich nachdenklich zurück. Hatte er das Richtige getan oder nur einen schlafenden Drachen geweckt? Mr. Wilson hatte einen kleinen Fehler begangen, den er auszunutzen versucht hatte. Er war nicht mehr sachlich geblieben, hatte sich seine Wirklichkeit zusammengeschustert, wie er sie haben wollte, damit sie ins Bild seiner falschen Freunde passte. John versuchte Wilsons Augen zu finden. Zweifel am eigenen Handeln waren jetzt der falsche Ratgeber. Er hatte sich in die Offensive gewagt und musste nun seinen Mann stehen. Mr. Wilson war seinem Blick nicht ausgewichen. Böse funkelten ihn seine Augen an und versuchten ihn dazu zu zwingen, den Blick abzuwenden. Hätte sein Blick töten können, wäre John jetzt wohl tot umgefallen. Aber er war nicht tot. Er war noch nie lebendiger gewesen als jetzt. Unter Druck konnte er über sich hinauswachsen und wurde stärker. Und jetzt war der Zeitpunkt gekommen, wo er stark sein musste, nun war er im Kräftemessen drin, er würde den Blick nicht abwenden, bis es klingelte. Auszuweichen käme einer Unterwerfung gleich. Unterwerfen durfte er sich nicht. Alles wäre verloren, wofür er gekämpft hatte.

«Mr. Wilson? Entschuldigen Sie, aber geht es ihnen gut?» Diese dämliche Schlampe. Sonst meldete sich Jessica im Geschichtsunterricht ausser mit ihrem dummen Gekicher nie zu Wort. Ausgerechnet jetzt, wo er sich mit Mr. Wilson in einem entscheidenden Kräftemessen befand, musste sie alles kaputtmachen. Wilson konnte gar nicht anders, als sich Jessica zuzuwenden und ihn dabei aus den Augen zu verlieren.

«Klar geht es mir gut, was sollte denn nicht in Ordnung sein?» Christopher Wilson schenkte Jessica eines seiner strahlenden falschen Lächeln und hoffte sich damit aus der unbequemen Lage befreien zu können.

«Sie sind mir vorhin so abwesend erschienen, wie wenn Sie etwas belasten würde.» Gut gemacht, Jessica. John nahm das mit der dämlichen Schlampe wieder zurück. So dumm war sie gar nicht, das vergass er manchmal in Anbetracht der unschönen Gefühle, die er ihr gegenüber empfand. Wenigstens spielte sie ihm mit ihrer vorgetäuschten Besorgnis in die Hände. Sie war eindeutig ein berechnendes Biest. Was beabsichtigte sie, in dem sie Mr. Wilson verunsicherte? Oder war das gar nicht ihr Ziel? John ahnte, dass sich Jessica mit ihrer Besorgnis ins eigene Fleisch schnitt. Sie hatte Mr. Wilson bestimmt nur in den Arsch kriechen wollen, um sich als Frau, der er nicht besonders viel zutraute, eine bessere Ausgangslange bei den Prüfungen zu sichern. Aber dies war der falsche Moment gewesen. Wilson nahm sie nicht als umsichtig, sondern nur als weitere Belastung wahr, da konnte sie sagen, was sie wollte.

«Ich war wohl in Gedanken. Das kann gut sein. Ich habe nur über die Frage von Mr. White nachgedacht.» Wieder liess Wilson darauf ein zu herzliches Lächeln folgen, das John eindeutig zeigte, wer diese Runde gewonnen hatte. Mr. Wilson stand mit dem Rücken zur Wand und musste sich mit Jessica abmühen, während er gar nicht viel beizutragen brauchte. Wilson kam nicht dazu, eine befriedigende Antwort auf seine Frage zu liefern. Eins zu null für den Underdog, ein Moment, der Selbstvertrauen für die nächste Hürde gab. Aber über eines musste er sich im Klaren sein. Die Bombe war noch lange nicht entschärft, die Explosion nur auf einen anderen Tag verlegt worden. Um Tom endgültig aus den Klauen seines Vaters zu befreien, brauchte es mehr als nur eine gute Frage, da durfte er sich vom ersten Erfolg nicht gleich blenden lassen.

«Ich glaube, für heute habe ich Ihnen alles erzählt, was ich mir vorgenommen hatte. Es wird so oder so gleich klingeln.» Das war das erste Mal in Johns Schulzeit, dass Mr. Wilson sie früher gehen liess. Dieser verdammte Feigling. Er wollte ihm nur nicht noch einmal in die Augen blicken müssen. Stühle wurden zurückgezogen, und Rücken versperrten John die Sicht nach vorne zu Mr. Wilson. Auf diesen Moment schien dieser nur gewartet zu haben.

«Ach ja, Mr. White, bevor ich es vergesse ...» Christopher erhob seine Stimme so, dass ihn auch jene hören konnten, die schon Richtung Tür unterwegs waren. «Die richtige Antwort auf Ihre Frage ist, dass nicht Stalin der falsche Freund Hitlers war sondern umgekehrt. Das passt ins Schema des zweiten Typs, des falschen Freundes. Der Eigenbrötler, der plötzlich etwas Unerwartetes tut.» John wollte es gar nicht hören. Er wusste, dass Wilson diese Antwort soeben erfunden hatte.

Ich bin der Grösste! Ich bin der Stärkste! Ich bin der Einzigartigste! Wie ein Gorilla baute ich mich vor dem Spiegel in der Herrentoilette auf. Natürlich wusste ich, dass nichts davon tatsächlich wahr war, aber das war mir so etwas von scheissegal. In diesem Moment war ich der Grösste, der Stärkste, der Einzigartigste, schlicht und einfach der Beste. Nichts auf der Welt hätte mich von etwas anderem überzeugen können. Ich hatte es geschafft! Ich hatte getan, was ich mir selbst niemals zugetraut hätte. Und es war nicht in die Hose gegangen. Ich war nicht der jämmerliche ungeliebte Waschlappen, für den ich mich gehalten hatte. Respektiert wurde ich zwar dafür nicht von allen, aber wenigstens hatte ich nun Achtung vor mir selbst. Ohne allzu viel darüber nachzudenken, riss ich mir das T-Shirt vom Leib und schwang es über meinem Kopf. Ich war der Grösste, der Stärkste, der Einzigartigste, und ich sah nicht einmal so schlecht aus im Spiegel mit meinem nackten Oberkörper. Es konnte noch so mancher behaupten, dass ich viel zu mager, viel zu wenig kräftig war, um ein richtiger Mann zu sein. Ich hatte mir das Gegenteil bewiesen. Am liebsten wäre ich aufgesprungen, hätte wie die Bodybuilder an den Titelkämpfen meine Bizepse angespannt und einen gurgelnden Urschrei ausgestossen. Weil aber auch alle anderen im Schulhaus Pause hatten und jeden Moment zur Tür hereinspazieren konnten, beschränkte ich mich darauf, aufzuspringen und in Bodybuildermanier zu posieren. Ich konnte es immer noch nicht fassen, dass es wirklich geklappt hatte, dass sich alle meine Befürchtungen als pure Zeitverschwendung erwiesen hatten. Ich musste mich noch einmal vergewissern. Mit zitternder Hand zog ich mein I-Phone aus meiner Hosentasche. Menu. Nachrichten. Posteingang. Es war wirklich da. Es existierte. Zoi Swan hatte mir zurückgeschrie-

*ben. Sie hatte zugesagt, sich entschuldigt, dass es so
lange gedauert hatte und angefügt, sie würde sich sehr
darauf freuen. Und am Ende stand nicht so eine verdammte Floskel, bei der man nie wusste, wie lange man
zu warten hatte. Kein «bis bald» oder ein «Wir sehen
uns», das noch schlimmer war als gar kein Gruss. Sondern klipp und klar «Bis heute Abend» und «ein ganz
lieber Gruss von Zoi». Es hatte sich gelohnt, das endlose Warten übers Wochenende und die nervenzerrende
Ungewissheit, ob ich nicht noch einen weiteren Fehler
begangen hatte. Am liebsten hätte ich ihr jeden Tag eine
neue SMS geschickt oder sie angerufen, aber das wäre
natürlich zu aufdringlich gewesen. Ich hatte gar keine
andere Wahl gehabt, als das Warten zu ertragen und
den Rest dem Schicksal zu überlassen. Aber glücklicherweise war dieses mir gut gesinnt. Dessen war ich mir
jetzt bewusst. Was immer mich in meinem Leben noch
erwarten würde, ich hatte die erste Probe bestanden!*

Blau. John war fast ein wenig enttäuscht. Warum hatte
es blau sein müssen? Es hätte so viele andere lebhaftere
Farben geben, die besser zu ihr gepasst hätten. Ein Oran-
ge, ein rebellisches Grün oder ein Feuerrot wie bei den
ersten zwei Begegnungen. Eine Farbe, die Selbstvertrau-
en brauchte, die Präsenz markierte und Lebensfreude
zelebrierte. Natürlich betonte das Blau ihre ruhige und
verantwortungsbewusste Seite, aber trotzdem wäre John
eine Farbe, die zu ihrer kindlichen und unbeschwerten
Seite passte, lieber gewesen. Wenn es noch ein leuchten-
des und kraftvolles Blau gewesen wäre, hätte sich darü-

ber diskutieren lassen. Aber dieses matte, trübe, ältliche Blau hätte genauso gut seine Grossmutter tragen können. Seine Grossmutter. Warum zum Teufel beschäftigte er sich mit seiner Grossmutter? Hey, hallo, Zoi stand vor ihm, warum um alles in der Welt konnte er nicht einfach den Moment geniessen und Farben Farben sein lassen. Zoi hätte auch im grässlichsten Sportshirt der Welt alle noch so gut gekleideten Mädchen wie Neandertaler aussehen lassen. Sie war einfach nicht von dieser Welt. John ermahnte sich, Zoi nicht schon wieder mit einem Engel zu vergleichen. Mit einem Engel konnte man schliesslich nicht laufen gehen, doch genau das hatte er im Moment vor.

«Wollen wir?» John gefiel sich in seiner Rolle. Er hatte etwas dazu gelernt, seinen Blick von Zoi losreissen zu können und die Initiative zu ergreifen. So entstand keine peinliche Situation wie beim letzten Mal, als er sich erst nach ihrem Hinweis wieder daran erinnert hatte, warum er eigentlich gekommen war. Eins zu null für die Selbstkontrolle. Jetzt kannte er also schon die erste Grundregel im Umgang mit Zoi. Sie einfach nicht zu lange am Stück anstarren, sonst verlor er hoffnungslos den Verstand.

«Wenn du meinst.» John irritierte Zois Antwort. Er hatte die Frage nicht wirklich ernsthaft gestellt und auch nichts anderes als ein beschwingtes «Na klar» erwartet. Was sollte er aber von dieser Bemerkung halten: *Wenn du meinst*. Normalerweise hätte er sie als Ironie aufgefasst. Nur hatte in Zois Stimme nicht die leiseste Spur von Ironie mitgeschwungen. Sie hatte es in einem Ernst gesagt, der keinen Zweifel darüber liess, dass sie es genauso gemeint hatte, wie sie es gesagt hatte. Wenn er meinte. Genauso und nicht anders. Es war an ihm zu entscheiden, ob sie nun laufen gingen oder nicht. John fühlte sich hin und her gerissen. Zum einen gab es einen kleinen Teufel in seinem Kopf, der ihm einreden wollte, er solle den schalen Beigeschmack des Untertons vergessen und so tun, als wäre er ein normaler Mensch, ohne viel Feingefühl, was das Befinden anderer Menschen anging. Zum anderen meldete sich sein Gewissen, das ihm weismachen wollte, dass er das Treffen mit Zoi so oder so nicht geniessen könnte, wenn er nicht wüsste, was ihr genau fehlte. Und dann gab es noch eine dritte unbarmherzige Stimme, die einfach nur sofort eine Entscheidung wollte, weil es zum Fragen auch irgendwann zu spät war, dann nämlich, wenn sich Zoi von selbst in Bewegung setzte. Das wiederum hätte kein gutes Licht auf sein Feingefühl für Frauen geworfen. John fühlte sich nicht wohl in seiner Haut. Was sollte er tun? Eigentlich wusste er genau, was er tun musste. Alles andere wäre purer Egoismus, den er sich im Nachhinein nicht mehr hätte verzeihen können. Aber dennoch schmerzte die Entscheidung, das Treffen möglicherweise zu beenden, bevor es wirklich begonnen hatte. «Bist du nicht mehr sicher, ob du wirklich laufen gehen möchtest?» John fiel ein schwerer Stein vom Herzen. Endlich war es draussen, er hatte es gesagt, nun lag es nicht mehr in seinen Händen. Zoi lächelte ihn gequält an und schüttelte langsam den Kopf. «Ich möchte schon, aber ...» Unerwartet schwankte sie, als würde sie den Boden unter den Füssen verlieren. John machte blitzschnell einen Schritt auf sie zu und wollte sie auffangen. Doch es war gar nicht nötig. Zoi fing sich wieder und hielt sich auf ihren Beinen. Im ersten Moment verspürte John ein wenig Enttäuschung darüber, dass er nicht hatte einschreiten müssen. Sie wäre ihm direkt in die Arme gefallen und er hätte sie aufgefangen. Er wäre der Retter gewesen, der sich liebevoll um sie gekümmert hätte. Was sollte nun wieder dieser abstruse Gedanke? John besann sich eines Besseren. Er konnte doch nicht wirklich auf Zois Kosten den Retter spielen wollen. Dafür hätte er seinen Kopf eigentlich noch einmal gegen eine Wand stossen müssen. Was fehlte Zoi? «Geht es dir gut? Oder ist irgendetwas nicht in Ordnung?» John hatte noch nicht einmal wieder den Mund geschlossen, als ihm bewusst wurde, wie dämlich seine Worte in Zois Ohren klingen mussten. Natürlich war etwas nicht in Ordnung, sonst hätte sie nicht geschwankt.

Zoi bemerkte die Sinnlosigkeit von Johns Frage nicht. «Ich denke schon, mir ist nur ...» Zoi hielt mitten im Satz inne und griff sich mit der Hand an den Kopf. Ungläubig runzelte sie die Stirn. «Ich weiss auch nicht, was los ist, Fieber habe ich auf jeden Fall nicht, aber ...» Wieder schwankte Zoi bedrohlich, fing sich aber sogleich wieder. Gequält versuchte sie zu lächeln. «Mir ist trotzdem irgendwie schwindlig, aber das wird schon wieder.» Zois gezwungener Optimismus entging John nicht. Er wollte ihn nicht überhören. Es hatte keinen Wert, dass sie irgendetwas zu erzwingen versuchte. Niemals im Leben hätte er zugelassen, dass sie wegen irgendjemandem Schmerzen zu erleiden hatte. Schon gar nicht wegen ihm.

«Ich glaube, du solltest dich hinlegen oder dich zumindest setzen. So wird es bestimmt nicht besser.» John fühlte sich befreit. Er hatte das Richtige getan. Er fühlte es in jeder Faser seines Körpers. Der kleine Teufel in seinem Kopf hatte eine deutliche Niederlage gegen sein Gewissen, den unfehlbaren Engel, erlitten.

«Wahrscheinlich hast du recht.» Zoi zeigte sich erleichtert und dankbar dafür, dass er sich durch ihre gespielte Heiterkeit nicht täuschen liess und im Zeichen der Vernunft entschieden hatte. John sah es an ihrem Gesichtsausdruck. Da war kein Glücksgefühl, keine Freude. Einfach nur Erleichterung und ein Anflug von Enttäuschung darüber, dass ihr der Körper einen Strich durch die Rechnung gezogen hatte. Sie hatte wirklich mit ihm laufen wollen. John fühlte sich erleichtert. Es war nicht bloss eine Verabredung gewesen, die nun wegen der Unfähigkeit, Nein sagen zu können, platzte. Es war nicht seine Schuld, dass es jetzt nicht klappte. Ihr Körper machte es Zoi schlicht und einfach unmöglich, mit ihm zu laufen. Sie machte nicht den Eindruck, als könnte sie es ohne Hilfe zurück in ihr Haus schaffen. «Geht es oder soll ich dir helfen?» John wusste nicht so recht, wie er mit der Situation umgehen sollte. Die Frage war eindeutig eine rhetorische. Eigentlich hätte er Zoi sofort stützen müssen, bevor sie noch ganz zusammenklappte. Aber wie hätte sie darauf reagiert? So wie alle Mädchen reagierten, die man ohne zu fragen berührte? Das konnte John sich nicht vorstellen. Aber dennoch war da das Gefühl, dass es ihr unangenehm hätte sein können. Die Entscheidung wurde ihm abgenommen. Zoi schwankte schon wieder. Nun konnte er nicht mehr warten. Ohne ihn würde ihr zierlicher Körper gleich auf dem Asphalt aufschlagen und Schürfwunden, wenn nicht noch schlimmere Verletzungen davon tragen. Mach schon! Mach schon!! Mach schon!!! John hätte nur zu gerne gewartet, bis Zoi ihm die Erlaubnis zu helfen gab, bevor er einschritt. Aber dazu fehlte die Zeit. Sie konnte jeden Moment zusammenbrechen. Dieses Risiko konnte er unmöglich auf sich nehmen. Ohne noch länger zu zögern, griff er ihr unter den Arm, so dass sie sich auf seiner Schulter aufstützen konnte. «Nicht nötig, es geht. Es geht schon.» John spürte, wie Zoi noch versuchte, ihm instinktiv auszuweichen, sich aber doch widerstandslos stützen liess. «Alles wird gut. Alles wird gut.» John wusste nicht, warum er diesen Blödsinn überhaupt sagte, eigentlich war im Moment gar nichts in Ordnung, und nichts deutete nur annähernd daraufhin, dass sich in Kürze etwas änderte. «Alles wird gut», das war wieder nur eine Floskel, wie sie in Filmen verwendet wurde, um Naivlingen die heile Welt vorzuspielen. Wem spielte er hier eigentlich etwas vor? Zoi fühlte bestimmt, wie schlecht es ihr ging, und Geborgenheit konnte er mit so einem Spruch nicht wirklich vermitteln. Wollte er nur sich selbst einreden, dass alles gut enden würde?

John packte die Angst. Er spürte, wie ihm die Situation entglitt. Langsam, aber noch immer schnell genug, so dass er nicht dazu kam, darauf zu reagieren. Alles wird gut. Nur immer schön daran glauben. Er fühlte Zoi an seinem Körper, eigentlich hätte dies der schönste Moment in seinem Leben sein müssen, nur fühlte es sich nicht warm an wie Geborgenheit, sondern kalt wie Einsamkeit. Warum fühlte sich Zois Körper kalt an? Sie hatte zuvor ganz anders auf ihn gewirkt. Warm wie ihr feuerrotes Sportshirt. Nun war das Shirt blau, eine kühle Farbe, aber diese konnte doch nicht Einfluss auf ihre Körpertemperatur haben? Es war schlicht weg unmöglich. John berührte nirgends ihre nackte Haut, aber dennoch drang die Kälte durch die Kleider an seinen Körper. War es bloss Einbildung? Spielten ihm seine Sinne einen bitterbösen Streich, und er musste sich nur vom Gegenteil überzeugen? John machte mit seinem Arm eine kleine Bewegung, so dass seine Hand die von Zoi streifte. Kalt, sie fühlte sich eiskalt an im Vergleich zu seinen Fingern. Eindeutig keine Einbildung. Aber was hatte das nur zu bedeuten: Schwindel und eine tiefe Körpertemperatur? Es konnte nicht etwas Allmonatliches wie die Menstruation sein. Das hätte Zoi gewusst. Schwindel und eine tiefe Körpertemperatur. Schwindel und eine tiefe Körpertemperatur. Die Menstruation war es nicht. Die Menstruation war es nicht. Johns Gedanken begannen sich im Kreis zu drehen. Sein logisches Denkvermögen liess nach. Ruhig! Ruhig! Ruhig! Es gab für alles eine logische Lösung, eine Erklärung. Denk nach, John. Er durfte sich jetzt nicht treiben lassen und seine Nerven verlieren. Johns Hände zitterten. Obwohl sich Zois Körper eben noch so leicht auf seiner Schulter angefühlt hatte, schien er ihn jetzt zu erdrücken. Am liebsten hätte John aufgeschrien und die ganze Last von sich gestossen. Aber er durfte sie nicht einfach von sich stossen, sie ihrem Schicksal überlassen. Zoi war sein Leben.

«Ist mit dir alles in Ordnung?» Zoi blickte ihn besorgt aus ihren tiefbraunen Augen an. Sie hatte sich, ohne dass er es bemerkt hatte, von ihm gelöst und stand wieder sicher auf ihren Beinen. «Alles in Ordnung?» John starrte Zoi entgeistert an. Wie konnte sie bloss so etwas fragen? Sie war diejenige, um die man sich kümmern musste, ihm ging es bestens. «Klar ist bei mir alles in Ordnung, aber was ist mit dir?» John hätte die Entrüstung in seiner Stimme gerne unterdrückt. Aber er war viel zu aufgebracht über ihre unnötige Besorgnis. Wie konnte sie sich in dieser Situation noch um ihn sorgen? Doch John gelang es nicht, seine Empörung über Zois selbstlose Fürsorglichkeit lange aufrecht zu erhalten. Er brauchte nur wieder in ihr Gesicht zu blicken, und schon verschwand der Unmut in seinem Herzen. Alles fühlte sich so leicht und einfach an, als ob sein Leben ein einziges grosses Puzzle gewesen wäre, in dem jedes Teilchen passte.

«Mit mir ist wirklich alles in Ordnung.» Zoi blickte John genervt an. Auch sie mochte es nicht leiden, dass sich jemand um sie sorgte. John brauchte eine Weile, bis ihm bewusst wurde, wovon sie überhaupt sprach. Er hatte völlig vergessen, dass noch eine offene Frage im Raum gestanden hatte, so sehr hatte Zois Anblick seine Gefühle wieder durcheinander geworfen. Da war zuerst Entrüstung gewesen, die sich bald in Schwerelosigkeit gewandelt hatte. Die Folge war ein Gefühl von Geborgenheit, das sich wiederum von der Angst um Zoi hatte verdrängen lassen. Der Gedanke, jemand könnte ihre Träume zerstören, hatte Wut in ihm ausgelöst. Doch was war das letzte gewesen? Ein Gefühl, das stärker als alles andere war. Eine endgültige Lösung aller Probleme, aber keine Lösung an sich. Vielmehr ein Weg, mit Problemen zu leben. Belanglos war alles, abgesehen von Zoi. John wurde auf einen Schlag bewusst, um was für ein Gefühl es sich handelte. Es war nicht irgendein Gefühl. Es war das Gefühl der Gefühle, etwas Dauerhaftes, die Erklärung für seine ständige Rastlosigkeit. Er hatte keine Angst davor, er hatte es nur noch nie empfunden. Das war der Grund für den Respekt, den er vor dem Wort besass. Er kannte den Gehalt noch nicht, obwohl er den Wortlaut bestens kannte. Fünf Buchstaben, die er sonst so selbstverständlich verwendete: John empfand Liebe.

Liebe, ich hatte sie mir so anders vorgestellt. So, wie sie alle beschrieben, die sie schon einmal empfunden hatten: Schmetterlinge im Bauch, die mir ein Gefühl von Leichtigkeit und Schwerelosigkeit geben würden. Einen höheren Sinn im Leben, der alle meine Probleme belanglos erscheinen liesse und mir Zufriedenheit mit mir selbst geben würde. Ein Gefühl von Geborgenheit, das meine Einsamkeit verdrängen würde. Das hätte meiner Meinung nach Liebe sein müssen. Eigentlich hatte es sich dann auch genau so angefühlt, als ich mit Zoi vor ihrem Haus gestanden und ihretwegen entschieden hatte, auf das Laufen zu verzichten. Ich war sicher gewesen, richtig zu entscheiden. Ich hatte mich gefreut, mit meinen Gefühlen im Reinen zu sein und die Kontrolle darüber zu haben. Niemand hätte zu diesem Zeitpunkt Zweifel in mir über die Richtigkeit meiner Entscheidung aufkommen lassen können.

Die Gewissheit, richtig gehandelt zu haben, hatte ich auch jetzt noch, mit wenigen Stunden Abstand und einer weichen Matratze unter meinem Rücken. Nur fühlte ich mich plötzlich nicht mehr als Herr meiner Lage. Ich wusste auch nicht, woher das belastende Gefühl gekommen war, dass nicht alles in meinen Händen lag. Ich fühlte mich in keiner Weise mehr schwerelos. Vielmehr hatte ich das Gefühl, von der Ungewissheit erdrückt zu werden, was der nächste Tag bringen würde. Wer konnte mir versichern, dass Zoi für mich genauso empfand wie ich für sie und wir für so etwas wie eine richtige Beziehung überhaupt bereit waren? Eine Beziehung. Ich hatte doch nie wirklich eine Beziehung zu einem Mädchen gewollt. Ich hatte gedacht, wenn für mich die richtige Zeit käme, könnte ich entscheiden, ob ich mich verlieben möchte oder nicht. Die Liebe aber spielte mit mir, und ich hatte gar keine andere Wahl, als ihrem Willen zu folgen. Sie war viel mächtiger, als ich sie mir vorgestellt hatte. Sie gab mir alles, solange ich mit Zoi zusammen war, und nahm mir mehr, sobald ich wieder von ihr getrennt war. Eine Droge, nur dass ich nicht selbst entscheiden durfte, ob ich sie nehmen wollte. Ich jedoch wollte meinen Lebensweg selbst bestimmen und verhindern, dass mit mir gespielt wurde.

«Genügend!» Brian stand von seinem Stuhl auf und schlug sich mit der Faust auf die Brust, so dass ihn jeder sehen konnte. Anerkennung heischend blickte er in die Klasse. Das Gefühl, dass alle um ihn herum sassen und er über ihnen stand, gefiel ihm. Zu seinen Füssen. Das war der Ort, wo sie zu sein hatten. Brian sog so viel Luft ein, wie aufs Mal in seine Lunge passte. Es fühlte sich gut an. Die volle Lunge, die angespannte Brust, die Macht, die er auf seine Mitmenschen ausübte. Mitmenschen, ein völlig wirrer Begriff. Brian kannte die ganze Palette von Sprüchen über das gemeinsame Leben in gegenseitigem Respekt. Aber keiner verkündete ihm eine brauchbare Moral. Es gab weder Mitmenschen noch das Leben auf gleicher Augenhöhe. Hierarchie war gegeben. Jeder musste wissen, wo er sich einzugliedern hatte. Er wusste es. Zuoberst. Nicht im hässlichen Pulk des Fussvolkes, das weder das Geld noch den Stand besass, um mit ihm auf einer Ebene stehen zu dürfen. Nicht im Pulk seiner Klassenkameraden. Nicht am gleichen Ort wie Jack. Verächtlich blickte Brian auf Jack hinunter, der ihm als Erster zu seiner genügenden Mathematikprüfung gratuliert hatte. Nichtsnutziger Jammerlappen. Bald hatte er keine Verwendung mehr für ihn. Bald würde eine intelligentere Marionette die Rolle an seiner Seite übernehmen. Eine, die fürs Fussvolk zu wertvoll war, aber den Machtkampf gegen ihn verloren hatte. Zuerst John, danach Tom. Schritt für Schritt, einer nach dem anderen. John war der Schlüssel zu Tom. Und für diesen war nicht einmal ein Schlüssel nötig. Schon allein dieser Moment würde genügen, um ihn in eine Lage zu bringen, aus der es kein Entkommen gab. John könnte nichts dagegen tun. Dieses Mal nicht, dazu war der Plan viel zu ausgereift.

John hätte sich das spöttische Grinsen gerne verkniffen, das sein Blick auf Brian auslöste, aber er konnte nicht anders. Zum Glück sass Brian vor ihm und drehte ihm den Rücken zu, so dass er das Grinsen nicht sehen konnte. Er durfte ihm keine Angriffsfläche bieten. Brian wartete nur auf die nächste Gelegenheit, um ihn zu verteufeln, ihm seinen Platz an Toms Seite streitig zu machen. Nicht etwa, dass er sich durch Brians Intrigen bedroht gefühlt hätte. Aber den Fehler, an zwei Fronten zugleich zu kämpfen, hatten schon genug Leute vor ihm gemacht. Er musste ihn nicht auch noch wiederholen.

«Genügend!» Brian wiederholte das Wort. John wusste schon, bevor Brian sich dem hinteren Teil der Klasse zuwandte, dass dessen Aufmerksamkeit nun ihm gelten würde. Er tat es jedes Mal. Er stellte ihn auf die Probe, blickte ihm geradewegs in die Augen. Beherrsch dich! John rang mit sich. Er durfte Brian nicht zeigen, was dieser sehen wollte. Er durfte nicht lachen. Dann hätte Brian genau das erreicht, was er haben wollte. Dann wäre er, John, das arrogante Arschloch, das jeden verspottete, der keine Bestnote schrieb. Er musste versuchen, gleichgültig zu wirken, ohne Brian als Person zu ignorieren. Das hätte dann wiederum schon fast den Anschein erweckt, dass er nur noch Menschen seines Blickes würdigte, die ebenso gute Noten schrieben wie er. Aber er war nicht ein solcher Typ. Er wollte nicht in diese Schublade gedrängt werden. Gute Noten waren bei ihm nun eben vorhanden. Aber das war kein Charakterfehler, für den er sich hätte schämen müssen. John richtete sich auf und fühlte sich bereit, Brians Sticheleien keine Nahrung zu geben.

«Na John, zufrieden mit deiner Prüfung?» John fühlte sich angewidert durch die schamlose, plumpe Art, wie

Brian versuchte, ihn aus seinen Reserven zu locken. Eine Frage, die eigentlich gar keine war. Er hätte gar nicht mehr Punkte erzielen können, und das wusste Brian so gut wie er. Und dann noch in halblautem Ton. Genauso, dass die anderen glaubten, Brian würde mit ihm etwas Vertrauliches bereden, aber trotzdem in einer Lautstärke, dass jedes Wort mitgehört werden konnte. Es war nur noch eine Frage der Zeit, bis Mr. Wykes diesem Treiben ein Ende setzte. Mit Sicherheit konnte John dies aber nicht behaupten, weil Brian ihm die Sicht nach vorne versperrte. «Ich bin zufrieden, so wie es ist.» John versuchte, Brian eine ehrliche Antwort zu geben, ohne zu viel preiszugeben, was Brian gegen ihn hätte verwenden können.

«Nur zufrieden, oder vielleicht ein bisschen mehr?» John hörte, wie Jack in der Reihe vor ihm ein grunzendes Geräusch von sich gab, das fast wie ein unterdrücktes Lachen klang. Halbstarker Affe, was der schon wieder alles komisch fand. Brian brauchte nur den Mund aufzumachen, und schon grölte Jack los, wie wenn es der beste Witz der Welt gewesen wäre. Ihn zu beachten war Zeitverschwendung. «Was willst du eigentlich von mir, Brian?» John wollte dem Theater ein Ende bereiten. Es machte keinen Sinn, dass er Brian etwas vorspielte, der ihm zugewandt wilde Grimassen schnitt.

«Nichts, nichts. Ich wollte mich nur mit dir über ein gutes Ergebnis freuen, zumindest war ich heute auch genügend.» Wieder schnitt Brian nach seinen sorgfältig betonten Worten, wobei er das «Genügend» deutlich hervorgehoben hatte, eine Grimasse. Er will dich nur zum

Lachen bringen. Der Gedanke schrillte wie eine Alarmglocke in Johns Kopf. Obwohl die Aktion reichlich kindisch war, hatte John Mühe, sich wegen der Grimasse nichts anmerken zu lassen. «Lass das sein. Das ist kindisch.» John hatte instinktiv das Gefühl, einen Fehler gemacht zu haben, er hätte mitspielen müssen, aber er wusste nicht wieso.

«Was soll das jetzt schon wieder! Ich freue mich über eine genügende Note, und du nennst das kindisch?» John starrte Brian entgeistert an. Das war die Falle, die er nicht gesehen hatte. Aber auf diesem Niveau hätte er auch niemals gesucht. «Lüg nicht, du gottverdammtes Arschloch! Du weisst genau, dass ich das nicht so gesagt habe, und jetzt hör schon auf, deine dämlichen Grimassen zu schneiden!» John konnte sich hinterher nicht erklären, wie er sich so aus der Ruhe hatte bringen lassen, aber um es zu ändern, war es nun ohnehin zu spät. Er hatte gesagt, was er gesagt hatte und in einer Lautstärke, dass ihn jeder im Raum gehört hatte. Nun war er der Böse. Nun war er das arrogante Feindbild, das er nie hatte sein wollen. Alle starrten ihn an, selbst Mr. Wykes benötigte einige Sekunden, um zu verarbeiten, was gerade geschehen war. Der absolute Musterschüler. Wie lange hatte John als das gegolten? Wie lange hatte er damit gehadert? Wie lange hatte er gegen das Image gekämpft? Und jetzt, wo er sich endlich daran gewöhnt hatte, zerstörte Brian innert Sekunden seinen ganzen Schutzschild, seine ausgeklügelt aufgebaute Identität. Hilfesuchend blickte John um sich. War da niemand, der ihm glaubte, der ihm aus der Patsche hätte helfen können?

«Mr. White, in diesem Ton möchte ich Sie nie mehr sprechen hören. Verlassen Sie bitte sofort meinen Unterricht.» Es war ein Film. Das konnte ihm doch nicht wirklich passieren. Er war noch nie aus dem Unterricht gewiesen worden. Mr. Wykes hatte ihn bis anhin immer so gemocht. «Ich aber …»

«Ich will jetzt gar nichts mehr hören. Kommen Sie zurück, wenn Sie Ihren Anstand wieder gefunden haben. Sie haben Glück, wenn ich den Vorfall nicht dem Klassenlehrer melde.» Was ging hier vor sich? Was war mit ihm los? Mr. Wykes war nicht mehr der, der er einmal gewesen war. Er, John, war nicht mehr der, der er einmal gewesen war. Er konnte sich beherrschen. Er verlor nicht seine Fassung. Was zum Teufel ging hier vor? Es war wie ein Albtraum, aus dem es kein Erwachen gab. Er schloss die Augen, aber dennoch lief die Zeit weiter. Am liebsten hätte sich John auf der Stelle in Luft aufgelöst, wäre für immer verschwunden und nie mehr an diesen Platz zurückgekehrt. Der Vorhang musste fallen. Nun war der Zeitpunkt gekommen zu sagen, wo die Kameras versteckt waren. Irgendwann hatte jeder Spass sein Ende.

«Muss ich Sie nun noch ein drittes Mal auffordern, den Raum zu verlassen?» John hörte Mr. Wykes Stimme nun gar nicht mehr richtig. Sie war verzerrt, nur noch ein leises Zischen, das sich unangenehm nah an seinem Ohr befand.

«John! John! Das ist nicht der Weltuntergang.» Was hatte das zu bedeuten? Was wollte Mr. Wykes von ihm? Was erzählte er da vom Weltuntergang? Das ergab überhaupt keinen Sinn.

«John! John! Steh einfach auf! Lass dir nichts anmerken! Geh aus dem Zimmer! Tu so, als wär es dir egal!» Das Zischen wurde lauter, deutlicher, unangenehmer. John fühlte bei jedem Wort einen Lufthauch, der sein Ohr traf. Er war warm und feucht, viel zu aufdringlich. John hätte sich gerne davon entfernt. Er versuchte seinen Kopf zur Seite wegzudrehen. Aber das machte die Situation nicht wirklich besser. Dann war nur sein Hals dem unangenehm feuchten Lufthauch ausgesetzt. Er musste seinen ganzen Körper davon entfernen. Aber der war eingeklemmt zwischen Tisch und Stuhl. Er konnte sich nicht bewegen.

«John! John! Jetzt hör mir doch mal zu. Ich will dir nichts zu leide tun. Ich bin es. Tom.» John fühlte plötzlich einen dumpfen Schmerz an seinem Handgelenk, als ob es jemand in einen Schraubstock eingespannt hätte. Der Schmerz wurde stärker und beissender. John hätte am liebsten laut aufgeschrienen, aber er unterdrückte den Schmerz.

«John! Jetzt hör mir gottverdammt noch mal zu! Oder muss ich zuerst deinen Arm in Brei verwandeln?!» John hörte nun das erste Mal richtig hin. Er wurde durch den Schmerz gezwungen, still zu halten, aber auch wieder in die Realität geholt. Einatmen. Ausatmen. Einatmen. Ausatmen. Alles nahm wieder seine alten Formen an. Es war gar nicht Mr. Wykes, der zu ihm sprach. Er selbst sass noch immer auf seinem Stuhl, und Mr. Wykes stand dort, wo ein Lehrer zu stehen hatte, vorne bei der Tafel. John liess seinen Blick durchs Klassenzimmer wandern, um einen Überblick über die ganze Lage zu erhaschen.

Alles ergab nun einen Sinn. Die Worte, das Zischen. Tom hatte sich zu ihm hinübergebeugt. Sein Mund befand sich nun unmittelbar neben seinem Kopf und flüsterte beruhigend auf ihn ein.

«John! Na endlich nimmst du mich mal wahr.» Mit Toms Worten verschwand auch der Schmerz an seinem Handgelenk. Einzig der daumengrosse rote Fleck und die Kerbe, die der Fingernagel hinterlassen hatte, erinnerten daran, dass Tom ihm mit aller Kraft seinen Daumen ins Handgelenk gebohrt hatte.

«Mr. Wykes, bei allem Respekt. John wurde provoziert.» John traute seinen Ohren nicht. Das konnte doch nicht wirklich möglich sein. Er drehte sich zu Tom. Seine Lippen bewegten sich. Es war wirklich Tom, der die Worte aussprach. Das grenzte an ein Wunder. Brian hatte sich schon lange wieder gesetzt und mimte den unschuldigen Engel. Das war nicht das erste Mal. Aber Tom bezog das erste Mal Stellung. Er liess es nicht einfach geschehen und beobachtete, wie sich die Situation entwickelte. Er zeigte vor der ganzen Klasse, dass er zu ihm stand.

«Bitte, Mr. Wilson, mischen Sie sich nicht auch noch in die Sache ein. So kann ich mit dem Unterricht nicht fortfahren. Am Ende landen Sie noch mit Mr. White vor der Tür, und das wollen Sie doch nicht, oder?» John entging der fürsorgliche Unterton der Frage nicht, der eindeutig auf eine gute Beziehung von Mr. Wykes zu Toms Vater schliessen liess. Aber Tom schien die Warnung nicht ernst zu nehmen. Er öffnete schon den Mund, um Mr. Wykes zu widersprechen. «Das musst du nicht tun,

Tom.» John hatte sich im letzten Moment dafür entschieden einzuschreiten. Das war nicht mehr Toms Sache. Der hatte schon genug für ihn getan. Nun war es an der Zeit, selbst Verantwortung zu übernehmen.

«Ist schon gut, John. Ich weiss, was ich tue und was ich zu tun habe.» Tom sagte es in einem Ton, der John klar machte, wie entschlossen er war ihm beizustehen.

«Ich gehe schon. Den Weg bis zur Tür schaffe ich auch alleine. Denk an deinen Vater.» Mitgegangen – mitgehangen. Die Redensart kam John aus dem Nichts in den Sinn. Es musste nicht so sein. Es war noch nicht zu spät. Tom war noch nicht mitgegangen, also musste er auch nicht mithangen. Er hatte ihm bewiesen, dass er zu ihm stand. Jetzt musste er nicht auch noch Mr. Wykes dazu zwingen, ihn ebenfalls vor die Tür zu setzen. Es durfte nicht noch mehr negative Stimmen rund um Tom und ihn geben. Wer sollte sonst am Ende glauben, dass Toms Vater der Tyrann in der Familie war! So verloren sie schon vor der grossen Abrechnung ihre Glaubwürdigkeit, was sich negativ auf ihre Lage ausgewirkt hätte.

«Ich möchte dich aber jetzt nicht im Stich lassen, das bin ich dir schuldig.» Toms Flüstern wurde immer lauter. «Du bist mir nur schuldig, dass du jetzt nicht unser gutes Ansehen verspielst durch eine dämliche Trotzreaktion. Du kannst dann wieder einmal am Mittagstisch beweisen, dass du mich nicht im Stich lässt.» John hätte es lieber ein bisschen freundlicher ausgesprochen, was er von der Sache hielt. Aber um lange darüber zu diskutieren, fehlte schlicht die Zeit. Mr. Wykes trat vorne schon ungeduldig von einem Fuss auf den andern und machte einen sichtlich gereizten Eindruck. So höflich würde er sie schon bald nicht mehr bitten.

«Okay. Okay, schon verstanden. Dann mach jetzt, dass du rauskommst, aber denk daran: Nichts anmerken lassen. Es ist dir so etwas von egal.» John warf Tom einen dankbaren Blick zu. «Mach ich schon. Und danke.» Danach stand er entschlossen von seinem Stuhl auf und räumte seine Sachen zusammen. John bemerkte auf dem Weg zur Tür, wie ihm zahlreiche Blicke folgten. Brian drehte sich zu ihm um und zeigte ihm das Arschloch. John wusste, wie er darauf zu reagieren hatte. Beschämt durfte er auf keinen Fall wirken. Schliesslich war ihm das hier egal. John öffnete die Tür, trat heraus und wartete darauf, bis alle ausser Brian ihren Blick von ihm abgewandt hatten. Danach lächelte er Brian freundlich zu, formte mit den Lippen die Worte «Fick dich, du Arschloch» und warf ihm eine Kusshand zu, worauf er die Tür hinter sich schloss.

«Johnny-Boy. Sei nicht traurig. Alles wird wieder gut.» John fühlte sich eingeengt und wäre am liebsten davongelaufen, aber er wagte sich nicht einmal zu bewegen. Amys Gesicht befand sich nur noch Zentimeter von ihm entfernt, so dass er ihren Atem auf seiner Haut spüren konnte. «Johnny-Boy. Mach doch nicht so ein Gesicht. Soll ich dich vielleicht ein bisschen trösten?» Amy fuhr mit ihrer Hand Johns Oberschenkel hoch, so dass ihm gleichzeitig eiskalt und feurig heiss wurde und sich alle Haare an seinen Armen und Beinen aufrichteten. «Ich bin nicht traurig, ich muss nicht getröstet werden.» John versuchte Amy sanft zur Seite zu stossen, doch sie tat so, als hätte sie die eindeutige Aufforderung, ihn in Ruhe zu lassen, völlig falsch interpretiert und setzte sich endgültig auf seinen Schoss. «Ich glaube, du bist ein bisschen müde, wir sollten eine kleine Pause machen.» Amy rollte ihre dunklen grossen Augen, über denen der pinkfarbene Lidschatten nach Johns Geschmack deutlich zu dick aufgetragen war. Er wirkte aufdringlich wie ihre ganze Erscheinung.

«Ich bin nicht müde. Ich bin nicht traurig, und ich möchte wirklich nicht unhöflich wirken, aber ich glaube, ich sollte jetzt besser gehen.» John versuchte sich aufzurichten, scheiterte aber an Amys Gewicht, das ihn zurück in seinen Stuhl drückte.

«Schon gehen? Wir haben doch gerade erst angefangen?» Amy machte nicht den Anschein, als wollte sie ihn noch einmal von seinem Stuhl aufstehen lassen. Er sass in der Falle. Und schuld daran war er selbst. John konnte sich nicht erklären, wie er so naiv hatte sein können. Er hatte ihr doch nur helfen wollen. Natürlich hatte er von ihrem Lebensstil auch schon vorher gehört. Aber damit hatte er nun wirklich nicht rechnen können. Nachhilfe in Mathematik. Darunter hatte er etwas ganz anderes verstanden. Er hatte sich schliesslich nicht als Loverboy gemeldet. Und er wurde ja noch nicht einmal dafür bezahlt. Natürlich hatte er das Geld nicht nötig. Es war eine Ehrensache, denen zu helfen, die ungenügende Prüfungen schrieben. Aber das hier ging eindeutig über seine Pflichten als einer der Klassenbesten hinaus. Amy hätte es auch jeder andere besorgen können. Dafür brauchte sie nicht ausgerechnet ihn. «Könntest du das bitte sein lassen?» John packte etwas unsanft Amys Hand, die ständig auf seinem Oberschenkel rauf und runter wanderte. So konnte er sich nicht konzentrieren. Es kitzelte angenehm und brachte seine Gedanken durcheinander, so dass er keine triftige Ausrede finden konnte, um Hals über Kopf aufzubrechen. Wofür brauchte er eigentlich eine Ausrede? Es war sein gutes Recht, einfach zu gehen, dieser unangenehmen Situation ein Ende zu bereiten und nie mehr ein Wort darüber zu verlieren. Oder stand er sich selbst im Weg? John spielte in seinem Kopf noch einmal das Geschehene durch. Es hätte eigentlich niemals so weit kommen müssen. Er hatte die Situation provoziert, als er eingewilligt hatte, Amy bei ihr zu Hause Nachhilfe zu geben. Im Normalfall hätte er sagen müssen, dass ihm die Cafeteria oder die kleine Nische lieber gewesen wäre. Aber er hatte nicht einmal darüber nachgedacht, sondern einfach eingewilligt, als Amy ihm vorgeschlagen hatte, zu ihr nach Hause zu kommen. Naiv. Naiv und nochmals naiv. Nein, das war nicht mehr naiv. Das war berechnend. Welchen Grund hatte er gehabt einzuwilligen? Keinen einzigen. Amy zu Hause Nachhilfe zu geben, brachte einen grösseren Zeitaufwand mit sich und er hatte ihr im voraus gesagt, dass er kein Geld von ihr wollte. Hatte sie das vielleicht missverstanden? Hatte sie vielleicht gedacht, er wolle im Gegenzug ...? Nein, das konnte nicht sein. Er hatte keinerlei Andeutungen gemacht. Aber wo blieb für ihn der verdammte Grund einzuwilligen? Er zog daraus überhaupt keinen Vorteil. Normalerweise hätte er zu seiner Verteidigung noch sagen können, dass es ihn interessierte, in welchen Verhältnissen Menschen wohnten, um etwas über ihr Umfeld zu erfahren. Aber was interessierte ihn schon Amys Umfeld? Er hatte bereits gewusst, dass sie in einem Reihenhaus wohnte und ihre Eltern selten zu Hause waren, also hätte er sich das sparen können. Was hatte er von Amy erwarten können? Natürlich war es nicht fair, gleich nach Hintergedanken zu suchen. Immerhin war sie fast noch ein Kind, auch erst achtzehn Jahre alt. Aber trotzdem ... So wie sie sich in letzter Zeit durchs Gymnasium schlief, durfte er sich wenigstens in Gedanken eine solche Beleidigung erlauben. John bemerkte, dass er völlig vergessen hatte, Amys Hand wieder loszulassen. Er hielt sie noch immer fest umklammert, was ihr sichtlich zu gefallen schien.

«Du bist also einer von dieser Sorte? Du magst es auf die harte Tour?» Amy drehte sich auf ihre Knie, so dass sie ihm ins Ohr flüstern konnte. John erkannte sofort, was ihr Ziel war, konnte aber nichts dagegen tun. Die einzige Möglichkeit wäre gewesen, sie rückwärts von sich zu stossen, wobei sie wahrscheinlich mit ihrem Kopf hart auf dem Fussboden aufgeschlagen wäre. Also liess John es bleiben und Amy gewähren, auch wenn er ein ganz ungutes Gefühl dabei hatte. Amy wollte ihm nichts ins Ohr flüstern, sie wollte ihm nichts sagen, sie wollte einzig und allein, dass sich ihre Körper näher kamen. Damit er sich nicht dagegen wehren konnte, schlang Amy ihre Arme um seinen Hals. John wurde es immer unangenehmer. Er begann zu schwitzen und spürte, wie sein Herz in immer kürzeren Abständen schlug. Jetzt konnte er ihr nicht einmal mehr ins Gesicht blicken. Das einzige, was er noch sehen konnte, waren ihre Brüste, nur noch Zentimeter von seinem Gesicht entfernt, in einem weitausgeschnittenen schwarzen Trägershirt. Das Trägershirt. John war der Spruch, der darauf stand, bis anhin noch gar nicht aufgefallen. Doch nun stach er ihm in die Augen, schien ihn förmlich auszulachen in seinem glitzernden, schwungvollen Schriftzug. Süss und unschuldig. Wer konnte nur so etwas Blödes auf ein Top schreiben?

Das war nun schon mehr als die Ironie des Schicksals. Das war böser Sarkasmus. John versuchte sich nach hinten zu lehnen, damit seine Nase nicht gegen ihre Brüste gedrückt wurde. Aber der Stuhl gab rückwärts keinen Zentimeter nach. Dämlicher Bürostuhl. Warum hatte er auf so einem sitzen müssen? Ein gewöhnlicher Stuhl wäre bei Amys Kletteraktion schon längst umgefallen. Aber dieser hier stand sicher auf fünf Rollen. «Amy! Amy, ich will das nicht!» John erschrak über seine eigene Stimme. Er hatte Amy bestimmt und lautstark befehlen wollen, ihre Annäherungsversuche zu unterlassen, aber seine Stimme war nur ein leises Keuchen.

«Mach dir nichts vor. Du weisst so gut wie ich, dass du das hier willst.» Amy nahm seinen Einwand gar nicht ernst, vielmehr als Aufforderung, ihn noch enger zu umschlingen. Die Brüste kamen seinem Gesicht immer näher. «Ich, ich …» John brachte seine nächsten Worte gar nicht mehr über die Zunge. Irgendetwas in seinem Körper regte sich. Auch wenn John es noch so gerne verleugnet hätte, musste er zugeben, dass er an der erst unangenehmen Situation langsam Gefallen fand. Da war ein Drang. Etwas regte sich in seinem Körper. Ein Kitzeln, ein Verlangen, das immer stärker wurde. Instinktiv musste John daran denken, wie es sein musste, mit Amy zu schlafen. Wie es sein musste, wenn er kam und dabei in ihr Gesicht blickte. John! John! Er wusste, wer und was er war. Er durfte nicht einmal daran denken. Amy war nicht besonders hübsch, aber sie hatte etwas an sich, das er nun gerne besessen hätte. Nichts Schönes, nichts Anmutiges, eigentlich schon fast das Gegenteil der Vollkommenheit. Es war ihre Gefügigkeit, ihr billiges, schon fast brünstiges Verhalten, ihre Geilheit und Käuflichkeit, die ihn anzogen. John hatte den Gedanken bis anhin verdrängt, doch nun liess er ihn nicht mehr los. Er musste doch nur noch ja sagen. Der Rest regelte sich allein. Amy hatte recht gehabt. Er machte sich etwas vor. Er wollte es genauso sehr, wie sie es wollte. Er war bereit. Nur stand ihm seine Moral im Weg. John fühlte eine feuchte Berührung, sanfte Schmerzen an seinem Ohrläppchen, die das Kitzeln und Verlangen in seinem Körper nur noch verstärkten. Amy knabberte daran herum. John gefiel es, sie sollte weitermachen, auch wenn in seinem Kopf alle Alarmglocken klingelten. Was sollten die dämlichen Zweifel? Liebe ohne Sex, das gab es doch auch. Warum nicht Sex ohne Liebe? Der menschliche Körper war gar nicht darauf ausgerichtet, sich zu beherrschen. Es war natürlich, seinen Trieben zu folgen. Johns Atmen wurde schneller, er spürte, wie ihn eine ungeduldige Vorfreude überkam. Alles war so warm, sein Gesicht ihrem Körper so nah, er musste sich nur noch darauf einlassen. John erspähte eine kleine Schweissperle, die über Amys Dekolleté glitt und langsam in ihrem Ausschnitt zwischen den Brüsten verschwand. Worauf wartete er noch? Das war seine Gelegenheit. Das war der Zeitpunkt. Ihm würde es genauso ergehen wie der winzigen Schweissperle. Er würde sich an ihre nackte Haut schmiegen, mit seinem Mund daran entlang wandern und ihren Körper erforschen. Was konnte schon Schlimmes geschehen? Die Moral kannte keinen Rächer, sie war eine Erfindung des Menschen, und er war frei von allen Verpflichtungen. Er musste nur noch aufhören, sich selbst Verpflichtungen aufzuerlegen. Es brauchte Kraft, unnötige Kraft, sich gegen sein Verlangen aufzulehnen. Er musste loslassen und sich nur noch auf den Moment, auf seine Empfindungen, auf Amy konzentrieren. John fühlte, wie sich seine Muskeln verkrampften. Er wollte loslassen. Er wollte sich entspannen, doch etwas liess es nicht zu. Gleichzeitig konnte er sich aber auch nicht von Amys Körper losreissen, konnte sie nicht von sich stossen und sagen, das sei es gewesen. Was tat er da? Was zum Teufel tat er da? John fühlte sich hin und her gerissen. Er war völlig handlungsunfähig. Er konnte sich nicht entscheiden, es zu tun, aber auch nicht, es zu unterlassen. Er war nur noch Zuschauer seiner eigenen Situation, in der bei ständig weiter laufender Zeit eines zum anderen führen würde. Entscheiden. Er musste sich entscheiden, sonst übernahm Amy die Entscheidung für ihn. Sie hatte ihre Arme von seinem Hals gelöst und erkundete nun mit ihren Lippen seinen Hals. Sie kamen immer näher, ihre Lippen. Sie erreichten schon fast sein Kinn. Wie ein unaufhaltsames Monster rückten sie auf seinen Mund zu, der sich unversehens ganz trocken anfühlte. John wurde es auf einmal ganz unbehaglich. Wollte er das wirklich? Wollte er wirklich, dass sich ihre Lippen auf die seinen legten und sich ihre Zunge in seinen Mund schob? Fast im Vorbeigang öffnete Amy den obersten Knopf an seinem Hemd. Zum Glück trägst du nicht dein Schulhemd, meldete sich ein Gedanke in Johns Kopf zu Wort, wurde aber sofort mit dem Stempel «unwichtig» in die hinterste Windung des Gehirns zurückgeschickt. Das hatte jetzt keine Bedeutung, das hatte nichts mit der Sache zu tun, nun musste er sich einer ganz grundlegenden Frage stellen. Er wollte es.

Schon bevor Johns Verstand sich bewusst geworden war, was die Frage für ihn zu bedeuten hatte, hatte sein Körper darüber entschieden. Er wollte es. Er wollte sie. Er wollte sie jetzt. Augenblicklich drehte John seinen Kopf in Amys Richtung. Sie hatte ihre Hände auf seine Brust gestützt und lehnte sich ein wenig zurück wie eine Raubkatze, die zum Angriff übergehen wollte. Gleich würde sie es tun. Gleich würde es gehen. Gleich würde der Zeitpunkt kommen, von dem aus es kein Zurück mehr gab. Amy wirkte wie in Trance. Sie war nur noch auf seinen Mund fixiert. Er war das Einzige, was sie noch interessierte. Wie in Zeitlupentempo sah John Amys rote Lippen auf sich zukommen. Sie hatte den Mund halb geöffnet, so dass er dahinter Zunge und Zähne sehen konnte. Nur noch ein winziges Stück, nur noch der Bruchteil einer Sekunde und sie würden ihn berühren. John spürte ihren Atem auf seinen Lippen. Er ging stossweise und fühlte sich feucht an, gab ihm aber auch ein Gefühl von Wärme und Nähe. Er wollte das. Er wollte das. Er wollte das. Johns Gedanken drehten sich.

Warum in aller Welt musste er sich einreden, dass er das wollte? Er hatte doch entschieden, dass er das wollte. Warum war er nicht mehr sicher? Warum suchte er ständig nach Ausreden? Warum sträubte sich in seinem Herzen etwas gegen die einmalige Möglichkeit? Nur noch einen winzigen Augenblick und …

«Du mieses Schwein!» John hätte beinahe aufgeschrien, so erschrak er über die Stimme in seinem Kopf. So aufgebracht war sie noch nie gewesen. Eine wunderschöne, unverwüstliche Illusion einer Stimme in seinem Kopf, die ihn vor Fehlern bewahrte und noch im gehässigsten Tonfall die sanfteste der Welt war. Zois Stimme. Eine Illusion, die wertvoller war als jeder Besitz, den er sich hätte vorstellen können. Eine Illusion, die es ermöglichte, dass er das Mädchen, das er liebte, ständig bei sich in seinem Kopf hatte. Zoi. Wenn sie es doch nur wirklich gewesen wäre. John lief ein kalter Schauer über den Rücken. Wenn sie es doch nur wirklich gewesen wäre. Was war denn das für ein kranker Gedanke in seinem Kopf? Wenn sie wirklich da gewesen wäre, hätte er gar nicht mehr weiterleben müssen, hätte sich am besten von einer Brücke gestürzt, um ihr nicht in die Augen sehen, um seinem Gewissen nicht länger zuhören zu müssen. Er hatte sie nicht wirklich vergessen. Zoi. Gegenüber ihrer Reinheit war jede Ausrede, jeder Versuch, sein Verhalten auch nur im Ansatz zu entschuldigen, eine Todsünde. Zoi, wie hatte er es nur so weit kommen lassen können?

Dafür hätte er sich erschlagen können. Das waren mindestens fünf Kopfstösse gegen eine Mauer wert. Wie hatte er nur erwägen können, mit Amy zu vögeln, überhaupt daran zu denken? Wie hatte er es wagen können, sich einem solch gerissenen Biest auch nur auf einen Kilometer zu nähern? Sie hatte ihre Reize, die sie geschickt ausspielte, die ihn einlullten und vergessen liessen, wer er war. Er hatte schon zu Beginn gewusst, dass sich etwas in ihm dagegen sträubte. Dennoch hatte er es zugelassen, dass Amy ihm so nahe kam. Amy, er brauchte jetzt gar nicht zu versuchen, irgendwelche Schuld auf sie abzuwälzen. Er hatte den Fehler begangen. Er hätte reagieren müssen. Er war es, der sich etwas vorzuwerfen hatte. Wie hatte er sein Herz nur einfach so ignorieren können? John spürte, wie Selbsthass in ihm aufstieg. Er hatte nur versucht, die Grenze, die er nicht passieren durfte, so lange wie möglich zu verschieben. Er hatte sie überschritten.

«Hey, was ist mit dir los?» Sichtlich irritiert richtete sich Amy auf und versuchte ihm in die Augen zu blicken. «Ich kann das nicht.» John versuchte seine Worte möglichst entschuldigend und sensibel klingen zu lassen, aber es gelang ihm nicht. «Was heisst, du kannst das nicht?» Ziemlich grob packte Amy ihn am Kinn, so dass er in ihre Richtung blicken musste.

«Antworte mir gefälligst, wenn ich mit dir rede! Ficken willst du mich! Aber sobald du mich auch küssen solltest, vergeht dir der Appetit auf Sex! Ist es das, was du meinst, wenn du sagst, du kannst das nicht?!» John hätte sich am liebsten die Ohren zugehalten, so kreischte Amy ihn an. Sie war ausser Rand und Band. «Nein, nein. Das habe ich nicht damit gemeint. Ich kann das alles nicht. Ich kann nicht einfach so mit dir schlafen. Ich habe das nie gewollt!» John sah in Amys böse funkelnden Augen, dass er den nächsten grossen Fehler begangen hatte. Er hätte sie beruhigen müssen, bevor er ihr die Wahrheit sagte. Schliesslich kniete sie noch auf seinem Oberkörper und befand sich in bester Position, um ihm die Augen auszukratzen. «Amy, Amy, das habe ich nicht so gemeint. Was ich damit sagen wollte …»

«Du brauchst mir gar nichts mehr zu sagen!» Amy hatte ausgeholt und ihm kräftig ins Gesicht geschlagen. Obwohl es weh tat und sein Ego schmerzte, war John froh, dass Amy zugeschlagen hatte. Immerhin besass er noch beide Augen, was bei ihren langen Fingernägeln keine Selbstverständlichkeit war. Irgendwie hatte er aber nach dem Schlag das ungute Gefühl, dass Amy mit ihrer Racheaktion noch nicht zufrieden war, denn sie zeigte keine Anzeichen, ihn aufstehen zu lassen. «Amy, ich glaube, ich gehe jetzt besser.» Vielleicht liess sie ihn ja einfach so davonkommen, dachte sich John.

«Dann nimm aber wenigstens ein kleines Abschiedsgeschenk von mir mit. Sozusagen als Denkzettel für alle Mädchen, die du später mal plötzlich nicht mehr ficken willst.» Mit diesen Worten spuckte Amy John ins Gesicht.

«Die Tür wirst du hoffentlich allein finden.» Ziemlich verdutzt blieb John in seinem Stuhl zurück. Er hatte es verdient, das war ihm zweifellos klar. Aber nicht von ihr. Nicht Amy war die Person, die ihm hätte ins Gesicht spucken sollen. Nicht ihr hatte er mit seinem unreifen Verhalten Schaden zugefügt. Nicht einmal Zoi hatte er damit realen Schaden zugefügt. Er hatte sie jedoch in Gedanken betrogen, ihr stillschweigendes Vertrauen missbraucht, sie aber nicht wirklich verletzt. Dafür wäre die Spucke in seinem Gesicht, die nun langsam von seiner Nase runter lief, zwar allemal gerechtfertigt gewesen, aber den Schaden, der durch sein Handeln entstanden war, musste er tragen. Das war eine Last, die ihm niemand abnehmen konnte.

Gott. Schicksal. Bestimmung. Seit ich denken konnte, wusste ich nie so genau, was ich davon halten sollte. Welche Bedeutung meine Antwort auf die Frage, ob eine höhere Macht überhaupt existierte, haben konnte, wurde mir erst klar, als ich mir eingestand, dass ich Zoi richtig liebte. Es durfte nicht sein, dass mir so etwas wie mit Amy noch einmal passierte. Es durfte nicht sein, dass das Glück in meinem Leben von unreifen und kindischen Instinkthandlungen abhing. Es durfte nicht sein, dass es von meinem achtzehnjährigen Kopf abhing, ob ich in zwanzig Jahren mit Zoi glücklich zusammenleben durfte. Nicht einmal im Traum hätte ich diese ganze Verantwortung auf einmal tragen können. Und ich befand mich nicht in einem Traum. Ich war noch nicht so weit. Ich konnte noch nicht für mein ganzes Leben entscheiden. Ich war nur ein auf dem Papier erwachsener Mann, der abends nicht einschlafen konnte, weil mich all die Fragen, Verantwortungen und Pflichten, die ich hatte, zu erdrücken schienen.

Wie immer, wenn ich mich in meiner Freiheit bedroht fühlte, wand ich mich auf meinem Bett, zog mir das Py-

jamaoberteil aus und drehte mich ständig von der einen auf die andere Seite in der Hoffnung, innere Ruhe zu finden. Aber es nützte auch in dieser Nacht nichts. Ich brauchte mir gar nichts vorzumachen, mich bewegte mehr als einzig Verantwortung und Pflicht. Wie lange sollte ich noch warten? Würde Zoi mir nie ein verständliches Zeichen senden, dass sie bereit war, mit mir über unsere Gefühle zu sprechen? Hatte sie denn überhaupt Gefühle für mich? Oder empfand sie völlig anders? War ich für sie doch nicht mehr als nur ein Freund, mit dem sie gelegentlich etwas unternahm? Die Gedanken machten mir Angst. Was war, wenn sie nein sagen würde? Was war, wenn es nicht unser Schicksal war zusammenzukommen? Was war, wenn es bereits vorbestimmt war mit gutem oder schlechtem Ausgang? Liess sich dann überhaupt nichts mehr ändern? Hatte ich schon all meine Chancen verspielt? Waren all meine weiteren Bemühungen sinnlos? Lieber erzählte ich Zoi gar nicht, was ich für sie empfand, so konnte ich wenigstens noch ein paar Wochen mit dem Gedanken leben, dass meine Gefühle erwidert wurden. Nein, das konnte ich unmöglich so machen. Ich musste es ihr sagen. Ich war kein Feigling. Ich konnte zu meinen Gefühlen stehen. Ich musste mir nur sagen, dass nichts vorbestimmt war. Ich hatte kein Schicksal, ich konnte über mein Leben bestimmen und seinen Verlauf kontrollieren.

Aber dennoch wäre es mir lieber gewesen, mit meiner Verantwortung nicht allein zu sein. Ich erinnerte mich daran, was mir meine Mutter einmal über Gott erzählt hatte. Sie hatte mir tief in die Augen geschaut und ge-

sagt, dass sie nicht wüsste, ob es Gott wirklich gab. Sie hatte gemeint, dass müsse jeder Mensch für sich allein herausfinden, aber sie würde mir sagen, warum sie daran glaubte, dass es Gott gab. Sie hatte mir gesagt, es gäbe ihr ein beruhigendes Gefühl zu wissen, dass sie nicht allein war und jemanden hatte, der ihr in schwierigen Situationen bestand. Aber sie könnte auch ganz einfach mit Logik begründen, warum man an Gott glauben sollte. Was sie mir daraufhin erzählt hatte, ergab für mich erst jetzt wirklich einen Sinn, auch wenn ich damals zustimmend genickt hatte. Es gab eigentlich nur genau vier Möglichkeiten, wie man mit Gott umgehen konnte. Die erste war, dass es keinen Gott gab und man an ihn glaubte, dann hatte man kein Problem und alles war in bester Ordnung. Die zweite war, dass es keinen Gott gab und man nicht an ihn glaubte, dann hatte man auch kein Problem und alles war in bester Ordnung. Die dritte Möglichkeit war, dass es einen Gott gab und man an ihn glaubte, dann konnte man sogar profitieren. Bei der vierten Möglichkeit aber war es so, dass es einen Gott gab und man nicht an ihn glaubte. Dann verlor man möglicherweise eine wertvolle Stütze im Leben. Darum entschied ich mich, an Gott zu glauben. Ich brauchte eine Stütze, ich brauchte seinen Beistand. Ich brauchte etwas, das mir Mut gab, ans Gelingen einer Beziehung mit Zoi zu glauben.

Weiss. Ein gutes Omen. Dieses Mal würde alles besser werden. Dieses Mal würde er feinfühliger sein. Dieses Mal würde er es sich zweimal überlegen, bevor er seinen

Mund öffnete und einen unbedachten Kommentar äusserte. Selbstsicher trat John auf Zoi zu. Sie hatte ihn noch nicht bemerkt. Geduldig sass sie in ihrem schneeweissen Mantel auf der Bank vor der Gelateria, hatte ihre Beine übereinander gelegt und wartete. Am liebsten wäre John gar nicht an sie herangetreten, hätte sie nicht aus ihrem bezaubernden Einklang mit sich selbst aufgeweckt. Sie sah so zufrieden aus in ihrer selbstgewählten Einsamkeit, so anmutig, so rein, so unverbraucht wie ein schlafender Engel, nur dass sie ihre Augen geöffnet hatte. Aber er war doch mit ihr verabredet. Sie war kein Engel, der mit offenen Augen schlief.

Heute würde er es ihr sagen, heute würde er ihr alles gestehen, heute musste er es tun, wenn er kein Feigling sein wollte. Die Frage war nur, wie viel Zeit ihm bis dahin noch blieb. John konnte es sich nicht verkneifen, einen Blick auf seine Uhr zu werfen. 18.53 Uhr. Sie war zu früh dran, genauso wie er. Es blieb noch ein wenig Zeit. John spürte, wie sein Herz einen Freudensprung machte. Eine weitere Gemeinsamkeit. Sie waren verschieden, aber dennoch fanden sich Übereinstimmungen in ihren Verhaltensweisen, als ob sie füreinander geschaffen wären. Füreinander geschaffen. John gefiel der Gedanke. Normalerweise hätte er sich ausgelacht, hätte mit dem Finger auf sich gezeigt und gedacht, was für ein sentimentaler Softie er war, und sich angewiesen, wieder etwas vom Kuschelbedürfnis wegzukommen. Er war kein Althippie, dessen Existenz nur aus Liebe bestand. Aber das hier war etwas viel Grösseres, etwas weit Sinnvolleres, das gar nicht danach fragte, ob er es wollte, ob es ihm gefiel, hineingezogen zu werden. Es war schlicht und einfach Liebe.

Nicht Liebe als Vorstellung von körperlicher Vereinigung, wie andere Männer sie besassen. Richtige Liebe. So wie sie sein sollte. Liebe, Liebe, Liebe. Er musste unablässig daran denken. Der Gedanke war wie eine nervige kleine Fliege, die nicht aufhören wollte, um seinen Kopf zu schwirren. Es hörte sich blöde an und anfühlen tat es sich nicht anders. Es wurde viel zu viel entschieden und viel zu wenig offengelassen. Er wollte sich nicht mit dem Sinn seines Lebens auseinandersetzen, sich Gedanken darüber machen, ob er in zwanzig Jahren noch mit Zoi zusammen wäre. Eigentlich wollte er einzig und allein mit dem Mädchen, das dort vor der Gelateria auf der Bank sass, seine Zeit verbringen, sie in seinen Armen spüren und stets bei ihr sein, am Morgen aufwachen und wissen, dass er nicht allein war, dass er angekommen war, in welchem Hafen auch immer. Die Wärme, die er verspüren würde, wenn Zoi in seinen Armen läge, gäbe ihm die Sicherheit, im richtigen Hafen angekommen zu sein. Er konnte ihn nicht verfehlen. Sein Instinkt würde ihn an den richtigen Ort führen. Es war Zeit, einen Schritt in Richtung Hafen zu machen. John warf einen Blick auf seine Uhr. 18.57 Uhr. Der Zeiger seiner Piaget rückte erbarmungslos vorwärts, nicht wie in den Schulstunden, wo er ihn fast anflehen musste, auch nur einen klitzekleinen Tick, eine Sekunde vorzurücken. Er raste förmlich ums Zifferblatt herum und nahm ihm die spärliche Zeit, die ihm noch zur Verfügung stand, um Zoi einfach nur zu betrachten.

John gab sich einen Ruck. Mit sicherem Schritt trat er auf die Bank zu. Was sollte schon passieren? Eigentlich wusste er genau, warum er sich das fragte. Aber er ignorierte den Gedanken. Daran durfte er gar nicht denken. Er durfte sich nicht einmal vorstellen, was es heissen würde, wenn Zoi Nein sagen würde. Ein Nein gab es nicht. Ein Nein hatte er nicht verdient, Amy hin oder her. Schon bevor John Zoi ganz erreicht hatte, hörte sie seine Schritte und drehte ihm den Kopf zu.

«Ich ... also ... was ich eigentlich sagen wollte ... Hallo.» John hatte sich gar nicht überlegt, wie er beginnen würde. Er hatte gedacht, ihm fiele im richtigen Moment schon das Richtige ein, und nun stellte er sich wie ein Zehnjähriger an, der sich das erste Mal mit einem Mädchen zum Briefmarkentauschen verabredete.

«Hallo, John. Schön dich zu sehen.» Zoi überging seine unsichere Begrüssung und lächelte ihn an. Dieses Lächeln. John kam nicht darauf, was sich dahinter verbarg. War es Freude, ihn zu sehen oder doch nur Höflichkeit? Er hätte Zoi nur zu gerne gleich danach gefragt, die Karten auf den Tisch gelegt und geschaut, was dabei herauskam. All die Spielchen, die Zeichen, das Flirten und was sonst noch alles zu einem Treffen mit einer Frau dazugehörte, mochte er nicht. Gewissheit und Ehrlichkeit wären ihm lieber gewesen.

«Wollen wir uns vielleicht setzen?» John sah den irritierten Blick, den Zoi ihm dabei zuwarf. Wie hatte er das nur vergessen können? Er wäre besser gleich auf Zoi eingegangen, als sich Gedanken über Gewissheit und Ehrlichkeit zu machen. Aber das liess sich noch korrigieren.

«Na klar. An welchem Tisch möchtest du am liebsten sitzen? Drinnen oder draussen?» Dumme Frage. John ärgerte sich über sich selbst. « Draussen ist es vielleicht ein wenig kühl», fügte er an. Unsicher warf er Zoi einen Blick zu und hatte augenblicklich das Gefühl, das Richtige auf die falsche Weise gefragt zu haben.

«Ich weiss nicht, was würdest du sagen?»

John spürte, wie Zoi ihn verlegen anblinzelte. Wie Schuppen fiel es ihm von den Augen, welches die falsche Weise gewesen war. Was hatte er sich nur dabei gedacht? Warum bombardierte er sie mit Fragen und Empfehlungen? War ja klar, dass sie so auf kurz oder lang überfordert sein musste. Er durfte es jetzt nicht vergeigen. Das konnte er bei jedem anderen Mädchen der Welt zu einem späteren Zeitpunkt nachholen. Aber nicht bei Zoi. Nicht beim einzigen Mädchen, das ihm wirklich etwas bedeutete. Konzentrieren. Konzentrieren. Konzentrieren. Eigentlich hätte er die Zeit, die er mit ihr verbrachte, geniessen müssen. Eigentlich hätte er jede Sekunde davon auskosten müssen, aber das fiel ihm schwer, weil er andauernd daran denken musste, nichts Falsches zu tun. Einfach nur ruhig bleiben. Das konnte doch nicht so schwer sein. John bemerkte, wie ihn schon seine eigenen Gedanken nervten. Ruhig, nein nicht ruhig, einfach nur gelassen bleiben. Dann konnte nichts schief gehen. Gelassen bleiben und kontrolliert handeln. Eines nach dem anderen. Schön der Reihe nach. Zuerst ihre Frage beantworten, einen geeigneten Tisch suchen, den Mantel abnehmen, den Stuhl zurückziehen, so wie es sich für einen Gentleman gehörte. «Ich denke, wir gehen am besten hinein. Der Regen ist nur noch eine Frage der Zeit.» Kluge Antwort. John gratulierte sich insgeheim dafür, wieder Herr seiner Lage zu sein.

«Ist vielleicht besser so.» John musste sich zusammenreissen, nicht wieder Zois unschuldigem Lächeln zu verfallen. Es war für ihn aussichtslos, seine Gedanken geordnet zu halten, solange Zoi sich in unmittelbarer Nähe befand.

«In diesem Fall lass uns reingehen.» John huschte geschickt an Zoi vorbei und öffnete die Tür, so dass sie an ihm vorbei eintreten konnte.

«Danke.» So etwas hatte sie nicht erwartet, John sah es in ihren Augen. Sie war verblüfft und wusste nicht so recht, was sie davon halten sollte. «Darf ich dir deinen Mantel abnehmen?» John ermahnte sich, nicht zu aufdringlich zu erscheinen. Zoi durfte durch sein zuvorkommendes Verhalten nicht gestresst werden, sonst stellte sich die gewünschte Wirkung nicht ein.

«Gerne.» Ein belustigtes Lächeln zeichnete sich auf ihren Lippen ab. Sie hatte ihren Platz im Spiel noch nicht gefunden, aber es schien ihr auch nicht unangenehm zu sein. John trat einen Schritt auf Zoi zu, um ihr aus dem Mantel helfen können. Instinktiv wich sie zurück. Was hatte das zu bedeuten? Warum wich sie seiner Berührung aus? Vielleicht war das ihre Art. Es war nicht das erste Mal, dass sie ihm ausgewichen war. Vielleicht hatte sie einfach nur ein wenig Berührungsängste. Das war ja nichts Schlechtes, um Welten besser als Amys Verhaltensweise. Oder war vielleicht doch er der Grund, warum sie zurückwich? John wusste, dass er sich eigentlich verboten hatte, diese Frage zu stellen. Aber sie ging ihm nicht aus dem Kopf. Schliesslich hatte Zoi seine Essenseinladung auch abgelehnt. Er wäre gerne mit ihr in ein gemütliches asiatisches Restaurant gegangen. Er hätte Garnelen und andere hässliche, kulinarische Spezialitäten gegessen, ohne mit der Wimper zu zucken. Aber sie hatte nicht gewollt, und ihre Begründung war alles andere als koscher gewesen. Zu wenig Zeit. Ein Eis essen zu gehen, brauchte auch nicht weniger Zeit, wenn sie sich dazu unterhielten. Selbst wenn Zoi das nicht einsehen wollte. John hätte nur zu gerne gewusst, was Zoi mit ihm für ein Spiel spielte. Asiatisch essen Nein, Eis essen Ja. Den Mantel durfte er ihr abnehmen, aber nur wenn er sie dabei nicht berührte. Dahinter war kein System. John nahm den Mantel entgegen, den Zoi ihm reichte, und hängte ihn an den Garderobehaken neben der Tür. Es kam eigentlich gar nicht darauf an. Wichtig war nur, dass sie jetzt einen schönen Abend miteinander verbrachten. System hin oder her. Der Rest würde sich bestimmt später klären.

Die Tischwahl gestaltete sich schwierig. Die meisten Tische waren besetzt, und die wenigen freien waren alle ausser einem in der Ecke für vier und mehr Personen berechnet.

«Nehmen wir diesen in der Ecke?» John stellte seine Frage aus purer Höflichkeit und zog für Zoi auch sogleich den Stuhl zurück.

«Von mir aus. Danke.» Obwohl John nichts anderes erwartet hatte, war er ein wenig enttäuscht über die magere Antwort. Das hätte der Anfang eines Flirts sein können. Wenn sie doch nur bemerkt hätte, dass seine Handlung nicht ins Image des netten Jungen passte, dann hätten sie wenigstens etwas zu bereden gehabt. John ermahnte sich, im Verlauf des Abends daran zu denken, Fragen zu stellen, auf die sie nicht nur mit einem oder zwei Wörtern antworten konnte. Ihre schweigsame und introvertierte Art passte zwar zu ihrem engelsgleichen Wesen, erschwerte aber das Kennenlernen. Er musste sich etwas einfallen lassen. «Was möchtest du für ein Eis?» John war nicht begeistert von seiner einfallslosen Frage, aber sie war zumindest ein Anfang. So lernte er Zoi zwar nicht wirklich kennen, erfuhr aber zumindest, welche Geschmacksrichtung sie bevorzugte.

«Ich habe keinen Hunger. Ich glaube, ich nehme einfach nur einen Cappuccino.» John fühlte sich vor den Kopf gestossen, liess sich aber nichts anmerken. Es gab doch so viele verschiedene Sorten und auch winzige Becher. Wenigstens für ein ganz kleines Eis hatte sie doch wohl Platz in ihrem Magen. John erinnerte sich an ihren letzten gemeinsamen Besuch in der Gelateria. Zoi war aufgeschlossener gewesen, zwar immer noch überdurchschnittlich still, aber wenigstens ein bisschen gesprächiger. Er hatte ihr nicht jedes Wort aus der Nase ziehen und einen Anlass geben müssen, damit sie etwas sagte. «Ist etwas? Kann ich irgendetwas für dich tun?» Die Worte hörten sich an wie aus dem Mund eines Casanovas. Aber irgendetwas musste er doch fragen, damit sie ihm eines ihrer raren Worte schenkte. Andernfalls konnte er das Treffen mit ihr und den gemeinsamen Abend beerdigen. John missbilligte seinen eigenen Gedanken.

Es war sein Fehler, wenn sie nicht mit ihm sprechen wollte. Ihr brauchte er gar nichts vorzuwerfen. Zoi war gut, wie sie war. Fehlerlos. Unantastbar. Heiliges Gelände. Einzig ihr Gesundheitszustand hing nicht von ihm ab. Möglicherweise war sie immer noch geschwächt. Er musste ihr seine Hilfe anbieten.

«Nein, was sollte denn sein?» Zois Stimme klang überrascht. Sie schien sich nicht bewusst zu sein, welchen Eindruck sie bei ihm hinterlassen hatte. John überging ihre Gegenfrage. Das war nicht fair, ihn danach zu fragen, was sie hätte haben sollen. Jede Antwort wäre auf diese Frage die falsche gewesen. Was hätte er ihr sagen sollen? Dass er sich darüber wunderte, dass sie nichts essen wollte? Dass sie auf ihn einen abwesenden Eindruck machte, was ihm Angst einjagte, weil er sie doch liebte? Das konnte er unmöglich tun. Er konnte ihr nicht all seine Gefühle ausschütten und im Gegenzug nichts erhalten. Das hätte sich angefühlt wie innerlich auszulaufen. So viel Macht über ihn durfte er niemandem in die Hände legen, selbst wenn es sich um Zoi handelte.

John winkte die Kellnerin heran und bestellte. Vielleicht wurde Zoi im Verlauf des Abends gesprächiger.

Doch auch als Zoi ihren Cappuccino vor sich hatte und er in seinem Eis herumstocherte, entstand kein richtiges Gespräch. Es war nicht so, dass John sich nicht bemüht hätte. Aber er fand nicht die richtigen Fragen. «Spielst du ein Instrument?», brachte eine genauso kurze Antwort mit sich wie «Welches denn?» John wusste nun zwar, dass Zoi ein Instrument spielte und dass es eine Geige war, aber das brachte sie nicht näher zusammen.

Sie beantwortete zwar höflich jedes Mal seine Frage, aber sie schien dabei nichts zu empfinden. Sie lächelte ihn an, doch das Lächeln war für die Wand hinter ihm bestimmt. Es erreichte sein Gesicht und ging durch ihn hindurch. Es war zwar schön, anmutig, und John stockte auch jedes Mal der Atem. Aber es wurde jener Zoi, die er von seiner ersten Begegnung her kannte, nicht gerecht. Es war ein müdes Lächeln, das eines einschlafenden Engels, der nichts weiter wollte als nach Hause zu gehen. «Wollen wir gehen?» John fiel es schwer, die Worte auszusprechen. Es war schon das zweite Mal, dass ihre Verabredung sozusagen ins Wasser fiel, weil er uneigennützig handelte. John wunderte sich, dass Zoi ihn gar nicht danach fragte, warum er schon aufbrechen wollte. Sie nickte nur abwesend und schickte sich an, wie immer an diesem Abend eine kurze Antwort geben.

«Gerne.» John stand auf und brachte Zoi ihren Mantel. Erst jetzt, wo sie wieder stand, fiel ihm auf, was sie trug. Ein schwarzer, viel zu weiter Rollkragenpullover, der nicht so recht zu ihrem zierlichen Körper passen wollte. Was war nur mit Zoi los? John konnte sich nicht helfen, er hätte vieles dafür gegeben, dass es anders gewesen wäre, aber er musste sich eingestehen, dass er Zoi vermisste. Nicht die Zoi, die gerade vor ihm stand, sondern die Zoi, die ihn an jenem Abend von der Strasse aufgelesen hatte. Sie war nicht mehr dieselbe. Sie hatte sich verändert, war stiller geworden. Nur noch selten, wenn sie etwas berührte, zauberte sich ein flüchtiges Lächeln auf ihr Gesicht, und John konnte sehen, dass es noch die gleiche Frau war, in die er sich verliebt hatte.

«Ich danke dir für den netten Abend.» John hatte nicht damit gerechnet, dass Zoi so abrupt darauf drängen würde, sich zu verabschieden. Er musste Zeit schinden, es ging ihm zu schnell. In so kurzer Zeit konnte er unmöglich die richtigen Worte finden. «Ich ... also mir hat es auch sehr gut gefallen.» Gut gemacht. John konnte es sich nicht verkneifen, sarkastisch zu werden. Mit seinem Gestotter gab er Zoi bestimmt den alles entscheidenden Anreiz, noch ein wenig mehr Zeit mit ihm verbringen zu wollen. Jetzt fehlten ihm nur noch Brille und Zahnspange, und schon wäre er der lehrbuchmässige Grund für sie gewesen, so schnell wie möglich nach Hause zu gehen. Er musste sich etwas Besseres einfallen lassen. Zoi trat schon ungeduldig von einem Fuss auf den anderen. Und zu allem Überfluss war es auch noch kalt geworden, und die ersten Regentropfen fielen. John schickte ein Stossgebet zum Himmel, ihn möge doch ein Blitz treffen. Das hätte seine Lage erleichtert. Er wäre tot gewesen und das Problem geregelt. Mach schon! John gab sich einen Ruck. Auf einen Blitz zu warten war unrealistisch. Bemitleiden konnte er sich anderswo. Aber im Regen frieren lassen durfte er Zoi deswegen noch lange nicht. Auch wenn ihm im Gegenzug die richtigen Worte fehlten. Die Situation wurde nicht besser. Zoi würde ihn auch bei einem späteren Treffen nicht näher an sich heranlassen. Er konnte es ihr jetzt sagen oder für immer ein Feigling bleiben.

«Na dann, bis bald.» Zoi starrte unsicher auf ihre Schuhe, bevor sie sich ganz von John abwandte. Super! Genial! John hätte sich am liebsten die Haare ausgerissen. Er war nicht nur unfähig, Zoi seine Gefühle zu gestehen, sondern auch noch, sich wie ein normaler Mensch von ihr zu verabschieden. Sie musste ihn erst im Regen stehen lassen, damit es bei ihm ankam, dass er etwas hätte sagen sollen. Er war nichts als ein niederträchtiger Feigling. Er schaffte es am Ende doch noch, sich davor zu drücken.

«Zoi! Zoi! Warte einen Augenblick, ich muss dir noch etwas Wichtiges sagen.» Zoi drehte sich noch einmal nach John um und blickte ihn erwartungsvoll an. John wusste nicht recht, wie ihm geschah. Er hatte es eigentlich gar nicht tun wollen. Er hätte es nie im Leben tun dürfen. Panik stieg in ihm auf. Er hatte es doch getan. Trotz all der Voraussetzungen, die dagegen sprachen. Trotz der Tatsache, dass sein Tag von Murphys Law bestimmt gewesen war. Es würde an ein Wunder grenzen, wenn sich das jetzt noch änderte. Ruhig bleiben. Er musste seine Haut so teuer wie möglich verkaufen. So unangebracht sich das in seiner Lage auch anhörte. Panik half ihm nichts. Er konnte nur versuchen, die bestmöglichen Worte zu finden. Was aber darauf folgte, lag nicht in seinen Händen.

«Was wolltest du mir sagen?» Zoi blickte John aus ihren unschuldigen Engelsaugen an. Ihre Augen. Eigentlich hätte er sich darüber ärgern müssen. Aber dazu waren sie viel zu schön. John konnte sich nicht erklären, wie Zoi ihn dermassen unschuldig anblicken konnte. So unschuldig konnte ein Mädchen doch gar nicht sein. Irgendetwas musste sie ahnen. Ihre Unschuld grenzte an Naivität. Er war ein Mann. Sie war eine Frau. Da musste doch irgendwo ein Lämpchen aufleuchten. «Ich wollte dir einfach nur sagen ...», John brach mitten im Satz ab. Er konnte Zoi nicht gleichzeitig in die Augen blicken und einen vernünftigen Satz bilden. «Also, was ich dir sagen wollte ...», John sprach es auch beim zweiten Versuch nicht aus. Es waren nicht die richtigen Worte. Es fühlte sich falsch an. Es wäre unter Umständen fatal gewesen.

«Sag schon. Etwas Schlimmes wird es ja wohl nicht sein.» Zoi lächelte John aufmunternd zu. Aber er konnte ihr Lächeln nicht erwidern. Es war wie verhext. Wenn er die Situation als unbeteiligter Beobachter hätte verfolgen können, hätte er ohne langes Nachdenken die richtigen Worte gefunden. Aber er war kein unbeteiligter Beobachter. Er führte sich auf wie Will Smith in der Rolle von Hitch, dem Date Doktor. Es war so viel schwieriger mit Frauen zu sprechen, wenn einen die Gefühle beeinflussten. Ach hör schon auf! John rümpfte verächtlich seine Nase. Gejammer und Ausreden über eine zu schwierige Aufgabe brachten die Sache auch nicht zu Ende. Er musste einfach seinen Mund öffnen und es irgendwie aussprechen. «Ich ...»

«Ja, sag schon.» Zoi nickte ihm auffordernd zu. Sie hatte leicht reden. Sie wusste nicht, was kommen würde. Aber wenn sie es nicht anders wollte, konnte er es auch einfach sagen. John spürte, wie ihn sein Verstand davon abhalten wollte, seinen Vorsatz in Handlung umzuwandeln. Aber er liess sich jetzt nicht mehr davon abbringen. Viel zu lange hatte er schon gewartet und die Ungewissheit ertragen müssen, die schlimmer war als alle Schmerzen, die er kannte. Er konnte sie nicht mehr länger ertragen. «Ich liebe dich.» Nun war es draussen. John spürte, wie sich die ganze Anspannung in ihm löste. Er hatte es getan. Es war vorbei. Die Worte waren ausgesprochen. Am liebsten hätte er seine Augen geschlossen und sich mitten auf die nasse Strasse gelegt, um zu warten, bis ihn das nächste Auto überrollte. Es waren die falschen Worte gewesen. Er musste Zoi nicht einmal in die Augen sehen, um zu wissen, dass es die falschen Worte gewesen waren. Es musste sich kindisch und unreif angehört haben. Ein «Ich liebe dich» war viel zu direkt in seiner Lage. Er hätte zuerst etwas über ihre Beziehung sagen müssen, dass sie für ihn mehr bedeutete als nur Freundschaft. So wäre er der Sache langsam auf die Spur gekommen, ohne alles gerade in drei Worten aussprechen zu müssen. Aber dafür war es jetzt zu spät.

John sah Zoi in die Augen. Wenn er schon so etwas gesagt hatte, musste er auch zu seinen Worten stehen. Das hatte etwas mit Ehrlichkeit und Würde sich selbst gegenüber zu tun. Zu seinem Erstaunen fand John nicht das, was er geglaubt hatte, in Zois Augen. Da war kein Mitleid, das darauf hingedeutet hätte, dass sie für ihn nichts empfand. Aber auch kein Ausbruch von Glück, der das Gegenteil bewiesen hätte. Sie starrte ihn einfach nur an, aus überraschten, gequälten Augen, die alles ausser einer positiven Antwort offenliessen. Sie würde lügen. Der Gedanke schoss John unaufgefordert durch den Kopf und er war sicher, dass er damit recht hatte.

«Oh John.» John sah, wie Zoi einen Schritt auf ihn zutrat, um ihn in die Arme zu nehmen. Sie wollte ihn trösten, obwohl sie sich lieber selbst hätte trösten lassen.

Sie log. Sie betrog sich und wollte ihm das Gefühl geben, dass dem nicht so war.

«Ich will dich wirklich nicht enttäuschen. Aber aus meiner Sicht sind wir einfach nur Freunde.» John liess zu, dass Zoi ihn umarmte, obwohl er lieber stur auf seinem Standpunkt verharrt hätte, dass sie ihn nicht zu trösten brauchte. Was wollte sie damit erreichen? Was bezweckte sie damit, dass sie ihm etwas vorspielte und leugnete, wie sie sich in Wirklichkeit fühlte? Das machte überhaupt keinen Sinn. «Du enttäuschst mich nicht. Für mich ist Freundschaft bei weitem genug. Ich hoffe nur, dass wir jetzt auch Freunde bleiben können.» John verurteilte sich dafür, dass er Zoi nicht die Wahrheit sagte. Er hätte seinen Verdacht äussern müssen. Er hätte es darauf ankommen lassen müssen, sie zu verletzen, um wenigstens herauszufinden, warum sie ihre Gefühle unterdrückte. Aber es fühlte sich alles so warm an. Es fühlte sich so gut an, sie an seinem Körper zu spüren, auch wenn es nur aus Mitleid geschah und er sie später wieder loslassen musste. Eine einzige Sekunde dieser Geborgenheit war es wert, nicht nach der Wahrheit zu forschen. Es war doch so oder so ihr freier Willen. Sie musste gar nichts tun, was sie nicht wollte. Selbst wenn er recht hatte und sie für ihn auch etwas empfand, war Zoi nicht verpflichtet, das zuzugeben. Er würde nie so etwas von ihr verlangen.

«Wir werden Freunde bleiben.» Zois Worte trafen John wie Schläge ins Gesicht. Eigentlich war es genau das, was er hatte hören wollen, aber es fühlte sich falsch an. Eine böse Vorahnung machte sich in ihm breit. Es fühlte sich an wie Abschied.

Leere. Noch nie hatte ich mich so ausgelaugt gefühlt. Mein Lebenswille war gebrochen, mein Selbsterhaltungsinstinkt ausser Kraft gesetzt. Noch lange nachdem Zoi hinter der nächsten Hausecke verschwunden war, stand ich auf genau dem Fleck, wo ich ihr meine Liebe gestanden hatte. Die Regentropfen klatschten auf meine Haut und durchnässten meine Kleider. Ich fror. Aber es war mir egal. Es wäre mir in diesem Moment alles egal gewesen. Ich hätte erfrieren können und dabei nicht einmal mit der Wimper gezuckt. Mein Leben hatte keinen Sinn mehr. Ich hatte verloren, was ich nie wirklich besessen hatte. Mein Glaube daran, dass mein Leben fair war, hatte sich in Luft aufgelöst. Genau wie der letzte Hauch von Wärme nach unserer Umarmung. Es war keine richtige Umarmung gewesen. Die Erinnerung daran schmerzte mich. Ich hatte mich nur von ihr umarmen lassen, ohne meinerseits etwas dazu beizutragen. Ich war eine Marionette. An meinen Fäden aufgehängt, musste ich weiterleben, obwohl mein Verstand keine Notiz mehr vom Leben nahm. Klinisch tot. Das bitterste Urteil: die Atmung funktionierte noch, während der Rest seinen Sinn verlor. Ich hatte immer geglaubt, Ungewissheit würde die schlimmsten Schmerzen mit sich bringen. Aber nun wusste ich, dass ich mich geirrt hatte. Leere war noch um ein Vielfaches schlimmer. Sie nahm mir die Fähigkeit, dem Schmerz entgegenzutreten, mich gegen mein Schicksal aufzulehnen und damit zu hadern. Ich war ihm völlig ausgeliefert. Es gab keinen Schutz, keine Möglichkeit der Veränderung, nur das Verharren in der immer gleichen

Stellung, während der Regen auf mich niederprasselte. Es war eine Erlösung, als ich langsam in meinen Fingern und Zehen das Gefühl verlor. Die Kälte verwischte die Spuren der Fehler, die ich mir nicht verzeihen konnte. Mit jeder Minute, die ich länger im Regen stand, ging es mir besser. Mir gefiel der Gedanke, dass ich in der Kälte erfrieren könnte. Ich zog meine Jacke und mein Hemd aus, damit ich die Tropfen auf meiner Brust spüren konnte. Unbegrenzte Freiheit. Wenn Gott schon nicht gewillt war, mir zu geben, was mir am wichtigsten war, sollte er mich wenigstens so zurücknehmen, wie er mich geschaffen hatte. Nackt. Bevor ich meine Finger vor Kälte gar nicht mehr bewegen konnte, zog ich meinen Füller aus der Hemdtasche. Ich hatte immer einen dabei und wurde mir nun erstmals meiner pedantischen Angewohnheit bewusst. Aber auch das war mir egal. So gut es im Regen ging, schrieb ich auf ein aufgeweichtes Papiertaschentuch, was ich Gott zu sagen hatte. Es war kein Abschiedsbrief, vielmehr ein Eingeständnis, eine Herzensangelegenheit, die ich niemals vergessen wollte. Sterben würde ich ohnehin nicht, der September war noch nicht kalt genug, und irgendwie kam mit jedem Regentropfen, der auf meine nackte Brust klatschte, auch wieder ein Quäntchen Hoffnung auf, dass Zoi sich ihre Gefühle eingestehen würde. Ich wurde reingewaschen. Der Regen nahm meine Sünden mit sich, und der Kälteschmerz brachte mir die Sühne. Anstatt Zois Namen schrieb ich drei andere Buchstaben auf das sich aufweichende Taschentuch. Gott brauchte ich ihren Namen nicht zu sagen und ein ande-

226

rer Mensch sollte ihn niemals sehen. Wie ein Schwert
hielt ich das Papier gegen den Himmel und schrie mir
meinen Schmerz von der Seele.

«Jetzt sag doch endlich mal was.» Tom stöhnte entnervt
auf. Das konnte ein schöner Freitagabend werden. John
degradierte ihn zum Alleinunterhalter.

«Was soll ich dir schon sagen? Frag mich doch, wenn
du etwas wissen willst.» John sah Tom herausfordernd
an. Tom erwiderte seinen streitsüchtigen Blick und hoffte, dass er damit die Sache nicht noch schlimmer machte.

«Es geht nicht primär darum, dass ich etwas wissen
will, sondern dass du dich weigerst, überhaupt ein Gespräch zu führen.»

«Ich weigere mich, ein Gespräch zu führen?» John
lachte verächtlich auf. Demonstrativ legte er seine Hände auf den Tisch und signalisierte volle Konzentration.

«Ja, das tust du.» Tom verlor langsam die Geduld.
John zeigte sich uneinsichtig, schaltete grundlos auf stur,
nur um ihn zu provozieren. Das konnte nichts Gutes bedeuten. John liess fast nie schlechte Laune an seinen Mitmenschen aus, nur dann, wenn es ihm wirklich mies er-
ging.

«Ok. Ok. Wenn du meinst, dass ich kein Gespräch
führen will, werde ich dir das Gegenteil beweisen. Beginnen wir noch einmal ganz von vorne.» John stand auf
und streckte Tom seine Hand entgegen.

«Hallo, ich bin John.»

«Ach komm schon, John, aus dem Kindergartenalter
sind wir nun aber wirklich schon lange heraus. Ich spen-

dier dir jetzt etwas zu trinken, und wir vergessen die ganze Sache.» Tom war nicht gewillt, noch länger auf John einzugehen, während dieser ihm schon fast bösartig seine Worte im Mund umdrehte. Es war das Beste, die Sache so schnell wie möglich zu vergessen.

«Ach so. Jetzt, wo ich mit dir sprechen will, verhalte ich mich also wie im Kindergarten. Gut, dass du mich darauf hinweist.» John lehnte sich mit überheblicher Miene in seinem Stuhl zurück.

«Du weisst genau, wie ich das gemeint habe.» Tom fühlte sich unangenehm in die Defensive gedrängt. Obwohl John einen abwegigen Standpunkt vertrat, gelang es ihm, ihn zu einer Rechtfertigung zu zwingen.

«Nein, ich weiss nicht, wie du das gemeint hast.» Tom fühlte sich wie im falschen Film. Was war nur mit John los? Er hatte ihm doch nichts getan. Im Gegenteil. Nach der Sache im Mathematikunterricht von Mr. Wykes waren sie so vertraut gewesen wie schon lange nicht mehr. Und dann kam das. Er wurde grundlos schikaniert und dafür missbraucht, Dampf abzulassen. Auch wenn es John wirklich nicht gut ging und es gar nicht so meinte, musste er selbst sich das nicht sagen lassen. «Weisst du was, John, ich werde dir nicht übel nehmen, was du gerade gesagt hast, aber in dieser Verfassung kannst du mich mal.» Tom stand auf und wollte gehen.

«Es tut mir doch leid!» Tom glaubte sich verhört zu haben. Jetzt verstand er überhaupt nichts mehr. Zuerst liess John nicht mit sich reden, dann warf er ihm vor, dass alles seine Schuld war und zuletzt, wenn er aufbrechen wollte, kam prompt die Entschuldigung. Das war nicht mehr der rational denkende und kontrollierte John, den er kannte. Das war nicht mehr der einzige gleichaltrige Mensch, der ihm wirklich ebenbürtig war. Das war nur noch ein rastloses Bündel aus Ungewissheit, das nicht wusste, was es tun sollte, und gleichzeitig alles tat, ohne sich für irgendeine Seite zu entscheiden. Tom konnte es nicht ausstehen, über Gefühle zu sprechen, aber es war selbst ihm klar, dass er die Sache nicht einfach so stehen lassen konnte. Er durfte John jetzt nicht im Stich lassen. «Warum hast du es denn getan? Warum greifst du mich eigentlich an? Könnte ich vielleicht mal wissen, was mit dir überhaupt los ist?» Tom war sich bewusst, dass er auf drei Fragen zugleich keine befriedigende Antwort erhalten konnte. Aber irgendwo musste er mal beginnen. Und ausserdem war es schliesslich John, mit dem er es zu tun hatte. Sie führten hier nicht einfach ein Gespräch auf der untersten gefühlsduseligen Ebene. Wenn sie schon über Gefühle sprechen mussten, dann auf einem anständigen Niveau.

«Ich weiss doch auch nicht. Mir wird im Moment alles zu viel. Zuhause und in der Schule ...» Tom konnte verstehen, worauf John hinauswollte. Er kannte das Gefühl auch. Keinen Rückhalt von den Eltern und dann lief es auch im Gymnasium mit den Mitschülern nicht mehr nach Wunsch; das war eine Situation, die er keinem wünschen wollte. Er würde sich Brian in der nächsten Zeit einmal vornehmen. Es ging nicht, dass er John das Leben auch noch schwer machte. Er musste ihn wieder daran erinnern, dass er es war, der die Fäden zog und nicht irgendjemand anderer. Tom strich genüsslich den

Ärmel seines Hemds hoch, aber unauffällig, damit John nicht bemerkte, wie sehr er sie bewunderte. Seine Rolex. So schön sie auch in ihrem Rotgold schimmerte: Was sie symbolisierte, war noch tausendmal besser. Macht. Er hatte die Macht, über andere zu entscheiden. Er besass das Druckmittel, das es ihm ermöglichte, alles zu haben, was er wollte. Mehrfach abgespeichert auf Laptop, Handy und iPod. Nur ein kleines unscharfes Video, auf dem ein einziges Gesicht wirklich zu erkennen war. Aber das richtige. Brians überhebliche Visage. Am liebsten hätte er ihn gleich zum Gelächter gemacht, ihn vor seinen Eltern und der ganzen Schule vorgeführt. Leider war es dazu noch zu früh. Er brauchte ihn noch seines Ansehens wegen. Aber irgendwann würde der Tag kommen, wo er ihn nicht mehr brauchte. Der Tag, wo er kein Hündchen mehr brauchte, das hinter ihm her trottete. Der Tag, an dem er Brian auf einer für ihn angemessenen Ebene begegnen konnte.

Montag, 28. November

Schlafen. Er wollte nichts als schlafen. John legte seinen Kopf auf die kühle Tischplatte und versuchte loszulassen. Seine Lider fühlten sich schwer an und klappten sogleich zu, als er sich nicht mehr dagegen wehrte. Eine bleierne Müdigkeit füllte seinen ganzen Körper aus. Doch der Schleier des Vergessens wollte sich nicht über ihn legen. Ständig drangen Worte an seine Ohren, die er aufschnappte, obwohl er sie nicht hören wollte.

«Erlöser. Können Sie sich vorstellen, Soldaten als Erlöser anzusehen?» Immer dasselbe langweilige Thema, immer die gleiche einfältige Stimme. Und dann sprach Mr. Wilson auch noch von Erlösung. John wand sich auf seinem Stuhl, suchte eine Position, in der er verharren konnte, in der sich die Verkrampfungen seiner Muskeln lösten, in der er der Stimme nicht mehr zuhören musste. Aber er konnte keine finden. Ob er nun den Kopf auf den Tisch oder seine Hände legte, machte keinen Unterschied. Immer stand der vollkommenen Entspannung etwas im Weg. Einmal der verhärtete Nacken, dann war es wieder der Rücken, der sich versteifte. Und wenn ihm endlich einmal für kurze Zeit wohl war, waren die Worte viel zu laut, als dass er sie hätte ignorieren können.

«Die sowjetische Bevölkerung betrachtete die deutschen Soldaten als Erlöser. Nach Jahren der Unterdrückung durch Stalin jubelten Kinder und Frauen auf den

Strassen, als die Nazis einmarschierten, und sie schenkten ihnen Brot zur Stärkung. Hitler hätte ihre Unterstützung gewonnen, hätte er nicht mit dem Terror gegen die Zivilbevölkerung begonnen.» Warum erteilte Gott ihm keine Gnade? Es konnte doch kein grosses Opfer sein, ihn einschlafen zu lassen. John fühlte sich eingesperrt, wäre am liebsten davongelaufen, irgendwohin geflüchtet, aber er wusste, dass es ihm anderswo nicht besser ergangen wäre. Sein Gefängnis war nicht das Gymnasium, es war nicht das Zimmer, in dem er sich befand, auch nicht die Stimme, die ihn gerade folterte. Es waren die Schmerzen, die ihm sein Herz auferlegte. Vor ihnen konnte er nicht davonlaufen, er konnte nur versuchen, einzuschlafen und zu vergessen.

«Mr. White, könnten Sie so freundlich sein und das nächste Mal zu Hause genügend schlafen?» John wusste, dass dies das Signal hätte sein müssen, den Kopf zu heben. Aber er tat es nicht. Er konnte keinen plausiblen Grund finden, warum er es hätte tun sollen. Er musste sich vor niemandem verantworten, einzig vor sich und vielleicht noch vor Gott. Er hatte kein Problem damit, und Gott war selbst schuld, dass er es hatte so weit kommen lassen. Es wäre nicht schwierig gewesen. Es wäre sogar gerecht gewesen. Hatte er nicht jahrelang genau das getan, was andere von ihm erwartet hatten? Und jetzt, wo er einmal etwas selbst gewollt hätte, gelang es ihm nicht, es zu bekommen. Es war etwas, das er weder beeinflussen noch durch Willensleistung erzwingen konnte, sondern allein vom freien Willen einer Frau abhing. War das fair? War das der Weg, den Gott und das

Schicksal für ihn vorausgesehen hatten? Ein Weg, zu dem er nicht ein Sterbenswörtchen zu sagen hatte, ein Weg, der seinen Willen aushöhlte, ein Weg, der ihn in die Leere führte? Vielleicht hatte Buddha recht gehabt. Vielleicht bestand das Leben wirklich nur aus Leiden. John wollte es nicht wahrhaben. Er wollte sich nicht einmal damit beschäftigen. Er wollte schlafen. Schlafen und vergessen.

«Mr. White, wie oft muss ich es Ihnen noch erklären? Ihr selbstgefälliges und stures Verhalten bringt Ihnen Ihre guten Noten nicht zurück. Nehmen Sie sich ein Vorbild an Mr. Wilson und folgen Sie konzentriert dem Unterricht.» Christopher Wilson musterte stirnrunzelnd den schmächtigen Jungen in der letzten Reihe. Er wurde aus John nicht schlau. Die Veränderung, die dieser in den letzten Wochen erfahren hatte, war beträchtlich. Sein sonst peinlich gepflegtes Äusseres hatte sich in ein verlebtes gewandelt. Seine grünbraunen Augen waren von dunklen Ringen gezeichnet und hatten ihren herausfordernden Blick verloren. Er war nicht mehr sauber rasiert, und Christopher Wilson hätte schwören können, dass man ihn, wenn man nur nahe genug herantrat, auch riechen konnte. War das nur wieder eine neue Masche in einem feigen, facettenreichen Spiel? Hatte John bemerkt, dass er ihm in einem Schlagabtausch nicht das Wasser reichen konnte, und stellte er sich darum tot? Damit er sich in Sicherheit wähnen würde und dann plötzlich hinterrücks das Messer in den Rücken gerammt bekam? Christopher Wilson wunderte sich darüber, dass er John White überhaupt so etwas zutraute. Er konnte sich schlicht und einfach nicht mehr vorstellen, dass das Häufchen Elend, das dort hinten neben seinem Sohn sass, der gleiche John White war, von dem er einmal befürchtet hatte, er könnte Tom die Show stehlen. Der es geschafft hatte, ihn in Rage zu versetzen, weil er kühn seine Autorität als Lehrer und als Vater in Frage gestellt hatte. Jämmerlicher Hochstapler. Das Spiel war schon vorbei, bevor er es richtig begonnen hatte.

Christopher Wilson war sich bewusst, dass er hätte Genugtuung empfinden sollen. Aber er spürte nichts dergleichen. Fast ein wenig Enttäuschung. Er wäre so stark gewesen. John White wäre immer und immer wieder gegen dieselbe Wand gerannt und hätte sie dabei nicht einmal um Zentimeter verschoben. Aber es war gar nie dazu gekommen. Er war schon bei der ersten Berührung mit der Wand in sich zusammengebrochen, ohne je einmal die ganze Härte verspürt zu haben. Dass John ein Feigling war, hatte er schon vorher gewusst, den Schwächling hatte selbst er nicht kommen sehen. Christopher Wilson konnte nicht behaupten, dass er sich den alten, überheblichen John White zurückwünschte. Aber er musste sich eingestehen, dass das Unterrichten an der Klasse seinen Reiz ein wenig verloren hatte ohne einen einzigen Schüler, der halbwegs eine Konkurrenz für seinen Sohn darstellte. Ohne Konkurrenz konnte Tom sich nicht verbessern. Ohne Konkurrenz lernte er nicht, sich Mann gegen Mann durchzusetzen, so wie er es im späteren Leben beherrschen musste. Aber was konnte er schon tun? Es war ihm nicht möglich, einen künstlichen Konkurrenten zu erschaffen. Er konnte Tom bestenfalls in seiner Vorbildfunktion für die Klasse fordern und auf dem gleichen Weg weiterführen, den er bis anhin mit ihm gegangen war. Immerhin bestand jetzt die Gefahr nicht mehr, dass Tom von einem überheblichen Feigling auf falsche Bahnen geleitet wurde. Am liebsten hätte Christopher Wilson gleich seinen Unterricht weitergeführt, eine Frage gestellt, die Tom gefordert hätte, etwas über die Partisanen in der Sowjetunion oder die Résistance in Frankreich, aber er spürte die erwartungsvollen Blicke aus der Klasse, die es interessierte, wie er auf das teilnahmslose Verhalten von John White reagierte. Er durfte sich keine Blösse geben. Er konnte Johns passives Verhalten nicht einfach übergehen. Damit hätte er ihm genau das gegeben, was John hatte erreichen wollen. Einen Freipass. Einen Freipass mitzumachen, wann es ihm gerade gefiel oder ihn zu ignorieren, wenn ihm danach war. So weit durfte es nicht kommen. «Mr. White, haben Sie mir zugehört?» Stille. Keine Reaktion. Gedämpftes Gelächter. Christopher Wilson wusste nicht recht, wie ihm geschah. Hatte er nicht gerade vorher noch gedacht, John White wäre gebrochen? Nun aber war dieser, ohne auch nur den Kopf zu bewegen, Ursprung eines Gelächters, das sich gegen seine Autorität als Lehrer richtete. Er wurde vor seinem eigenen Sohn ausgelacht. Dagegen musste er etwas unternehmen. Christopher Wilson ging zwischen den Tischen hindurch und stellte sich vor John auf. Dieser schien ihn nicht einmal wahrzunehmen. Noch immer hatte er den Kopf auf seine Arme gelegt und döste friedlich vor sich hin. Das würde er ihm schleunigst austreiben. Christopher Wilson beugte sich unter dem Geläch-

235

ter der Klasse zu John hinab. «Sagen Sie, Mr. White, darf ich Ihnen vielleicht auch noch ein Kissen bringen?» Keine Antwort. Weiteres Gelächter. Er war also wirklich eingenickt. Christopher Wilson konnte sich ein hämisches Grinsen nicht verkneifen.

«Tu es nicht!» Christopher Wilson fuhr erschrocken zusammen. Das hatte er nicht erwartet. Tom flüsterte ganz leise, so dass nur er ihn hören konnte, aber mit einer Bestimmtheit, die keine Zweifel darüber zuliess, wie ernst es ihm dabei war. Christopher Wilsons anfängliche Verdutztheit wandelte sich sogleich in Entrüstung. Hatte er Tom nicht schon viele Male darauf hingewiesen, ihn während des Unterrichts nicht zu duzen? Und wie erlaubte er sich überhaupt mit ihm zu sprechen? Wenn ihn jemand hätte hören können, hätte sich schon bald herumgesprochen, dass bei den Wilsons nicht mehr der Vater dem Sohn befahl sondern umgekehrt. «Ich mache, was ich für richtig halte.» Christopher Wilson würdigte seinen Sohn keines Blickes. Der brauchte John White nicht in Schutz zu nehmen. Er konnte froh sein, wenn er die Konkurrenz für ihn erledigte. «Mr. White, liegen Sie wirklich bequem genug?» Christopher Wilson erhob seine Stimme, damit ihn wieder die ganze Klasse hören konnte. Das Ganze machte nur einen Sinn, wenn es jedem Schüler klar wurde, was es hiess, Christopher Wilsons Autorität zu untergraben. Andernfalls wäre die didaktische Bedeutung der Demonstration nicht gewährleistet.

«Ich habe dich nicht gefragt, was du für richtig hältst. Ich habe gesagt, dass du es nicht tun sollst!» Christopher

Wilson sah Tom ungläubig in die Augen. Er konnte es nicht fassen. Was hatte er nicht alles für ihn getan? Wie viel Zeit hatte er nicht geopfert, um ihm die bestmögliche Ausgangslage für das spätere Berufsleben zu verschaffen? Und dann fiel er ihm dermassen schamlos in den Rücken. Sein eigener Sohn. Am liebsten hätte er ihn gleich zur Adoption freigegeben. Christopher Wilson versuchte die Wut, die in ihm aufstieg, zu bändigen und zu unterdrücken. Nicht jetzt. Nicht hier vor allen Schülern. Er durfte sich nicht zu einem Streit mit seinem Sohn hinreissen lassen. Wie hätte ihr Ansehen darunter gelitten. Dass Tom überhaupt so etwas wagte. Hatte denn seine Erziehungsarbeit nicht das Geringste gebracht? Waren nicht einmal die einfachsten Grundregeln von Anstand und Respekt gegenüber Eltern bei ihm hängen geblieben? Die Enttäuschung lähmte seine Gedanken.

Sein Sohn war ein nichtsnutziger Schwächling. Ein Feigling, der lediglich provozierte und sich dann gleich auf den Rücken legte. Tom war genau gleich wie seine Mutter. Sie hatte auch nicht erkannt, wie wichtig es war, in einer harten, von Arbeitslosigkeit geprägten Welt Geld zu verdienen. Opfer gab es überall. Man konnte nicht jedem aufhelfen. Nur die Stärksten überlebten. Man konnte sein Geld nicht jedem Bettler hinwerfen, sich seiner erbarmen und Zeit mit ihm verbringen. Zeit war genauso kostbar wie Geld. Zeit war Geld. Und Tom hatte weder die Zeit noch das Geld, um sich um Schwächlinge wie diesen John White zu kümmern. Tom war gleich wie seine Mutter. Der Gedanke ging Christopher Wilson nicht mehr aus dem Kopf. Wie lange hatte er schon nicht mehr an sie gedacht? Tage? Wochen? Monate? Sie war eine Träumerin, hatte immer das Gute in jedem Menschen gesehen. Nur er hatte ihr nie etwas gut genug machen können. Was er auch getan hatte, war falsch gewesen. Wenn er, um ihr die Arbeit zu ersparen, die Abwaschmaschine ausgeräumt hatte, fand sie immer die Schüssel oder den Teller, den er in einen falschen Schrank eingeräumt hatte. Und dann hatte sie ihm vorgeworfen, er würde sich in Selbstmitleid ertränken. Selbstmitleid, doch nicht er. Das war genau das, was dieser John White zu tun pflegte. John White. Christopher Wilson besann sich, wofür er eigentlich in die letzte Reihe gekommen war. Er hatte sich keine Gedanken über seine gescheiterte Ehe machen wollen, war nicht nach hinten gegangen, um sich mit seinem Sohn anzulegen und herauszufinden, dass dieser viel mehr seiner Mutter glich, als ihm lieb sein konnte. John White war das Problem gewesen und war es noch immer. Mit seinem Sohn würde er später noch ein Hühnchen rupfen. Es war noch nicht zu spät, um ihn auf den richtigen Weg zu bringen. «Darüber sprechen wir später.» Christopher Wilson warf Tom einen eindringlichen Blick zu. Jetzt wollte er sich erstmals um den schlafenden Nichtsnutz kümmern. Christopher Wilson beugte sich soweit zu John hinunter, dass sich sein Mund auf gleicher Höhe wie dessen Ohr befand. Er holte tief Luft und wollte hinein schreien, was ihn alles an seinem Verhalten störte. Aber er kam nicht mehr dazu. Das schrille Läuten der Schulglocke schreckte John aus seinem Nickerchen auf und hatte zur Folge, dass Christopher Wilson fast noch den Kopf mit ihm zusammenschlug. Peinlich berührt machte sich Christopher Wilson davon, bevor John die Situation begreifen konnte.

Erst wenn es mir einmal wirklich schlecht erginge, wenn ich am Boden läge, würde ich erfahren, auf welche Menschen in meinem Umfeld ich mich wirklich verlassen könnte. Das hatte meine Mutter einmal zu mir gesagt. Ich hatte immer gehofft, nie erfahren zu müssen, ob meine Mutter damit recht gehabt hatte oder nicht. Die Möglichkeit, einmal richtig am Boden zu sein, hatte mir zwar zu keinem Zeitpunkt Angst eingejagt. Mich hatte viel mehr der Gedanke beunruhigt, dass mich geliebte und vertraute Menschen hätten enttäuschen können.

In so vielen Lebenslagen war aber am Ende die düstere Vorahnung schlimmer gewesen, als die Gewissheit es war. Tom war mir geblieben. Er hatte sich nicht aus dem Staub gemacht, sondern sorgte besser für mich, als ein Freund es hätte tun müssen. Er hatte mich nie gefragt, warum ich meine Lebensfreude verloren hatte. Tom wusste, dass ich nicht darüber sprechen wollte. Er beschränkte sich darauf, mich zu beschützen und mir Hindernisse aus dem Weg zu räumen. Auch wenn ich gerne behauptet hätte, dass ich keinen Beschützer brauchte, musste ich mir eingestehen, dass ich ohne Tom vom Machtkampf im Gymnasium überrollt worden wäre. Ich hatte nicht die Kraft und den Willen, mich gegen Brians hinterlistige Attacken zu wehren. Sie waren mir gleichgültig. Sie gaben mir Zoi auch nicht zurück.

John starrte Löcher in die Luft. Die Geräusche, die durch die sich öffnenden und schliessenden Schranktüren entstanden, gaben ihm ein wohliges Gefühl. Es war überstanden. Es war geschafft. Ein weiterer Tag war vorbei, der ihm nicht lange in Erinnerung bleiben würde. Ein Anflug von Zufriedenheit überkam ihn, wurde aber sogleich wieder vom dumpfen Schmerz in seiner Brust übertönt. Eigentlich hätte er jetzt wie all die anderen Schüler nach Hause gehen dürfen. Aber was hatte er dort schon verloren? Er besass nicht einmal eine Familie, die sich freute ihn zu sehen. Regungslos wartete John darauf, dass sich der Raum leerte. Wie lange würden sie dieses Mal benötigen? Elf Minuten, zwölf Minuten? Vielleicht sogar ein neuer Rekord? John warf einen flüchtigen Blick auf seine Piaget. Sie hatten noch zwei Minuten und dreizehn Sekunden. Wenn bis dann nicht alle aus dem Raum verschwunden waren, würde er einen neuen Rekord frühestens am nächsten Tag miterleben. Zehn Minuten und acht Sekunden galt es zu schlagen. Macht schon! Ein kleines Zückerchen für einen weiteren bedeutungslosen Tag, den er in dieser sinnlosen Welt verbracht hatte. Wer konnte ihm das schon missgönnen. Eine Minute und siebenundvierzig Sekunden. Noch drei Personen befanden sich im Raum. Das sollte zu schaffen sein. John musterte angespannt einen kleinen, dicklichen Jungen, der gestresst in seinem Schrank wühlte und das richtige Buch nicht zu finden schien. Biologie, Chemie, Geographie, eines nach dem anderen warf er verärgert auf den Boden und wandte sich sogleich wieder dem Schrank zu, um das nächste herauszureissen. Armes

Kind, dachte John. Er sah selbst von seinem Platz aus, dass auf dem obersten Tablar noch ein dünnes, zerlesenes Buch mit der Aufschrift «Englische Literaturgeschichte» lag, aber der Junge hielt den Kopf zu nahe an die unteren Tablare, um es in seinem Blickfeld zu haben. John fühlte, wie sich Enttäuschung in ihm ausbreitete. Heute würde es nichts werden mit einem neuen Rekord. Das stand schon mal fest, falls das Dickerchen nicht noch von einem unvorhergesehenen Geistesblitz ereilt wurde. Noch eine Minute und dreiundzwanzig Sekunden. Schade, dass er nicht Gott spielen durfte und dem Jungen weiterhelfen konnte. Aber das hätte einen neuen Rekord verfälscht. Es lag nicht in seinen Händen zu entscheiden, wann die Bestmarke zu fallen hatte. Eine Minute und sieben Sekunden. Eines der beiden Mädchen, die sich sonst noch im Raum befanden, näherte sich zögernd dem Jungen. «Kann ich dir helfen?», fragte es mit einer solch sanften, weichen Stimme, dass Johns Herz augenblicklich einen kleinen Hupf machte. So etwas hatte er nicht erwartet. Das hatte er nicht kommen sehen. Ein Gefühl der Hoffnung umgab ihn, wie er es schon lange nicht mehr empfunden hatte. Hatte er sich getäuscht?

John hätte alles dafür gegeben, dass es so gewesen wäre. Es wäre die Erlösung gewesen. Wenn Zoi nicht nur die einzige und richtige Frau war, die er hatte finden müssen. Wenn es noch eine andere gab, in die er sich verlieben, die ihr das Wasser reichen konnte. Wenn sich sein Glaube daran, dass es nur die Eine, die Richtige gab, als romantisches Hirngespinst herausstellte, wäre er von allen Qualen befreit gewesen. John beobachtete das Mädchen gründlich von Kopf bis Fuss. Sie hatte schulterlanges rotgelocktes Haar. Ihre Augen waren von einer grünblauen Farbe und wenn sie lächelte, bildeten ihre Wangen kleine Grübchen und liefen unter den Sommersprossen ganz rot an. Hübsch und gesund war das erste, was John dazu einfiel. Aber besser als Zoi? John hatte Mühe, ein Urteil zu fällen. Grünblaue Augen waren schön, aber schöner als tiefbraune? Rote, lockige Haare waren hübsch, aber hübscher als glatte, dunkle? Eine gesunde Figur war gut, aber besser als eine schlanke?

Erschrocken fuhr John zusammen. Am liebsten hätte er den letzten Vergleich aus seinem Gedächtnis gelöscht, die Erkenntnis, die er nun nicht mehr verleugnen konnte, in ihrem Ursprung erstickt. Er hatte gesund mit schlank verglichen, Zois Figur als Gegensatz zu einer gesunden verwendet. Sein Verstand hatte es schon längst begriffen, aber sein Herz wollte es nicht wahrhaben. Es konnte nicht sein. Es durfte nicht sein.

Doch es war so, wie es war. Die Schwindelanfälle, die Tatsache, dass Zoi in seiner Anwesenheit nichts ass, dass sie schwarze, viel zu weite Rollkragenpullover trug. Warum sie? Warum nicht irgendein anderes Mädchen? Warum musste es überhaupt irgendjemanden treffen? John war sich bewusst, dass es keinen Sinn hatte, sich solche Fragen zu stellen, aber er konnte nicht anders. Er musste es einfach tun, er musste versuchen zu verstehen, um akzeptieren zu können.

Fragen. Fragen. Fragen. Immer weitere entstanden aus dem Nichts heraus und vermehrten sich laufend. Genug.

Er musste sie erstmals beantworten. Weitere Fragen füllten nur noch seinen Kopf und konnten nicht mehr überdacht werden. John hätte gerne aufgehört zu fragen. Aber mit Schrecken musste er feststellen, dass er nicht mehr der war, der fragte. Laufend entstanden neue Fragen, füllten seinen Kopf und nahmen ihm den Platz zum Denken. Er hatte die Kontrolle über die Fragen verloren. Er war nur noch der, der gezwungen wurde, seinen eigenen Fragen zuzuhören. Warum? Warum nicht? Wieso? Wieso nicht? Weshalb? Weshalb nicht? Die Fragen liessen sich nicht mehr unterscheiden. Jede war gleich, jede bedeutete dasselbe. Wenn er nur eine einzige hätte beantworten können, wären die restlichen wie Seifenblasen zerplatzt, hätten den Raum zum Nachdenken in seinem Kopf wieder freigegeben. Aber er konnte es nicht. Er schaffte es nicht. Schon die erste Frage war ein unüberwindbares Hindernis. Warum? Warum nicht? Wieso? Wieso nicht? Weshalb? Weshalb nicht? Nein! Nein!! Nein!! Nicht schon wieder diese endlose Kettenreaktion. Aber John konnte nichts dagegen tun. Frage folgte auf Frage. Gegenfrage auf Gegenfrage. Wie in einem Spiegelkabinett wurde jede Frage an die gegenüberliegende Wand seines Kopfes geworfen und verdoppelte sich dort fröhlich weiter. Aufhören! Aufhören!! Aufhören!!! John presste beide Hände gegen seinen Schädel, um die Fragen zu bändigen. Aber die Fragen reagierten nicht auf Schmerz. Sie wurden nur noch lauter, schwirrten umso unkontrollierter durch seinen Kopf und vermischten sich zu einem ohrenbetäubenden Dröhnen wie ein Schwarm Wespen, der sich auf einen Angriff vorbereitete. Aufhören!

John konnte nicht verhindern, dass ihm Tränen in die Augen schossen. Sie waren plötzlich da, ohne dass sie sich vorher angekündigt hätten. Aber das Dröhnen verstummte und wurde durch kein anderes Geräusch ersetzt. Ruhe. Ein befreiendes Gefühl. John hörte nichts mehr weiter als seinen eigenen Atem. Die Anspannung in ihm löste sich. Seine Beine waren nicht mehr gezwungen, das Gewicht seines Körpers zu tragen. Entkräftet liess sich John auf den kalten Steinboden sinken. John gönnte sich einen Augenblick der Ruhe. Weinen und Ruhe. Wie lange hatte er die beiden Wörter schon aus seinem Leben ausgeschlossen? Darüber nachgedacht hatte er oft, aber sie wirklich ausgelebt … Daran konnte er sich nicht einmal mehr erinnern. Schwäche war nicht erlaubt. Doch Schwäche machte sich nun mehr und mehr bemerkbar in seinem Leben. Wie sollte es mit ihm bloss weitergehen? John ärgerte sich über den dummen Gedanken. Wenn er die Antwort wusste, brauchte er die Frage nicht zu stellen; hatte er die Antwort nicht, brachte ihn die Frage auch nicht weiter. Er wusste nicht, wie es weiter gehen sollte. Es war jeden Tag dasselbe. Am Morgen erwachte er und hoffte darauf, dass der Schmerz in seiner Brust verschwunden war. Aber sobald er an den Schmerz dachte, war er da und liess ihn nur darauf hoffen, dass der Tag so schnell wie möglich zu Ende sein würde. Den Tag möglichst schnell zu Ende bringen. Das durfte doch nicht wirklich ein Ziel sein.

John gab sich einen Ruck. Bald würden die Reinigungskräfte mit dem Säubern der Gänge beginnen. Wenn sie ihn fanden, würde das bestimmt bis zu Rektor

King durchdringen. Die Wahrheit durfte niemand erfahren, und jede Ausrede, die seinen Zustand erklärt hätte, wäre für sein Ansehen noch um ein Vielfaches schlimmer gewesen. Alkohol? Drogen? Alles bei Höchststrafe verboten. Und auch wenn es nicht verboten gewesen wäre, hätte er es doch vor sich selbst verantworten müssen. John warf einen Blick auf seine Uhr. Höchste Zeit sich davon zu machen. Siebzehn Minuten und zwölf Sekunden nach dem Läuten. Mehr als sieben Minuten über dem Rekord. Der dämliche Rekord. John wunderte sich darüber, wie er nun über sein eigens kreiertes Spiel dachte. Bis anhin hatte er es immer als spannend empfunden, hatte mit den Protagonisten mitgefiebert und war enttäuscht gewesen, wenn es nicht zu einem neuen Rekord gereicht hatte. Aber heute? Zum ersten Mal hatte er den Ausgang nicht einmal miterlebt und die Endzeit verpasst, bereute es aber nicht. Mühsam rappelte sich John auf. Hastige Schritte waren im Treppenhaus zu hören. Wer konnte das bloss sein? Das Reinigungspersonal bestimmt nicht, das rannte nicht mit Putzwagen die Treppen hoch. Ausserdem hörten sich die Schritte nicht dumpf, sondern klackend an. Wer auch immer die Treppe hochrannte, musste Absätze tragen. Das erste, was John über den Treppenabsatz kommen sah, war eine rote Mähne. Gleich darauf erkannte er das Sommersprossengesicht. Es war vom Laufen erhitzt und grinste ihn frech an.

«Habe etwas vergessen.» John wusste nicht, was er darauf sagen sollte. Er hatte nicht damit gerechnet, sie heute noch einmal zu sehen. War sie noch da gewesen, als ihm die ersten Tränen gekommen waren? Hatte sie gesehen, wie er sich hatte zu Boden sinken lassen? John konnte es sich nicht vorstellen. Er hatte nur seinen eigenen Atem gehört, als er am Boden kauerte. Es war mäuschenstill gewesen, sonst hätte er sich niemals zu Tränen hinreissen lassen. Statt etwas zu sagen, nickte John nur abwesend. Er kam sich doof vor. Wie musste er wohl auf das Mädchen wirken? Als sie gegangen war, hatte er nichts anderes getan, als an seinen Schrank gelehnt ins Leere zu starren. Und jetzt, wo sie wieder zurückkam, hatte er sich nur um Zentimeter nach vorne bewegt und stand noch hilfloser im offenen Raum, ohne eine Tür oder einen Stuhl, der ihm hätte Halt geben können. Stopp. Stopp. Stopp. John besann sich eines Besseren. Erste Grundregel in der Verhaltenspsychologie gegenüber Mädchen: keine Angst zeigen. Gesunder Respekt war niemandem vorzuwerfen. Aber Angst konnten sie riechen, machte uninteressant. Das Sensibelchen traf noch der grössere Stempel als den ruchlosen Macho. Wenn er sich nur damit beschäftigte, welche Fehler er machte, hatte er nicht den Hauch einer Chance. Warum musste er davon ausgehen, dass er fehl am Platz war? Dass er nicht hätte tatenlos nach Unterrichtsschluss im Gymnasium rumstehen sollen? Das Mädchen hatte es ihm ja vorgemacht, war einfach frech an ihm vorbeigehuscht, ohne eine exakte Rechtfertigung vorzulegen, was sie hier zu suchen hatte. Etwas vergessen. Das konnte jeder erzählen. Es musste nur mit der nötigen Arroganz oder mit einem hübschen Gesicht vorgetragen werden, sodass niemand auf die Idee kam, an den Worten zu zweifeln.

John verfolgte prüfend die Schritte des Mädchens. Sie war schon wieder auf dem Weg Richtung Treppe. Ihre klackenden Schritte hatten einen unregelmässigen Rhythmus angenommen. Das war vorher noch nicht der Fall gewesen. Beim genaueren Hinschauen erkannte er den ledernen Instrumentenkasten, der seitlich an ihrer Schulter hing. Ihn hatte sie also vergessen. John hätte gerne das Mädchen in ein kurzes Gespräch verwickelt, um zu erfahren, welches Instrument sie spielte. Doch er bemühte sich, desinteressiert zu wirken. Es durfte nicht so aussehen, als käme es ihm gelegen, auf sie zu treffen. Er war schliesslich nicht einfach nur zufällig hier, weil er nichts anderes zu tun hatte. Er war kein gebrochener Schüler, der sich in seiner Einsamkeit damit beschäftigte, die Minuten zu zählen, bis alle Menschen nach Schulschluss aus dem Gebäude verschwunden waren. So durfte er auf keinen Fall wirken. Augen abwenden und Brust heraus. Selbstsicherheit ausstrahlen. Damit erweckte er ihr Interesse und wendete gleichzeitig jeglichen Verdacht ab.

«Bye.» Mit einem kurzen, neugierigen Seitenblick ging sie an ihm vorbei. Er hatte es geschafft. Er hatte sie im Ungewissen über seine Anwesenheit gelassen. Wenn jetzt alles nach Schema lief, würde sie, kurz bevor sie über den Treppenabsatz verschwand, noch einmal einen Blick über die Schulter werfen, um des Rätsels Lösung zu erfahren. John zählte die Schritte bis zur Treppe. Es waren nicht mehr viele. Vielleicht noch fünf. Noch vier. Noch drei. Noch zwei. Noch einer. Das Mädchen griff nach dem Geländer und hielt einen Augenblick inne. Er hatte recht gehabt. John starrte gebannt auf ihren Rücken.

Gleich würde sie sich umdrehen. Ihm noch einmal das Gesicht, wenn nicht gar den ganzen Körper zuwenden. Ihre Blicke würden sich treffen. Sie würde peinlich berührt den Blick senken, und ihre Wangen würden niedlich rot anlaufen. Er konnte es kaum erwarten. John fühlte, wie sein Herz höher schlug. Wenn sie sich ganz drehte, erhaschte er zusätzlich einen Blick auf den Instrumentenkasten. Ein netter Bonus für ein gelungenes Experiment. Wenn es doch nur nicht so lange dauern würde. John hatte das Gefühl, ihre Bewegungen in Zeitlupentempo zu verfolgen. Zuerst spannten sich die Muskelstränge in ihrem Nacken an. Ihr Kopf drehte sich langsam in seine Richtung. Ihre Schulter übernahm die Bewegung, worauf ihre Hüfte und endlich ihr ganzer Körper folgten. Und dann stand sie vor ihm. John wusste nicht mehr, warum er das Psychospiel überhaupt hatte spielen wollen. Es war ihm unangenehm, er fühlte sich nicht wohl in seiner Rolle. Ihre Blicke trafen sich, das rothaarige Mädchen senkte peinlich berührt den Blick, und ihre Wangen liefen niedlich rot an. Warum? John stellte sich die Frage mit der Gewissheit, nie eine Antwort darauf zu erhalten. Warum hatte er dieses Spiel gespielt? Warum manövrierte er sich in Situationen, in denen er sich gar nicht wohl fühlte? Das war nicht seine Art, das war nicht er, das war nicht der John, der er sein wollte.

Und dann der Bonus. Nicht einmal der hatte es gebracht, nicht einmal der war es wert, nicht einmal der war eine Rechtfertigung für ein solches Spiel. John konnte seinen Blick nicht vom Instrumentenkasten losreissen, der nun eindeutig zu identifizieren war. Es schmerzte. Und er war selbst schuld daran. Er hätte nicht wissen müssen, welches Instrument sie spielte. Lass los! John befahl sich das zu tun, was in seiner Situation das einzig Richtige war. Er musste loslassen. Er musste sich selbst schützen. Er durfte sich nicht in etwas hineinsteigern, das er doch nicht ändern konnte. Lass los! Viel zu schön waren die Erinnerungen an den kurzen Moment vorgegaukelter Glückseligkeit, die er in seinem Traum empfunden hatte. Nur er, Zoi und die Geige.

Eine Geige. Schwermütig erinnerte ich mich an die Erlebnisse jener wenigen Tage am Meer, zu denen Tom mich in den Herbstferien genötigt hatte. Damals ging ich der Strandpromenade entlang. Ich wusste genau, wohin ich wollte. Die kleine Bude am hinteren Ende, wo der schwarze Verkäufer, der verdächtig an Morgan Freeman erinnerte, seine Holzschatullen verkaufte. Ich konnte mir nicht erklären, wie ich am Vortag nur hatte so dumm sein können, diejenige in der Form einer Geige nicht zu kaufen. Sie war filigran gefertigt, mit einem Geheimverschluss, den man nur öffnen konnte, wenn man das richtige Hölzchen aus der Geige herauszog. Entschlossen trat ich an den Verkaufstresen heran. Dieses Mal würde ich nicht lange überlegen, sondern sofort zuschlagen. Der Traum, den ich in der letzten Nacht gehabt hatte, ging mir nicht mehr aus dem Kopf. Ich hatte geträumt, ich würde Zoi einen Antrag machen, direkt vor der Gelateria, dort, wo ich einst auch eine Abfuhr erhalten hatte. Ich hatte den Verlobungsring aus

meiner Tasche gezogen, verpackt in der Geigenschatul-
le, die ich auf dem Tresen der kleinen Bude gesehen
hatte. Noch bevor ich ausgesprochen hatte, was ich sie
fragen wollte, war Zoi mir um den Hals gefallen, so aus-
gelassen, wie ich sie noch nie gesehen hatte, und unsere
Lippen hatten sich berührt. Ich hatte das erste Mal in
meinem Leben das Gefühl gehabt zu wissen, was den
Sinn des Lebens ausmachte. Das Aufwachen danach
war eine Qual gewesen, hatte mir die schöne Traumwelt
genommen. Doch das war alles unwichtig, das war alles
Vergangenheit. Ich stand vor dem Verkäufer, der zwei-
fellos hätte Morgan Freeman sein können, und wollte
unbedingt die Schatulle kaufen. Es wundere ihn nicht,
dass ich zurückgekommen sei, sagte der Verkäufer zu
mir. Ich liess meinen Blick über die Schatullen wandern.
Die Schildkröte, der Stern, die Gitarre, der Papagei, alle
waren noch da, nur meine Geige konnte ich nirgends
finden. Nervös suchte ich noch einmal den Tresen ab,
ich musste sie übersehen haben, doch die Geige war ver-
schwunden. Wo die Geige hingekommen sei, fragte ich
den Verkäufer, der nur müde mit seinen Schultern zuck-
te. Er habe nie eine Schatulle in Form einer Geige ge-
habt, antwortete er mir mit einer Stimme, die keinen
Zweifel darüber liess, dass er es ernst meinte.

Er hatte es getan! John konnte es nicht fassen, dass er es
tatsächlich getan hatte. Er fühlte sich schmutzig. John
konnte sein Herz hören, wie es gegen seine Brust pochte
und ihm mit jedem Schlag mehr Schuldgefühle einhäm-
merte. Er hatte es getan und er würde es wieder tun,

sobald er sich schwach fühlen würde. Es war da, ein ständiger Begleiter, eine unergründliche Hassliebe, die nicht von seinem Körper weichen wollte. Genau! Das war es, eine Hassliebe. John sog so viel Luft ein, wie er mit einem Atemzug in seine Lunge pumpen konnte. Ruhig. Jetzt nur nicht überreagieren. Er hatte nichts getan, wofür er sich hätte schämen müssen. John fühlte, wie Wut auf sich selbst in ihm aufstieg. Seine Hände zitterten. Er wollte nicht auch noch sein Zimmer damit beschmutzen. Jetzt gab es keine Ruhe und keine Entschuldigung, dass alle anderen Männer es auch taten. Aber er war nicht wie alle anderen und er wollte nicht wie alle anderen sein. Was würde Zoi denken, wenn sie ihn so sehen könnte? Sie würde nie mehr auch nur ein Wort mit ihm wechseln, einen Gedanken an ihn verlieren. Das war nicht normal, das war nicht etwas Alltägliches, das war einfach nur krank. Es gehörte nicht zu ihm, es war keine Hassliebe, denn immerhin enthielt das Wort «Hassliebe» den Anteil der Liebe, und damit hatte es nun wirklich nichts zu tun. Liebe war nicht widerlich, Liebe war nicht eklig, Liebe konnte unmöglich damit zu tun haben. Das war nur sein Körper. Sein Wille hatte damit überhaupt nichts zu tun. John versuchte, das Gefühl der Verantwortung von sich zu stossen. Er hatte damit nichts zu tun. Er hatte es nicht gewollt und dennoch getan. Es war ein Trieb, ein widerlicher Trieb, der eigentlich gar keine Beachtung verdient hätte. John wollte nicht, dass so etwas zu ihm gehörte. Was würde Zoi nur denken? Was würde sie nur denken, wenn sie ihn so sehen könnte? Reiss dich zusammen. Was für eine bescheuerte Frage.

John ermahnte sich, nicht den Bezug zur Wirklichkeit zu verlieren. Zoi würde es nie erfahren. Niemand würde es je erfahren. Er würde es so lange verleugnen, bis er es selbst vergessen hätte.

John richtete sich mit einem Ruck von seinem Bett auf. Es war nicht mehr wichtig, was er sich dabei gedacht hatte. Es war passiert. Er konnte es nicht mehr ändern. Nun war schnelles Vergessen gefragt. Vergessen war nicht möglich, solange er sich schmutzig fühlte. Es war an seinen Händen, es war an seinen Beinen. Oder täuschte er sich? Seine Augen sahen nichts. Da war nichts. Aber dennoch fühlte er sich schmutzig. Er musste es wegwaschen. Ob es nun da war oder nicht. Vielleicht war es auch nur das Schuldgefühl, das ihm einredete, schmutzig zu sein. Aber deswegen gehörte er noch lange nicht unter Quarantäne. Es war menschlich. Aber was würde Zoi denken? Würde sie es auch für menschlich halten? Nein, das würde sie bestimmt nicht. Johns Gedanken drehten sich im Kreis. Jetzt war er wieder an einer Stelle angelangt, die er nun zur Genüge kannte. Zoi. Es ging gar nicht darum, ob er sich schmutzig fühlte oder nicht. Er fühlte sich schmutzig. Aber das kam nur davon, dass er wusste, was Zoi davon halten würde. Er würde sich sofort waschen. Wägt euch nur in Sicherheit, hässliche Spermien. Gleich werdet ihr es nicht mehr so angenehm kühl haben. Jetzt nur noch den Wasserhahn voll aufdrehen. Das war eigentlich eine dumme Idee. So musste er das Wasser zuerst laufen lassen, bevor es heiss genug war. Damit lieferte er ein Indiz darauf, was gleich kommen würde. John trat noch einmal aus der Dusche hervor und drehte den kühlen Stahlhahn voll auf. Jetzt bloss keinen Fehler machen. Ein undankbares Spiel, bei dem es keine Gewinner geben würde.

Aber er, John, wäre der erste Verlierer. Das war nicht seine Schuld. Nicht er hatte angefangen mit dem bösen Spiel. Nicht er hatte erwachsen werden wollen. Nun konnte er Michael Jackson verstehen. Möge er in Frieden ruhen. Ein Kind zu bleiben wäre tausendmal besser gewesen. Aber das konnte er nicht. Das konnte niemand. Also musste er das Beste aus der Situation herausholen, in die er hinein manövriert worden war. Er musste sich den Platz des ersten Verlierers sichern. So konnte er wenigstens mit dem Gefühl leben, alles richtig gemacht zu haben. Es war nicht seine Schuld. Er musste es glauben, um nicht innerlich aufgefressen zu werden von den Schuldgefühlen. Es war nicht seine Schuld. Aber das war im Moment noch nicht wichtig. Die Dusche! Er hatte sie völlig vergessen. Sie würde den Kampf nicht für ihn führen. Das musste er schon selbst tun. John griff mit seiner Hand durch den mit Schmetterlingsmustern geschmückten Duschvorhang. Das kalte Wasser strömte über seine Hand und seinen Unterarm. Eine Farce, diese Schmetterlinge. Sie wollten ihm einreden, dass das Leben farbenfroh und leicht war wie ihre Flügel. Und zerbrechlich. Doch es war schwer und mühsam, ein einziger Kampf. Es formte sich erst unter der Anwendung von Gewalt. Nur die Stärksten konnten überleben. Von wegen zerbrechlich. Das Leben war nicht zerbrechlich. Nur einige Arten von Lebewesen, die sich nicht fügen konnten oder nicht bereit zum Kampf waren. Was hatte er Tom nur über Schmetterlinge erzählt. Er hatte sie mit dem Lächeln von Menschen gleichgesetzt und gesagt, das Wichtigste sei nur die Natürlichkeit. Eine glatte Lüge. Nun sah er die Schmetterlinge und konnte weder lachen, noch fühlte er sich leicht. Das Einzige, was er spürte, war das kalte Wasser auf seinem Unterarm. Wichtig war nicht Natürlichkeit. Wichtig war der Mut, über sein eigenes Schicksal zu entscheiden, das kalte Metall bis zum Anschlag gegen links zu drehen und dem Jucken, dem Kitzeln und der Schuld ein Ende zu bereiten. Das hatte er. Er war mutig und stark. Er war John. Er war nicht schwach. Mit einem Ruck drehte er den kalten Wasserhahn gegen links und zog die Hand aus der Dusche zurück. Dampf stieg unter dem Vorhang hervor. Warmer, gemütlicher, angenehmer Dampf, der sich um seine Fussknöchel legte und an seinem Körper empor stieg. Nun war es soweit. Der Dampf nahm ihn so an, wie ihn Gott erschaffen hatte. Er erlöste.

In Zeitlupentempo zog John den Vorhang zur Dusche zurück. Es durfte nicht schnell gehen. Er musste die ganze Vorfreude auskosten. Eine Wolke aus Dampf kam ihm entgegen, bildete kleine Wassertröpfchen an den Härchen auf seiner Brust. Sie war eigentlich viel zu schwach und viel zu blass. Alles egal. Gleich würde sie nicht mehr so blass sein. Ohne jede Hast betrat John die Dusche. Der Steinboden brannte unter seinen Füssen. Nun gab es kein Zurück mehr. John wollte kein Zurück. Mit einem letzten entschlossenen Schritt trat er unter das strömende Wasser. Wie schmerzhaft musste es sein, bei lebendigem Leibe zu verbrennen? War Schreien der einzige Ausweg, die Schmerzen zu ertragen? All das hatte sich John immer gefragt, wenn in der Schule von Hexenverbrennung die Rede gewesen war. Nun wusste er es. Und doch hatte er keine Antwort auf die beiden Fragen. Sein ganzer Körper war wie gelähmt durch das unglaubliche Brennen auf seiner Haut. Keine Fragen. Keine Antworten. Keine Genugtuung über das Besiegen seiner Schwäche, der Schuld. John hatte keine Gedanken, brauchte kein Schreien, das seinen Schmerz gelindert hätte. Nur einen Namen, ein Bild, ein Gesicht, das durch den Schleier des Schmerzes bis zu ihm drang. Zoi.

Zoi. Das nächste Mal, dass ich an sie dachte, war bei Mr. Harvey im Englischunterricht. Aufrecht sass ich auf meinem Stuhl und achtete darauf, dass mein Rücken die Stuhllehne nicht berührte. Meine Haut war verbrannt, und kleine schmerzhafte Bläschen hatten sich darauf gebildet. Aber das war mir egal. Ich hatte nichts unternommen, um die Schmerzen lindern. Es wäre einfach gewesen, mir eine kühlende Brandsalbe zu besorgen, aber ich wollte nicht, dass der Schmerz abnahm. Er war gut so wie er war, solange sich die Bläschen nicht öffneten und ich ernsthafte Konsequenzen zu befürchten hatte. Der Schmerz war mein Freund. Er gab mir das Gefühl, noch am Leben zu sein und übertönte den anderen monotonen Schmerz in meiner Brust, der meinen Körper lähmte.

Desorientiert starrte ich auf das Blatt, das vor mir auf dem Tisch lag. Hilfesuchend liess ich meinen Blick durchs Klassenzimmer schweifen. Doch niemandem schien es wie mir zu ergehen. Keiner hatte Mühe, sich unter dem Begriff, der in fetten Grossbuchstaben auf dem Papier stand, etwas vorzustellen. Nur ich. Nicht einmal Tom hatte seinen Kopf gehoben. Nicht einmal er spürte meinen Blick. Er war schon tief in den Gedanken zu seinem Aufsatz versunken. Normalerweise trafen sich nach dem Austeilen des Aufsatzthemas viele hilflose Blicke. Verwirrte, verärgerte, uninspirierte Blicke. Doch heute hatte Mr. Harvey die Aufgabe so offen gestellt, dass nicht eine einzige Person etwas daran auszusetzen hatte. Es konnte alles dazu geschrieben werden und in meinem Fall dennoch nichts. Selbstlosigkeit. Kein bescheuertes Thema, ein überaus interessantes Thema, aber ein Thema, mit dem ich mich nicht auseinandersetzen wollte. All meine Erinnerungen an Selbstlosigkeit waren mit Zoi verknüpft. Es tat weh, sie zurück in mein Gedächtnis zu holen, nachdem ich sie daraus verdrängt hatte. Aber sie kamen. Ich musste sie nicht zurückholen. Sie waren wie das Wasser eines übervollen Stausees. Sobald die Schleuse einmal geöffnet war, konnte sie nicht mehr geschlossen werden. All meine Erinnerungen kamen zurück, drangen in mein Bewusstsein, ohne dass ich mich hätte dagegen wehren können. Selbstlosigkeit. Märtyrertod. Heldenmythos. Ich hatte für Zoi sterben wollen. Hinterher konnte ich mir meinen Wunsch nicht mehr erklären, aber dennoch war da ein Gefühl, eine dunkle Vorahnung, dass ich es noch immer wollte. Die Erkenntnis machte mir Angst. Ich steigerte mich da in etwas hinein, ich konnte mich selbst nicht verstehen. Unruhig rutschte ich auf meinem

Stuhl herum. Das war kein Interpretationsansatz der Selbstlosigkeit, wie er in einen Aufsatz gehörte. Das war nicht etwas, was Mr. Harvey von mir wissen durfte, selbst wenn er das Gegenteil eines konservativen Lehrers war. Hastig warf ich einen Blick auf meine Piaget. Nur noch vierzig Minuten. Und noch immer stand nicht ein einziges Wort auf meinem Blatt. Ich musste schreiben, wenigstens meine Ideen notieren, doch nicht einmal dazu war ich im Stande. Das einzige, was ich denken, was ich hören konnte, war das endlose «Noch immer», das nicht verstummt war. Sterben für den Menschen, den ich am meisten liebte. Es hörte sich an wie ein krankhafter Liebesbeweis, aber es steckte mehr dahinter. Ich wollte ein Held sein, ein Mythos werden, einmal in meinem Leben genügen können. Entkräftet liess ich mich zurück in meinen Stuhl fallen. Es tat weh. Es tat schrecklich weh. Nicht die Brandbläschen, die an meinem Rücken durch die Reibung gewaltsam geöffnet wurden. Die spürte ich kaum. Was wirklich weh tat, war die geistige Klarheit. Ich hatte meinen wunden Punkt gefunden. Die wunderschöne grosse Seifenblase mit der Aufschrift «Selbstlosigkeit» zerplatzte in meinem Kopf, löste sich in Luft auf. Es ging nicht um sie. Es ging um keinen meiner Mitmenschen. Es ging einzig und allein um mich. Meine Selbstlosigkeit bestand aus Egoismus. Das war der Grund, warum mir der Gedanke gefiel, für die geliebte Person zu sterben. Mein Leben bekam dadurch einen Sinn. Kurz entschlossen nahm ich meinen Füller aus der Hemdtasche und schrieb in drei Worten auf, was für mich Selbstlosigkeit bedeutete.

Wenn die Aufgabenstellung schon so kurz war, musste auch der Aufsatz knapp sein. Selbstlosigkeit ist Egoismus. Punkt.

Tom drehte behutsam seinen Schlüssel. Ein leises Klacken ertönte. Das Schloss war eingerastet. Obwohl Tom wusste, dass seine Zimmertür jetzt verschlossen war, griff er nach der Türklinke. Eine reine Vorsichtsmassnahme, aber unter Umständen eine wichtige. Tom hielt einen Augenblick inne. Vorsichtig darauf bedacht, nicht das leiseste Geräusch zu machen, legte er sein Ohr an die Tür. Waren im Gang Schritte zu hören? Stand sein Vater vielleicht unmittelbar vor der Tür? Absolute Stille. Niemand auszumachen. Tom konnte nur seinen raschen Atem hören. Sein Vater musste unten im Wohnzimmer sein, stöberte bestimmt wieder in seinen Geschichtsbüchern. Bevor Tom den Türgriff nach unten drückte, stemmte er sich mit seiner freien Hand gegen die Tür. So konnte sein Vater, wo immer er auch war, unmöglich hören, dass er versuchte, die Tür zu öffnen. Normalerweise verschloss Tom nie sein Zimmer, sein Vater hatte es ihm verboten, aber heute ging es nicht anders. Heute musste er es verschliessen. Wenn sein Vater ihn ertappte, hatte das weitaus härtere Konsequenzen, als wenn er nur auf eine verschlossene Tür stiess. Tom drückte die Klinke bis zum Anschlag nach unten, zog sie mit der anderen Hand zu sich und drückte sie gleichzeitig mit der anderen in die Angeln. Langsam verringerte Tom den Druck der Hand, die die Tür in den Rahmen drückte, bis er schliesslich nur noch mit der anderen an ihr zog. Die Tür bewegte sich keinen Zentimeter. Erleichtert atmete Tom auf. Zweifellos verschlossen. Jetzt benötigte er nur noch eine abgebrühte Lüge. Kurzentschlossen öffnete Tom den Mund. «Du Dad …» Mitten im Satz hielt er inne. Warum fiel es ihm nur so schwer? Sonst hatte er doch auch keine Skrupel zu lügen. Kollegen belügen war das eine, die Familie das andere. Tom holte noch einmal Luft. Das durfte jetzt kein Hindernis sein. Er hatte es in dieser Woche schon einmal gewagt, seinem Vater Paroli zu bieten, ihm zu widersprechen. «Du Dad …» Toms Stimme war laut genug, dass man sie durchs ganze Haus hören konnte, aber dennoch überkam ihn das Gefühl, dass sie nicht bestimmt genug klang. Sie tönte ängstlich und falsch, sein Vater musste schon auf einen Kilometer riechen, dass er im Begriff war zu lügen.

«Was ist denn?» Die Stimme seines Vaters kam von ganz weit her. Doch der gereizte Unterton drang bis zu Tom durch die verschlossene Zimmertür hindurch. Es war an der Zeit, ihm zu antworten, möglichst schnell loszuwerden, was er wollte, sonst hätte die Störaktion später noch ein unangenehmes Gespräch zur Folge. Tom riss sich zusammen. Er log, das konnte er nicht abstreiten, aber so genervt wie sein Vater klang, würde er das bestimmt überhören. Ausserdem war er alles andere als feinfühlig, was die Gefühle und Körpersignale anderer Menschen anging. «Ich möchte gerne in der nächsten Zeit nicht gestört werden. Ich habe noch für eine wichtige Prüfung zu lernen.» Wieder vergingen einige lange Sekunden, die Tom wie Minuten vorkamen, bis er die Antwort seines Vaters erhielt.

«Das machst du gut, mein Sohn.» Dieses Mal war der Unterton freundlicher. Tom konnte nicht verhindern, dass sich sein Gewissen bei ihm meldete. Was er getan hatte, war perfide gewesen. Er hatte nicht nur seinen Vater belogen, sondern auch noch seine grösste Sorge als Vorwand missbraucht, um ihn sich vom Leib zu halten. Vergiss es. Wenn er jetzt schon begann, sich wegen der kleinsten Lüge Sorgen zu machen, konnte er sich später gleich lebendig begraben. Das war nur der Anfang gewesen. Die wirkliche Tat würde erst noch folgen. Tom liess die Türklinke los und setzte sich an seinen Computer. Er hatte die Tat schon oft in Gedanken durchgespielt. Die Vorbereitung, die Durchführung und das Vertuschen der Spuren waren perfekt ausgedacht. Womit er nicht gerechnet hatte, waren die Hemmungen. Schon das Belügen seines Vaters hatte seine Hemmschwelle nahezu überschritten. Wie sollte er sich erst jetzt dazu überwinden. Bleiben lassen. Sein Gewissen meldete sich sofort zurück, sobald er begann sich zu hinterfragen. Doch das war keine Option. Sonst hätte er sich nicht schon so oft dazu gedrängt gefühlt. Brian, Jack und alle anderen, was die immer für Geschichten erzählten. Wie sollte er mithalten, sie kontrollieren können, wenn sie herausfanden, dass er im Grunde genommen keinen blassen Schimmer hatte. Schon damals, als er Brian mit der Prostituierten erwischt hatte, hatte er mit dem Gedanken gespielt, auch noch mit ihr zu schlafen. Natürlich war Brian schon vor ihm dran gewesen. Aber wen interessierte das schon. Er hätte es sowieso niemals erfahren. Er hätte mit seinem Video Brian unter Kontrolle gehalten und gleichzeitig alle wichtigen Erfahrungen gemacht, die ein mächtiger Mann machen musste, um à jour zu bleiben.

Aber er musste keine Erfahrungen machen. Er musste nicht sein wie alle anderen. Da war schon wieder sein Gewissen. Es versuchte ihm etwas über Individualität und den übrigen Unsinn zu erzählen. Doch das musste er sich nicht mehr anhören. Tom warf einen Blick auf seine Rolex. Wie schön sie glänzte, die Potenz, die sie ausstrahlte, aber auch davon durfte er sich jetzt nicht ablenken lassen. Sein Vater war nicht so naiv zu glauben, dass er stundenlang in seinem Zimmer büffelte. Wenn es zu spät war, war es zu spät. Aber heute würde es nicht zu spät sein. Tom griff entschlossen nach der Maus und liess den Cursor gezielt in Richtung des Internetsymbols wandern. Ein Doppelklick und schon öffnete sich das Fenster vor ihm. Es war so einfach, schon fast zu einfach. Nur keinen Gedanken daran verschwenden, was er eigentlich tat, dem Gewissen keine Möglichkeit geben, zurück ins Spiel zu finden. In grossen Buchstaben bot Google seine Dienste an. Nur jetzt keinen Anfängerfehler machen, dachte Tom. Man könnte vergessen, hinterher den Internetverlauf zu löschen, und schon hätte er das Desaster. Das würde ihm nicht passieren. Dafür war seine Taktik zu fehlerlos. Die Sicherheit würde ihn auch jetzt nicht im Stich lassen. Nun war es ein Vorteil, dass er sich bei den anderen immer unauffällig danach erkundigt hatte, wie solche Probleme zu vermeiden waren. Auf Toms Gesicht breitete sich ein selbstgefälliges Lächeln aus. Ein kurzer Klick auf Sicherheit, dann mit dem Cursor nach unten fahren bis auf InPrivate-Browsen und schon waren Probleme abgewendet, bevor sie überhaupt entstanden waren. Eine neue Seite tat sich auf, und er konnte wieder auf Google zugreifen. Jetzt fehlte nur noch die letzte Eingabe, der letzte Suchbefehl, und mit einem einzigen Klick war er dort, wo es ihn hinzog. Tom warf einen flüchtigen Blick Richtung Fenster. Die Storen waren heruntergelassen, aber dennoch hatte er das Gefühl, beobachtet zu werden. Aber da war nichts, was Tom hätte erkennen können. Draussen war es dunkel geworden, und sein Gesicht wurde im Licht seiner Zimmerlampe in der Fensterscheibe gespiegelt. Du! Tom fuhr erschrocken zusammen. In der Scheibe spiegelte sich ein Körper, den er so nicht kannte. Er sah zwar genauso aus wie sein eigener, aber er sass vor einem Computer und war im Begriff auf schmutzige Seiten zu greifen. Tom wollte sein Gesicht nicht sehen, während er so etwas tat. Den Blick auf das Fenster gerichtet, ging er Schritt für Schritt auf die Tür zu, bis er sein Spiegelbild aus den Augen verlor. Sobald er sich nicht mehr sehen konnte, tastete er mit seiner Hand nach dem Lichtschalter, der sich neben der Tür befand. Ein kurzes Klicken und schon war es dunkel im ganzen Zimmer, abgesehen vom Computerbildschirm, der den Raum spärlich erleuchtete und gespenstische Schatten an die Wände warf. Tom trat von der Türe weg, den Blick noch immer auf das Fenster gerichtet. Es war nicht mehr da. Sein Abbild hatte sich aus dem Staub gemacht. Erleichtert liess sich Tom auf seinen Stuhl sinken. Die Dunkelheit vertuschte seine Tat.

Mit drei unbedeutenden Buchstaben gab er in die Suchmaschine ein, wonach er suchte. Wenn man sie in einer anderen Reihenfolge angeordnet hätte, wären es nichts als Buchstaben gewesen, keinerlei von Schuld oder Scham belastete. Der Gedanke gefiel Tom. Er suchte nur drei Buchstaben. Das war das Normalste der Welt. Wer gab schon nicht einmal ein Wort mit drei Buchstaben bei Google ein? Noch der zweitletzte Klick und er hatte die Suche bestätigt. Innert Sekunden wurde ihm eine breite Auswahl an Seiten angepriesen. Überall stand free, er brauchte nichts zu bezahlen. Das Einzige was zählte, war die Geschwindigkeit. Es durfte nicht lange dauern, er musste die Seite praktisch schon wieder verlassen haben, wenn er sie öffnete. Tom lauschte in die Stille hinein. Noch immer keine Schritte zu hören. Tom klickte auf den ersten Vorschlag. Ein letzter Klick und der Bildschirm wurde in ein unheimliches Schwarz getaucht. In schmieriger grauer und rosa Farbe tauchte das mit zwei Sternen geschmückte Logo der Seite auf dem Bildschirm auf. Tom spürte, wie sein Herz schneller schlug, und seine Hände begannen zu zittern. Bist du achtzehn Jahre alt? Tom hatte schneller auf den Button mit der Aufschrift «Ja» gedrückt, als er die Frage hatte lesen können. Gewissensbisse verweigerte er nun den Zutritt zu seinem Verstand. Sein Gehirn durfte nicht mehr denken. Er durfte sich nicht mehr fragen, wer er wirklich war. Der Computer surrte laut auf. Wenn er doch nur ein bisschen neuer gewesen wäre, dann hätte er nicht so viel Zeit benötigt, um die Seite zu laden. Rastlos trommelte Tom mit seinen Fingern auf der Schreibtischplatte. Es konnte nicht mehr lange dauern. Es durfte nicht mehr lange dauern. Sein Vater konnte jeden Moment nach der

Türklinke greifen, sie nach unten drücken und dann … Tom schauderte. Kalt lief es ihm über den Rücken. Er durfte sich nicht selbst verrückt machen. So viel Zeit war noch nicht verstrichen. Sein Vater würde ihn nicht beim Lernen stören. Der Computer gab ein ächzendes Geräusch von sich. Die Ventilatoren im Inneren liefen auf Hochtouren. Tom starrte gebannt auf den Bildschirm. Endlich tauchten die ersten Konturen der Webseite auf. Zuerst die Überschriften der Filmchen in der gleichen schmierigen Farbe, wie sie schon im Logo enthalten waren. Von den Videodateien selbst war vorerst nur der Rahmen zu sehen, der Rest war noch nicht geladen. Tom wurde von einer gierigen Vorfreude befallen. Es hatte etwas Berauschendes an sich, Verbotenes zu tun. Gleich würde es soweit sein. Gleich würde er sie sehen. Gleich würden sich die nackten Frauenkörper auf dem Bildschirm räkeln. Ein schrilles Piepsen ertönte. Tom schrak aus seinen Gedanken auf. Eine Fehlermeldung wurde in einer Box angekündigt. Ok! Einfach nur weg damit. Etwas Schlimmes würde schon nicht geschehen. Tom hämmerte energisch auf die Enter-Taste ein, ohne wirklich hinzusehen, welches Problem sich angekündigt hatte. Es war nicht von Bedeutung. Später hatte er immer noch Zeit, winzige Spuren zu verwischen, aber dazu musste er jetzt zuerst mal ans Ziel kommen. Und dann waren sie plötzlich da. Wie wenn sie nie hätten auf sich warten lassen, räkelten sich die nackten Körper auf dem Bildschirm. In Strapsen und mit hinausgestreckten Zungen in den Mundwinkeln schauten sie notgeil in die Kamera. Manche waren schon im Ausüben sexueller Handlungen abgelichtet, weitere warteten damit noch, bis das Video geöffnet wurde. Tom spürte, wie sich sein Glied in der Hose aufbäumte. Er spürte den Drang, eines der Videos aufzurufen, sich einfach gehen zu lassen. Ein Gefühl der Schuld überkam ihn. Aber er war nicht bereit es anzuerkennen. Ohne noch weiter darüber nachzudenken, klickte Tom auf das erstbeste Video.

Gelassenheit. Unschlüssig musterte ich die Nummer auf dem Touchscreen meines I-Phones. Eine winzige Fingerbewegung hätte genügt, um eine Verbindung zu erstellen und Zois Stimme zu hören. Sollte ich es tun? Ich war nicht sicher. Sollte ich wirklich noch einmal die erdrückenden Schmerzen auf mich nehmen, ohne jegliche Versicherung, dass sie es auch wert waren? Ich ertappte mich dabei, wie ich die Quersumme ihrer Handynummer ausrechnete. Wie in einem Glücksspiel wollte ich damit meine Entscheidung beschleunigen. Aber heute tat ich es nicht. Ich spürte zwar die Regung es zu tun, widerstand aber dem hilflosen Versuch, etwas verhindern zu wollen, was ich nicht verhindern konnte. Das war ich, und ich hatte im Englischunterricht bei Mr. Harvey herausgefunden, wie ich damit umzugehen hatte. Gelassen. Gelassenheit war der Schlüssel zum Glück. Gelassenheit war das Abbild der Selbstlosigkeit. Ich hatte zwar in meinem Aufsatz die Selbstlosigkeit vorschnell als Egoismus verurteilt, aber im Nachhinein ohne einen von Verzweiflung und Hilflosigkeit getrübten Blick doch noch eine Lösung gefunden. Es musste so sein. Wenn es ebenso egoistisch war, etwas zu erzwingen wie sich zu Gunsten anderer aufzugeben, musste das der einzig wahre, selbstlose Weg sein. Die Gelassenheit. Alles so entgegen zu nehmen, wie es sich ergab, ohne über richtig und falsch zu urteilen. Entschlossen berührte ich mit meinem Finger den Touchscreen. Ich durfte versuchen Zoi zu erreichen, mein Leben erträglicher zu gestalten. Hatte sie nicht gesagt, wir würden Freunde bleiben? Mir nicht versichert, dass meine Gefühle für sie daran nichts ändern würden? Ich durfte es versuchen. Es war nicht egoistisch, das zu tun. Es war das Gegenteil. Mein Versuch zu meinem Glück zu kommen, war selbstlos, solange ich akzeptieren konnte, was auch immer Zoi zu mir sagen würde. Ich hob das I-Phone an mein Ohr und wartete darauf, dass das Freizeichen ertönte.

«Ich muss dir etwas gestehen.» John sah die Sorgenfalten, die sich auf Toms Stirn bildeten, und versuchte ihn augenblicklich zu beruhigen. «Keine Angst, es ist nichts Schlimmes. Ich finde einfach nur, dass du es nach allem, was du für mich getan hast, erfahren solltest». John legte eine kurze Pause ein. Er hatte nicht darüber nachgedacht, wie er es Tom am besten sagen würde. «Ich weiss nicht genau, wo ich beginnen soll.» John zuckte hilflos mit den Schultern. Warum konnte Tom nicht einfach verstehen, irgendwie vorhersehen, worauf er hinauswollte?

«Wie wäre es mit dem Anfang?» John nickte nachdenklich. Mit dem Anfang beginnen war leichter gesagt als getan, wenn er selbst nicht wusste, wie viel er Tom überhaupt erzählen wollte. Aber er konnte es versuchen. Wie er reagieren würde, hatte er so oder so nicht im Griff. «Erinnerst du dich noch an das Mädchen, dessen Handynummer du mir ausfindig gemacht hast?» John schaute Tom in die Augen und versuchte zu ergründen, was sich in ihm abspielte. Tom zeigte keine Regung. Seine Augen hatten etwas Geistesabwesendes. Er sass einfach nur auf seinem Stuhl und antwortete nichts. «Tom, erinnerst du dich noch an sie?» John wiederholte seine Frage. Er hatte das unangenehme Gefühl, dass Tom seine Frage schon beim ersten Mal problemlos verstanden hatte, dass er sie einfach nicht hatte hören wollen, aber er konnte es nicht mit Sicherheit behaupten.

«Natürlich erinnere ich mich noch.» Bevor sich John weitere Gedanken machen konnte, hatte Tom geantwortet. Er verwarf seine Zweifel. Tom hatte bestimmt nur kurz nicht zugehört, und da war ihm seine Frage entgangen. Jetzt war er auf jeden Fall ganz Ohr. Er konnte getrost fortfahren. «Und dir ist vielleicht auch aufgefallen, dass ich über sie später nie mehr ein Wort verloren habe?» Jetzt musste er stark sein. Er durfte sich nicht verraten. Tom durfte nicht erfahren, wie wichtig seine Antwort war. John konnte Tom nicht länger in die Augen sehen. Sein Pokerface hatte etwas Unantastbares. Tom strahlte eine Überlegenheit aus, der er sich nicht gewachsen fühlte.

«Klar doch, wie hätte mir das nicht auffallen können?» Toms Antwort wurde von einem heiseren Lachen begleitet. John zuckte unangenehm berührt zusammen. Das war nicht das, was er sich erhofft hatte. Es wäre ihm lieber gewesen, Tom eine Geschichte zu erzählen, die ihm vollkommen neu war, über die er sich noch keine Gedanken gemacht und kein Urteil gebildet hatte. Aber das war nun nicht mehr möglich. John zwang sich dazu, Tom wieder in die Augen zu sehen. Trotzdem musste es weiter gehen. Tom musste die Wahrheit erfahren. «Also, dieses Mädchen ...» John täuschte einen Hustenanfall vor, um nicht weitersprechen zu müssen. Wenn es doch nur schon vorbei gewesen wäre. Zurück zur Tagesordnung, dort wollte er hin. Sein eigener Gedanke befremdete John. Hatte er sich nicht immer gewünscht, mit Tom über Themen zu sprechen, die ihm bedeutungsvoll erschienen? Hatte er nicht gehofft, eines Tages von den Gesprächen über Machtverhältnisse und unreife Spielchen befreit zu werden? Und jetzt wünschte er sich die belanglosen Themen zurück, statt über Gefühle sprechen zu müssen. «Dieses Mädchen, oder nennen wir sie gleich beim Namen, Zoi Swan ...» John hielt noch einmal einen kurzen Augenblick inne, um Tom zu beobachten. «Sie ist für mich mehr als nur eine Kollegin ...» Tom zeigte keine Reaktion. Noch immer sass er seelenruhig da und hörte zu. Er schien es bereits zu wissen. Er konnte es genauso gut aussprechen. «Ich habe mich in sie verliebt.»

«Und?» Das war das erste Mal an diesem Abend, dass Tom sich unaufgefordert zu Wort meldete. John warf ihm einen irritierten Blick zu. Er verstand die Frage nicht. «Was und?»

«Und wieso erzählst du mir das?» Der bissige Unterton in Toms Frage war nicht zu überhören. John wich intuitiv so weit in seinen Stuhl zurück, wie er nur konnte. Tom war wie ausgewechselt. Eben hatte er noch ganz unantastbar und abwesend gewirkt, jetzt lag schon etwas Feindseliges in seinem Benehmen. Das konnte nichts Gutes bedeuten. John spielte in seinem Kopf alle plausiblen Gründe für Toms Verhalten durch, aber keiner konnte ihn wirklich überzeugen. Hatte er einfach nur einen schlechten Tag? Nein, Tom war kein launischer Mensch, er liess seine Wut nie an ihm aus. Kannte er selbst vielleicht Zoi? War sie ihm gar nicht so unbekannt, wie er immer getan hatte? Das war noch weniger wahrscheinlich. John entschloss sich, die Spannung, die nun plötzlich in der Luft lag, zu ignorieren. Es blieb zu hoffen, dass Toms Verhalten so schnell wieder verschwand, wie es aufgetaucht war. Solange das noch nicht der Fall war, konnte er einfach nur versuchen, ruhig zu bleiben und die Kontrolle über das Gespräch zu behalten. «Ich erzähle dir das, weil Zoi der Grund ist, warum ich in den letzten Wochen so still und kraftlos gewesen bin.» John beobachtete, wie Tom die Hände über seiner Nase faltete. Langsam strich er mit seinen Fingern der Nase entlang, fuhr nach unten über die Lippen, bis er seine Arme schliesslich wieder auf die Armlehnen seines Stuhles legte und ihm geradewegs in die Augen schaute. Der feindselige Blick war verschwunden.

«Sorry, John, das habe ich nicht gewollt. Ich hatte heute nur nicht gerade einen guten Tag. Erzähl schon weiter.» John wusste nicht genau, wie ihm geschah. Schon wieder ein Stimmungswechsel. Es blieb ihm nicht einmal genug Zeit, seine Verwirrung über den letzten zu verarbeiten, schon hatte sich die Ausgangslage wieder grundlegend verändert. Einfach nur erzählen. Einfach nur auf den Punkt kommen, dachte er sich. «Ist schon gut, Schwamm drüber, vergessen wir, was gerade passiert ist.» Tom nickte ihm zustimmend zu. «Also, um es kurz zu machen ...» John machte eine Pause. Er hatte den Faden noch nicht wieder gefunden. Nächster Versuch. Es würde schon irgendwie gehen. «Ich habe mich in Zoi verliebt, es ihr überstürzt gestanden und eine Abfuhr erhalten.» Das war schon mal ehrlich und hatte sich nicht wie ein hilfloses Gestotter angehört. John hätte sich am liebsten auf die Schulter geklopft und dafür gelobt, wie gut er sich nach der ganzen Verwirrung schon wieder anstellte. Aber dafür war keine Zeit. Jetzt lief es für einmal gut. Keine Pause machen. Immer nur weitererzählen. « Danach bin ich seelisch in ein Loch gestürzt, habe nicht mehr regelmässig gegessen, meine Körperhygiene vernachlässigt und zu guter Letzt auch in der Schule nicht mehr aufgepasst», fuhr er fort. Tom hörte ihm zu und unterbrach ihn nicht ein einziges Mal, bis er zu Ende gesprochen hatte. «Und das wäre auch schon alles.» John nickte nachdrücklich, als müsste er sich beweisen, dass seine Worte der Wahrheit entsprachen. Er log schon wieder. Der unangenehme Gedanke wollte ihn nicht loslassen. Er war damit beschäftigt Tom etwas zu beichten, und schon schuf er die Grundlage für eine nächste Beichte.

«Und wie soll es jetzt weitergehen?» John war froh, dass Tom eine Frage stellte und ihm keine Zeit liess, sich mit seinem Gewissen zu beschäftigen. «Ich will mich wieder mit ihr treffen.»

«Das darfst du nicht tun! Versprich es mir! Sie tut dir nur weh.» John hörte den bittenden, schon fast flehenden Unterton in Toms Stimme. Aber er konnte ihm den Wunsch nicht erfüllen. Er hatte seine Entscheidung schon getroffen. Die Würfel waren gefallen. «Es ist zu spät. Ich habe sie bereits angerufen. Ich treffe sie nächsten Dienstagabend.»

Montag, 5. Dezember

«Die richtige Technik. Die brauchen Sie doch alle, nicht wahr?» Christopher Wilson schritt vor seinem Schreibtisch auf und ab. «Die richtige Technik, um effizient zu lernen oder dann unbemerkt zu spicken, falls Sie nicht zu derjenigen Sorte von Schülern gehören, mit denen es Gott allzu gut gemeint hat.»

Mit denen es Gott gut gemeint hatte. Die Worte rissen John aus seinen Gedanken. Das waren nicht mehr die ewig gleichen, langweiligen, unterrichtsbetonten Worte, die wie das Klatschen von Regentropfen an seinem Verstand vorbeistreiften, ohne wirklich wahrgenommen zu werden. Diese hier waren von Relevanz. John streckte seinen Rücken, richtete sich in seinem Stuhl auf und verfolgte Mr. Wilsons Gang. Wie gelassen er jeden seiner Schritte tat. Obwohl John zugeben musste, dass Mr. Wilsons Gang eine gewisse Eleganz hatte, konnte er seinem Auftreten nichts Positives abgewinnen. Wilsons Schritte dauerten einen Sekundenbruchteil zu lang. Da war ein Augenblick des Innehaltens, des Geniessens, des arroganten Verzögerns in ihnen enthalten, der aus dem Schreiten ein Schlendern werden liess. Ein krankes, teuflisches Schlendern, schon fast ein Spazieren auf einer Bühne, wo nur der Hauptdarsteller etwas zu sagen hatte. Schüler waren Statisten, wurden nur dazu benötigt zuzuhören, da zu sein, um dem grossen Protagonisten

Mr. Wilson das Gefühl zu geben, etwas Intelligenteres, etwas Besseres zu sein. Mit denen es Gott gut gemeint hat. Wie konnte dieser Mann, der Vater seines besten Freundes, nach bestimmt fast fünfzig Jahren Lebenserfahrung eine solch herablassende und entwürdigende Bemerkung äussern. John fühlte sich angeekelt durch eine Person, die ihm eigentlich hätte Vorbild sein müssen. Dieser selbstverliebte Gesichtsausdruck. Er war weder eines Lehrers noch eines Vaters würdig.

John überkam das Gefühl, fliehen zu müssen. Der Kälte zu entrinnen, die von Wilson ausging. Aber er konnte nicht einfach aus dem Zimmer verschwinden, ohne dass es jemand bemerkte und eine unangenehme Frage stellte, die den Konflikt zwischen Wilson und ihm wieder entfacht hätte. Er war nicht der Mensch, der floh, sobald es gefährlich wurde. Er ging nicht als Erster vom sinkenden Schiff. Er war John. Er war der, der zurückblieb, um anderen zu helfen, war der, der sich nicht unterkriegen liess. Das unermüdliche Stehaufmännchen, der Retter in höchster Not. Er würde nicht zulassen, dass Mr. Wilson in seinem Unterricht Schüler entwürdigte. Dass er sie dabei nicht direkt beim Namen nannte, spielte keine Rolle. Sein bestimmter, schamloser Blick, mit dem er jeden musterte und ihm unmissverständlich klar machte, dass er zu denen gehörte, mit denen es Gott nicht gut gemeint hatte, war Blamage genug. Es war ein Armutszeichen, dass Mr. Wilson es nötig hatte, sich vor einem Haufen unreifer Schüler in den Mittelpunkt zu drängen. Johns Gedankenfluss stockte unerwartet, wollte nicht mehr weitergehen, war plötzlich wie angekettet an die zwei

Begriffe, die er selbst unbewusst aufgeworfen hatte. Mittelpunkt. Drängen. Es musste weitergehen. John befahl sich, seinen Gedankengang wieder aufzunehmen. Bei Mr. Wilson, bei dessen schamlosen Blicken. Aber es wollte ihm nicht gelingen. John konnte sich noch so sehr dazu zwingen, an irgendetwas anderes zu denken. Da war nichts. Und da kam nichts. Eine einzige grosse Leere befand sich an dem Ort, der sonst vor Kreativität hätte sprühen müssen, der dazu geschaffen worden war, Erfundenes von sich zu geben und Erinnerungen abzurufen. Einfach nur Leere. Eine bittere, schmerzende Leere, die nach und nach wieder von den zwei Begriffen Mittelpunkt und Drängen aufgefüllt wurde.

John liess sich in seinen Stuhl zurückfallen, gab seine angespannte Haltung auf und konzentrierte sich einzig und allein auf seinen Körper. Ruhig atmen. An nichts denken, sich einfach nur auf die Leere einlassen. Aber da waren sie schon wieder. Da tauchten sie schon wieder auf aus der Leere. Zuerst verschwommen, dann immer deutlicher. Bis sie schliesslich unwiderruflich im Raum, in seiner Fantasie standen und sich nicht mehr auslöschen liessen. Mittelpunkt. Drängen. John kniff sich so fest in den Arm, wie er nur konnte. Schmerz half eigentlich immer, Schmerz war die Lösung. Doch Schmerz konnte nun auch nicht mehr überdecken, was schwarz in seiner Seele geschrieben stand. Es war zu spät. Er war an einem wunden Punkt angelangt, konnte nun nicht mehr vor und nicht mehr zurück, bis die Angelegenheit aus der Welt geschafft war. John resignierte. Er liess zu, dass sich die beiden Begriffe in seinem Bewusstsein festsetzten.

John atmete tief durch. Drängen und Mittelpunkt. Die Worte veränderten sich nicht. Sie standen einfach nur da, warteten darauf, dass er sie annahm, sich mit ihnen beschäftigte, ihre Bedeutung für sein Leben erkannte. John wartete. Wann würden sich die Worte auf ihn stürzen? Würden sie von Schmerzen begleitet sein? Würde er überrollt werden von einer Gewissheit, die er eigentlich gar nicht kennen wollte? Nichts passierte. Noch immer nichts. John wurde langsam ungeduldig. Hatte er sich vielleicht getäuscht? Denk an Wilson. Wie sehr er dich gequält und ein friedliches Leben verunmöglicht hat. John riss seine Augen auf, soweit er konnte, versuchte Mr. Wilson, die Schüler, die Gesprächsfetzen um ihn herum aufzuschnappen. Doch da war nichts. John sah und hörte nichts. Da war nur die grosse Leere in seinem Kopf, ausgefüllt durch zwei Wörter, zwei Begriffe. John begann die beiden Worte, von denen er wusste, dass sie nur als Trugbild in seinem Kopf existierten, zu mustern und zu analysieren. Drängen. Sieben Buchstaben. Mittelpunkt. Elf Buchstaben. Sieben und elf, das ergab achtzehn. Die Quersumme davon neun. Neun war nicht seine Glückszahl. Glückszahl! Glückszahl!! Glückszahl!!!

John spürte, wie er langsam den Verstand verlor. Das durfte doch nicht wahr sein, dass er nun schon begann, die Buchstaben imaginärer Worte in seinem Kopf zu zählen. Die Quersumme davon auszurechnen und daraus auf Glück oder Unglück zu schliessen. Er befand sich doch im Geschichtsunterricht. Er sass direkt neben Tom, und vorne bedrängte Mr. Wilson noch immer Schüler für Schüler mit seinem schamlosen Blick. Aber er sah ihn nicht. Er hörte ihn nicht. Er war in sich gefangen, eingesperrt durch zwei Worte, die er nicht hatte ignorieren wollen. Es war ein Albtraum. John fuhr sich entnervt mit der Hand durch das Haar. Es fühlte sich fettig an, und an der Kopfhaut hafteten feine Schuppen. John stöhnte erbost auf. Das war alles viel zu real. Das war kein Albtraum. Es musste die Realität sein. Und noch immer hielten ihn die beiden Worte auf, standen wie Wachen vor der Pforte mit der Aufschrift «Realität» und verwehrtem den Durchgang. Er musste resignieren. Den Pforstenstehern das geben, was sie wollten, so wie er auch vor einem Club seinen Ausweis zeigen musste. Dass die beiden Türsteher «Mittelpunkt» und «Drängen» hier nicht seinen Ausweis zu sehen wünschten, sondern nur seine uneingeschränkte Aufmerksamkeit verlangten, spielte keine Rolle. Er musste sich nur ihrem Willen beugen und widerstandslos gehorchen. John senkte instinktiv seinen Kopf, wie er es eigentlich sonst nie tat, aber schon den Gedanken, nicht gegen die höhere Macht zu rebellieren, empfand er als unterwürfig. Macht schon! Ich bin ganz Ohr, höre zu, was ihr mir zu sagen habt. John versuchte sich in seinem Stuhl zu entspannen, sich auf das Unbekannte einzulassen, sich vorurteilsfrei der neuen Situation hinzugeben. Aber die neue Situation entfaltete sich nicht. Die Türsteher fragten nicht, noch zwangen sie ihn dazu, einer Moralpredigt zuzuhören oder gar deren Richtigkeit anzuerkennen und seine Taten zu bereuen.

Ich muss es selbst tun. Der Gedanke fuhr John durch den Kopf, jagte ihm Angst ein. Er hielt sich mit den Händen beide Augen zu. Doch das half nichts. Die beiden Worte würden da sein, auch wenn er seine Augen vor ihnen verschloss. Er musste sich ihnen stellen, wenn das Leiden einmal ein Ende haben sollte. Mittelpunkt. Drängen. Warum waren die beiden Begriffe da? Warum standen ausgerechnet sie ihm im Weg und verhinderten ein sorgloses Leben? Sie verhinderten kein sorgloses Leben. John musste sich sogleich korrigieren. Sie verhinderten nur, dass er mit dem Bild eines glücklichen Ichs leben konnte, ohne darüber aufgeklärt zu werden, dass es sich dabei um ein Trugbild handelte. Er wollte jetzt ein ehrliches Leben. John ermahnte sich, seine Verteidigungsposition aufzugeben und in die Offensive zu gehen. Er hatte nichts zu verlieren. Nichts ausser einem Trugbild seines Ichs. John ging in die Offensive. Er untersuchte die beiden Begriffe und ihre Bedeutungen. Nahm ihre Botschaft an, ohne sich vorerst selbst zu verurteilen. Denn auch er drängte sich oftmals in den Mittelpunkt, auch wenn er gewünscht hätte, er könnte das Gegenteil von sich behaupten. Aber er gehörte auch zu diesem Haufen, der ihm so unreif erschien. In einem schwachen Moment musste es für ihn doch erlaubt sein, einmal die gleichen Fehler zu machen wie all die anderen. Oder etwa nicht? John war kurz davor, die Frage, die er sich gestellt hatte, mit einem klaren Nein zu beantworten. Aber etwas hielt ihn zurück. Er war nur da, um zu resignieren und sich selbst zu akzeptieren. Es war befreiend. Es fühlte sich an, als hätte ihm jemand eine Last von den Schultern genommen.

John empfand seinen Körper in einer neuen Leichtigkeit. Er suchte nach der Last, die ihn erdrückt hatte, aber er konnte die richtige Beschreibung dafür nicht finden. Verantwortung vielleicht? Nein, das war nicht der richtige Ausdruck, das ging in eine andere Richtung. Das hätte sich abstossen lassen, wäre nie so tief in ihn hinein gedrungen. Es war etwas Hartnäckigeres. Eine Pflicht. Eine zur Routine avancierte Pflicht, die ihn unterjocht hatte. Was war es nur? Egal. Es spielte keine Rolle mehr. Seine analytische Neigung rang John ein Lächeln ab. Worüber dachte er nur immer nach? Was machte er sich nur immer für Sorgen? Kaum wurde ihm eine Last abgenommen, war ihm die neue Freiheit schon nicht mehr geheuer, weil er sie nicht erklären konnte. Freiheit. John sah sich in seiner neuen Freiheit um. Schade, genau gleich wie in der alten Gefangenschaft. Noch immer schlenderte Mr. Wilson in seiner selbstgefälligen Art durch den Raum und musterte Schüler für Schüler. Benedikt, Brian, Jack ... Die Frauen dazwischen nahm er gar nicht erst wahr, würdigte sie nicht einmal eines Blickes. John spürte die nächste Welle aus Wut, die sich in ihm staute. Dass Mr. Wilson die Frauen aus dem Spiel liess, machte sein Benehmen kein bisschen besser, warf nicht den kleinsten Schimmer von Hoffnung auf seinen verdorbenen Charakter. Es war der Superlativ der Arroganz, den er ihnen gegenüber zelebrierte. Ignoranz war noch tausendmal schlimmer als herkömmliche Verachtung. John konnte sich nicht beruhigen. Er bemerkte, wie er sich wieder in etwas hineinsteigerte, doch es war zu spät, um es noch aufhalten zu können. Dieser Mr. Wilson! Sein Verhalten musste bestraft werden. Wenn er doch nur etwas hätte unternehmen können. John verurteilte sich schon für den Gedanken, bevor er wirklich in seinem Bewusstsein angekommen war. Es war nicht das erste Mal, dass er erschien. Nur war dieses Mal die Versuchung grösser, der schale, mit Schuld behaftete Beigeschmack unbedeutender. Es wäre doch für einen guten Zweck. Die Sünde um einiges kleiner, mit Gottes Gnaden schon fast vernachlässigbar. John verfolgte fieberhaft jede Bewegung, die Wilson unternahm. Die verzögerten Schritte, die wachen, beherrschenden Augen, die über die Gesichter wanderten, die spitzen, sich fleissig bewegenden Lippen, die noch immer die Wichtigkeit der Technik anpriesen, so dass bestimmt kein Schüler ausser Tom vielleicht den Zusammenhang mit dem Zweiten Weltkrieg nachvollziehen konnte. Tom, was musste er leiden. John warf ihm einen mitleidvollen Blick zu. Einen solchen Vater hatte er nicht verdient, sondern einen, der ihn auf seinem Weg begleitete, ihm beistand und nicht noch weitere Steine in den Weg legte.

Das alles könnte anders sein. John versuchte den Gedanken zu vertreiben, der sich immer stärker in sein Bewusstsein drängte, die Last der Sünde mit gelungenen Argumenten herunterspielte und langsam seinen Verstand überzeugte. Wilson aus dem Weg schaffen. Den selbstdarstellerischen Reden ein Ende bereiten. Den schamlosen Blick für immer erstarren lassen, das selbstverliebte Lächeln im Gesicht einfrieren. Die Vorstellung war befreiend, lullte John ein, erschien ihm immer plausibler. Und sie war ja nicht einmal schwierig umzusetzen. Wilson würde betteln, um Vergebung bitten. Aber er, John, ausgerechnet der Schüler, den Wilson am wenigsten leiden konnte, würde ihm eröffnen, dass es dazu zu spät war. Er würde ihn nicht lange quälen. Er würde den Abzug drücken, eigens als Gottes richtende Hand, ohne dabei Mitleid zu empfinden. Aufhören! Daran durfte er nicht einmal denken! Es war krank. Es war bestialisch. Das war nicht mehr er. Das war nicht mehr der John, der er sein wollte. John versuchte, das Bild der Dienstwaffe seines Onkels, die er selbst in der Hand hielt, aus seinem Bewusstsein auszuklammern. Doch das Bild liess sich weder ausschliessen noch verdrängen, genauso wenig wie die beiden Begriffe, die ihm vorher das Leben zur Hölle gemacht hatten. Die beiden Begriffe. Auf einmal wurde John bewusst, dass er es geschafft hatte. Er hatte erreicht, was er sich gewünscht hatte. Es war ihm gelungen, die Leere in seinem Kopf zu verdrängen. Sich wieder ganz dem Hass auf Mr. Wilson zu widmen und sich nicht mehr mit sich selbst auseinander zu setzen. Die Gewissheit erfüllte John mit einem Gefühl der Zufriedenheit. Er hatte es geschafft, auch wenn er es vorerst nicht bemerkt hatte, weil er sich schon wieder in etwas hineinsteigerte. Das konnte er nun getrost sein lassen und seine Kräfte für etwas Sinnvolleres einsetzen. John hob seine Hand. Er streckte sie geduldig, aber bestimmt in die Luft, so dass Mr. Wilson gezwungen war, sie wahrzunehmen.

«Nicht jetzt, Mr. White. Ich erkläre gerade einen wichtigen Zusammenhang. Sie können am Ende der Lektion Ihre Frage stellen.»

«Ich habe keine Frage.» John schwor sich bei Gott,

dass er nicht so frech und unaufgefordert geantwortet hätte, wenn Mr. Wilson ihm nicht sein strahlendstes und verständnisvollstes Lächeln geschenkt hätte. Es hatte ihn vergessen lassen, dass er Wilson eigentlich gerne noch einmal höflich darum gebeten hätte, endlich auf den Zweiten Weltkrieg zu sprechen zu kommen, ohne Ratespielchen um den Begriff Technik. Denn wer Wilsons Neigung zu Spielchen nicht völlig durchschaute, wäre nicht auf die Idee gekommen, dass die Anspielung auf die Technik die Erfindung des Radars im Zweiten Weltkrieg meinte. Aber Wilson hatte ihm das Lächeln geschenkt und somit die Grundlage für einen höflichen Dialog zerstört. Pech gehabt. Dafür musste er jetzt auch die Folgen tragen. Nun war er nicht mehr bereit, das Bild des braven Jungen zu wahren.

«Nicht jetzt, Mr. White. Warten Sie damit bis zum Ende der Lektion.» Wieder erkannte John das gleiche gespielte, verständnisvolle Lächeln. Er konnte sich nicht mehr halten. John unternahm einen letzten Versuch, eine Eskalation zu verhindern, und hielt sich mit beiden Händen den Mund zu. Doch die Worte drangen durch seine Finger hindurch. Sie hatten sich viel zu lange aufgestaut und entluden sich nun wie ein Gewitter. «Sie können sich Ihre gespielte Höflichkeit sparen, Mr. Wilson! Jetzt ist Schluss mit dem Theater. Mir machen Sie damit schon lange nichts mehr vor!» John verstummte kurz, weil er nach Luft schnappen musste. Er dachte nicht mehr über mögliche Konsequenzen nach. Er wollte einzig die Wut über die Ungerechtigkeit von der Seele schreien. «Und jetzt schauen Sie nicht so verdutzt! Haben Sie noch nie erlebt, dass Ihnen jemand den Tarif erklärt hat!? Das habe ich mir gedacht! Ist also mal höchste Zeit geworden!» Ein stechender Schmerz fuhr John plötzlich durch die Rippen und nahm ihm die Luft, um zur nächsten Tirade anzusetzen. Er krümmte sich unter dem Schmerz. Tränen schossen ihm in die Augen, verschleierten seine Sicht, doch er brauchte auch gar nicht erst hinzusehen, um zu erkennen, was ihn so empfindlich getroffen hatte. Er wusste es auch so. Es war die logische Konsequenz seines Handelns. Er hätte an Toms Stelle bestimmt das gleiche getan. Ein Ellbogenstoss war wohl das mindeste.

«Mach dich nicht unglücklich!» Toms Stimme war nicht mehr als ein Zischen, das sich unmittelbar neben seinem Ohr befand. «Ich …». John versuchte Tom zu antworten, doch der Schmerz liess nicht zu, dass er mehr als ein Wort über seine Lippen brachte. Ausserdem musste es ihm gelingen, wieder etwas Luft einzuatmen. «Ich …». Nochmals wollte John zu einer Antwort ansetzen und beim dritten Versuch gelang es ihm endlich. «Ich soll mich nicht unglücklich machen? Es ist doch dein Vater, den ich gerade aufs Schlimmste beschimpft habe.» John richtete sich ein wenig auf und versuchte, durch den Schleier aus Tränen Toms Gesicht zu erspähen.

«Wegen mir mach dir mal keine Sorgen. Da hast du jetzt schon genug andere am Hals.» John konnte kaum glauben, was er hörte. Aber auch das, was er sah, bildete keinen Widerspruch zu seiner akustischen Wahrnehmung. Es stand zweifelsfrei in Toms Augen geschrieben. Er war ihm nicht böse. Er war nur … Das nächste, was

John in seinen Augen erkannte, weckte in ihm ein beklemmendes Gefühl. Tom war zutiefst besorgt. Er schaute über ihn hinweg und dorthin, wo nur noch Leere war. John drehte seinen Kopf in Zeitlupentempo und folgte Toms Blick, der noch immer auf das Etwas in seinem Rücken gerichtet war. John wagte fast nicht hinzusehen. Er wusste es, er spürte es, dass sich dort ein Wesen befand, das er vor wenigen Augenblicken in Rage versetzt, unter Schock über sein haltloses Benehmen hatte verstummen lassen. Mr. Wilson musste hinter ihm stehen. Sonst hätte sich schon vorher ein Toben entladen. Irgendwann musste sich Mr. Wilson wieder gefasst haben. John gab sich einen Ruck und drehte sich um. Was er sah, machte ihn noch hilfloser, als er es in seiner vor Schmerz gekrümmten Position war. Mr. Wilson hatte sich hinter ihm aufgebaut. Sein Kopf war feuerrot angelaufen. John hätte schwören können, dass Wilson in den nächsten Sekunden explodierte. Aber nichts dergleichen. Er funkelte ihn nur aus seinen hasserfüllten Augen an und formte mit seinen Lippen Worte, die John lieber nicht entschlüsseln wollte. Sie konnten nichts Gutes bedeuten. Als John schon fast keine Reaktion mehr erwartete, passierte es. Mr. Wilson öffnete seine Lippen und stiess ein einziges Wort hervor: «Mitkommen!» Danach setzte er sich Richtung Tür in Bewegung, ohne sich noch einmal nach ihm umzudrehen.

Schlendern. Spazieren. All das war nun Vergangenheit. Ich musste mich spurten, um Mr. Wilson folgen zu können. Vom genüsslichen Zögern und Innehalten in seinen

Schritten war nichts übrig geblieben. Zielstrebig setzte er einen Fuss vor den andern, ohne dabei auch nur einmal über die Schulter zu blicken. Er wusste, dass ich ihm folgte. Und ich wusste, dass ich ihm folgen wollte. Das war meine Chance, das war die einmalige Gelegenheit. Wilson war aufgebracht und ich im vollen Besitz meiner geistigen Fähigkeiten. Es konnte mir gelingen, ihn als das zu entlarven, was er wirklich war.

Ich wusste, wohin mich Mr. Wilson führte. Es war mir schon klar gewesen, als ich das Klassenzimmer hinter ihm verlassen hatte. Es gab nur einen einzigen Ort, wohin er mich bringen konnte. Mr. Wilson nahm sich nicht die Mühe, die Klingel zu drücken und darauf zu warten, dass eines der drei Lämpchen aufleuchtete. Mit einem Ruck drückte er die Türklinke hinunter, so dass Rektor Kings Sekretärin erschrocken aufschrie. Mr. Wilson trat ins Vorzimmer und schickte sich sogleich, an auch in Kings Arbeitszimmer zu poltern. Tu es, dachte ich. Zeig King dein wahres Gesicht. Mr. Wilson hatte die Türklinke schon in der Hand, als er sich anders entschied. Er drehte sich zu mir um und sagte, dass er seinen Besuch lieber anmelden wolle, damit sein Handeln auf seinen alten Freund nicht überstürzt wirke. Daraufhin schenkte er mir wieder sein falsches Lächeln. Die Sekretärin drückte einen Knopf und sagte ihm, dass er nun eintreten dürfe. Wilson öffnete die Tür und wies mich an voranzugehen. Als ich an der Sekretärin vorbeiging, spürte ich ihren prüfenden Blick. Ich sah ihr direkt in die Augen. Ich wollte nicht, dass sie mich begaffte. Normalerweise wäre ein Schüler in meiner Situation schuldbewusster aufgetreten und hinter dem Lehrer hergetrottet, denn die Sekretärin war auf meinen angriffslustigen Blick in keiner Weise vorbereitet. Peinlich berührt senkte sie ihren Blick, stammelte einen unbeholfenen Gruss und wandte sich wieder ihren Papierbergen zu. Ich betrat Kings Arbeitszimmer und wurde von ihm auch sofort aufgefordert, mich zu setzen. Wie schon das letzte Mal, als ich auf dem Stuhl vor seinem Mahagonischreibtisch gesessen hatte, fühlte ich mich nicht wohl im Raum. Der Bonsai stand noch immer an der genau gleichen Stelle wie letzthin, nur dass er dieses Mal mit meinem unguten Gefühl nichts zu tun hatte. Nun fühlte ich mich nicht gefangen sondern wehrlos. Ich konnte mir nicht erklären, woher das Gefühl kam, schliesslich hatte ich mir einen Schlachtplan zurecht gelegt, war auf jede hinterlistige Frage vorbereitet. Nur, es kamen keine hinterlistigen Fragen. Mr. Wilson machte keine Anstalten, mich auf irgendeine Weise anzugreifen. Stattdessen erzählte er King das Vorgefallene in einer väterlichen Art und nahm mich auch noch in Schutz. Man müsse verstehen, sagte er, dass ich in einem schwierigen Umfeld ohne Eltern aufgewachsen sei und mich daher immer habe beweisen müssen. King nickte einfühlsam, während er Mr. Wilsons Schilderung der Lage zuhörte. Es wurde mir immer unwohler, und es dämmerte mir langsam, warum ich mich so wehrlos fühlte. Wie sollte ich mich gegen jemanden wehren, der mich nicht angriff. Das war ein Ding der Unmöglichkeit. Ich biss auf meine Zähne und ermahnte mich, nicht laut aufzuschreien. Das war nicht fair, wie Wilson mich kaltstell-

te. Meine ganze Familiengeschichte wurde ohne meine Einwilligung diskutiert. Wie schade es war, dass ich keine Geschwister besass, die mir hätten beistehen können. Dass aber selbst diese Hintergründe nicht jedes Verhalten entschuldigten. In gemeinsamem Einvernehmen beschlossen Wilson und King, noch einmal ein Auge zudrücken zu wollen, weil ich doch so ein guter Schüler und Junge war. Es war nicht auszuhalten. Mir wurde nicht nur ein fairer Kampf verwehrt, bei dem ich meinen Sinn für Gerechtigkeit und Menschlichkeit in die Waagschale werfen konnte, sondern auch die Möglichkeit, erhobenen Hauptes als Verlierer, der alles Menschenmögliche für den Sieg getan hatte, vom Platz zu gehen.

Tom drehte behutsam seinen Schlüssel. Das leise Knacken, das ertönte, nahm er nur beiläufig wahr. Er dachte nicht daran, darauf zu achten. Es machte im Grunde genommen keinen Unterschied, ob die Türe nun verschlossen war oder nicht. Aber sicher war sicher. Zelebrierte Fahrlässigkeit konnte auch bei unwichtigen Handlungen ins Verderben führen. Auch wenn es nur die Betrachtung eines Fotos war. Sein Vater hatte schon oft plötzlich in seinem Zimmer gestanden, ohne dass ihm seine Anwesenheit aufgefallen war. Zwar noch nie mit schwerwiegenden Folgen. Aber dennoch, das musste nicht sein, solange es mit einfachen Mitteln zu vermeiden war. Tom wandte sich von der Tür ab, setzte sich vor seinen Computer und fuhr ihn hoch. Sein Vater wollte ihm nicht aus dem Kopf gehen. Er hatte prächtige Laune gehabt, als er nach Hause gekommen war, fast eine zu prächtige. Das konnte nichts Gutes bedeuten. So eine Laune hatte er immer nur, wenn es ihm gelungen war, seine Überlegenheit gegenüber einer anderen Person unmissverständlich auszudrücken und das oft in nahezu unmenschlicher Weise. Tom fühlte sich angeekelt und verbot sich sofort, auch nur einen weiteren Gedanken an dieses Thema zu verschwenden. Er durfte nicht zulassen, dass er an der Aufrichtigkeit der väterlichen Handlungen zweifelte. Aber es gelang ihm nicht. Die Gedanken kamen von alleine. Sie glichen zarten Federn, die allesamt auf seinem Körper herumtanzten, an seiner Haut entlang strichen, ihn an seinen empfindlichsten Stellen kitzelten. Es war kein Schmerz, es war kein brutales Foltern, aber dennoch ein Gefühl, das Tom nicht ausstehen konnte. Als ob er an allen Stellen des Körpers gleichzeitig gekitzelt würde, immer wieder, unaufhörlich, schlichtweg unerträglich.

Tom wand sich im Stuhl vor seinem Computer und wusste doch, dass seine Bemühungen sinnlos waren. Gegen Federn liess sich nicht ankämpfen, ihnen liess sich nicht der Krieg erklären. Tom legte seine verschränkten Hände und seinen Kopf auf die Knie und machte sich so klein, wie er nur konnte. Er musste sich beherrschen, um sich selbst ein Schnippchen schlagen zu können. Er war stark. Er war Tom. Er liess sich nicht unterkriegen. Tom spürte die kantigen Konturen eines gewissen Etwas unter seiner Stirn, die verhinderten, dass er sich in seiner Lage entspannen konnte. Die Kanten bohrten sich in seine Haut, hinterliessen Druckspuren. In Zeitlupentempo hob Tom den Kopf von seinen Knien. Jede Bewegung seines Körpers nahm er akribisch genau wahr. Die Hände, die trotz der verschränkten Position, in der sie sich befanden, zitterten; die Füsse, die er trotz der Befehle, die sein Verstand zu ihnen hinunter sandte, nicht stillhalten konnte. Tom empfand seinen eigenen Körper in einer Abgeklärtheit, wie er ihn schon lange nicht mehr empfunden hatte. Er wusste, wo der Schlüssel lag, mit dem er dem Sturm aus Federn ein Ende bereiten konnte. Es war nicht schwierig, ihn zu finden. Er war noch nicht einmal gut versteckt. Warum war er nicht schon früher darauf gekommen, die Fessel an seinem Handgelenk abzulegen? Warum hatte er nur so lange gewartet?

Mechanisch stand Tom auf. Jede Faser seines Körpers war bis aufs Äusserste angespannt. Er hatte die Antwort gefunden. Die Antwort auf die einzige Frage, die er sich gar nie gestellt hatte. Die Antwort auf die Frage, was er eigentlich wollte. Nicht diejenige, die sein Vater von ihm erwartete. Nicht das, was die ganze Welt von einem Jungen in seinem Alter erwartete. Einzig und allein die Frage, was *er* wollte, war entscheidend. Tom war sonnenklar, was er wollte. Überhaupt danach zu fragen, was er wollte, war unnötige Zeitverschwendung, weil er die Antwort schon vor der Frage verstanden hatte. Gemächlich strich sich Tom über das linke Handgelenk. Gleich würde er in Gedanken aussprechen, was er wollte. Er würde es stumm hinausschreien in die Welt, die ihn so lange irregeführt und geblendet hatte. Seine zum Zerreissen angespannten Muskeln würden sich entspannen, würden sich in einen natürlichen Spannungszustand zurückbegeben. Nicht vollkommen kraftlos, aber dennoch entspannt. Tom ertastete unter seinem Hemdsärmel, wonach er gesucht hatte. Sie fühlte sich kalt an, die Fessel, die ihn immer wieder dazu angespornt hatte, das Falsche zu tun, nicht über den eigenen Schatten zu springen, im ewig gleichen Trott stecken zu bleiben. Schwer und kalt, aber nicht mehr lange. In der gleichen selbstverständlichen Ruhe, wie er auch schon über sein Handgelenk gestrichen hatte, löste Tom das rotgoldene Armband seiner Rolex und liess einen letzten Blick über das kantige Gehäuse wandern. Sie war schön, strahlte eine unglaubliche Potenz und Macht aus und war im Grunde dennoch verlogen. Warum musste das Schönste auch immer das Teuflischste sein? Warum musste sich im Verborgenen der wahre Kern einer Sache verstecken? Tom hielt einen Augenblick inne. Jetzt war er schon fast wie John, beschäftigte sich mit Gefühlsduseleien, dachte in Metaphern und hätte beinahe auch noch Johns liebste verwendet, die Titanic. Ein Lächeln breitete sich auf Toms Gesicht aus. Kein schönes, kein entschlossenes, vielmehr ein melancholisches, das sich noch nie auf seinem Gesicht ausgebreitet hatte. In einer Engelsruhe hob Tom seine Rolex mit beiden Händen über den Kopf. Sie war schwer, schwerer, als sie es jemals gewesen war, ein letztes Aufbäumen einer Masse, die sich an ihren Besitzer klammerte und sich doch nicht an ihm festhalten konnte. Es waren ihre letzten Sekunden. Das Lächeln auf Toms Gesicht wurde breiter und breiter. Er hörte das teure Uhrwerk ticken und wusste, dass er nicht dazu bestimmt war, es zu besitzen, dass niemand dazu bestimmt war, genau dieses zu besitzen. Drei. Zwei. Eins. Null.

Mit einem gurgelnden Laut, der aus seiner Kehle hervordrang, schmetterte Tom die Rolex gegen die Wand. Ein klingendes Geräusch ertönte, als die Rolex aufschlug. Aber sie zerschellte nicht. Herausfordernd blieb sie am Boden liegen und signalisierte, dass der Kampf erst begonnen hatte. Natürlich war es naiv gewesen zu glauben, die Rolex würde an der Wand zerschellen. Aber dennoch. Konnte ihm Gott nicht diesen kleinen Gefallen erweisen? Schliesslich schmiss er nicht irgendeine Uhr, sondern eine Rolex. Ohne weiter über Gott und die Welt nachzudenken, hob Tom die Rolex vom Boden auf und öffnete das Fenster neben seinem Schreibtisch. Gott würde ihm keinen Gefallen erweisen, er musste sich schon selbst aus der Patsche helfen. Noch einmal zählte Tom die Sekunden zurück. Drei. Zwei. Eins. Null.

Danach schleuderte er die Uhr soweit aus dem Fenster, wie er nur konnte, und schloss es, bevor er die Uhr aufschlagen hören würde. Der Aufschlag gehörte nicht mehr zu seinem Leben. Der gehörte zu all dem, was er hinter sich liess.

Wie ein wunderbarer Schauer überkam Tom die Gewissheit, was er wollte. Die Anspannung in seinen Muskeln wich. Die Antworten waren in seinem Verstand angekommen. Er wollte leben, wollte seine Zeit mit John verbringen, ob das nun seinem Vater passte oder nicht. Das hatte gar nichts mit seinem Vater zu tun. Nichts mit dem, was er alles für ihn getan hatte und vielleicht auch noch für ihn tun würde. Das war einzig und allein seine Entscheidung. Er musste sich nicht dafür rechtfertigen, musste sich keine Gedanken darüber machen, ob ihn nun das Verhalten seines Vaters anekelte oder nicht. Sein Vater war in Ordnung, solange er nicht versuchte, ihm seinen freien Willen zu verbieten. Sein freier Wille. Ein kalter Schauer lief Tom über den Rücken und beendete den kurzen Augenblick von grenzenloser Freiheit. Sein freier Wille, was nützte der ihm noch, wenn John nicht mehr der John war, mit dem er hatte seine Zeit verbringen wollen, der John, mit dem er auf der gleichen Wellenlänge ritt, der John, der ihm zu verstehen gab, wann er zu weit ging. Er hatte sich verändert. Nicht heute, nicht gestern, der Ursprung für Johns Veränderung lag weiter zurück. Und sein Vater hatte nichts damit zu tun, auch wenn er an diesem Morgen das erste Fünkchen des wieder auferstehenden John mit dem Direktorbesuch erstickt hatte. Der eigentliche Untergang Johns war nicht seine Schuld. Der Computer surrte laut auf und unterbrach Toms Gedankengang für einen Augenblick. Tom erinnerte sich daran, was er eigentlich hatte tun wollen. Seinen Vater konnte er nicht ändern. Der würde nicht der Erste sein, wenn es darum ging, John wieder auf die Beine zu helfen. Wenn er ihm beistehen wollte, musste er das selbst tun und nicht bei den Begleiterscheinungen ansetzen, wie sein Vater eine war. Der hatte nur zur Beschleunigung der Situation beigetragen. Er musste beim wahren Ursprung ansetzen.

Tom klickte mit der Maus auf das Internetsymbol. Ein zweiter Klick und schon war er auf Facebook. Er wollte das Mädchen sehen, das im Begriff war, ihm seinen besten Freund zu entreissen und dabei auch noch weh zu tun. Ihn leiden zu lassen mit Hilfe ihrer weiblichen Reize. Tom starrte gebannt auf das Bild, das sich vor ihm öffnete. Beim ersten Mal hatte er es gar nicht eingehend beachtet. Es war ihm egal gewesen, wie sie aussah und welche Interessen sie hatte. Warum hätte es ihn schon interessieren sollen? Aber jetzt wollte er sie sehen, wollte dem Feind in die Augen blicken und wissen, mit wem er es zu tun hatte. Konzentriert tastete sein Blick jeden Winkel ihres Gesichtes ab. Tom konnte darin nichts Schönes erkennen, so sehr er sich auch wünschte, Johns Abhängigkeit von dieser Person verstehen zu können. Er fand nichts. Nicht den feinsten Hauch von Eleganz, nicht den Ansatz von Lieblichkeit in ihrem Gesicht. Da war nichts. Nur ein ausgemergeltes Mädchengesicht, dessen Augen ein wenig eingefallen waren und einen Ausdruck von Hilflosigkeit hatten.

Sie war schwerer, als er sie sich vorgestellt hatte. In den Filmen sahen sie immer so leicht aus. Aber jetzt, wo er sie einmal selbst in der Hand hielt, war das alles ganz anders. Ehrfürchtig fuhr John über den kalten Stahl. Es fühlte sich gut an, es beruhigte ihn. Schon allein sie in der Hand zu halten, hatte etwas Überwältigendes und liess ihn kaum einen klaren Gedanken fassen. Was sollte er nun mit ihr anstellen? Wie sollte es jetzt weiter gehen? All diese wichtigen Fragen hatte er sich gar nicht gestellt, bevor er auf Zehenspitzen die Treppe hinuntergeschlichen und vorsichtig den Schlüssel vom Haken genommen hatte. John blickte sich unsicher um und verspottete sich gedanklich im gleichen Moment. Was dachte er denn in den dunklen Räumen zu finden? Was konnte sich schon darin verstecken? Ein Einbrecher? Ein Monster? Ein Engelchen, das plötzlich aus dem Verputz der Wände hervorsprang und ihm den nächsten Schritt auf dem Weg seines sündigen Vorhabens diktierte? John seufzte leise auf. Er wäre besser in seinem Bett geblieben, als seine Tante Sophia das Haus verliess, statt sich zu dieser hirnlosen Aktion hinreissen zu lassen. Natürlich war es eine einmalige Gelegenheit gewesen. Natürlich kam es nicht jede Nacht vor, dass er nicht schlafen konnte. Aber dennoch. So etwas hatte er doch im Grunde genommen nicht nötig. Erneut fuhr John über den kalten Stahl, dieses Mal fast schon zärtlich. Obwohl er tief in seinem Inneren wusste, dass er am besten schleunigst wieder in seinem Bett verschwunden wäre, konnte er nicht von der Pistole lassen. Sie war so edel, sie war so majestätisch, und ihr Gewicht trug dazu bei, dass er glaubte, alles in der Hand zu haben, was er zur Lösung seiner Probleme benötigte. Nun besass er die Macht, den Gesellschaftsgraben, den er als kleiner elternloser Schüler trotz seiner Vermögenswerte und trotz seines Verstandes nicht hatte überwinden können, in Windeseile zu überspringen. Es war nicht einmal ein weiter Sprung. Er musste nur die Pistole ständig als Schutz vor seinen Körper halten. Er musste einfach nur noch aussprechen, was er von Mr. Wilson wollte, und er würde es erhalten. Es war im Grunde genommen einfach. Er hatte nicht die geringste Gegenwehr zu befürchten.

Ausserdem musste er die Situation nicht einmal auf die Spitze treiben, durfte sogar noch den Barmherzigen spielen und Wilson trotz all seiner Übeltaten verschonen. Es war gar nicht nötig, ihn für immer aus dem Weg zu räumen. Er konnte ihn auch nur zum Direktor führen, wobei er die Pistole unter der Schuluniform versteckt hielt, ihn dazu zwingen, alles zuzugeben, was er hören wollte. Und wenn Mr. Wilson auch nur die allerkleinste Andeutung einer Bedrohung machen würde, dann halt in Gottes Namen: Peng! Würde er samt King für immer aus dieser Welt vertrieben, hätte er es nicht anders gewollt. Dann war es Schicksal, der göttliche Wille, dann musste er, John White, sich nicht vorwerfen, dass er den Abzug der Pistole gedrückt hatte. Das konnte er nicht vorhersehen, das musste er höheren Mächten überlassen.

Ein schrilles Piepsen im Obergeschoss ertönte und liess John zusammen fahren. Den Wecker, den hatte er völlig vergessen. Und nicht einmal seine Zimmertüre hatte er verschlossen, nicht einmal zugezogen. Das immer schneller und lauter werdende Piepsen weckte am Ende noch Onkel Oliver auf. John wurde von Panik gepackt. Ohne darauf zu achten, dass er die Pistole noch immer in seiner Hand hielt, sprang John zwei Stufen auf einmal nehmend die Treppe zu seinem Zimmer hinauf. Auf halbem Weg fiel ihm das schwere Gewicht in seiner rechten Hand auf, das ihn hinderte, gleichmässig zu springen. Sein Blick fiel auf die Pistole, die er noch immer fest umklammert hielt. Verdammt! Die konnte er doch nicht einfach in den oberen Stock mitnehmen. Was war, wenn Onkel Oliver aus seinem Schlafzimmer kam? Das Erste, was er sehen würde, wäre die Pistole in seiner Hand, und den Rest würde er sich zusammenreimen. Die Folgen wären nicht auszudenken. John machte auf dem

Absatz kehrt und sprang die Treppe wieder hinunter. Wo sollte er sie nur verstecken? Wo sollte er sie für die dreissig Sekunden verstauen, die er benötigte, um die Treppe hinauf zu rennen, den Wecker abzuschalten und zurückzukehren? Mach schon! Denk nach, John. Sonst war er doch immer so kreativ, Plätze für ungeliebte Gegenstände zu finden. John spürte, wie ihm der Schweiss über die Stirn hinunter lief, aber das brachte ihn auf der Suche nach einem geeigneten Versteck auch nicht weiter. Sollte er sie einfach in den Schrank zurücklegen? Auf gut Glück darauf setzen, dass Onkel Oliver nicht aufgeweckt worden war? Dann hätte er alle Zeit. Dann könnte er in aller Ruhe die Pistole wieder verstauen, den Schrank abschliessen und den Schlüssel an den Haken zurückhängen. Dann wäre alles wieder so, wie wenn er gar nie aufgestanden wäre, seine Hand gar nie die Pistole berührt hätte. John versuchte tief durchzuatmen, einen klaren Gedanken zu fassen. Doch es gelang ihm nicht. Er hatte nicht die Zeit, um auch nur eine einzige Sekunde zu verschwenden. Jeden Moment konnte Onkel Oliver erscheinen. Und dann!? Der Wecker im Obergeschoss verstummte. Die Stille kehrte in die dunklen Räume zurück. Erleichtert liess sich John zu Boden sinken. Er nahm keine Schritte wahr, im ganzen Haus herrschte Stille. Das Einzige, was er hörte, war das Echo des schrillen Piepsens in seinem Kopf. Eigentlich wusste John genau, dass noch nichts überstanden war. Es war durchaus möglich, dass sein Onkel durch das Weckgeräusch aufgeweckt worden war und sich gerade erhob, um nach unten zu kommen. Aber er hatte keine Kraft mehr, sich mit dem

Worst-Case-Szenario zu beschäftigen. Er wollte nur die Pistole so schnell wie möglich loswerden und in sein gewohntes Leben zurückkehren. Immerhin war heute ein wichtiger Tag. Heute war der Tag, an dem er Zoi wiedersehen durfte.

Zoi. Nachdem ich die Pistole wieder im Schrank eingeschlossen und den Schlüssel an den Haken gehängt hatte, war ich noch lange von einem unangenehmen Gefühl befallen. Ein Gefühl, das ich bis jetzt in dieser Stärke noch nicht erfahren hatte. Es war Scham. Ich hatte mich zwar schon früher oftmals vor mir selbst geekelt und mich gefragt, was Zoi von mir gedacht hätte, wäre sie Zeugin gewesen, wenn ich masturbierte, wenn ich feige war oder schlicht und einfach nicht der John sein konnte, der ich sein wollte. Aber dieses Mal war es etwas anderes. Dieses Mal hatte das Gefühl keine kurze Halbwertszeit. Dieses Mal wollte es nicht einfach so verschwinden. Ständig erschien mir Zois Gesicht in Gedanken, ob ich nun in der Klasse sass oder meine Bücher im meinem Schrank verstaute. Sie war omnipräsent. Aber nicht einmal ihre Präsenz war das, was am meisten an mir nagte. Früher hatte ich immer ihre Stimme gehört, hatte Zoi mich zurechtgewiesen mit der gehässigsten und zugleich sanftesten Stimme, die ein Mädchen besitzen konnte. Aber heute schrie sie nicht mehr, beschimpfte mich nicht mehr, überschüttete mich nicht mehr mit Vorwürfen, was ich hätte anders, was ich hätte besser machen sollen. Sie schüttelte einfach nur den Kopf und wandte sich ab. Und doch hatte ich immer wieder das Gefühl, eine Chance zu haben, wenn mir ihr Gesicht erschien. Ich hatte das Gefühl, dass sich ihre Lippen bewegten, dass ich ihre Stimme hätte hören sollen. Aber ich vermochte es nicht. Immer und immer wieder sah ich ihren sich öffnenden Mund und dachte, dass sie mir etwas sagen wollte, dass ihre Lippen, die sich scheinbar bewegten, einen Vorwurf ankündigten. Aber dem war nicht so. Ihre Lippen bewegten sich nicht, um Worte zu formen. Ihre Lippen zitterten. Ihr Mund öffnete sich nicht, weil sie mir etwas sagen wollte, sondern einfach nur, weil es ihr schwer fiel, ihren Mund angesichts meiner begangenen Tat zu schliessen. Sie war zu enttäuscht, um mich noch eines Wortes zu würdigen. Sie warf mir nur noch einen letzten Blick mit halbgeöffnetem Mund zu und wandte sich von mir ab.

Es fühlte sich komisch an. Nicht nur sie nach so langer Zeit wieder zu sehen, sondern die Art, wie sie sich gab, wie sie nur Zentimeter vor ihrer verschlossenen Haustür auf ihn wartete, wie eine Wachhündin, darauf erpicht, einem Fremden nicht einen einzigen Blick in ihr Heim zu gewähren. John wollte einen Schritt auf Zoi zugehen und erinnerte sich im gleichen Moment daran, dass er nicht aufdringlich auf sie wirken wollte und er sich vorgenommen hatte, Zoi den nötigen Abstand zu gewähren, wie gross dieser auch immer sein sollte. Mitten im Schritt hielt John inne und setzte seinen Fuss an den Ort zurück, wo er schon vorher gestanden hatte. «Hallo.» John trat von einem Bein aufs andere und warf Zoi einen unsicheren Blick zu. War das wirklich das, was sie wollte? Eine

Begrüssung aus Distanz, gute fünf Meter voneinander entfernt, ohne sich auch nur kurz zu umarmen, sich flüchtig die Hand zu reichen oder ein Küsschen zu geben? Das konnte ihr doch nicht wirklich behagen. John rang sich ein Lächeln ab. Er brauchte eine Beschäftigung, um die Zeit totzuschlagen. Auch wenn es nur Zehntelsekunden dauerte, bis Zoi ihm antwortete. Er versuchte, sich auf die Haustür hinter Zoi zu konzentrieren, was nicht so unsicher wirkte, als wenn er auf die eigenen Füsse starrte.

«Hallo.» Zoi lächelte schüchtern zurück. «Wollen wir?» John hätte beinahe sofort bejaht, dem Treffen den gewohnten Verlauf gelassen, aber etwas tief in ihm drinnen sagte ihm, dass er es nicht soweit kommen lassen durfte. Etwas stimmte nicht, auch wenn er im Moment noch nicht darauf kam, was ihn an der Situation störte. Hilflos liess John seinen Blick über die Haustür und das Gebäude in Zois Rücken wandern. Er durfte ihrem Blick nicht begegnen, durfte ihr nicht in die Augen schauen, bevor er wusste, was er ihr sagen sollte.

«Wollen wir?» Zoi wiederholte ihre Frage, nicht viel lauter, noch immer sehr sanft, aber dennoch mit einem Unterschied, der ihm auffallen musste. In Johns Hirn ratterte es. Er hatte nicht mehr viel Zeit. Er musste jetzt etwas sagen oder sich damit abfinden, dass Zoi es ihm übel nehmen würde, wenn er sie weiterhin ignorierte. «Ich … Ich weiss nicht, ob wir wirklich von hier weggehen sollten.» John sprach die Wörter aus, betonte jede Silbe und war sich dabei bewusst, dass er keinen blassen Schimmer hatte, worauf er hinaus wollte. «Das ist doch eigentlich ein ganz hübscher Ort», fügte er an und wusste, dass er die ohnehin peinliche Situation nur noch verschlimmerte. Was tat er da eigentlich? War er von allen guten Geistern verlassen? War er psychisch schon an einem Punkt angelangt, wo sein einziges Ziel nur noch darin bestand, sein eigenes Leben zu ruinieren? John versuchte den unangenehmen Gedanken abzuschütteln. An diesem Punkt war er noch lange nicht angekommen. Im Grunde genommen wusste er, dass sein Handeln richtig war, nur konnte er noch nicht sagen warum. John wandte seinen Blick Zoi zu, darauf gefasst, dass er sich gleich für sein ungewöhnliches Verhalten würde rechtfertigen müssen. Zumindest das war er ihr schuldig. Doch er kam nicht dazu. Sein Mund blieb offen, und es gelang ihm nicht mehr, Zoi zu gestehen, dass er heute ein bisschen verwirrt war, dass sie nicht auf all das hören sollte, was er den lieben langen Tag unbedacht von sich gab und dass es natürlich in Ordnung war, wenn sie jetzt gehen würden. Zoi hatte sich auf ihn zubewegt. Nicht weit, vielleicht nicht einmal einen ganzen Meter, aber zumindest stand sie nicht mehr dermassen dicht vor ihrer Haustür, wie sie es bei seiner Ankunft getan hatte. Noch nie war sie freiwillig auch nur Zentimeter auf ihn zugerückt. Immer war er gezwungen gewesen, den übergrossen Abstand ihrer Körper zu überbrücken, indem er Schritt für Schritt auf sie zugegangen war. John verwarf den Gedanken, sich für sein ungewöhnliches Verhalten zu rechtfertigen. Er hatte Lunte gerochen. Er wusste, dass ihn sein Gefühl nicht täuschte, dass er des Rätsels Lösung auf der Spur war.

«Doch, wir sollten wirklich gehen.» Zoi trat einen weiteren winzigen Schritt auf ihn zu, sodass John seinerseits schon fast das Gefühl verspürte, aus Rücksicht auf ihre Beziehungsängste einen Schritt zurückzuweichen. Er wollte ihr nicht weh tun. Er wollte ihr keine Schmerzen bereiten. Er wollte ihr das Leben nicht schwerer machen, als es ohnehin schon war. Ihre Stimme hatte gezittert, beinahe schon fast versagt. John war verwirrt, fühlte sich von seiner eigenen Intuition ausgetrickst. Er hatte voll ins Schwarze getroffen. Doch was bedeutete das für ihn in diesem Augenblick, ins Schwarze zu treffen? John war die Sache nicht mehr geheuer. Am liebsten hätte er sofort die Zeit zurückgedreht, den von ihm intuitiv ausgesprochenen Satz, der die ganze Sache ins Rollen gebracht hatte, aus ihrem Gespräch gelöscht. Gleichzeitig regte sich aber auch etwas in ihm und forderte ihn auf, seinen Vorschlag durchzusetzen. Es war am Ende doch nur zu ihrem Besten und die einzige Möglichkeit, sie von ihren zwanghaften Berührungsängsten zu befreien. «Nein, Zoi, wir gehen jetzt nicht.» John versuchte seine Stimme bestimmt klingen lassen. Aber es gelang ihm nicht. Sie versagte beinahe und war am Ende nur noch hilfloses Stottern. «Zoi! Zoi, hör mir zu!» John vergass alle Grenzen, die er nicht überschreiten wollte. Es war alles nicht mehr wichtig. Es war alles vorbei. Er hatte sie verletzt und damit die einzige Regel gebrochen, die in seinem Leben wirklich existiert hatte. «Ich habe das nicht gewollt! Hörst du!? Ich habe das nicht gewollt!» John trat auf Zoi zu, wollte sie umarmen, ihr die Hoffnung zurückgeben, die er ihr genommen hatte. Sein erstes Nein hatte ausgereicht, er brauchte es nicht mehr zu wiederholen. Zoi war auf den Boden gesunken und umschlang sich selbst mit beiden Armen, als ob sie versucht hätte, sich am Auseinanderfallen zu hindern. «Zoi! Zoi, bitte, sag etwas!» John ging nun seinerseits auf die Knie, streckte die Hand nach Zoi aus, wusste jedoch, dass es dazu zu spät war. Er würde sie nicht mehr erreichen, sie würde nie mehr aufstehen. Wenn er sich doch nur nicht so tölpelhaft auf sein Gefühl, sondern auf seinen Verstand verlassen hätte.

«John.» Ihre Stimme war so leise, dass John sie beinahe überhört hätte. «John». Sie hatte es getan! Sie hatte es wirklich getan! Sie hatte wirklich noch einmal ein Wort zu ihm gesagt! John sah Zoi in die Augen und wurde sich in diesem Moment bewusst, dass er so viel Glück gar nicht verdient hatte. Nicht, dass sie gelächelt hätte. Nicht, dass sie ihn angestrahlt hätte. Sie strich sich nur die Tränen aus ihren von dunklen Ringen umrandeten Augen. Zoi weinte. Zoi weinte und das wegen ihm. John hatte sich noch nie in seinem Leben von einer Reaktion, die er selbst ausgelöst hatte, so gerührt gefühlt. Er hatte sich nicht getäuscht. Seine Intuition hatte ihn nicht in die Irre geführt. Der Gedanke kam John plötzlich, als sich Zoi eine weitere Träne von ihrem Auge tupfte. Weinen war nichts Schlechtes. Erst das Weinen hatte Zoi von ihrer Verkrampfung erlöst, hatte die Last von ihren Schultern genommen und ihr die Möglichkeit zurückgegeben, Gefühle wahrzunehmen. John war stolz, weil sie es geschafft hatte, aus ihrem inneren Kerker auszubrechen. Er wusste, dass jetzt alles nur noch besser werden konnte. Zoi sah so bezaubernd aus, wie sie ihm noch nie zuvor erschienen war. Genau wie am ersten Tag, dachte er. Ihr Zusammenbruch war nicht das Ende, er war der Neubeginn.

«John, John.» Die sanfteste Stimme, die ein Mädchen besitzen konnte, holte John zurück, liess ihn gebannt auf ihre Lippen starren, ohne auch nur den Ansatz einer Ahnung, was sie zu ihm sagen wollte. Aber es war ihm egal. Das Gefühl, in ihrer Nähe sein zu dürfen, war mehr als er zum Leben brauchte. John hätte stundenlang einfach nur dasitzen und sie betrachten können. Hätte nie auch nur den Blick von ihr abwenden müssen, um einen Happen zu sich zu nehmen. Ihr Anblick wäre ihm Nahrung genug gewesen. John wusste, dass seine Gedanken für einen Aussenstehenden unverständlich sein mussten. Aber er empfand es so und nicht anders. Sollte ihn doch der Teufel holen, wenn er sich davon beeinflussen liess, was andere vom ihm dachten. Er würde keinen Gedanken mehr daran verschwenden. John wunderte sich darüber, dass Zoi nun doch kein weiteres Wort mehr zu ihm sagte und ihm einfach nur in die Augen blickte, als ob sie die Tiefen seiner Seele ergründen wollte. «Was ist?» John hätte sich am liebsten fest in den Arm gekniffen. Warum konnte er es nicht einfach geschehen lassen, wie es kam? Warum musste er immer zu ergründen versuchen, was hinter Zois Verhalten steckte? Es war doch in Tat und Wahrheit viel spannender, ihre Beweggründe nicht zu kennen. Sich vorurteilslos auf das Abenteuer einzulassen, ohne den Hintergedanken, dass schon wieder dunkle Wolken über ihrem Glück standen. Einfach nur den Moment geniessen und von diesem Glück an Tagen zehren, die ihn nicht mehr verwöhnen würden. John lächelte Zoi an und wusste in dem Moment, als sich auch Zois Lippen zu einem bezaubernden Lächeln formten, dass sie ihm keine Antwort auf seine Frage geben würde. Zoi streckte einfach nur ihre Hand nach der seinen aus, hielt sie ihm entgegen, so dass er entscheiden konnte, ob er die seine in ihre legen wollte oder nicht. John brauchte nicht zu überlegen. Auf diesen Moment hatte er seit Monaten gewartet, sich nicht in seinen kühnsten Träumen vorgestellt, dass es dahin kommen könnte. John wollte nicht hastig, nicht grob wirken, trotz des überwältigenden Glücksgefühls, das ihn durchströmte. Langsam, fast schon geschmeidig in seiner Bewegung legte er seine Hand in die ihre, strich ihr zärtlich über ihre Finger und wusste, dass er im Himmel angekommen war. Es war eine Verbindung, die sie von nun an in ihren Herzen tragen würden.

Ich fühlte mich befreit. Ich fühlte mich angekommen im Leben. Auch wenn schon ein Tag vergangen war, seitdem Zoi ihre Hand nach meiner ausgestreckt hatte, hatte sich das Gefühl bei mir nicht verändert. Es war alles so einfach, so leicht, so unberührt. Ich hätte durch die Strassen fliegen und die Welt mit anderen Augen sehen können, mit solchen, die den Sinn verstanden hatten, nicht mehr suchten, nicht mehr irrten, sondern sich einfach auf das Leben einliessen, dem Schicksal eine Chance zugestanden, den richtigen Weg zu bestimmen. Stattdessen stand ich in der Fussgängerzone nur wenige

Schritte vom «Beautiful Dreams» entfernt. Ich mochte die Fussgängerzone nicht, und noch weniger mochte ich die Leute, die darin gingen. Alles stinkreiche Hotelgäste, die zu dieser Jahreszeit in dicken Pelzmänteln die Strasse hinauf und hinab stolzierten, ohne klares Ziel, einfach nur, um zu zelebrieren, dass sie besassen, was andere niemals in ihrem Leben erreichen würden. Mich störte nicht, dass sie es hatten, mich störte nicht, dass andere es niemals erreichen würden, ich fühlte mich nur angeekelt und zugleich gefangen von der Tatsache, dass auf der Strasse immer die Ärmeren den Reicheren auswichen. Intuitiv und dennoch wohlüberlegt ordnete sich jeder gemäss seinem Stand in die Gesellschaft ein, ohne sich gegen das System aufzulehnen, ohne auch nur einen Gedanken daran zu verschwenden, dem System ein Schnippchen zu schlagen, es durcheinander zu wirbeln, ein Zeichen für Gleichberechtigung auf der hell erleuchteten Strasse zu setzen. Das war meine Aufgabe. In mir war mehr als nur der Glaube, dass ich das Richtige tat, ich wusste, dass es meine Pflicht, meine Bestimmung war, es den Menschen aufzuzeigen, auch wenn es vorerst nur wenige waren. Ich brauchte nur das richtige Opfer.

Nachdem der Gedanke in mein Bewusstsein vorgedrungen war, meldete sich sofort mein Verstand und herrschte mich an, meinen Gegenspieler nicht als Opfer zu bezeichnen. Schliesslich besass er genauso gut wie ich die Möglichkeit auszuweichen. Aber ich hörte nicht auf ihn, ich hörte auf gar nichts mehr. Ich vergass alles ausser meiner Aufgabe. Das Experiment Crash-Check konnte *beginnen. Ich brauchte nicht lange zu warten. Schon bald erspähte ich den richtigen Gegenspieler. Ein Mann Mitte vierzig in Anzug und Krawatte, gut genug gebaut, um den Aufprall ohne Schaden zu überstehen, verliess das «Beautiful Dreams». Ich setzte mich in Bewegung und steuerte frontal auf ihn zu. Ich spürte, wie mein Herz höher schlug, auch wenn ein irrwitziger Gedanke mir zuflüsterte, dass eigentlich sein Herz hätte höher schlagen sollen. Er kam immer näher, schien mich gar nicht wahrzunehmen, blickte einfach durch mich hindurch, als ob ich gar nicht existierte. Ich unterdrückte meine Wut über sein arrogantes Benehmen. Gleich würde er seine Quittung erhalten. Gleich würde er wissen, was es hiess, John White zu ignorieren. Er wich bis zum letzten Meter keinen Millimeter von seinem eingeschlagenen Weg ab. Bis zum Zusammenstoss dachte er wohl, ich würde doch noch ausweichen. Aber ich tat es nicht. Frontal stiessen wir gegeneinander. Ich hatte mich noch ein wenig vorgebeugt, um nicht umgestossen zu werden, mein Gegenspieler wurde beinahe zu Boden geworfen. Ich sah, wie er nach Fassung rang, Wut in ihm aufstieg und sich seine Lippen bewegten, um Worte zu formen. Doch ich war schneller als er. Ich musste nicht zuerst darüber nachdenken, was ich zu ihm sagte. Ich stiess ein einziges Wort hervor, «Hurensohn», spie ihm auf die Füsse und rannte davon, so schnell ich konnte, bevor er dazu kam, auch nur irgendetwas zu erwidern.*

Die beiden Gläser, die Flasche mit dem Wasser, es stand alles bereit, eigentlich hätte Zoi nun kommen sollen.

John warf einen ungeduldigen Blick auf seine Piaget. 19.53 Uhr. Er war viel zu früh. Noch immer blieben siebenunddreissig Minuten bis zum vereinbarten Zeitpunkt. John konnte sich ein leises Stöhnen nicht verkneifen. Warum hatte er mit den Vorbereitungen nicht warten können? Warum war es ihm nicht möglich gewesen, sie so zu kalkulieren, dass sie mindestens bis zehn Minuten vor Zois erwartetem Eintreffen andauerten? Kalkulieren. John versuchte den Begriff aus seinem Kopf zu verbannen. Gerade darum sollte es heute nicht gehen. Gerade auf diese Weise sollte Zoi ihn nicht näher kennenlernen. Es sollte kein abgekartetes Spiel sein. Es sollte nicht darauf ankommen, ob er in der Vorbereitungsphase irgendeinen Fehler begangen hatte. Es sollte genau gleich sein wie am letzten Dienstag, als er ihr wahres Ich hatte kennenlernen dürfen, als er erfahren hatte, in welchen Umständen sie lebte, als sie ihm etwas aus ihrem Leben erzählt hatte. Er wollte es ihr gleichtun. Seufzend liess sich John am Küchentisch nieder. Es würde nicht leicht werden, es ging gegen seine Natur, aber dazu musste er sich nun überwinden. Es war nicht richtig, Zoi ein perfektes Ich vorgaukeln zu wollen. Er wusste, dass er das niemals würde sein können. Früher oder später würde es auch ihr auffallen, ob er nun wollte oder nicht. Dazu hatte er gar nichts zu sagen. John stand wieder von seinem Stuhl auf. Er hielt es nicht mehr aus. Das Warten machte ihn ganz konfus. Erneut liess er seinen Blick in Richtung Uhr wandern. 19.53 Uhr. Das durfte doch nicht wahr sein. Noch nicht einmal eine ganze Minute war vergangen, seit er das letzte Mal auf seine Piaget geschaut hatte. John begann in der Küche auf und ab zu gehen. Er wollte sich durch Bewegung von der so langsam verstreichenden Zeit ablenken. Doch er wusste, dass er es damit nur noch schlimmer machte. Nicht zum ersten Mal ging John in seinem Kopf den Plan durch, den er sich ausgedacht hatte. Schritt eins: Tante Sophia und Onkel Oliver aus dem Haus bekommen. Das war ihm problemlos gelungen. Sie hatten nicht einmal Verdacht geschöpft, als er ihnen feierlich eröffnet hatte, dass er ihnen gerne als Dank für ihr fürsorgliches Verhalten über die Jahre hinweg einen Opernbesuch schenken möchte. Fürsorgliches Verhalten. Dass er nicht lachte. Nie hatten sie gewagt, auch nur sein Zimmer zu betreten, als er früher abends oftmals weinend in seinem Bett gelegen hatte, weil er seine Mutter vermisste. Nicht ein einziges tröstendes Wort hatten sie ihm zugesprochen, nicht einmal schützend die Arme um ihn gelegt, dass er für einmal nicht hätte das Gefühl haben müssen, allein zu sein. Und er hatte ihnen gerade dafür einen Opernbesuch geschenkt. John konnte sich ein Grinsen nicht verkneifen. Das offensichtlichste Täuschungsmanöver war oft das gerissenste, wenn man nur die nötige Arroganz dazu besass. Gewissensbisse durfte es dabei nicht geben, das war die einzige Regel.

Schritt zwei: Das Wasser und die Gläser auf dem Tisch bereitstellen, sein Zimmer aufräumen und im ganzen Haus den Staub wischen. Das hatte er alles schon erledigt. Es blieb also nur noch der dritte Schritt übrig. Bis zu ihrem Eintreffen zu warten und sich einen gelungenen Gesprächseinstieg auszudenken. Schritte! Mit einem Ruck packte John die Wasserflasche und die Gläser auf dem Tisch und stellte sie in den Küchenschrank zurück. War er denn eigentlich von allen guten Geistern verlassen? Hatte er sich nicht vorgenommen, für einmal nichts zu kalkulieren? Seiner Intuition, auf die er sich, wie er seit dem letzten Treffen mit Zoi wusste, getrost verlassen konnte, für einmal den ganzen Handlungsspielraum offen zu lassen? Und was tat er jetzt? Schritt für Schritt einem Plan folgen, der mit Intuition nicht die kleinste Gemeinsamkeit hatte. Am liebsten hätte John seine Faust, so fest er konnte, in die Wand geschlagen, aber er wusste, dass ihn ein Wutausbruch in keiner Weise weiterbrachte. Er musste loslassen, sich einfach gehen lassen, so wie er es beim letzten Treffen getan hatte. Das Zauberwort für eine zweite gelungene Begegnung hiess «Veränderung», nicht «Déjà-vu». Er durfte nicht versuchen, eine Begegnung zu kopieren, er musste einer neuen die Möglichkeit geben, sich zu entfalten. John spürte, wie ihm Schweisstropfen die Stirn hinunterliefen. Sein Körper wehrte sich gegen die Veränderung. Doch er rang sich dazu durch, ihr den freien Lauf zu lassen. Zoi hatte am letzten Dienstag ihre Schwester auch nicht verscheucht, als sie plötzlich unaufgefordert in ihrem Zimmer gestanden hatte. Sie hatte ihn an ihrem Leben teilhaben lassen, auch wenn es ihr bestimmt lieber gewesen wäre, mit ihm ungestört zu bleiben. John ging aus der Küche und widerstand der Versuchung, sich die Schweisstropfen von der Stirn zu wischen, sie verschwinden zu lassen in einem Papiertaschentuch, das er anschliessend in den Abfallkübel geworfen hätte. Auch sie

gehörten zu ihm. Auch das wollte er Zoi nicht ver-
schweigen. Nervosität war etwas Menschliches und
musste nicht verheimlicht werden. Noch immer angespannt, aber wesentlich entspannter als zuvor liess sich
John vor dem Fernseher im Wohnzimmer nieder. Er
würde jetzt solange warten und in die Glotze starren,
bis es an der Tür klingelte. Und erst dann würde er
spontan entscheiden, was er ihr zu trinken anbot und
was er zu ihr sagen wollte.

Toms Finger bohrten sich mit solch einer Kraft in die
Tischplatte, dass die Fingerbeeren dunkelrot anliefen.
Aber er bemerkte die Veränderung ihrer Farbe nicht. Er
nahm noch nicht einmal ein Gefühl von Druck wahr,
wusste noch gar nicht, dass sich seine Finger in die Tischplatte bohrten, sie bestimmt durchlöchert hätten, wenn
sie aus Karton gewesen wäre. Die Tischplatte hatte für
ihn keine Bedeutung. Seine Finger hatten für ihn keine
Bedeutung. Das Einzige, was sein Verstand wahrnahm,
war die Tür, auf die er nun schon seit exakt drei Minuten
starrte. Tom sah sie wie durch einen langen, dunklen
Tunnel, an dessen Ende sich ein blass erleuchtetes, kreis-
förmiges Loch befand. Würde John vielleicht doch noch
kommen? Würde er vielleicht doch noch durch die Tür
treten? Tom glaubte nicht wirklich daran. Er hatte ein
schlechtes Gefühl bei der Sache. Er hatte schon ein
schlechtes Gefühl bei der Sache gehabt, als er selbst
durch die Tür getreten war, nur war ihm damals der
dreieckige Garten dahinter noch nicht in diesem öden,
blassen Licht erschienen. Er war ein Quäntchen heller

gewesen, natürlich bloss eine Einbildung, ausgelöst durch das Fünkchen Hoffnung, das er noch in sich getragen hatte. Jenes kleine Fünkchen, das ihm hatte einreden wollen, John würde vielleicht doch noch kommen, dass es noch zu früh war für eine allumfängliche Lagebeurteilung, dass er noch bis zur abgemachten Zeit warten sollte. Tom hatte schon damals mit sich gehadert, dem Fünkchen Hoffnung klar zu machen versucht, dass für John die abgemachte Zeit nicht das bedeutete, was sie für andere Menschen war. Dass es ungeschriebene Gesetze gab, die John, abgesehen von dem einzigen Mal, das er ihm schon lange verziehen hatte, nie auch nur annähernd verletzt hatte. John würde es nicht noch einmal wagen, bewusst eines dieser ungeschriebenen Gesetze zu verletzen, es sei denn, er verzichtete darauf, überhaupt zu erscheinen. Er würde ganz darauf verzichten. Tom zuckte betroffen zusammen. Sein eigener Gedanke fühlte sich an wie ein Schlag mitten ins Gesicht, aber er wusste, dass er damit Recht hatte. Es war dieselbe Gewissheit gewesen, die ihm schon Angst gemacht hatte, als er durch die Tür gekommen war, zur gleichen Zeit wie immer, exakt zwei Minuten zu früh, punkt 19.58 Uhr, und gesehen hatte, dass John nicht an seinem angestammten Platz sass. Er war langsamer als sonst um die Ecke gebogen, hatte fast nicht gewagt hinzusehen, obwohl er eigentlich schon gewusst hatte, was er antreffen würde. Einen freien Stuhl, so unschuldig in seiner Einsamkeit und doch ein bitteres Indiz dafür, dass sich etwas verändert hatte, dass etwas nie mehr so sein würde, wie es einmal gewesen war. Amen. Tom verzog spöttisch die Lippen. Es war noch zu früh für Trauerreden. Er war Tom, er liess sich nicht übers Ohr hauen, er war den schweren Weg der Selbstbefreiung von seiner Rolex nicht gegangen, um am Ende mit leeren Händen da zu stehen. Dieses miese, kleine Luder. Tom verbot sich, ihren richtigen Namen auch nur zu denken. Auch wenn er sich gewünscht hätte, es leugnen zu können, musste er sich zugestehen, dass ihr Name ihm gefiel, dass er etwas Unergründliches hatte. Etwas, das nicht mit dem Feindbild in seinem Kopf übereinstimmte, etwas, worüber er gar nicht erst nachdenken durfte. Die Rollen waren klar verteilt. Sie war die Böse. Er war das Opfer. Daran gab es nichts zu rütteln und nichts zu ändern. Ausser … was war mit John? Unangekündigt fiel Toms Feindbildsystem in sich zusammen. Johns Bedürfnisse hatte er völlig ausser Acht gelassen. John war der wahre Leidtragende der Geschichte. Er war nicht nur ständig einem unerträglichen Schmerz ausgesetzt, weil das Luder mit ihm spielte, sondern er verlor auch noch alles, was ihm bisher in seinem Leben etwas bedeutet hatte: seine Bestnoten, seine Lebensfreude und nicht zuletzt die Freundschaft zu ihm. Er musste ihm unbedingt zu Hilfe eilen. Ohne auch nur eine weitere Sekunde zu verschwenden, sprang Tom auf. Wenn es nur noch nicht zu spät war. Er musste sich spurten, wenn er ihn noch retten wollte. John hatte womöglich nicht mehr viel Zeit.

Keuchend beugte Tom sich nach vorne und legte seine Hände auf den schmerzenden Brustkorb. Laufen war nicht sein Ding, war es nie gewesen und würde es auch nie sein. Aber für einmal war es zu verkraften. Laufen war die schnellste Möglichkeit gewesen, die Strecke vom Pub bis zu Johns Haus zurück zu legen. Langsam rappelte Tom sich hoch. Er war dankbar dafür, dass am Eingang des Grundstückes, auf dem sich das Haus befand, ein gusseisernes Gittertor angebracht war, an dem er sich bequem hochziehen konnte. Bevor er klingelte, musste er zuerst einen klaren Gedanken fassen und an etwas anderes denken können als an sein Herz, das im Tempo eines Trommelwirbels pochte. Ruhig atmen. Ruhig und tief atmen, dachte er. So kam er am schnellsten wieder auf die Beine. Tom holte tief Luft und atmete sie wieder aus. Allmählich konnte er die Umrisse des Gebäudes hinter dem Gartentor wieder scharf erkennen. Auf den ersten Blick hatte Tom das Gefühl, dass niemand zu Hause war. Die der Strasse zugewandte Fensterfront lag im Dunkeln, und auch im oberen Stock brannte kein Licht. Einzig eine Laterne neben der Tür warf ein wenig Licht auf den Eingangsbereich. Aber so schnell würde er nicht locker lassen. Dafür war er nicht gerannt. Tom kannte das Haus gut genug, um zu wissen, dass das Licht im Wohnzimmer von der Strasse aus nicht zu sehen war. Wenn sich das Luder in diesem Moment mit John im Wohnzimmer befand? Tom versuchte den Gedanken zu verdrängen. Es durfte nicht zu spät sein. Sonst hätte seine neu erlangte Freiheit gleich ihren Sinn verloren. Tom stiess sich mit beiden Händen von den Eisenstäben ab und zwang sich dazu, mit voller Kraft auf seinen Beinen zu stehen. Mechanisch ging Tom auf die Klingel zu. Jetzt war der Moment der Entscheidung gekommen. Jetzt würde sich herausstellen, ob John noch zu retten war. Tom streckte seinen Finger Richtung Klingel aus und zog ihn instinktiv wieder zurück. Was wollte er eigentlich John sagen? Was war, wenn gar nicht John kam, um ihm die Tür zu öffnen? Wenn plötzlich sein Onkel oder seine Tante vor ihm standen? Und das zu dieser Zeit? Tom liess seinen Finger sinken, zog seinen Hemdsärmel zurück, um zu überprüfen, wie spät es eigentlich war. Erschrocken fuhr er zusammen und beruhigte sich sogleich wieder. Es war kein Grund zur Sorge, dass sich an seinem Handgelenk keine goldglänzende Rolex mehr befand, um ihm die Zeit mitzuteilen, sondern nur noch eine billige Plastikuhr, die er sich als Ersatz gekauft hatte. Er hatte es so gewollt. Die Zeit hatte keine Bedeutung angesichts der ernsten Lage. Das Risiko, dass ihm Onkel oder Tante die Tür hätten öffnen können, war genauso vernachlässigbar wie die Zeit. John war alles, was zählte. Wenn es nur noch nicht zu spät war.

Tom streckte seinen Finger aus und drückte auf die Klingel. «Entschuldigen Sie. Wollen Sie auch zu John?» Erschrocken fuhr Tom herum. Eine Person hatte sich ihm unbemerkt genähert, war plötzlich aufgetaucht, ohne dass er auch nur ihre Schritte gehört hätte. Sie war nicht allzu gross, von magerer Gestalt und trug eine weite Winterjacke mit einer Kapuze, unter der Tom im Dunkeln das Gesicht nicht erkennen konnte. Magere Gestalt. Nicht allzu gross. Zu dieser Zeit an diesem Ort. Auf einmal machte es «klick» in seinem Gehirn und Tom wusste, wen er vor sich hatte. Einen Augenblick lang stand er einfach nur konsterniert da. Doch dann packte ihn die Wut. Dass sie die Frechheit besass, hier aufzutauchen und ihn höflich zu fragen, ob er auch zu John wollte. Tom konnte es nicht fassen. Ihn, ausgerechnet ihn. Diejenige Person, der sie alles wegzunehmen versuchte. Und sie fragte es … sie fragte es in einer solchen Höflichkeit, in einer solchen gottverdammten Höflichkeit, dass er wirklich hätte annehmen müssen, diese wäre echt, wenn er nicht das Gegenteil gewusst hätte. Tom spürte, wie sich die Wut in ihm zu einem riesigen Turm aufbaute, der stärker und stärker zu schwanken begann, langsam aber unaufhaltsam aus dem Gleichgewicht geriet. Er bestand aus Hass, riesigen über die Jahre hinweg aufgestauten Massen von Hass, die nicht mehr länger in seinem Körper bleiben wollten, weil sie ein winziges Ventil gefunden hatten. Tom erkannte nicht mehr, dass nur ein kleiner Teil des Hasses auch wirklich Zoi gegolten hatte, dass der Rest auf sie projiziert wurde, ausgelöst durch die verlockende Möglichkeit. Er empfand den gesamten Hass der Person gegenüber, die ihm überlegen war, die in Johns Leben einen Stellenwert eingenommen hatte, den er in seinem ganzen Leben nie würde erreichen können. «Du!» Mit einem Schrei stürzte sich Tom auf Zoi, packte sie am Kragen und presste sie gegen das Gittertor. «Hast du wirklich geglaubt, du könntest ihn mir einfach so wegnehmen? Hast du wirklich geglaubt, ich würde es nicht bemerken?» Zoi war von Toms unerwarteter Attacke so überrascht, dass sie sich nicht einmal zu wehren versuchte. Chancenlos wartete sie darauf, dass Tom sich beruhigen würde. Sie versuchte, besänftigend auf ihn einzureden: «Ich will ihn dir nicht wegnehmen. Ich will ihn dir nicht wegnehmen. Hörst du? Alles wird gut. Alles wird gut.»

«Nichts wird gut!» Dass sie auch noch die Unverfrorenheit besass, ihm zu sagen, dass alles gut werden würde. Das war der Gipfel. «Wann hast du eigentlich geplant, es mir zu sagen? Wann wolltest du mir mitteilen, dass ich mich nun aus Johns Leben verpissen kann? He?» Tom schüttelte Zois Körper durch, als Reaktion auf die andauernde Stille. «Antworte mir gefälligst, wenn ich mit dir rede!» Tom hob Zoi am Kragen empor und knallte sie mit voller Wucht zurück ans Gittertor. Sie würde ihm nicht antworten. Tom sah es in ihren Augen, in die er nun blicken konnte, weil die Kapuze von ihrem Kopf gerutscht war. Sie starrte ihn einfach verdutzt an und war nicht mehr gewillt, auch nur den Mund zu öffnen. «Jetzt willst du also gar nicht mehr mit mir sprechen?» Tom erwartete keine Antwort auf seine Frage. Fassungslos starrte er zu Boden und versuchte sich zu sammeln, wieder Herr seiner Lage, seines Körpers zu werden, doch es gelang ihm nicht mehr. «Jetzt willst du also gar nicht mehr mit mir sprechen!?» Tom bemerkte nicht, wie laut er schrie. Er holte zu einer Ohrfeige aus und schlug Zoi mit voller Kraft ins Gesicht. Zoi begann zu schreien, ein wildes, unkontrolliertes Schreien. Jetzt wollte sie auch noch, dass die ganze Nachbarschaft auf ihn aufmerksam wurde. Tom wurde gleichermassen von einer neuen Welle aus Hass und Panik gepackt. Jetzt wollte sie auch noch auf dem letzten Häufchen seiner verbliebenen Würde herumtrampeln, wollte ihn vor der ganzen Öffentlichkeit als Monster darstellen, das Frauen schlug, sie brutal am eigenen Kragen aufhob, um eine Antwort zu erhalten. Das würde er nicht zulassen. Ohne über die Folgen seiner Tat nachzudenken, packte Tom Zoi mit der einen Hand an der Gurgel und hielt ihr mit der anderen den Mund zu. «Ruhig, ruhig», flüsterte er, «halt verdammt noch mal deinen Mund.» Doch Zoi dachte nicht daran, ruhig zu bleiben. Stattdessen wehrte sie sich nur noch energischer gegen seinen Griff, biss ihm, so fest sie konnte, in die Hand, die ihr den Mund zuhielt, und kreischte weiter, als er sie erschrocken zurückzog. «Hör auf! Hör auf!! Hör auf!!!» Tom konnte das Kreischen nicht mehr ertragen. Das Kreischen gab seiner Panik Nahrung, raubte ihm seine Sinne, verunmöglichte es ihm, auch nur einen klaren Gedanken zu fassen. Sein Kopf war ausgefüllt von nichts als einem zermürbenden Kreischen, dem er nichts entgegenzusetzen hatte. Mit dem letzten Mut der Verzweiflung legte Tom auch seine zweite Hand an Zois Kehle und drückte zu. Er wusste nicht mehr, was er tat. Er hoffte nur noch inständig darauf, dass das Kreischen ein Ende finden würde. Doch es wurde nur noch immer schriller und durchdringender, und Tom drückte noch fester zu.

«Aufhören! Aufhören!! Aufhören!!!» Es musste irgendwie ein Ende nehmen. Die Sekunden des Kreischens kamen Tom vor wie die längsten seines Lebens. Und doch waren sie plötzlich vorbei, war das Kreischen auf einmal nicht mehr zu hören, nur noch ein kurzes, hässliches Gurgeln, das in einer Totenstille endete. Tom löste seinen Griff um Zois Kehle und liess sie los. Ihr lebloser

Körper schlug mit einem dumpfen Geräusch auf dem Asphalt auf. Fassungslos betrachtete Tom, was er angerichtet hatte. Langsam aber unaufhaltsam drang die Tat in sein Bewusstsein vor. Bestürzt hielt er sich die Hände vor Mund und Nase und schloss seine Augen. Das musste ein böser Traum sein. So etwas konnte ihm nicht passieren. Zu so etwas liess er sich nicht hinreissen. Sie war tot! Sie durfte nicht tot sein. Er war kein Mörder. Er brachte niemand um. Was zum Teufel hatte er nur getan? Tom schlug seine Augen wieder auf und versuchte, sich einen Überblick zu verschaffen. Er musste irgendetwas unternehmen. Er durfte sie nicht verenden lassen. Der Puls! Er musste ihren Puls fühlen! Das war das Erste, was zu tun war. Noch immer wie in Trance beugte sich Tom zu Zois Körper hinab und fühlte ihren Puls. Komm schon! Tom drückte seinen Finger fester an Zois Hals. Sie konnte nicht einfach aufhören zu atmen. Sie konnte nicht einfach tot sein. Das durfte nicht sein. Ein Mord mit achtzehn Jahren, das war eine Hypothek fürs Leben, auch wenn er nur wegen Totschlags verurteilt würde. Plötzlich kam Tom die Idee wegzurennen. Er könnte spurlos verschwinden, noch hatte er Zeit, bevor jemand die Polizei alarmierte und er verhaftet wurde. Doch was würde man von ihm denken? Was würde er seinem Vater hinterlassen? Das Andenken an einen Sohn, der nicht einmal bereit war, zu seiner Tat zu stehen? Tom hielt einen Augenblick inne. Wegrennen war nicht die Lösung, zur Tat stehen war keine gute Option, hatte aber wenigstens den Vorteil, die Würde zu bewahren. Langsam, fast feierlich streckte Tom seinen Finger aus und drückte auf die Klingel neben dem Tor. Er hatte seine Wahl getroffen, keine gute, aber immerhin eine würdevolle.

Das markerschütternde Kreischen. Es war das schrecklichste, was ich jemals in meinem Leben gehört hatte. Erschrocken fuhr ich aus dem Sofa hoch und wusste im ersten Moment gar nicht, was ich tun sollte. Das Kreischen ging mir durch Mark und Bein, verunmöglichte es mir, einen klaren Gedanken zu fassen, wurzelte meine Füsse am Boden fest und hinderte mich daran, auch nur einen Schritt zu tun. Ich kannte die Stimme. Ich musste mich am Sofa festklammern, um nicht gleich ohnmächtig zu Boden zu fallen. Die Botschaft war schon in meinem Gehirn angekommen, doch es dauerte einen Moment, bis ich das Ausmass der Worte begriffen hatte. Der Schreck fuhr mir erneut durch die Glieder und brachte eine Wolke aus Bewusstlosigkeit mit sich. Nicht jetzt, dachte ich. Meine schlimmsten Träume drohten Wirklichkeit zu werden, und ich hatte Mühe, mich überhaupt auf meinen Beinen zu halten. Staksig machte ich ein paar Schritte in Richtung Haustür, und erst dann meldete sich das Adrenalin in meinem Körper. Danach ging alles ganz schnell. Das Kreischen verstummte, doch davon liess ich mich nicht bremsen. Es durfte noch nicht zu spät sein. Ich riss die Tür auf und rannte auf das Gittertor zu, das unseren Vorgarten von der Strasse abgrenzte. Im gleichen Moment hörte ich die Klingel im Haus läuten. Ich zögerte eine Sekunde, bis mir bewusst wurde, dass dieses Geräusch ohnehin am Tor ausgelöst wurde. Ich rannte meinen eingeschlagenen Weg weiter und wollte mir nicht die Mühe nehmen, vor dem Tor anzuhalten. Ich war im Begriff, mich mit der Schulter dagegen zu werfen und im selben Augenblick die gusseiserne Falle hinunter zu drücken, doch im letzten Moment erkannte ich, dass jemand an das Tor gelehnt am Boden sass. Es war nicht Zoi. Gleichzeitig realisierte ich, dass ich die Dienstwaffe meines Onkels in der Hand hielt. Ich konnte mir nicht erklären, wann ich die Pistole aus dem Schrank genommen hatte. Aber nun war sie plötzlich in meiner Hand. Ich richtete die Pistole auf den Kopf der Person, die vor dem Tor sass. «Wo ist Zoi?», fragte ich mit heiserer Stimme. Eine Antwort, die meinen Befürchtungen entsprach, wollte ich augenblicklich mit einem Schuss vergelten. Die Person drehte mir ihren Kopf zu, und ich erkannte, dass es Tom war. Er hatte Tränen in den Augen und schien nicht einmal überrascht zu sein, in den Lauf einer Pistole zu blicken.

«Es tut mir so leid», flüsterte er mit einer seitlichen Kopfbewegung. Ich verstand die Worte auf Anhieb, doch ich wollte sie nicht wahrhaben. «Wo ist Zoi!?», brüllte ich und wusste, dass Tom mir keine Antwort geben würde. Mit einem Aufschrei warf ich mich gegen das Gittertor, so dass Tom bäuchlings hinfiel. Ich zwängte mich durch das halb offene Tor, wobei mein Blick auf den Körper fiel, der dicht neben dem Tor lag. «Nein!» Mit einem Aufschrei warf ich mich zu Boden, schüttelte ihren Körper, tätschelte ihre Wangen, doch ich wusste, dass alles sinnlos war. Ich hatte die Druckstellen an ihrem Hals auf den ersten Blick bemerkt.

Es dauerte einen Moment, bis ich fähig war, meinen nächsten Entschluss zu fassen. «Das sollst du mir büssen!» Blind vor Hass wandte ich mich Tom zu, entschlossen ihn auf der Stelle zu erschiessen. Ich hörte den ohrenbetäubenden Knall schon in meinem Kopf, sah bereits, wie sein Körper vornüber fiel. Doch wie würde es danach weitergehen? Aber darauf wusste mir meine Fantasie eine Antwort zu liefern. Ich sah vor meinem geistigen Auge, wie ich die Pistole hob und sie mir an die Schläfe hielt. Ich sah, wie ich keine Sekunde zögerte und den Abzug betätigte. Ich sah, wie drei leblose Körper nebeneinander am Boden lagen, während die ersten Schneeflocken fielen. Das wollte ich nicht. Das ergab keinen Sinn.

Reglos beäugte John den schwarzen Tintentropfen, der langsam an seiner makellos gekämmten Haarsträhne entlang glitt. Mit jedem Zentimeter, den der schwarz glänzende Tropfen zurücklegte, wurde er voller. Langsam, doch unaufhaltsam schien er sich dem Abgrund zu nähern. Gleich ist es so weit, dachte er. Gehemmte Vorfreude. Alle lästigen Fragen der Polizisten waren vergessen, alle Angebote für psychologischen Beistand weit, weit weg von ihm. Ein Jucken meldete sich in seinen Fingern. Sie wollten sich selbständig machen, das Fallen des Tropfens herbeiführen. Hätte er den Friseurbesuch nicht hinausgezögert, wäre das Schwarze schon gefallen. Wäre schon auf seinem schneeweissen Seidenhemd aufgeschlagen, wäre schon mit einem leisen Gluckern in den Tiefen des Gewebes verschwunden. Hätte schon einen fingerbeerengrossen Klecks hinterlassen. Doch für den Friseur hatte er keine Zeit gehabt, aus unterschiedlichsten Gründen. Der Tropfen verharrte an der Haarspitze, vom winzigen Häkchen zurückgehalten. Warten. Das Jucken in seinen Fingern wurde unerträglich. Die Hände fingen an zu beben: stärker, stärker, stärker. Unterdrückte Wut durchströmte seinen Körper. Die Muskeln verhärteten sich krampfartig. Der Tropfen zitterte, zitterte und fiel nicht. Der Geist wollte nicht nachgeben. Warten! Mit einem Schrei riss er die sorgsam eingebettete Nagelschere aus dem Nécessaire und durchtrennte die Strähne. In Zeitlupentempo sah er den Tropfen fallen. Er hörte das Uhrwerk seiner Piaget ticken. Eins. Zwei. Drei. John zwang sich, nicht auszuweichen. Mit einem gewaltigen Klatschen, das nur in seinem Kopf zu hören war, fiel der tief schwarze Tintentropfen auf die glatte Oberfläche seines peinlich reinen Seidenhemdes. Aus dem Tropfen wurden zig winzige Tröpfchen, die mit einem würgeartigen Gluckern jede Faser der Seide durchtränkten und nichts weiter hinterliessen als ein strahlend weisses Seidenhemd mit einem schwarzen Tintenklecks in der Brustgegend. Mit einem erleichterten Stöhnen stiess John ans kalte Metall des Duschhahns. Unmengen von rabenschwarzen Tintentropfen prasselten auf ihn nieder. Bis zur letzten Faser wurde sein Hemd von der schwarzen Flut durchtränkt. Die Spannung in seinen Muskeln löste sich. Das Beben in seinen Händen hörte auf. Das Jucken in seinen Fingern verschwand. Alle Verpflichtungen, alle seine Träume hatten sich im Schwarz der Tinte aufgelöst. Wie erschlagen

sackte John nieder. Erstaunlich geschmeidig für einen
Mann seiner Grösse rollte er sich am Boden zusammen,
legte seinen Kopf in die Tinte und schloss seine Augen.
Ruhe. Entspannung. Geborgenheit.

Montag, 12. Dezember

Diese Ruhe, diese Entspannung und doch nicht der mildeste Hauch von Geborgenheit in der Luft. Schwermütig liess John seinen Blick durchs leere Klassenzimmer schweifen. So kannte er es nicht. Noch nie war er morgens früh genug aufgetaucht, um der Erste im Zimmer zu sein. Eigentlich gefiel es ihm auf diese Weise viel besser. Der Raum wirkte um Welten freundlicher, wenn nicht eine Horde grölender und quietschender Jugendlicher darin sass und die einzige Person, die der Horde etwas Respekt abverlangen konnte, ausgerechnet diejenige war, die er als Einzige auf der Welt hasste. Eigentlich hätte es ihm nun zum ersten Mal so richtig wohl sein müssen. Eigentlich hätte er sich jetzt zurücklehnen sollen, um den Moment zu geniessen. Eigentlich … Aber dennoch wusste John, dass es ihm dabei nicht wohl gewesen wäre. Irgendetwas fehlte. Der Anlass war nicht gegeben, sich zurückzulehnen, den Moment zu geniessen. Ernüchtert liess John seinen Kopf hängen und schloss seine Augen. Er wollte von dem Zimmer nichts mehr sehen, wollte die Stimmen der Schüler nicht mehr hören, wenn sie hereinkamen und begeistert von den ach so spannenden Geschehnissen des Wochenendes berichteten. Es würde nie mehr so sein wie damals, als er sich noch nicht über die langweiligen Geschichten aufgeregt hatte, welche ihm durch die erhöhte Lautstärke die obszönen Informationen regelrecht aufzwangen. Als er noch darüber hatte schmunzeln können und gewusst hatte, dass er nicht der Einzige war, der so darüber dachte. Ach Tom ... John öffnete seine Augen und liess seinen Blick über den leeren Stuhl neben ihm gleiten. Er wurde ihm nicht gerecht. Er wurde sich selbst nicht gerecht. Hätte er ihn nicht dafür verurteilen müssen, den Sinn in seinem Leben zerstört zu haben? Hätte er ihn nicht verteufeln, zu Gott beten sollen, dem Menschen alles zu nehmen, der ihm alles genommen hatte? Wäre das nicht menschlich, schon fast menschennormal gewesen? John wusste es nicht. Er konnte die Situation nicht objektiv betrachten, konnte nicht rational über Tom urteilen, fühlte sich nicht einmal im Recht dazu, den Versuch überhaupt zu wagen. Das Einzige, was er mit Sicherheit sagen konnte, auch wenn es ihm noch so schwer fiel, es sich selbst zuzugestehen: dass er Tom jetzt schon vermisste, trotz allem, was er ihm angetan hatte. Er glaubte seinen guten Kern zu kennen und war froh, dass er Tom nicht vor Ort gerichtet hatte. Es war richtig gewesen. Er hatte keinen Fehler begangen, würde sich nie in einem Anflug von Schmerz und Hass vorwerfen, Tom am Leben gelassen zu haben. Tom hatte das Leben verdient, war nicht schuld an Zois Tod, auch wenn er das nicht handfest beweisen konnte.

John runzelte verwundert seine Stirn. Hätte er doch auf das Angebot der Polizisten eingehen sollen? Hätte er sich vom psychologischen Dienst helfen lassen sollen? War es vielleicht doch nicht auszuschliessen, dass der Vorfall in seinem Verstand Spuren hinterlassen hatte? Er vermisste den Mörder seiner grossen Liebe, versuchte ihn von jeglicher Schuld freizusprechen, obwohl er mit eigenen Augen gesehen hatte, dass Tom derjenige gewesen sein musste, der Zoi erwürgt hatte. War das nicht krank? War das nicht eine Auflösungserscheinung seines klaren Verstands? Hätte er sich nicht zum Schutz vor sich selbst einweisen lassen müssen? John liess sich in seinen Stuhl zurücksinken. Was sollte er sich noch Gedanken und Sorgen machen. Irgendwann fand alles ein Ende, irgendwann war alles vorbei und meist noch früher, als man es erwarten durfte. John vernahm ein klackendes Geräusch und wusste, dass die erste Schülerin eingetroffen war. Die Absätze der Stöckelschuhe liessen keine Zweifel über ihr Geschlecht. Aber es interessierte ihn nicht, wer sie war. Er hätte ihre Schritte auch einfach analysieren, in seinem Kopf nach einem übereinstimmenden Geräusch suchen können, wenn er ihre Identität hätte erfahren wollen. Aber das wollte er nicht, und daher nahm sich John vor, keine Sekunde seiner neu gefundenen Ruhe an ihre Person zu verschwenden. Das nächste schleppende Geräusch drang von der Tür an Johns Ohren. John wusste, dass es nun mit der Ruhe zu Ende war. Eine zweite Person bedeutete im besten Fall einen Gruss, im schlimmsten Fall sogar Kommunikation, ein richtiges Gespräch, eines, das unter Umständen bis zum Beginn der Stunde andauern würde.

Ein schleppendes Geräusch. Obwohl sich John lieber nicht genauer damit beschäftigt hätte, konnte er nicht verhindern, dass sein Gehirn zu arbeiten begann. Ein schleppendes Geräusch. Darunter war keine Person eingetragen. Unter «schlürfendes Geräusch» wären zahlreiche vermerkt, aber unter «schleppendes» ... So sehr sich John dagegen sträubte, musste er doch zugeben, dass das Interesse in ihm geweckt worden war. Eine Person, die nicht in seinem Gedächtnis kategorisiert worden war, durfte es nicht geben. Er durfte nicht zulassen, dass das schleifende Geräusch in der grossen Masse verschwand und für immer ohne Klassifizierung blieb. John schlug seine Augen auf und sah sich im Raum um. Das schleppende Geräusch war nicht mehr zu hören, aber wie er sich schon gedacht hatte, trug die eine der sich im Raum befindlichen Personen Schuhe mit Absätzen, was die Auswahl wesentlich verkleinerte. Benedict. John musste zugeben, dass er an ihn zuletzt gedacht hätte. Natürlich passte sein massiger Körper, sein gesamter Charakter zum Geräusch, das er gehört hatte. Nur wäre er nie auf die Idee gekommen, Benedict in Erwägung zu ziehen, weil er ihn, soweit er sich erinnern konnte, nie hatte gehen sehen. Wo auch immer er ihm aufgefallen war, hatte Benedict geschlafen. Das war sein Markenzeichen, abgesehen vom strengen Geruch, der von ihm ausging. Und wo er nicht geschlafen hatte, hatte er zumindest gesessen, das hatte seine Ordnung gehabt bis heute Morgen. Es befremdete John, als er erkannte, dass er Benedict dermassen schubladisiert hatte. Dass so etwas in diesem Ausmass überhaupt möglich war. Dass er einen Menschen so lange nur sitzend und schlafend wahrgenommen hatte, dass er gar nicht mehr von ihm erwartete ... John versuchte sich vom Unbehagen an seiner automatisierten Wahrnehmung zu befreien. Bestimmt war Benedict auch schon an ihm vorbeigegangen, bestimmt hatte er ihn auch schon gehen gesehen, schliesslich musste er auch die Zimmer wechseln. John wandte sich von Benedict ab und widmete sich den anderen Schülern, die das Zimmer betraten. Er wollte nicht mehr an ihn denken, er wollte dem Unbehagen keine Chance lassen, sich weiter auszubreiten.

Nach und nach füllte sich der Raum, nur der Platz neben ihm blieb leer. John versuchte, sich abzulenken statt Mitschüler akribisch zu mustern. Scheinbar gedankenverloren liess er seinen Blick durch die Reihen wandern, darauf wartend, eine Person zu finden, die seine Aufmerksamkeit halbwegs verdient hatte. Jack, der Mittelläufer, viel zu langweilig, um auch nur eines Blickes gewürdigt zu werden. Brian, der Möchtegern, ein Minimum spannender als Jack, aber immer noch zu durchschaubar, um sich mit ihm zu beschäftigen. Jessica. Johns Blick blieb an ihrem Nacken haften. Von hinten sah sie viel angenehmer aus, konnte er ihre berechnenden Augen nicht sehen. Immerhin hatte sie Charakter. John wusste nicht, warum er das Argument als Entschuldigung für ihre berechnenden Augen aufwarf. Aber im Grunde genommen hatte er damit völlig Recht. Immerhin hatte sie Charakter. Er brauchte keine liebliche Person, um sich von Toms Abwesenheit abzulenken. Das hätte ihn nur ständig dazu veranlasst, an Zoi zu denken, was noch schlimmer war als an Tom zu denken. Denn zumindest lebte er noch, war er nicht tot, hätte er, wenn er es wollte, die Möglichkeit ihn zu besuchen. Denk an Jessica, analysier sie, versuchte sich John zu ermahnen. Er war schon wieder auf Abwege geraten, die einen höllischen Schmerz in seiner Brust verursachten. Das musste er vermeiden, wenn er nicht zugrunde gehen wollte. John beobachtete, wie Jessica aufstand, als sie Brians Ankunft bemerkte. Sie zwängte sich zwischen den Pultreihen zu ihm hindurch und streckte ihm zur Begrüssung ihre Zunge in den Mund. John wusste nicht so recht, ob er davon angewidert sein sollte oder nicht. Aber er entschloss sich, seinen Blick nicht abzuwenden. Das hatte für ihn keine Bedeutung mehr. Er war nicht mehr gezwungen, darüber zu urteilen. Das konnten andere tun, die noch in Erwägung zogen, jemals eine Beziehung einzugehen. Brian bemerkte seinen Blick und schickte sich mit einem weiteren Seitenblick auf ihn an, Jessica zu einem unendlich langen Kuss zu verführen. Er wollte ihn eifersüchtig machen. John hatte für Brians Verhalten nur ein müdes Lächeln übrig. Ihn würde niemand so schnell mehr eifersüchtig machen, erst recht nicht mit einem Mädchen, das so etwas wie eine Edelprostituierte der jüngsten Generation war und sich nur den männlichen Partnern zuwandte, die schon im jungen Alter das nötige Geld besassen, um jeden materiellen Wunsch zu gewähren. John hatte für beide nur Verachtung übrig. Aber zumindest hatte sie Charakter. Es überraschte ihn, dass ihm der Gedanke nun innert Minuten schon das zweite Mal kam. Sie hatte wirklich Charakter. Keinen netten, lieblichen, sondern einen berechnenden, egozentrischen Charakter, der es ihr einmal ermöglichen würde, sich an die Spitze der Gesellschaft zu schlafen und somit weit mehr, als Brian in seinem ganzen Leben an Charakter besitzen würde. John konnte sich ein hämisches Grinsen nicht verkneifen. Brian war das Opfer seines eigenen Versuches, Eifersucht zu wecken. Er musste dazu vor allen ein Mädchen küssen, das er vielleicht sexuell attraktiv fand wie fast alle Jungen im Zimmer, aber mit Sicherheit nicht liebte.

John sah es an der Art, wie Brians Augen, während er Jessica küsste, noch weiter durchs Zimmer wanderten, beunruhigt einzig durch die Sorge, dass nicht jeder den Kuss mitverfolgte, und sein Repräsentationszweck damit nicht erreicht wurde. Er liebte sie nicht. John hätte am liebsten mit dem Finger auf Brian gezeigt und laut «Haha» gerufen. Aber er liess es bleiben und genoss stillschweigend die Schadenfreude, die er empfand, ausgelöst durch die eisige Kälte zwischen den beiden sich küssenden Personen. Entwürdigend. Und er musste nicht einmal das Seine dazutun. Zwei seiner Mitschüler, die er am wenigsten ausstehen konnte, entwürdigten sich selbst, ohne dass er nur den Finger zu heben brauchte. Sie glaubten beide auch noch daran, einen Vorteil aus der Situation zu ziehen. Bei Jessica mochte das im Grunde noch stimmen. Brians Abhängigkeit von ihr wurde verstärkt, aber im Vergleich zu dem, was sie verlor, war auch dieser Vorteil vernachlässigbar. Und vorbei war es mit der Würde. John konnte sich in Gedanken lachen hören. Ein hohes, hämisches Lachen, das glatt von Luzifer selbst hätte stammen können.

Lautstark fiel die Zimmertür ins Schloss. Ungeachtet aller anderen, die erschrocken herumfuhren, blieb John regungslos auf seinem Stuhl sitzen. Er hatte das Geräusch schon erwartet, hatte gewusst, dass es in dieser

Lautstärke an sein Ohr dringen würde, hatte gewusst, dass Mr. Wilson die Tür nicht wie gewöhnlich lautlos schliessen würde. Er hatte nur noch nicht gewusst, wann es geschehen würde. John brauchte nicht hinzusehen, um zu wissen, dass Mr. Wilson das Schlendern vergangen war, dass er schritt, so wie er damals geschritten war, als er mit ihm zusammen Rektor King einen Besuch abgestattet hatte. Auch Wilson konnte seine Gefühle nicht ganz verschwinden lassen hinter der Maske aus Arroganz. Auch ihn konnte die Tatsache, dass sein Sohn zu einem Mörder geworden war, nicht kalt lassen. Sie musste ihn zumindest getroffen, wenn nicht sogar aus der Bahn geworfen haben. Starr blickte John geradeaus, darauf wartend, dass Wilson von selbst in sein Gesichtsfeld eindrang. Er würde diesen Mann keines Blickes mehr würdigen.

Mr. Wilson rückte in sein Blickfeld vor, und John fühlte augenblicklich, wie ihm ein kalter Schauer über den Rücken lief. In diesem Licht hatte er den Mann noch nie gesehen. Noch nie hatte er eine solche Selbstbeherrschung aufbringen müssen, um nicht nach vorne zu stürzen, sich auf Mr. Wilson zu werfen und ihn augenblicklich zu erschlagen. Dabei hatte er noch gar nichts gesagt, noch nicht einmal den Mund geöffnet, ihn noch nicht einmal zu einem selbstgefälligen Grinsen verzogen. John spürte, wie seine Finger anfingen zu zittern, wie seine Stirn schweissnass wurde, sein Rücken sich verspannte und den Anschein erweckte, das Gewicht des Kopfes nicht mehr tragen zu können. Er wusste es, sein ganzer Körper hatte es gewusst, einzig in sein Bewusstsein war es noch nicht vorgedrungen. Er wusste, warum er Tom hartnäckig verteidigte, wusste, warum er ihn von aller Verantwortung freisprach, ihn nicht als Zois Mörder abhandeln wollte. Er hatte den wahren Mörder von Anfang an gekannt, hatte sich trotz der eindeutigen Beweislage nicht blenden lassen. Tom war nur das Werkzeug, aber nicht wirklich der Täter gewesen. Er war in eine Situation hineingedrängt worden, der er nicht gewachsen war. Er hatte mehr sein müssen, als irgendein Mensch hätte sein können, hatte gar keine reelle Chance gehabt, eine ausgeglichene und gefestigte Persönlichkeit zu entwickeln. Instinktiv griff John nach der Waffe. Der kalte Stahl beruhigte ihn, gab ihm das Gefühl, der Situation gewachsen zu sein, nicht gleich den Verstand zu verlieren in Anbetracht von Zois Mörder. Mr. Wilson hatte sie umgebracht. Er und kein anderer. Er hatte sich zu verantworten, er würde dafür büssen, wenn die Zeit dazu gekommen war. Nicht jetzt! Nicht jetzt! Nicht jetzt!

John versuchte sich zu beruhigen. Wenn er jetzt einfach die Pistole hervorgezogen und Wilson über den Haufen geschossen hätte, wäre er kaltblütig, krankhaft erschienen. Wie ein Psychopath, der nicht akzeptieren konnte, dass die Liebe seines Lebens verstorben war, der nach Rache strebte und die erstbeste Person umbrachte, die ihm über den Weg lief. Ziel- und zwecklos, einem Amokläufer ähnlich, der sich nur noch von seinem Hass und seinen tierischen Instinkten führen liess, anstatt dem Weg seines Herzens zu folgen. John stützte seinen Kopf auf den Arm und versuchte, sich auf etwas anderes als Wilson zu konzentrieren. Er wollte bei seinen Mitschülern nicht als kaltblütiger Amokläufer in Erinnerung bleiben. Wenn es schon einmal dazu kommen sollte, dass er sich für das Ableben eines anderen Menschen verantwortlich machte, sollte auch ein Zweck und nicht ein blosses Rachegefühl dahinterstecken. Aus dem Augenwinkel registrierte John, wie Jessica kurz über die Schulter in seine Richtung blickte und dann, als Wilson sich hinter seinem Schreibtisch positioniert hatte, sofort die Hand in die Höhe streckte. Man hätte meinen können, sie wolle ein Loch in die Decke bohren. John sah von seinem Platz aus deutlich, wie Mr. Wilson den Anschein erwecken wollte, Jessicas hochgestreckte Hand zu übersehen. Aber Jessica, die ihrerseits genauso schnell reagiert hatte, liess es gar nicht erst soweit kommen.

«Mr. Wilson, könnten Sie mir sagen, warum Ihr Sohn heute nicht im Unterricht erscheint?» John beobachtete, wie Wilson unangenehm berührt zusammenzuckte, nur kurz, so dass es bestimmt niemandem auffiel, der es nicht vorher gesehen hatte. Das war die einzige Frage, die er nicht hatte hören wollen, vor der er sich gefürchtet hatte, auf die er keine Antwort wusste. John spürte, wie sich in seinem Körper alle Muskeln zusammenzogen, die nicht schon vorher verkrampft gewesen waren. Das Verlangen wuchs, sich auf Wilson zu stürzen, die Wahrheit aus ihm heraus zu prügeln, ihn zu einem Geständnis zu zwingen. Nichts Falsches sagen. Wenn jetzt nicht die Wahrheit kam, würde er sich nicht mehr zurückhalten können. John streichelte den kalten Stahl. Nicht aufregen. Er hatte die Macht. Ihm stand es zu, die Vorführung zu beenden, wenn Wilsons Auftritt nicht hielt, was er sich davon erhoffte. John sah, wie Wilson kurz zögerte, sich wieder auffing und versuchte, die Frage zu beantworten.

«Also, was Tom betrifft, dazu muss ich ohnehin etwas sagen.» Das fing gut an. Nur weiter so. Dann musste es nicht böse enden, dann bestand für ihn noch Hoffnung, dass die Stunde ein glimpfliches Ende fand, ohne Tote und auf Lebenszeit geschockte Schüler. John lehnte sich vor, um Wilson während seiner Erklärung genauestens beobachten zu können.

«Letzten Freitagabend ist etwas Schlimmes geschehen. Aber dazu wird Rektor King Ihnen in wenigen Minuten Genaueres erzählen. Fakt ist, dass Tom in einen Vorfall verwickelt wurde und zurzeit in Untersuchungshaft steckt. Ich hoffe natürlich, dass sich die Vorwürfe gegen ihn als Missverständnis herausstellen und er bald wieder bei uns sein kann. Aber im Moment sieht es in dieser Hinsicht nicht gut aus.» John konnte sich nicht erklären, wie er es so schnell geschafft hatte, die Pistole aus seinem Schritt heraus zu zwängen. Aber es war ihm auch egal. Was ihn einzig interessierte, war dieses falsche, verlogene Schwein, das es gewagt hatte, das Wort Missverständnis in den Mund zu nehmen. Missverständnis! Missverständnis! Mistverständnis, hallte es in seinem Kopf, ein endloses Echo, das sich nicht mit der Zeit auflöste, sondern immer lauter wurde, stärker und stärker gegen seine Schläfen pochte und ihm die Tränen in die Augen trieb. John konnte nichts mehr klar erkennen. Er sah alles nur noch durch einen Schleier, sah die verschwommenen Silhouetten von wild durcheinander schreienden Schülern, sah, wie einige von ihren Stühlen aufsprangen, andere sich zu Boden warfen, als sie die Pistole sahen. Aber er hörte sie nicht mehr. Er war in seinem eigenen Kerker abgeschirmt von all den Schreien. Für ihn war es im Zimmer totenstill. Er war allein mit Mr. Wilson, der einzigen Person im Raum, die er noch klar erkennen konnte. «Für Sie ist das nichts als ein Missverständnis!?» John versuchte, während er schrie, einen Schritt auf Wilson zuzugehen, wurde aber zurückgehalten von der Tischreihe, die sein Gehirn ausgeblendet hatte. «Für Sie ist das nichts als ein Missverständnis!?»

«Mr. White, ich bitte Sie, nehmen Sie die Pistole herunter, jetzt gehen Sie aber zu weit!» Zu weit! Zu weit! Zu weit! In Johns Kopf vervielfachten sich Wilsons Worte, prasselten wie unsichtbare Schläge auf ihn ein. Er fühlte sich eingeengt, obwohl Wilson Schritt für Schritt an die Wand hinter seinem Tisch zurückwich. Er musste sich befreien! Er musste wieder die Oberhand in ihrer Auseinandersetzung gewinnen! John versuchte, klar zu denken, doch die Worte strömten aus seinem Mund hervor, ohne dass er über ihre Bedeutung Bescheid gewusst hätte. «Ich gehe also jetzt zu weit, genau in dem Moment hier, ist es das, was Sie mir sagen wollen?» John rang nach Luft, befahl sich, Mr. Wilsons Antwort abzuwarten. Doch er brachte nicht die Geduld auf, auch wenn es nur Sekunden gedauert hätte. «Ich gehe also zu weit!?» John umklammerte seine Pistole mit eiserner Kraft, hätte gerne abgedrückt, erinnerte sich aber daran, dass er noch etwas zu sagen hatte. «Sie sind also Ihrer Meinung nach nie zu weit gegangen!?» John spürte, wie seine Stimme zitterte, immer schwächer wurde, er die Kraft schon fast nicht mehr aufbringen konnte, sich gegen das Weinen zu wehren. Noch nicht! Noch nicht!! Noch nicht!!! Er war noch nicht fertig, hatte noch so viel zu sagen, hatte noch keine Entschuldigung erhalten. John zwang sich zum Weitersprechen, auch wenn es ihn nur noch näher an seinen inneren Abgrund brachte. Er musste loswerden, was er sich sonst ein Leben lang vorgeworfen hätte. «Sie sind also in keiner Stunde zu weit gegangen, als Sie Tom unter Druck gesetzt haben, er am ganzen Körper gezittert hat und Sie dennoch nicht aufgehört haben, Fragen zu stellen? Sie haben in diesem Fall ihre Vaterpflicht nicht vernachlässigt, haben sein Verhalten also nicht zu verantworten, sind nicht schuld daran, dass Zoi nicht mehr am Leben ist!? Ist es das, was Sie mir damit sagen wollen!?» John schrie die letzten Worte in einer Lautstärke, dass sich seine Stimme überschlug und er vor Zittern die Pistole nicht mehr gerade halten konnte.

«Beruhigen Sie sich, Mr. White! Beruhigen Sie sich! Sie verstricken sich in Dinge, die keinen Zusammenhang mit Toms Verhalten haben.»

«Ich verstricke mich in Dinge!? Das sagen ausgerechnet Sie, die Sie uns fast ein halbes Jahr lang einreden wollten, dass man ein guter Historiker sein müsste, um Dinge vorherzusehen und erklären zu können, warum Hitler den Zweiten Weltkrieg verloren hat? Sie haben nichts vorhergesehen, sind ein miserabler Historiker, haben nicht einmal daran gedacht, es könnte Anzeichen geben, dass Tom sich unter einem Leben etwas anderes vorstellt als den Plan, den Sie für ihn erstellt haben. Ich sage Ihnen eines, nur noch eines. Hitler hat den Zweiten Weltkrieg nicht verloren, weil es rational erklärbare Gründe dafür gegeben hat. Er hat ihn verloren, weil er ein kranker Mann war, psychisch gestört, grössenwahnsinnig, so wie auch Sie es sind. Weil er gedacht hatte, er könne beherrschen, was sich nicht beherrschen lässt!»

«Mr. White, nehmen Sie die Pistole herunter, setzen Sie sich hin, und wir bereden die ganze Sache. Sie wissen schon gar nicht mehr, was Sie sagen.» John konnte nicht begreifen, warum Mr. Wilson mit solcher Ruhe zu ihm sprach. Er nahm ihn gar nicht ernst, obwohl er eine Pistole in der Hand hielt. Und dann sollte er nicht einmal mehr wissen, wovon er sprach. Wer war eigentlich der Kranke im Raum, wem hätte man Einhalt gebieten müssen? John riss sich noch ein letztes Mal zusammen und versuchte, seine Stimme ruhig klingen zu lassen. Es musste niemand sterben, er wollte Wilson nicht töten, er wollte einzig und allein eine Entschuldigung dafür, was ihm angetan worden war. «Mr. Wilson, ich will Sie nicht erschiessen. Lassen Sie ein einziges Mal in Ihrem Leben Ihre Arroganz fallen und übernehmen Sie Verantwortung. Entschuldigen Sie sich für das, was Sie angerichtet haben. Das ist alles, was ich will. Eine Entschuldigung.» John hörte, wie die Stimme irgendeiner Silhouette es doch noch schaffte, in sein Bewusstsein vorzudringen. Irgendjemand schrie Wilson in Panik zu, er solle sich verdammt noch mal entschuldigen, wenn er nicht sterben wolle. Aber Wilson liess sich nicht durch die Stimme beirren. Er würde es nicht tun. John sah es schon, bevor

Wilson seinen Mund geöffnet hatte. Er würde etwas anderes sagen, etwas Entwürdigendes, er würde nie mehr lernen, über den eigenen Schatten zu springen. John streckte seine Hand aus und zielte mit der Pistole auf Wilsons Brustkorb. «Das können Sie nicht! Das können Sie nicht! Sie können mich nicht erschiessen!», hörte John Wilsons Stimme in seinen Ohren hallen. Wilson lachte. Er lachte ein spöttisches Lachen, in der Gewissheit, dass er nicht abdrücken würde.

William King sass an seinem Mahagonischreibtisch und starrte Löcher in die Luft. Die Aufgabe, die ihm bevorstand, bereitete ihm Kummer. Noch nie war ein Schüler des Crossroad Gymnasiums in eine ähnlich gravierende Situation involviert gewesen, noch nie hatte er derart schlimme und zugleich traurige Informationen überbringen müssen. Schon zum zweiten Mal an diesem Morgen klopfte seine Sekretärin an die Verbindungstür seines Arbeitszimmers. Bevor King sie hereinbitten konnte, streckte sie unaufgefordert den Kopf durch die Tür und sagte das, was sie auch schon beim ersten Mal gesagt hatte: «William, es ist Zeit, du musst nun wirklich gehen.» William King beachtete sie nicht und starrte weiter geradeaus, als ob er sie nicht gehört hätte. Er wusste nur zu gut, dass es Zeit war zu gehen. Er war im Stande, eine Uhrzeit zu lesen, auch wenn das die dämliche Kuh manchmal zu vergessen schien. Dämliche Kuh. William King nahm die Beleidigung in Gedanken wieder zurück. Molly war eine gute Seele. Im Grunde genommen hatte sie Recht. Es war wirklich Zeit, und auch wenn er noch länger warten würde, könnte ihm niemand diese unangenehme Aufgabe abnehmen. Er musste sie selbst erledigen. Er war der Direktor des Gymnasiums und somit in einer solchen Ausnahmesituation die Person, die Rede und Antwort stehen musste. Langsam schob William King seinen Ledersessel zurück und stand mit einem leisen Stöhnen auf. Der Rücken schmerzte wie immer im Winter. Ich sollte wieder einmal Sport treiben, dachte er und ging mit steifen Schritten auf die Tür zu. Als er sie erreicht hatte, hielt er noch einmal inne. Irgendetwas musste er vergessen haben. William King drehte sich um und musterte gedankenverloren den Raum. Sein Blick fiel auf den Bonsai, der einen welken Eindruck machte. Das wird es wohl sein, dachte er, nahm die kleine Giesskanne vom Fenstersims und gab dem Bonsai seine halbwöchentliche Ration Wasser. Er wusste, dass der Bonsai die gute halbe Stunde, die er benötigte, um Toms Klasse über den schlimmen Vorfall aufzuklären, problemlos auch ohne Wasser überstanden hätte. Er wusste, dass er in Wahrheit nichts vergessen hatte. Aber ihm war jedes Mittel recht, das es ihm ermöglichte, die Pflicht noch ein wenig aufzuschieben. Eine solche Nachricht in der letzten Schulwoche vor Weihnachten überbringen zu müssen, war die Höchststrafe, die sich ein Direktor vorstellen konnte. William King ermahnte sich, von Selbstmitleid abzusehen. Das machte die Aufgabe nicht einfacher, erlöste ihn nicht von der Pflicht, gab seinen feigen Versuchen, sich davor zu drücken, weitere Nahrung. Was ist nur mit mir los, dachte er nicht das erste Mal an diesem Morgen. Er hatte schon immer dazu geneigt, wichtige

Entscheide anderen zu überlassen. Wenn er nicht vermeiden konnte, Stellung zu beziehen, dann entschied er immer im Sinne der Mehrheit, der Mächtigeren, so dass er am Ende nicht der war, der von allen kritisiert wurde. Aber in diesem Ausmass hatte er seine Neigung noch nie erlebt. Noch nie hatte er das Risiko auf sich genommen, seine Pflichten zu verletzen, eine Aufgabe nicht zu erfüllen und das noch in einer Situation, in der es nicht um Entscheide ging. Er musste sich nicht dafür rechtfertigen, dass er Tom Wilsons Verhalten verurteilte oder nicht. Er musste nicht erklären, welche Massnahmen er ergreifen wollte, um eine Wiederholung des Vorfalls ausschliessen zu können. Eine Stellungnahme wurde von ihm nicht erwartet, war keine Bürde, die er derzeit zu tragen hatte. William King fuhr sich über die Stirn und sprach sich Mut zu. Er konnte das. Er hatte nichts zu befürchten. Seine Aufgabe bestand einzig und allein darin, die Information zu überbringen, formell und ohne emotionale Färbung den Sachverhalt darzustellen und allenfalls sensiblen Schülern die Hilfe der Schule anzubieten. Das konnte doch nicht so schwer sein. William King war mulmig zumute, als er die Türklinke der Verbindungstür zum Büro seiner Sekretärin in der Hand hielt. Er konnte sich nicht überwinden, sie hinunter zu drücken. Er wollte es, er wollte es wirklich, aber irgendetwas schien ihn davon abzuhalten.

Er fuhr sich über die Stirn und spürte, dass sie feuchter war als zuvor. Schweisstropfen bildeten sich. Sein Gesicht würde sich in Kürze röten. Schon gut, dachte er. Er hatte die Signale seines Körpers verstanden. Es war sinnlos, sich selbst zu belügen. Er gestand es sich ein. Es war nicht die Aufgabe, die Klasse über Toms Verbleiben zu informieren, die ihm Kummer bereitete. Er fürchtete sich vielmehr, diesem John White nochmals in die Augen sehen zu müssen. War nicht er es gewesen, der ihn darüber hatte aufklären wollen, dass Tom sich in einer gefährlichen Zwickmühle zwischen Schule und Familie befand? Hatte nicht er ihm gesagt, dass die Situation als prekärer einzustufen sei, als es von aussen den Anschein hatte? Und er hatte ihm nicht geglaubt, hatte seinem alten Freund Christopher sein Vertrauen ausgesprochen, anstatt auf den verzweifelt wirkenden Jungen zu hören. William King musste sich eingestehen, dass er sich schuldig fühlte. Möglicherweise hätte er den Eklat verhindern können, wenn er nur früh genug den Ernst der Lage erkannt und das Nötige unternommen hätte. Aber dazu war es jetzt zu spät. Jetzt blieb ihm einzig und allein die Plicht, die Klasse aufzuklären, John dabei in die Augen zu sehen und zu wissen, dass er möglicherweise mitschuldig war am Tod eines zwanzigjährigen Mädchens, das noch das ganze Leben vor sich gehabt hätte. Diese Verantwortung durfte er nicht auch noch von sich weisen.

In diesem Moment ertönte ein gewaltiger Knall. William King musste nicht nachdenken, woher der Knall kam und was ihn verursacht hatte. Er kannte das Geräusch. Es war der Albtraum jedes Lehrers und Direktors, und er war schuld daran, dass es so weit gekommen war. Ohne über die Konsequenzen seines Handelns nachzudenken, stürzte er durch das Zimmer seiner Sekretärin. Er war noch nicht einmal auf der Türschwelle zum

Gang angekommen, als der zweite Schuss fiel. William King stürmte weiter. Er wusste, dass es zu spät war, er wusste, dass er niemandem mehr helfen konnte, aber er dachte nicht darüber nach. Er war schuld an der Katastrophe. Er musste sich seiner Verantwortung stellen. Wie aus weiter Ferne hörte er Molly verzweifelt schreien, er solle zurückkommen, sich nicht selbst ans Messer liefern. Aber er hörte nicht auf sie. Er stürmte weiter, so schnell ihn seine alten Beine trugen, in Richtung des Zimmers, in dem er schon vor Minuten hätte sein müssen.

Der Knall war ohrenbetäubend. Wie in Zeitlupentempo nahm ich wahr, was um mich herum geschah. Vom Rückstoss wurde ich nach hinten geworfen und stolperte zum Glück nicht über den Stuhl hinter mir. Aber es wäre mir egal gewesen. Ich achtete nicht darauf, was mit mir geschah. Starr richtete ich meinen Blick auf den Körper von Mr. Wilson, der durch den Schuss rückwärts auf seinen Schreibtisch geschleudert wurde. Er fiel, wie ich ihn schon in Gedanken hatte fallen sehen. Wie ein nasser Sack, sein spöttisches Lächeln im Gesicht eingefroren, bis zur letzten Sekunde seines Lebens davon überzeugt, mich im Griff zu haben, mir überlegen zu sein. Ich könne das nicht, ich könne das nicht, hörte ich seine Stimme in meinem Kopf hallen, obwohl sich sein Mund schon längst nicht mehr bewegte. Ein irrsinniges Lachen drang aus meiner Kehle, das mir einen kalten Schauer über den Rücken jagte. Mein Lachen war noch nie zuvor so kaltherzig, so gefühllos gewesen. Aber ich kümmerte mich nicht darum. Es war alles zerstört in meinem Leben. Ich hatte keinen Grund, mir noch Vorwürfe zu machen. Ich war frei, frei wie noch nie. Ich hatte es ihm bewiesen, dass ich zu allem fähig und nicht an Gesetze gebunden war. Ich richtete die Pistole ein zweites Mal auf seine Brust und drückte ab. Ich sah, wie die Kugel auf der Höhe seines Herzens einschlug, Wilsons Körper ein zweites Mal durch die Wucht der Kugel erschüttert wurde, die Kugel ein hässliches Loch aus Blut und Fleisch hinterliess. Zum zweiten Mal innert Sekunden musste ich lachen, ein kaltes, herzloses Lachen. Es war so einfach, einen Menschen zu töten. Ich hatte immer gedacht, ich würde Skrupel haben, am Ende doch noch zurückschrecken, und jetzt war alles real. Real und im gleichen Moment surreal, wie in einem Traum und doch gleichzeitig so realistisch, so detailliert, so grausam, wie es in keinem Traum sein konnte. Ich löste mich aus meiner Starre und zwängte mich zwischen den Tischen zu Wilsons Leiche hindurch. Ich fuhr mit meiner Hand über seinen toten Körper, befühlte die Wunde und zerrieb das Blut zwischen Daumen und Zeigefinger. Es fühlte sich zuerst ölig, dann klebrig und zum Schluss trocken an. Ich wusste nicht genau, warum ich es tat, aber ich wusste, dass es sein musste. Ich konnte nicht glauben, dass Wilson wirklich tot war. Ich musste es mir beweisen, um sicher zu gehen, dass sein böses Treiben ein Ende gefunden hatte.

Mein Blick wanderte über seinen Körper und blieb an seinen offenen Augen hängen, die mich aus leeren Höhlen anstarrten. Ich streckte meine Hand aus, fuhr sanft über die Lider, um sie zu schliessen und neigte mich zu einer kurzen Verbeugung. Der Kampf war beendet, Toten brachte man Respekt entgegen. Mr. Wilson mochte in Frieden ruhen. Ich wandte mich von der Leiche ab und ging mit mechanischen Schritten auf die Tür zu. Ich fühlte mich wie ein Roboter, der zwar wusste, was er tat, aber nicht die Möglichkeit hatte, über seine Taten zu bestimmen, sich gegen sein Schicksal aufzulehnen. Mein Weg war vorbestimmt, es stand mir nicht zu, darüber zu urteilen. Ich hörte ein Chaos aus wild durcheinander schreienden Stimmen vom Gang her und wunderte mich darüber, dass ich in einem leeren Raum stand und niemand hatte fliehen sehen. Mit einem Fusstritt öffnete ich die halboffen stehende Tür und trat auf den Gang hinaus, die Pistole in meiner rechten Hand. Die Panik im Gang steigerte sich. Schüler aus meiner und anderen Klassen rannten kreuz und quer durcheinander und entfernten sich möglichst weit weg von mir. Ich beachtete sie nicht, sie waren für mich nicht wichtig. Ich hatte eine Aufgabe, die ich noch erledigen musste. Ich ging auf die Treppe zu und schritt forsch, aber keineswegs überhastet hinab. Ich hatte alle Zeit der Welt, mit einer Pistole in der Hand gab es keine Hindernisse, keiner wollte sich mir freiwillig in den Weg stellen und mich aufhalten. Feiglinge, dachte ich. Ich verachtete sie alle, mitsamt der ganzen Welt, die immer nur zu denen nett war, die es nicht verdient hatten. Als ich um die Ecke bog, sah ich Rektor King auf mich zustürzen. Er blickte mir ohne Angst in die Augen, und ich wusste, dass er nicht ausweichen würde. Guter Mann, dachte ich, wenigstens er hatte den Mut, mir entgegen zu treten. Das würden sie bestimmt an seiner Beerdigung hervorheben. Ich zielte kurz und drückte ab. Die Kugel traf King an der Schulter und liess ihn zu Boden gehen. Ich trat an ihn heran. Es war nicht richtig, Menschen leiden zu lassen. Ich richtete meine Pistole auf seinen Kopf und fragte mit ruhiger Stimme: «Noch ein letztes Wort?» King hob mit schmerzverzerrtem Gesicht seinen Kopf und schaute mich aus furchtlosen Augen an. «Es tut mir leid», flüsterte er, liess seinen Kopf sinken und wartete auf den Schuss, der sein Leben beendet hätte.

In diesem Moment packte mich eine Hand an der Schulter. Ich erschrak dermassen, dass ich beinahe abgedrückt hätte. Der Duft von Lavendel strömte mir in die Nase, und ich wusste, ohne mich umzudrehen, wen ich hinter mir hatte. «Das willst du nicht wirklich», flüsterte eine sanfte Stimme, die der von Zoi so ähnlich war. Ich fühlte mich auf einmal ganz kraftlos und gleichzeitig ungezwungen, hatte das Gefühl, das Gewicht der Pistole nicht mehr halten zu können und liess meine ausgestreckte Hand sinken. Ich liess zu, dass Joy vorsichtig mit ihrer Hand an meinem Arm entlang strich, meinen Griff um die Waffe löste und sie mir aus der Hand nahm. Ich wollte auf niemanden mehr schiessen. Willenlos lehnte ich mich zurück und liess mich in ihre Armen fallen. Es fühlte sich so gut an. Es fühlte sich so warm an. Ich wusste mich geborgen.

Nachwort

Als Joy mich fragte, ob ich sie heiraten wolle, wusste ich sofort, dass ich es tun würde. Ich hielt es zwar für egoistisch, verabscheute den Gedanken, war aber trotzdem gefangen von der Wärme, von der Lebenskraft, die von ihr ausging. Gebannt blickte sie mir in die Augen, ein Anzeichen einer Entscheidung suchend. Ihr mit einzelnen Sonnensprossen betupftes Gesicht war von der Aufregung ganz rot geworden. Ich überwand den letzten Zweifel und öffnete meine Lippen. Sie erriet die Antwort, bevor ich sie ausgesprochen hatte. Mit einem ungestümen Jauchzen fiel mir Joy um den Hals. Sie erschien mir an diesem Tag schwerer, doch ich wusste, dass der Eindruck täuschte. Ihre Körperwärme, die trotz der dicken Winterjacke bis auf meine Haut vordrang, gab mir Kraft, sie in den Armen zu halten. Der leichte Duft von Lavendel, der von ihrem schulterlangen braunen Haar ausging, erfüllte mich mit einem Gefühl der Geborgenheit. Ich liess mich an ihren zierlichen Körper drücken. Trotz ihrer geringen Körpergrösse konnte sie gewaltige Kräfte entwickeln. Ich spürte ihre Lippen auf den meinen und wusste, dass es für mich richtig, dass es notwendig war. Ich liess mich küssen. Sie bemerkte nicht, dass ich ihren Kuss nicht erwiderte.

Seit diesem Tag fühlte ich mich noch schuldiger als zuvor. Ich fühlte mich schuldig am Tag unserer Heirat, als ich mein Eheversprechen ablegte. Der erste Gedanke danach war, dass uns der Tod einmal scheiden würde. Ich fühlte mich schuldig, wenn ich mich am Abend neben sie ins Bett legte und ihren schon schlafenden Köper betrachtete, die ersten grauen Haare in ihrer zart nach Lavendel duftenden Mähne fand und daran dachte, dass sie die besten Jahre ihres Lebens an mich vergeudet hatte, indem sie mich Tag für Tag im Gefängnis besucht hatte. Ich fühlte mich schuldig, wenn ich am Morgen aufwachte und mich daran erinnerte, dass ich in der Nacht wieder von Zoi geträumt hatte. Jahrelang hatte ich stets im Abstand von einigen Wochen immer den gleichen verrückten Traum. Ich träumte davon, Zoi in einem runden, hellen Raum wiederzusehen, an dessen Wänden unzählige Türen mit ungeraden Nummern angebracht waren. Der Raum wurde von gleissendem Licht erhellt und war leer, abgesehen von der Skulptur eines Schwanes, die sich in der Mitte des Raumes auf einem weissen Sockel befand. Der Schwan formte mit seinem Körper die einzige gerade Nummer im Raum, eine gigantische Zwei. Sein Gefieder glänzte silbern und zog nicht ein einziges Mal meinen Blick auf sich. Mein Blick wurde immer von seinen Flügeln angezogen, wovon der eine von ganz schwarzer und der andere von ganz weisser Farbe war. Zoi sass jedes Mal auf dem weissen, winkte mir zu und gab mir das Zeichen, mich auf den schwarzen zu setzen. Aber ich erreichte den schwarzen Flügel nie. Immer wenn ich kurz davor war, ihrer Aufforderung Folge zu leisten, erwachte ich aus meinem Traum und fühlte mich wieder schuldig.

Ich hatte die Hoffnung längst aufgegeben, mich von meiner Schuld zu befreien, hatte mich damit abgefunden, dass ich Joy nie so würde lieben können, wie sie es verdiente, als das Schicksal mich doch noch von der Schuld befreite. Es war der regnerische Aprilmorgen vor achtzehn Jahren, als du geboren wurdest. Der Regen verlor an diesem Tag seine Bedeutung, wie auch meine Schuld sie verlor. Sie wurde aufgelöst, einfach fortgetragen von dem neuen Sinn in meinem Leben, der mir geschenkt wurde. Ich schlug Joy vor, dich Zoi zu nennen, nach dem griechischen Begriff für Leben, was sie für eine gelungene Wahl hielt. Ich habe Joy bis heute nie gefragt, ob sie damals wusste, was ich mit dem Namen Zoi verband. Aber ich bin sicher, dass sie es wusste. Sie war glücklich, dich so zu nennen, weil sie erkannte, dass ich damit ein schwieriges Kapitel in meinem Leben abschliessen konnte. Ich erhielt durch dich zurück, was dein Name in seiner simplen, aber dennoch einmaligen Bedeutung schon ausdrückt: Mein Leben. Vom Tag deiner Geburt an habe ich nicht mehr gelitten. Ich hielt es nicht mehr nur für eine Pflicht, mit Joy zusammen zu leben, weil ich sie brauchte und ich ihr das Zusammenleben schuldig war, sondern ich fühlte, dass ich es selbst wollte, dass ich mein Leben gegen kein anderes in der Welt eingetauscht hätte. Noch heute liebe ich Joy nicht so, wie ich Zoi geliebt habe. Aber sie hat in meinem Herzen einen ebenso würdigen Platz gefunden. Ich bin zur Erkenntnis gelangt, dass es mir nicht zusteht, zwei Menschen oder mehrere Menschen auf dieselbe Art und Weise zu lieben, was aber nicht bedeutet, dass ich Joy, Zoi oder dich weniger lieben würde als die anderen beiden. Ich liebe euch alle auf eine andere Weise, dich als meine Tochter, Joy als meine Frau und Zoi als Erinnerung an eine verlorene Liebe. So kommt es, dass ich dir das hier schreibe. Ich schaue aus dem Fenster und erkenne einen ähnlich regnerischen Aprilmorgen wie vor achtzehn Jahren. In wenigen Tagen wirst du deinen Geburtstag feiern, wirst das gleiche Alter erreicht haben wie ich, als ich mit einer Pistole in die Schule ging und einem Menschen das Leben nahm. Ich werde dir diese Zeilen am Tag nach deinem Geburtstag übergeben und dich bitten, sie zu lesen und dir dein eigenes Bild deines Vaters zu machen. Ich weiss in diesem Moment, da ich die letzte Seite fülle, selbst nicht, warum ich dir das alles niederschreibe. Ich würde es dir eigentlich viel lieber erzählen, dir erklären, dir in deine grünbraunen Augen schauen und die Bestätigung erhalten, nicht alles falsch gemacht zu haben. So sehr ich mir wünsche, du würdest mich verstehen, so möchte ich doch nicht riskieren, deine Meinung in Bezug auf meine Taten zu beeinflussen. Du kannst deinen Vater für einen Mörder halten, denn nach dem Gesetz bin ich das und will es auch gar nicht abstreiten. Mein Leben hat mir gezeigt, dass es kein Richtig, aber auch kein Falsch gibt. Genauso wenig gibt es Gut oder Böse. Dies sind alles nur Begriffe, die wir als fehlerhafte Menschen benutzen, um unsere eigenen Taten zu rechtfertigen und fremde Taten gleichermassen bewerten zu können. Es ist aber nicht jeder Mensch gleich. Wir alle sind Individuen und müssten auch als solche beschrieben werden. Über Menschen zu werten, steht uns nicht zu, da wir in

348

jedem Fall zu wenig Informationen besitzen, um uns ein Gesamtbild zu verschaffen.

Es macht mich traurig, ein Menschenleben auf dem Gewissen zu haben. Ich würde aber, wenn ich noch einmal eine Chance hätte, nichts anderes tun als das, was ich schon getan habe. Ich habe einem Menschen das Leben genommen und gleichzeitig einem anderen ein freies geschenkt. Zwar eines, das Tom erst nach Jahren hinter Gittern lernte zu würdigen, als er auf seiner Weltreise zu sich selbst gefunden hat. Aber dennoch: ein Leben. Es hat keinen Sinn, hinterher verändern zu wollen, weil alles was wir tun, Entscheidungen sind, die für uns im Moment stimmen, von denen wir uns nicht abbringen lassen wollen. Also ist alles richtig, was wir je getan haben und auch jemals tun werden. Diese Entscheidungen gehören zu uns und machen uns so einmalig, so schön und so fehlerhaft, wie wir nun einmal sind. Es gibt kein Richtig und kein Falsch. Es gibt kein Gut und kein Böse. Das Einzige, was es gibt und wofür es sich lohnt, gerade zu stehen, sind unsere Handlungen und die Folgen, die sich für uns daraus ergeben, auch wenn das für mich bedeutete, Jahre hinter Gittern zu verbringen. Nun tu, was du für richtig hältst, denn es ist deine Entscheidung, aber auch immer das Richtige, weil du es nie besser wusstest. Ich werde dich immer lieben, egal ob du jemals töten oder Leben retten wirst. Es ist deine Entscheidung, es ist deine Wahrheit und es ist dein Glück.

In Liebe, dein stolzer Vater

John